U0679582

花开不尽
此生缘

尤少敏 著

天津出版传媒集团

天津人民出版社

图书在版编目（CIP）数据

花开不尽此生缘 / 尤少敏著 . -- 天津 : 天津人民
出版社，2018.3 （2021.1重印）
ISBN 978-7-201-12802-3

Ⅰ . ①花… Ⅱ . ①尤… Ⅲ . ①长篇小说—中国—当代
Ⅳ . ① I247.5

中国版本图书馆 CIP 数据核字（2018）第 026252 号

花开不尽此生缘
HUAKAI BUJIN CISHENGYUAN
尤少敏 著

出　　版　天津人民出版社
出 版 人　黄　沛
地　　址　天津市和平区西康路 35 号康岳大厦
邮政编码　300051
网　　址　http://www.tjrmcbs.com
电子邮箱　tjrmcbs@126.com

责任编辑　张　凯
封面设计　侯霁轩

制版印刷　三河市同力彩印有限公司
经　　销　新华书店
开　　本　710×1000 毫米　1 /16
印　　张　19.75
字　　数　353.4 千字
版次印次　2018 年 3 月第 1 版　2021 年 1 月第 2 次印刷
定　　价　62.80 元

目　录

第 一 章

2010 年 2 月 13 日，即将是西方的浪漫情人节和东方的传统节日——春节。当浪漫遇上传统，在中国，传统会战胜一切，尽管你是个浪漫的人，但有个词叫身不由己。不过，四处肆虐的大红中，却也飘出一缕浪漫的气息，那家花店的玫瑰已经开得风风火火了，仿佛再迟一刻将她采摘，她便会在最美丽的时刻死去……

谁愿意在这么美丽的瞬间流连人间？谁愿意献给爱人的是花败色衰？

可是，颜夏却穿着有些单薄的白色毛衣，背着吉他，孤单地走在路上。此时他只想笑，在这样温暖的大年夜和即将到来的情人节间，好好地大笑一场。

车站内只有稀稀落落的几个人。离车出发还有半个小时，颜夏索性坐了下来，搓搓有些僵硬的双手，取出吉他……顿时，原本安静的候车室响起了金属的声音，是朴树的《生如夏花》。

"这是一个不能停留太久的世界。"颜夏突然默念了一句，右手的分解一断，随即又流畅起来。

是了，文白沈蓝毕竟是故事。今日一别，白已死去，蓝也遗落，饮居不存，人间只有朝生暮死的爱别离。同学，我能爱你一生，不能爱你一时……

2008 年，颜夏为自己心爱的女孩写下了第一部小说——《后后青白》。小说里，颜夏化身为"文白和沈蓝"，而那心爱的姑娘成了小说的女主角"章青"，他们在故事里相亲相爱，在一个叫"饮居"的茶室里相濡以沫，但是小说的温暖却不能延续现实中的缘分。

……

"宝贝快走，再不走就赶不回去了，那样你就拿不到压岁钱了哦！"一个女声在车站内响起。

宝贝，你应该很幸福啊，马上就可以回家了。颜夏心中想着，抬头，就在那一瞬间，他好像被电击一般，只觉得浑身被千万道惊雷击中，目光再也移不开了！

那是个六七岁的小女孩，右手牵着妈妈，却倔强地不肯走，眼睛一眨一眨地盯着颜夏。黑白色的格子裙，在车站候车室泛白的灯光下更加美丽，一双火红色的小靴子，一闪一闪的，显得更加俏皮可爱，手上戴着一双洁白的、毛茸茸的手套，长发及腰。

颜夏目不转睛地看着这个小女孩，喉头一动，轻轻地放下吉他，慢慢走到她的面前，蹲下身子。孩子的妈妈目瞪口呆地看着这个穿着白色毛衣的年轻人。此时，年轻人正紧紧地盯着她的女儿。她刚想说些什么，却看到年轻人蹲下身子，突然一把抱住了小女孩！

小女孩也不畏惧，静静地看着颜夏，轻轻抿着嘴巴，左手轻轻伸出……颜夏那有些冰冷的脸庞，感受着那暖暖的小手，他的眼眶一热，再也忍不住，紧紧抱住这个素不相识的小女孩。

……

2009 年。

十月的漳州还不算冷，花与叶还固执地留在夏天不肯走，熙熙攘攘的闽南语充斥在颜夏的耳中，交汇成一支清新的 R&B。

太阳渐渐落了下去，整个天地都变成了金黄色，颜夏身上的 T 恤也镀上了一层柔柔的金色。

"走了。"颜夏简单地说了句，便走进车站。

"嗯，不要再想了，一路顺风。"舍友小星简短道别后也开始往回走。

颜夏爬上回家的车，心头始终有一股阴郁萦绕着。

一年了，没错，一年了，可为什么时间不能让一些回忆失去魔力？

身旁一阵悉索，颜夏知道又有人上车了。

突然感觉到有一束目光注视着自己，颜夏回过头去，却惊讶地看见自己右手边坐着一位非常可爱的小女孩，五六岁，穿着蓝裙，脸庞有着小孩子的清秀和稚嫩，她还有一头及腰的长发，这让颜夏眼前一阵模糊……

黑色的长发一缕缕是时间，白色的裙子一格格是空间，黑白交织，仿佛一瞬间颜夏就迷失在了时空交错的异世界，在那里，他好像看到一个大女孩一边将着耳边的头发，一边笑着对自己说："好啊。"

真的好像。

不过，一阵恍惚之后，颜夏马上就醒了过来，眼前分明只是那个可爱的小女孩。

你也曾这样像小女孩般专心地注视着我呢。颜夏心中黯然地想着，迎上小女孩的目光。

当颜夏看向她时，她朝颜夏吐了吐舌头，开始扮鬼脸。

望着纯真的小女孩，颜夏心头的阴郁稍微散了点儿，他朝小女孩微笑。

于是，那可爱的小女孩就一路朝着颜夏做鬼脸了……

"谢谢你呢，小天使。"颜夏在心里轻轻地说。

本来以为一路都会有她扮鬼脸，不过，当颜夏听到"宝贝，要下车了哦"的时候，才意识到她们可能是惠安下车。

而车，已经缓缓地开到了惠安车站。

颜夏顿时觉得有些手足无措，没来由地感觉到心慌。突然，他灵机一动，赶紧掏出手机，趁她妈妈不注意，"咔嚓"，对小女孩拍了一张照片，也不管照得好不好了。她妈妈有点警觉了，颜夏故作镇定地正襟危坐，小女孩看见他这样子，就一直对他笑，都停不下了。

小天使，要不是为了你，大哥哥什么时候这么狼狈过，便是去年的今日，我也不曾失了自己的风度呢。颜夏看着天真的小女孩，心中一边幸福一边发苦。

车停了，颜夏对着小女孩又是一张！想再拍的时候，小女孩已经消失在他的眼前了。

颜夏觉得心底好像一下子变成空荡荡的了，失神了一会儿，他拿出手机看两张照片，第一张的小女孩嘟着小嘴巴，手扒在座位上，歪着头微笑呢，但翻到第二张他的头皮顿时一阵发麻，小女孩分明在朝着自己招手说拜拜呢。可惜，为了定格一瞬间，却失去了和她说再见的机会，而且，永远见不到这个可爱的小天使了。

我一直都这么失败吗，连小女孩的再见都不理会，只顾着自己的感受？颜夏的心情顿时变得更加沮丧了。

"好啊，颜夏！你和我谈恋爱，是为了找你创作的灵感吧？你喜欢我，还不如说你喜欢灵感啊。"想到这句话，颜夏翻看手中的照片，整个人陷入一种深深的悲哀当中。为了吉他、歌曲、习惯，自己可以一往无前，到深处的时候才发现前面是悬崖峭壁，而自己在前进过程中已经失去一切了，只剩下孤零零的一个影子对着悬崖唱歌……

小女孩，如果有机会，我会对你说声对不起；大女孩，如果有机会，我会对你说声我爱你。

第 二 章

同学，你向我表达情感的时候我总是忙活着自己的吉他和文字，留给你的，只是一个有些萧索且带着凉意的背影，而当我想唱歌给你听的时候，你留给我的却是一脸的泪水和一个有些犹豫的背影……我不是连话都说不清楚，只是想说的时候，你的身影已经不再清楚了。

曲折不是我想要的，我只想要一个安安静静的日子，有空的时候看看夕阳，忙碌的时候想要偷会儿懒，偶尔一抬头，便会看见你正傻傻地看着我，笑着说一句"好啊"……

什么时候，我们才能明明白白地将彼此的爱意在我们有限的执子之手间表露得清清楚楚啊？

……

很晴朗的一天，颜夏穿上简单的白色 T 恤，出门搭车去了初中母校。七八年没来，母校已经发生了天翻地覆的变化。以至颜夏都不知道办公室在哪了，而且学校的平面图居然都找不到。

此刻正是上课时间，校内空空荡荡的，只有校门口的保安在值班。但颜夏不想去找他，因为他给人一种高高在上的感觉。为什么有这种感觉，颜夏不知道，大概是当学生的时候被抓校卡抓怕了吧！

突然，颜夏看到在操场上跑过去三个女孩子。

就你们了！

"同学！"颜夏转身喊道。

"糟了！"何瑶凤心里暗道一声不好，有些可怜兮兮地停住脚步，无辜地转过身子，旁边的两个女孩子也如法炮制，乖乖地转过来。

颜夏很奇怪地看着她们的举动，不过，眼睛扫过中间那个女孩的时候，眼神又是一滞。

那个女孩可以说长得很漂亮，大概是高中生吧，个子有些高挑，头发拉得直直的，很乖巧的样子。而且，一袭蓝色裙子在迎风飘着，操场上，仿佛都是她裙摆摇曳的姿态。

颜夏喜欢蓝色，因为她曾说过蓝色是天空的翅膀，是爱人的悲哀。

瑶凤看着眼前这个身材不高、皮肤有些黝黑、像学生的大男孩子穿着一身简单的牛仔裤配T恤，搭配着长长的头发有一种忧郁的气质，空气中也可以闻到他淡淡的发香。戴着一副眼镜，整个人显得有些文质彬彬，脖子上戴着一根好看的白色柱子。

不过，瑶凤看到这个男孩子眼睛的时候，却打从心底开始厌恶，他的眼睛好像在发光似的，一直盯着自己看。

又是个臭男生啊！

不过，她不敢说出来，因为她不知道眼前这个比他年长的男孩的身份。

"请问您是老师吗？"瑶凤受不了男孩的眼神了，终于小心翼翼地问出来。

她那有些稚气的话顿时唤回了颜夏的思绪，颜夏这才发现自己失礼了，急忙摆摆手说道："不是的！"

三个人一听到他说不是，狠狠地舒了一口气，顿时恢复了之前轻舞飞扬的神采。

对啊，怎么可能嘛！

"请问，你叫我们什么事？"瑶凤又问。

"我想请问初中教学楼在哪里？"理掉那些杂乱的念头，颜夏冷静地问道。

"请问，我漂亮吗？"瑶凤突然想戏耍这个大男孩，她一步走到颜夏面前，轻轻提了下裙角。

颜夏有些莫名其妙，不过还是实话实说："漂亮，现在可以回答我的问题了吗？"

瑶凤故意再上前一步，嘀咕了一声："色狼！"便指着不远的地方，为这个有些秀气的男孩指路，"哼，色狼！想知道吗？看到那里没，直走到那里，下台阶，在下完台阶的时候马上左转，就到了！"说完，想到什么似的，拉起两个女孩的手，一溜烟跑开了。

色狼？喂喂喂，你们都什么素质啊，还是九年义务教学吗？尤其是刚才那个蓝色裙子的女娃，看起来斯斯文文，想不到是野马一匹啊！颜夏有些哭笑不得地看着三个女孩跑远，不过还好给他指路了。

颜夏刚想抬脚。就听到"喂"的一声，抬头一看，那三个女孩在不远处叫自己。

"色狼！哈哈！"中间那个蓝色裙子的女孩又大声叫了一声，然后和旁边的女孩嘻嘻哈哈地笑着跑开了。

这下颜夏真的有些郁闷了，自己只不过多看了她两眼，就被说成是色狼，世风日下啊！

颜夏从来就是个很乖的孩子，或者说不叛逆，对老师很尊敬，所以从小便得老师们的喜欢，特别是初中的语文老师，提起颜夏更是赞不绝口，而颜夏对语文老师也怀着深深的感激，不是她自己就无法走进文学的殿堂。

当颜夏按女孩的指示下完台阶左转的时候，头皮一阵发麻——女厕所！

他知道自己又被这个女孩耍了，自己一个大男孩，被一个堂堂小女生耍了，真丢脸！看来在她眼中自己还真是一个色狼啊！

不过幸好，站在女厕所外面的颜夏还是瞥见了一个牌子——初中部。

原来，这厕所对应的教学楼就是初中部了。抬起头打量教学楼，颜夏不由傻笑起来。

自己怎么就那么笨，自己的初中不是在这里念的吗？

颜夏打量着教学楼，发现教学楼几乎没有改变。这真是神奇的事情，学校几乎发生了天翻地覆的变化，唯独这幢破破烂烂的教学楼没有改变，从颜夏读初中开始，这栋教学楼就显示出沧桑的模样，此刻，站在这里，七八年过去了，教学楼还是那样子，好像一阵风就可以吹落满地漆……

颜夏快步走上去，幸运的是各间教室都有班牌，要不然自己又要鼓捣半天。

在二楼，颜夏找到了办公室。因为昨晚和语文老师联系好了，所以她在办公室里，不过，让他很惊喜的是，以前教过自己的老师大部分都还在这里！

颜夏顿时有些局促起来，看到辛辛苦苦教自己的老师都在这里，仿佛又回到了七八年前，那时自己还是个小男生，一到办公室，便会低着头不敢说一句话。

不过，当一个个老师叫出颜夏的名字的时候，他紧张的心顿时放松了，取而代之的则是感动。

颜夏知道，学校的校风不好，从自己念书到今日，一届不如一届，能教出几个好学生真的不容易，不过，这么多年过去，他们还记得自己，这让颜夏有一种想要拥抱他们的冲动。

教务处主任刚好就是颜夏的数学老师，但他数学一直很差，不过，数学老师人却很好，当颜夏简短地向老师们说出自己的现状和打算时，数学老师眯着眼睛，想了一会儿，便严肃地看着颜夏。

"颜夏啊，这样吧，本来打算让你跟着你的语文老师，但是这学期初一有个语文老师休产假，整个初一三个班级只有一个语文老师，所以你就委屈点，去帮林老师分担下她的工作吧。至于班主任，你就当跟着张老师做三班的班主任吧。怎么样，可以吗?"数学老师沉稳地说道。

而周围的老师也在点头，看得出来，这确实是最好的安排。颜夏确实想锻炼下自己，便毫不犹豫地点点头。

"三班的学生都比较热情，应该比较好上手……"数学老师又补充了一句，朝颜夏微笑了下。

颜夏感激地点点头，心里是有些忐忑，如果遇到冷漠的学生课堂尴尬了怎么办，想不到被数学老师一眼洞穿，一句话，就打消了所有的疑虑。

在老师们的介绍下，颜夏认识了张老师，也就是三班的班主任。他是位年轻的老师，不过已经教学五年了。张老师是个数学老师，没戴眼镜，整个人显得很精神，很随和，左手拿着一把尺子。不过他说尺子大多是拿来打学生的，颜夏一寒。

话题不知不觉转移到了学生上，说到学生，各个老师都开始诉苦，告诉颜夏，说他们那一届是自己教过的最好的一届。这让颜夏一愣。

不过想想，现在这里的学生几乎都是不肯念书的孩子，收进来的学生，要么很顽皮，要么都是被其他学校退学的，导致校风越来越不好了……

其他老师告诉颜夏，三班的学生都是外地的孩子，父母过来打工，把孩子留在学校，他们上课很热情，不过，从不肯交作业……

在颜夏听来，反正就是所有的学生都不肯念书，这让他不由得有些灰心，在灰心的同时，又被老教师们折服，就是这样乱的学生，他们教了一届又一届，而且每一届都鞠躬尽瘁。

突然，话题转到了一个学生的名字上，其他的老师一静，颜夏的语文老师对他说道："颜夏，三班有几个男生，其中有一个叫郑超强的学生为首，你就不要管他们了……"

其他的老师不约而同地点点头，就连张老师也很直接地对颜夏说道："嗯，颜夏，以后他们的事你就不要管了，他们上课捣乱，你把他们叫出来站着就行了，他们管不住的!"

颜夏点点头，心里隐隐有些不安，怎么说着说着就跟上战场一样。心里这样想着，又和老师们谈了一阵话，便离开了办公室。

因为母校对颜夏来说，有太多的回忆，他很想自己再走一遍校园，看看当年的回忆流淌到今天剩下了什么。

一个人踱步在空旷的校园之中，颜夏觉得很惬意，仿佛一瞬间，自己又回到那个纯真的年代，没有情感的曲折，没有生活的压力，有的只是和同学的打打闹闹，偶尔想睡觉了，跟同桌说一声老师来了叫我一下……

一边走一边思考，颜夏觉得被什么撞了一下，身体不由自主地退了好几步。他一边说对不起一边抬头。

原来和自己撞到的是一个有些强壮的学生，剃着小平头，此刻神情却有些凶恶。在他的后面还跟着几个学生，都穿得像混混。

此刻他们都是喘着气，为首的那个强壮的学生突然朝颜夏左边不远的主席台跑去，后面的几个人也急急地跟了上去。

"同学，不准说我们在这里！要不，哼，要你好看！"那强壮的学生转过头，朝着一头雾水的颜夏说一句莫名其妙的话……

我是老师好吗！我不是同学！颜夏心里气啊。

颜夏一边慢慢往前走一边想着刚才的事，不禁有了一丝笑意，不让我说出去吗，哼，看你胳膊怎么拧得过大腿！

"哎……"在转角处他又被人撞了一次，顿时怒火上升！

这学校的学生走路都不看路的吗？颜夏捂着脑袋愤愤地想到。

"喂，有没有看见几个同学跑过去！"一个有些清脆的声音传过来，一看才发现刚才撞到自己的是个年纪轻轻的女孩子，看她脸庞，也估摸是高中生……

她穿着新潮的衬衫和牛仔裤，头发胡乱地用皮筋绑在后面，任由一些发丝滑落在自己的肩膀和额头上。五官很精致，但在稚气的脸庞中却透露出些微的凶悍。

不过颜夏可不管对方是美女，撞到自己，也不道歉，反而用这么一种居高临下的口气问自己，现在的学生都反了吗？

本来颜夏打算不管是谁都告诉他自己是老师，但是现在他又转变主意了。

"喂，说话啊！"林可林看着眼前这个有点斯文的男孩子，有些气急败坏地催促到。别看林可林像高中生，其实她已经大学毕业了，今年是在这学校教书的第二年。

刚进来的新教师总是拼劲十足，就像此时的林可林，对于坏孩子，总以为能用自己的一腔热情来感化他们，就算感化不了他们，也要拉他们一把，不让他们堕落下去。

今天林可林本来没有课，走在路上却突然看见在一个小亭子里有几个学生，那几个学生还气定神闲地抽着烟……

林可林定睛一看，那几人还是她的学生！

这下她的火气上来了，先不说他们逃课，居然敢光明正大地在学校抽烟！

林可林从来不是温温柔柔的女孩，这下子更加生气，大喝一声就跑了过去。那几个学生一看是老师，哗啦一下全部跑了。

林可林毕竟是个女孩，怎么跑得过那些男生，眨眼间，一个转角，那些男生就不见人影了。但林可林倔劲上来了，憋足一股劲儿追着，刚过一个转角，就撞上了一个人……

不过林可林看那男孩的样子，终究像极了一个学生，她便以老师的模样质问那男孩。

颜夏却把林可林看作是个有些强悍的高中小太妹，正追得那些男孩抱头鼠窜。

此刻林可林的态度把颜夏刚才积蓄的怒气全部激发出来了。颜夏冷冷道："对不起，你的态度我不能接受！"

林可林一愣，眼前这个男孩难道不认识她？这学生什么态度啊！

林可林这一愣可不是毫无理由的。可以说她是这所学校人尽皆知的一位美女老师，短短的几个月便用教学方式和治学能力让自己的名字名扬校内，人人都知道学校有个新来的美女老师，教学认真手段无所不用其极，学生应该是认识她的！

"你，还是个学生？"林可林有些质疑地问。

"是！"颜夏抱着肩，冷漠地回答。确实，他还是个学生，还是个大学未毕业的学生。

但在林可林听来，他还是个高中生，是个学生还那么拽！她的怒气也上来了："刚才有没有看到几个同学跑过去，我没空和你耗时间！"

颜夏一听，这次倒不怒反笑，道："想知道吗？好吧，我就告诉你，操场知道吗？在操场上往右，下台阶，马上左转……"

林可林一听，谅这学生也不敢骗自己，便跑开了！

颜夏看着她跑开的背影，嘴角露出一抹饱含深意的微笑，以彼之道还施彼身！虽然对象不一样了……

等我明天正式上任，我看你还这么嚣张！颜夏收起微笑，露出一丝冷傲。

"喂！"颜夏感觉自己的肩膀被拍了一下，转过身来。

原来是刚才的几位同学，拍他的是为首的那个强壮男孩子。

"你叫什么名字？"那男孩笑笑说道，此刻看来，倒是多了一抹阳光而少了一点盛气凌人。

"颜夏。"

"行！你行！竟然连她都敢骗！我就认了你这兄弟，以后你就当我小弟吧，在学校我罩着你！"那男孩突然对颜夏竖起了大拇指，然后拍着自己的胸脯说道。

我是老师好吗？颜夏压根不想搭理他们，转身就走。

那男孩一看颜夏这样子，突然想到什么似的，上前一步抓住他，问道："你知道我是谁吗？"

颜夏摇头。

"你新来的？"男孩笑出声来。

"是。"颜夏点点头，自己是新来的老师。

男孩一听到肯定的答案，又笑道："哈哈，那你记住了，我的名字叫郑超强！以后有谁欺负了你，尽管报上我的名字。"

幼稚！颜夏心里哭笑不得，果然是没成熟的孩子，电视看多了！等等！郑超强！颜夏此刻想起在办公室的一些对话，转过身来，打量着郑超强。

郑超强穿着一个红色的 T 恤，身子很强壮，和自己一般高。此刻他头上有亮晶晶的汗水，估计是刚才跑得太快了。

不过确实有那种老大的气势。

郑超强看到眼前这个像高中生的男生也在打量自己，心里想到什么一般，又一拍颜夏肩膀，说："怎么样，做我的小弟不会委屈了你……"

颜夏现在心里有些难以表述的感觉，这个，就是我的学生吗？看起来，不是那么难处理啊！

颜夏板起脸孔，严肃地说："郑超强，你逃课？"

此刻的校园还是很安静的，偶尔会听到某个教室传来的琅琅读书声。

郑超强一愣，手僵在颜夏的肩膀上，不过，一瞬间又恢复了很是豪迈的笑声："逃课对我来说算什么！"

第三章

看来，确实是个经常逃课的问题学生。颜夏心里想着，又问道："为什么逃课？"

郑超强有些不耐烦了，收起手，嚷嚷道："你小子烦不烦，做不做我小弟一句话！我还要去玩街舞呢。"

"你会玩街舞？"颜夏想到什么似的，微笑着问道。

"怎么样，羡慕吧？做我的小弟，我教你不是问题。"郑超强看颜夏很羡慕的神情，得意地说道。

现在的孩子啊，总是崇尚一些有个性的活动。颜夏想起自己刚刚大一时和她一起学习街舞的日子。

那是系里要举行迎新晚会，安排了街舞的节目。中文系的男生少，颜夏很不幸地被选中，开始了街舞之旅。

那时候的颜夏还很稚嫩，或者说很努力！为了一个动作，肩膀和手臂磨破了也在所不惜。

如今，颜夏是个街舞小高手了，而她，却不跳舞了。

颜夏一黯，为什么什么事情都会让自己想到那个大女孩？

爱情就是这样，开始的时候，时时想到她；进行的时候，事事掂量自己会失去什么；结束后，一件东西一件小事，都好像在一板一眼地诉说着心底的故事。

"颜夏兄弟，怎么样，别耽误我时间？"郑超强看颜夏在发呆，脸上露出令人难以捉摸的神情，不耐烦地问道。

"敢不敢跟我跳舞？"颜夏突然很想跳舞，跳一段怀念从前的舞，让心情流露在每个定格的 freeze 中，直到 freeze 接成另一段狂妄的 breaking。

"你也会？"郑超强惊讶地看着颜夏。

"打个赌怎么样？"颜夏笑道。

"我从来没这么被人刺激过，说吧！"郑超强突然骂骂咧咧起来。

颜夏心里大笑，果然还是小孩子，还是个意气用事的孩子。

"赢的人做老大！"颜夏收起笑容，严肃地说道。

郑超强也皱起眉头，狐疑地看着颜夏。"凭什么啊？"他有些不爽地问。

"就凭我们都是喜欢街舞的人，在舞场上，只有实力，才能做老大！"颜夏对他玩起了文字游戏，在舞场上我战胜你，以后无论什么战场，我都是你的老大。

而在郑超强听来，心中更加不爽，整个学校没几个会街舞，自己这一身舞艺，还是在外面跟着几个人学的！

"好！我答应你！我就不信，一个新来的学生能厉害到什么程度！"郑超强一拍胸膛，狠狠地说道。

"这样才像个男子汉，先说好，以后谁做了老大，谁就是他的小弟，在场的几个，谁都逃不掉！"颜夏环视了周围几个男孩，加上郑超强，一共五个。

其余四个都是郑超强的小弟，自然唯老大马首是瞻。而郑超强一听谁输了就要当另一个人的小弟，心中一乐，大声嚷道："好！"

"怎么样，现在比吗？"一想到可以收这个有些傲慢的男孩为小弟，郑超强没来由地一阵兴奋。

颜夏看看天色，皱了皱眉头，说："我必须回家了，明天下午放学，在操场见面，怎么样？"

"切！我说你这不是耍我吧？"郑超强一听，马上不爽起来。

"呵呵，不敢吗？"颜夏又激他，他发现郑超强是个自视甚高的人，最不愿意被人鄙视，这个年龄的孩子半幼稚半成熟，最受不了别人看低自己了。

"敢说我不敢！谅你也不敢耍花样！明天下午就明天下午，对了，你是哪个班的！"郑超强很乖巧地中计。

"七年三班。"颜夏朝郑超强意味深长地一笑，郑超强刚想发怒，颜夏又道，"新来的……"

郑超强这才收起怒气，有些理解地点点头。

郑超强还真把颜夏当作学生了，因为七年三班有个很普遍的现象，就是学生年龄比其他班大，大好几岁都不是怪现象！

因为孩子都是外地的，跟着爸爸妈妈转来转去，基础都不是很扎实，所以好些人都是念完初三然后又转学到这边重新念初一。

郑超强自己便是个例子，初三念完便又跟着父母来这边，重新念初一，所以他的年龄才能镇压整个初中，成为初中一霸。

他以为颜夏也是一样，因为颜夏的普通话还挺标准，不像本地的人平翘舌不分。

"好，记住今天的赌约，明天再见。"颜夏看事情差不多结束就转身离开。

郑超强被这一搅和，也没有逃课出来玩的兴致了，看看快下课了，就要回教室去。

"对了，明天见到我，希望会给你们意外的惊喜。"颜夏走了一会儿，想到什么似的，朝正离开的郑超强说道。

"你还是回家练练吧，别到时候丢人现眼，就是你输了我也不收你做小弟！"郑超强大大咧咧地说。

颜夏点点头，开始有点欣赏这个豪爽的男生了。希望他是个言而有信的人。

那么，在学校，一切都将变得有意思起来了，不是吗？颜夏心里现在有些期待自己站在讲台上时郑超强的表情了。

颜夏边走边想着，搭上了回家的公交车。

……

林可林看着眼前的女厕所，久久地，久久地，一句话都说不出来。

第 三 章

颜夏没有直接回家，而是先到表哥那，准备买点菜再回去。

颜夏的表哥开了一家杂货店，就在他家前面。

回到家里不一会儿颜夏就听到了一些搬运物品的声音，下去一看，原来是有新房客进来了。

颜夏的家挺大，空闲的房间经常出租，租给那些外地来打工的人，所以看到有新房客，颜夏也见怪不怪了。

看到东西挺多的，颜夏也下楼帮忙，这下子他看清楚了，这是一家三口，一对中年夫妇，还带着一个小女儿。小女儿大概十三四岁，梳着乌黑的辫子，眼睛炯炯有神，穿着一身很合适的白色运动服。

小女儿很乖巧，第一次看见颜夏，就对颜夏微笑，露出两个很可爱的小虎牙……

"你叫什么名字啊？"颜夏微笑着问那可爱的小女孩。

"赵晴。"那女孩奶声奶气地说话。

赵晴的声音很好听，显得很稚嫩，却很轻柔。

颜夏点点头，看他们的东西都收拾得差不多了，就回自己的房间去了。

颜夏住在三楼，而赵晴全家住在二楼。

躺在床上，看看外面还有星光，颜夏索性抱着吉他，拉了一把椅子坐在阳台上，吹着凉凉的风，胡乱地拨弄着吉他，和着天上的星光，他觉得这样的夜晚很适合看着星星唱歌。

"哥哥，是你在弹琴吗？"这时候，下面传来一个声音。颜夏的头探出阳台一看，不由笑了。原来是那个可爱的赵晴，她把双手撑在阳台上往上面看。

颜夏点点头，笑着说："嗯，是啊。"

"那你会不会弹《老鼠爱大米》？"赵晴又眨巴着眼睛问道。

颜夏觉得他们俩这样说话很累，就说："小妹妹，你上来吧，我弹给你听。"

其实他也不知道为什么，对这个小妹妹就是很容易信任。

下面传来一阵噼里啪啦的声音，估摸这小女孩还是个小迷糊。

一眨眼，门外就传来很有礼貌的敲门声。

颜夏提着琴开门，赵晴在门外很有礼貌地鞠躬，然后傻笑。

对这个自来熟的小女孩，颜夏竟然有些疼爱，替她搬了一张椅子，让她坐在自己身边。

"小女孩，你会唱什么歌呢？"颜夏问道。

"不要叫我小女孩，叫女孩就好了！"赵晴突然说。

"有区别吗？"颜夏一愣。

"当然，我都已经长大了。"赵晴叉着腰说道。

一个小女娃在你面前说她长大了是什么感觉？

颜夏只觉得眼前这个小女孩真的很可爱，不禁摸摸她的头，笑道："好吧！女孩，你会唱什么歌呢？"

"我想想。"赵晴皱着眉头想了起来，"你随便弹，我随便听嘛！"很明显她放弃继续思考了。

颜夏很无语地看着赵晴，这丫头，简直就是个二愣子。

颜夏也不管她了，反正，今晚是要唱歌给自己听的，多一个听众也不介意。

"谁能够代替你啊，趁年轻尽情地爱吧。最最亲爱的人啊，路途遥远我们在一起吧……"颜夏边弹边唱，眼眸不觉温柔，泛着点点波光，如夏天的湖面飘过一缕清风，水面微微涟漪，风也多情水也温婉。

……

当颜夏唱了一首又一首的时候，赵晴突然说："哥哥，你真厉害，我也想学！"

颜夏有些好笑地看着她的小手，说："学这个很辛苦的，而且很疼哦，你看我的手。"他朝赵晴摊开自己的左手，左手各个手指尖都已经是厚厚的茧了。

赵晴摸着颜夏结茧的指尖，吐了吐舌头，说道："我不怕。"

"呵呵，不怕就好。这样吧，你想学的话，每天晚上上来吧，我教你。"颜夏笑着说。

其实，多一个人陪自己说说话，自己也不至于感到孤独。

人就是这样，周围很多人的时候想着自己什么时候一个人静一静，而彻底寂寞的时候，渴望的又是那种喧嚣的繁华……

"好啊好啊！我现在要去睡觉了，哥哥明天再见！"赵晴高兴地蹦起来，然后发现自己动作太不淑女了，又有些害羞地眨巴眼睛，朝颜夏摆摆手，便开心地下楼了。

孩子们真的很容易满足，只要简简单单的一句话，便可以一夜好梦，为什么人越是长大，就越苦闷，好像一个无底洞，无论生老病死喜怒哀乐，都填不满他们心中的念头。

颜夏躺在床上，想到明天就可以见到那群初一的学生了，心底隐隐有些期待。

星期二，颜夏早早起床，今天是见习的第一天。其实说早也不早了，只是颜夏的生物钟还是漳州的，漳州所谓的早就是八九点钟的太阳。

外面的太阳冉冉升起，家里静悄悄的，爸爸妈妈又出去工作了，家里只剩下耳朵不灵光的爷爷，还有脑袋不灵光的颜夏。

颜夏是第二节课的见习，但是当务之急还是要见下自己的指导老师，听张老师说指导老师昨天没课，所以没来教室。

颜夏到学校时，学校静悄悄的，这次他轻车熟路地去了办公室。

"是你！"办公室突然响起一声晴天霹雳！

林可林本来站在办公桌旁边收拾一些东西，抬头便发现自己不共戴天的仇人就这么生生地出现在眼前了！

原来真的有上帝，感谢上帝，愿上帝保佑你！可林心里暗爽一声，替眼前这个有些惊慌失措的男生祈祷。

颜夏不是真的惊慌失措，只是愣住了，他定睛一看，在不远的办公桌旁边站着一个有点小姿色的女孩。此时那女孩正一脸奸笑地瞪着自己，这女孩不就是昨天被自己忽悠的倒霉孩子！

颜夏的第一反应，开口便是一句："对不起，走错了！"他以为自己走到高中办公室了。

"你给我过来！"林可林听到这句话就觉得太卑鄙了，卑鄙到自己一个堂堂女流之辈都不屑说，他一个堂堂的男子汉说得那么理直气壮。

颜夏的身子一僵，认真看看周围的环境，发现是昨天的没错，于是有些不好意思地说："不好意思，又看了一下发现没走错。"

无耻啊无耻！林可林心里盛开了红彤彤的火花，被聪明伶俐的自己揭穿了阴谋诡计，就马上改口，而且改得这么气定神闲，你怎么不去争奥斯卡猥琐小金人？

　　颜夏可不知道她心中的小九九，这一切在他看来是那么自然，再看看女孩的脸色有些不好，而且直挺挺地站着，便好心安慰道："喂，你没事吧？是不是被老师罚站了？"

　　听了这句林可林差点直挺挺地躺过去，可她毕竟还是个老师，信手一抓，一把木尺便以迅雷不及掩耳之势朝颜夏下半身而去。

　　颜夏一看有些不知所措，这个小太妹太嚣张了！本来有些歉意，毕竟是自己骗了她，但是他保护了自己的那群学生，想来也没什么错，现在再看这小太妹卑鄙到 PK 也不等 "ready go"，就这么傻愣愣地朝自己就是一通刀光剑影，颜夏哪里肯依！

　　他也不是省油的灯，眼看那尺子就要落在自己身上，左手往旁边的办公桌一抓，抓住一本书往身下一挡！

　　"啪！"

　　"啊！"

　　没挡准，那尺子狠狠地击中颜夏的小腿。

　　肯定青了！颜夏目眦尽裂。

　　颜夏双手紧紧抓着书，愤愤道："你这小太妹也太嚣张了吧！你知不知道我是……"

　　林可林一听，鼻子都气歪了，自己这么温柔贤淑，在他看来却是个小太妹！太掉身价了！如果自己是小太妹，那也是个有文化的文静小太妹！气得林可林话都没让他说完，第二次攻击再次疾风骤雨般下来。

　　"啪！"

　　"哈！"

　　这次挡准了！颜夏还没来得及高兴，又哀号一声，这丫头手里的尺子肯定是速度 +10 的属性吧，攻击速度太快了！

　　颜夏真的有些愤怒了，自己一个老师被一个小太妹学生打得这么狼狈，成何体统！

　　"你知不知道我是实习老师！"眼看那尺子又要下来，颜夏只好使出杀手锏，亮出自己的身份。

　　"你是实习老师我还是美女老师呢！"尺子并未停住，伴随着小太妹的一声大喝，隐隐有风雷之声。

我看你敢打！颜夏冷笑着看小太妹，丝毫没在意她说什么。

"等等！你说你是什么？"小太妹脑神经太复杂了，有点后知后觉。

"实习老……噢！"颜夏还没来得及得意便惨叫起来。

"对不起，手不听使唤，我脑袋已经叫手停了，但是停不下来啊！"可林这次倒是说真的，听他说自己是什么老师，已经隐隐感觉有些什么不对，但是一失足成千古恨，一出手就回不了头，实在停不下来。

卑鄙！这借口真够无耻！颜夏青筋暴起，准备和她拼了！

"你们，在干吗？"门外响起一个很惊异的声音。

"没看见打架啊？"颜夏没好气地回答。

"还不走开！我跟他没完！"林可林也气势汹汹地吼道。

超强有些郁闷，自己本来被数学老师赶来罚站，想不到目睹了一场惊心动魄的师生大战，结果还没过瘾就又被赶走了。

不过临走之前超强还是给了颜夏一个肯定的眼神，对颜夏肃然起敬！

一个连自己都害怕的老师，这颜夏兄弟竟然能以一己之力抗衡这么久，可歌可泣啊。至少在超强心中，颜夏已经有了老大的分量。

等超强走出去，形势又剑拔弩张起来。

"你凭什么赶我的学生？"颜夏怒向林可林。

"什么？你的学生？你造反了啊，还想抢我饭碗？我打！"林可林的手刚扬起。

"我挡！"颜夏几乎是在瞬间就反应过来，举起手中已经被蹂躏一通的书。

"你们，在干吗？"办公室外面又是惊讶的声音。

俩人同时回头。

"噢！老师！"颜夏叫起来。

第一个"噢"是那罪恶的小太妹又收不住手了！收不住就算了，还偏过自己举着挡她的书，愣是狠狠地打在自己身上！

门外站的是颜夏的语文老师！

"杨老师，怎么是你，你不是在上课吗？"林可林大概也觉得刚才第二次收不住手实在有点说不过去，赶紧转移话题。

"我是下来倒开水的。"杨老师诡异地看着这两人，扬了扬手中已经空了的水杯。

"你们，在干吗？"杨老师再次发问。

"我在教训学生!"林可林如是说。

"这小太妹太嚣张了!"颜夏当仁不让。

"颜夏,你不知道,林老师是你的指导老师吗?"杨老师很神奇地说。

颜夏当机。

"林老师,不是跟你说今天有个实习老师要过来,让你接见吗?"杨老师又对可林说道。

林可林故意装死机。

杨老师有些恨铁不成钢地看着两人一副茫然的样子,显然是接受不了这个事实。

"噢!"杨老师突然惨叫起来。

"我的书!"杨老师一把夺过颜夏手中的书,心如死灰地看着这两个战争狂。

颜夏一看,自己刚才拿的竟然是一本语文教参,现在,书封面破了,上面隐隐有纸屑,必然是小太妹的打狗棒法,再加上自己的干柴烈火掌,此书已然面目全非了。

"你是实习老师?"林可林有些接受不了这个现实。任由是谁,在和一个学生大战几百回合之后,发现这学生好像齐天大圣一样,摇身一变,成了实习老师,能接受得了吗?

更可恶的是,变成实习老师后他还很无辜的样子,让自己一直仗着的教师身份也失去了魔力。

"是啊!"颜夏也气势不弱。

"那之前我问你你怎么说是学生?"林可林看着颜夏一问三不知的样子就来气。

"什么时候?"颜夏真的忘了。

林可林心里把这实习老师骂了千百遍,但碍于杨老师还在场,不适合看到太暴力的场面,只能强忍着怒气说:"昨天,我问你的时候!"

颜夏想起什么似的,一拍额头:"噢!我想起来了,我的确是学生啊,大四还没毕业!"

这动作在林可林看来奇假无比,她情不自禁地捏紧手中有些变形的尺子,颜夏看在眼里又是一阵肉痛。

"你怎么一会儿是小太妹一会儿又是老师啊?"颜夏显然还没消化完。

"我一直都是老师好不好!"可林咆哮起来。

"哦。"颜夏很诚实地回答了一声。

但是这在林可林听来显然是带上了滔天的鄙视和不信任。

"噢！你们对我的尺子做了什么？"门外又一声惨叫，一个灰色的身影闪电般蹿出来，夺过林可林手中的尺子。

"张老师！"

张老师看着林老师，再看看手中已经变形的尺子，此时他大概想吐口水了。

"都怪我！都怪我之前没给你们说好。"杨老师大概从痛失爱书的剧痛中回过神来，悔恨地说道："颜夏，你过来，我介绍下，这个是林可林老师，是你的语文指导老师，你等下就跟着她去听听课吧。"

"可林，这个就是我当年的学生，现在来当实习老师，叫颜夏，你以后要好好照顾他，照顾不好我让你改作文去！"杨老师对林可林说道。

俩人到现在仍然是茫然的。不过，还是颜夏识理，上前一步，道："小……老师，刚才对不起啊，有眼不识泰山了，以后请多关照！"说着伸出有些红润的手。

小老师？你一起床就是小老师！林可林气炸了，很想夺过那把尺子，如果那尺子是玉，那这颜夏就是臭石头，我抽得他和尺子玉石俱焚！

她不知道的是，本来颜夏想叫小太妹的，不过幸亏他机智过人，而且不像林可林那样收不住自己，于是，强行吞下太妹俩字，吐出老师来。

颜夏知道再叫小太妹，那么今天自己和那尺子都难逃一死。

林可林愤愤地瞪着他，我哪里小了！不过，她还是伸出手，狠狠地握了颜夏一下。

颜夏一笑，小老师不自量力了。任凭可林捏着手，颜夏都岿然不动。

颜夏稍一使劲，林可林就像被火烧了一样，甩开他的手。

"都怪我，昨天没跟你们说好！"杨老师从悲哀中缓过神，又痛心疾首地说："小颜、小林，以后七年级语文的生杀大权都在你们手中，你们要携手并进啊，可不要狼烟四起啊！"

颜夏看了一眼林可林，两人的眼神都异常坚定并且深沉地透露出：你全家噢！

"铃铃铃……"上课铃响了。

"收拾一下，跟我听课……"上课时间到，林可林变了一个人似的，马上严肃起来，在桌上收拾了下教案，头也不回地走出办公室。

颜夏看了看还在悲哀的杨老师和张老师，哎，这下子两败俱伤的不只是他和小老师，还有书和尺子。

林可林的身影进了隔壁走廊的教室中，原来，七年三班与办公室的距离只是一个过道……

颜夏深呼吸，想着马上就可以见到自己可爱的同学了。不过，最后一节班会课才是介绍自己的时候。

颜夏从后门一脚踏进教室，他已经准备好迎接同学们热情的目光和欢呼声了。全班同学的目光顿时汇聚到他的身上，但是欢呼声呢？

"哇，色狼！"一个尖尖的声音响起来。

颜夏顺着声音的方向一看，也忍不住"哇"的一声喊出来。在倒数第二桌，赫然坐着昨天骂自己色狼的同学，此时她正惊讶地看着颜夏……

瑶凤怎么也想不到，昨天被自己叫作色狼的家伙，竟然来到她们班，不会是来找她报仇的吧？

"安静！"林可林在讲台上都要气晕了，学生乱叫也就算了，你个半吊子的老师也跟着乱叫，师德和形象都被你这傻不拉几的东西破坏得一干二净。

颜夏也知道自己失态了，立即收回目光，瑶凤也赶紧转过身子，正襟危坐。

颜夏此时后悔了，刚刚走太急了，没搬张椅子过来。不过，天无绝人之路，在瑶凤的后面恰好有个单独的课桌椅。颜夏一步上前，坐在椅子上。

颜夏坐下后，林可林感觉这个人消失在茫茫人海中一般，自己都晕了一会儿，难怪误会他是个学生，就是把他往初中生堆里一扔，你没点眼力还真拎不出来……

颜夏觉得，以后的日子必然会万般精彩。

你个小姑娘家家，骂你老师是色狼，看你以后怎么过日子，熬死你。颜夏在心里想着。

"颜夏，起来！"林可林看颜夏在那边低着头偷笑，气就不打一处来。

"呃！"颜夏一听自己的名字，习惯性地低着头站起来，不过想想，自己是实习老师，我干嘛像个做错事的学生一样，顿时又抬起头。

林可林看他嚣张的样子，微微一笑，残忍地说："这位同学，请你背诵《滕王阁序》。"

学生们一头雾水，颜夏愣住了。小哥哥我也是老师啊，你居然提问我？他刚想拒绝，却瞥见林可林嘴角那一抹阴谋得逞的微笑，敢情这小老师是要让我在班上丢脸，以后就失去威信了！毒！果然最毒妇人心，那么，别怪我无毒不丈夫了！

可以说颜夏小半辈子都在跟文字打交道，背《滕王阁序》肯定是没有任何问题的。

"豫章故郡，洪都新府，星分翼轸，地接衡庐。襟三江而带五湖，控蛮荆而引瓯越。物华天宝，龙光射牛斗之墟；人杰地灵，徐孺下陈蕃之榻……"颜夏故意背着手，摇头晃脑地背起来，中间不带卡壳的。

哼，你有你的张良计，我有我的过墙梯，索性我就将计就计来树立威信！

林可林一听，愣了，遇到高手了！

等颜夏故意慢腾腾地背，林可林都快崩溃了，还让不让自己上课了！

颜夏一背完，林可林小手一挥，示意颜夏坐下来，突然，一个掌声响起来。颜夏一看，嘿，坐自己不远处的郑超强！

郑超强看这个小弟如此了得，进可办公室里斗老师，退可教室之间气老师，当真是帐下一员猛将啊！

没错，郑超强已经把颜夏当作自己的同学兼小弟了。

随着郑超强的鼓掌，四周也响起热烈的掌声，三班是个热情的班级，这掌声马上就有愈演愈烈之势。

林可林大手一挥，像个指挥家一样把这掌声狠狠一收，学生很乖巧地停住了。

"好了，现在开始上课……"林可林嘴上说着，心里却想着，颜夏我以后再慢慢收拾你，让你改作文，让你水平退步！

如果颜夏听到她的心里话，肯定会含泪骂她好狠的心！

颜夏坐下来，也准备上课。

林可林老师上课真不是盖的！颜夏心里赞叹道，一个能当街吵架的小太妹竟然上起课来头头是道，旁征博引，当真是一朵阆苑仙葩。

嗯，课余的时候那么彪悍，上课的时候又有些微的吸引力，好像一匹狼一样，一到月圆，就嗷嗷嗷地开始专心致志地啸月了。颜夏刚为这个比喻得意，突然感觉手上多了点东西，定睛一看，一张纸条！抬头一看，竟然是骂自己色狼的小丫头。

嗯？给我的？给你家老师我的？胆子大了！颜夏心里想着，手上却打开纸条："色狼，你好，你这学生很牛啊，我佩服你，你QQ是多少？我加你！"

颜夏无语了,上课写纸条给老师就算了,还问老师要QQ,什么世道?!

不过刚才摆了小老师一道,现在他的心情大好,而且,这个小女娃,你骂我色狼,还敢主动问我要QQ,我堂堂实习老师怎能与你这女流之辈为伍。

"234852259,上课请认真听讲!"写完又小心翼翼地将纸条往前面一扔,表情一片严肃,正襟危坐。以突出在写纸条的同时还在督促她读书,前面那九个数字只是一个稍微地衬托。

不过对于瑶凤来说,那后面七个字才是一种微不足道的陪衬。

当瑶凤看到颜夏进来时,确实是很吃惊的,本来以为这色狼是来报仇的,不过看到他坐在最后一排,这才舒了一口气。但是当瑶凤看到颜夏谈笑间背完那么长的一首《滕王阁序》,顿时觉得这个男生或许是个有文化的色狼。

而对于自己,瑶凤一直评价自己是个思想叛逆的流氓,于是,流氓和色狼仿佛是天生一对似的,便鬼使神差地写了纸条。

本来没抱什么希望,因为瑶凤觉得这人有点内涵,不过当看到回复的时候,她既高兴又悲哀,高兴的是自己的阴谋终于得逞了,悲哀的是,哎,再有内涵还不是色狼一只。瑶凤有些鄙视地回头看了颜夏一眼,就转过头去,留给颜夏一个很出世的背影。

颜夏怎么会看不出来那眼神里的鄙视、敌视、蔑视、无视,只是他实在是莫名其妙。小丫头,你要QQ号,好吧,我给你了,我给你了你还鄙视我!你的良心都长树上了啊!

颜夏有些郁闷,在自己没亮出身份之前,估计只能一直默默忍受一声声色狼的侵袭,还有那可爱的眼神,以及那美丽的鄙视。

感觉有一束目光在看自己,颜夏心里咯噔一声,难道是刚才和那丫头传纸条被发现了?他勇敢地迎向那目光,这一看,不禁愣住了,但马上又笑了起来。

这世界,真小!

颜夏看到的可不就是小妹妹赵晴。赵晴从颜夏一进来就一惊,自己的大哥哥也来他们教室了。

不过她知道的是,她的大哥哥正在念大学,怎么可能过来念初一呢!

赵晴便不时地回过头去看大哥哥,当他看到大哥哥和瑶凤传纸条,然后瑶凤回给他一个诡异的眼神,他的整个脸都变成了苦瓜脸时,心中不禁一阵开心,而这个时候,大哥哥也看到她了。

赵晴朝着大哥哥一吐舌头,用手在脸上做了个羞羞的动作,便俏皮地转过脸去。

颜夏环视四周，确定终于没有其他和自己有瓜葛的同学了，这才认认真真地听起课来。

说是听课，还不如说是在打量这小老师。说实话，刚才没去注意，现在看来，小老师还是不错的。今天穿着一身的白衬衫，搭配一条黑色的裤子，显得干净利落。

不施粉黛，或者说施了自己近视也看不见。反正整张脸看上去很干净、秀丽，整个人看来有一种夏天的感觉。

嗯，没错，夏天那种突如其来一阵凉风的感觉，让人觉得心旷神怡，尤其是那一双认真而炙热的眼睛，仿佛要在这个季节里燃烧所有阴霾。

不知不觉，颜夏有些看呆了，脑袋中突然出现另外一个白色的身影，穿着裙子，也在讲台上翩翩起舞……

林可林讲课之余，不小心从茫茫人海中看到颜夏，本想说你这小子还是有点鹤立鸡群的感觉嘛，不过看到他那眼神，顿时想把他再塞回茫茫人海中，最好让他尸沉海底。

颜夏直直地盯着自己的脸，林可林回应他一个恶狠狠的眼神，显然，颜夏是入迷了，对她的眼神视若无物。

"咳！"可林很假地咳嗽一声，暗示你再看我就讲不下去了。

可惜的是，颜夏一直是一个做起事情来很认真的家伙，即使是看姑娘也会很认真。

林可林的咳嗽声倒是像骨牌一样，引起连锁反应，同学们觉得好玩了，于是，一个个也装作很不经意地咳嗽，教室内顿时响起一片咳嗽声。

颜夏回过神来，诧异地看着周围怎么那么多人咳嗽，茫然地再继续看向林可林，林可林都快气炸了："颜夏！"

颜夏无辜地站起来，咳嗽声神奇地停止了，因为大家觉得看戏远比自己演戏好玩。尤其是看他们最暴力的林老师和这个一过来就很帅气的学生演对手戏。

一叫颜夏起来，林可林倒是有些不好意思了，自己叫他起来干嘛，难道当着小孩子的面说你那么专心看我干嘛。

于是这两位未来顶级的语文老师面面相觑。

颜夏更郁闷，没来由被叫起来，叫起来什么话都不说就看着自己。难道自己坐着她看得不够，非要让我站起来看吗？

受不了了！颜夏有些低声下气地说："老师，你那么专心看我干嘛？"

林可林本来在想个要出个什么问题问他，听颜夏这么一说差点背过去！这人还真的当着同学们的面说了出来！这话该是我说啊！林可林觉得自己快走火入魔了，阴冷地说："你去厕所！"

颜夏莫名其妙，很诚实地回答："我不想去！"

"不想去也要去！"林可林终于咆哮起来。

颜夏终于醒悟了，林可林生气了！怎么办怎么办！怎么样让她更生气呢？颜夏心里乐开花了。

颜夏脑袋一转，装作很笨的样子说道："那我回来要打张证明吗？"说罢抓起书抱头鼠窜。再待下去估摸着这小老师要亲自抓自己进厕所面壁了。

班级响起一阵爆笑声。

郑超强则在那啧啧称赞："颜夏小弟真牛，比我还牛，这小弟，我认了！"

瑶凤看着颜夏有些逃离似的跑开，心里也暗自思量："这位同学看来不可小觑！"

全班都在佩服这位同学，估计只有赵晴这小妹妹在担心了："大哥哥得罪了林老师，怎么办啊？"

颜夏回到办公室，看看时间，都快下课了！

办公室里现在有很多老师，颜夏灰溜溜地进去，顿时引起不少老师的注意。

杨老师看看时间，问："颜夏，你怎么提前出来呢，一节课还没听完呢！"

颜夏无奈地一摆手，说道："被小老师轰出来了！"

"小老师是谁？"张老师问。

"哦，错了，是林老师。"颜夏赶紧解释道。

众老师一听，面面相觑。能被林老师这朵旷古烁今的奇葩轰出来，也是另一株惊天动地的绛珠啊！

"咳，颜夏啊，你们之间可能有什么误会，可要好好交流啊，还有，对林老师要尊敬些，虽然她也是新老师，但毕竟是你的长辈。"杨老师很认真地对颜夏说。

"哈，那年纪不就和我差不多……"颜夏的重点却不在这。

"呃，和你同岁，不过她比你晚出生一天。"刚看过颜夏档案的张老师说道。

颜夏心里笑开了花！不过表面上装成听天由命的样子说道："原来是这样啊，我知道了，我会好好和她相处的。"

"鬼和你好好相处！"门外一声炸雷，众老师回到座位。

果然，是风华绝代的小老师回来了。

小老师脸若寒霜，在颜夏看来却像六月里的一个香草冰激凌那么清爽可口。

"有话好好说嘛！"众老师劝解。

"颜夏，你跟我走！"林可林把教案往自己办公桌上一甩，径直走出去。

颜夏有些绝望地看看周围的老师，老师们倒是很自然地说："去吧，去吧，有我们呢。"

颜夏一看，死的心都有了，有你们什么啊！该不会被她先什么后什么吧！只能把心一横，舍不得孩子套不住狼，早晚是要和她大干一场的！

随即风萧萧地走出去，老师们也易水寒般看着他去"死"。

教室里，林老师一走教室就炸开了锅。

"刚才那人是谁啊，挺眉清目秀的啊。"几个女生在那边叽叽喳喳。

瑶凤不喜欢和班上的大多数人玩，此刻，却拿着那色狼写的字条，有些傻傻地笑着，色狼，你还真有个性！

在学生心中，林老师就是他们最大的BOSS，他们这群小菜鸟一直臣服在BOSS的淫威之下。现在，出现了一个英雄，这个英雄敢去挑战BOSS，而且他自己还是只和大家一样的小菜鸟，这就不一样了！

初中生正是半成熟的时期，很崇尚英雄主义，颜夏不知道他今天的行为无意中树立了他孩子王的光荣地位。

"他叫什么名字啊？"突然有几个女生问道。

赵晴在那边乖乖听着，听到这个问题，本来想很老实地回答，刚要开口，一个很粗犷的声音响起来："他叫颜夏，是我们新同学，还是我小弟！哈哈。"不用看也知道这是郑超强了！

众人对他都比较畏惧，现在听他说这个，倒是吸引力战胜了恐惧，听到说是自己的新同学，很多女生都很兴奋。

"他是我们的同学呢，以后还可以看见他啊。"女生叽叽喳喳。

瑶凤一笑，同学，难怪刚才会被老师提问。

"喂！他还是我小弟呢！"郑超强很郁闷，为什么自己说他是同学和自己的小弟，所有人的注意力全部去了同学上面，难道他是自己的小弟这点不更让人震撼吗？

郑超强一吼，教室里顿时安静下来，又恢复了对他的畏惧。

"他不是我们的同学吧？"赵晴弱弱地说了一句。赵晴听郑超强说颜夏哥哥是自己的新同学时心里就很奇怪，大哥哥念大学的，怎么会是自己的同学，于是她很老实地说出自己的想法。

坏就坏在此刻万籁俱寂，正是郑超强有些郁闷的时候，她细细的声音马上被郑超强听得一清二楚。

"你说什么？你敢怀疑我？"众人让开一条道，郑超强大步走到赵晴面前。

赵晴只觉得一团黑影压过来，然后一个凶恶的声音就传到耳边。

赵晴差点哭了，带着哭腔说道："他应该不是吧……"

"你说什么？颜夏可是亲口对我说的！"郑超强打断赵晴的话，声音又提高了八度。

郑超强想到昨天颜夏说的几个关键词：新来的，七年三班，不是同学是什么。而眼前这个小女孩竟然敢当众怀疑自己，这不是在扇自己的耳光吗？

"他真的不是。"赵晴哇的一声哭出来。

"好啊，我跟你打赌！他如果是我们的同学你就当我小弟！如果不是，我就给你当小弟！就这样，真不爽！"郑超强突然一拍赵晴的课桌，把赵晴吓得止住了哭声。

他大声说出这个赌约，也不管赵晴答不答应，就径直回去了。

郑超强心里其实还有念头，收个乖点的女生做小弟，以后作业什么的统统扔给她，毕竟她还是自己班级的。虽然这郑超强在大家眼中是个小混混，但还是男子汉，不会去打同班的同学，更不会打女生。

赵晴心里委屈极了，她看到郑超强这么有自信，此刻倒是怀疑起自己来了。而且他在全班面前打这个赌，那自己输了，以后可这么办啊！

一想到以后自己可能变成一个小太妹，赵晴又哭了起来。幸好这是第二节下课，中间有三十分钟休息时间，几个女生过去安慰赵晴，渐渐地，赵晴也不哭了，只是趴在那边，默默抽噎着。

瑶凤看在眼里，心中对郑超强的蔑视又多了几分。

"对了，大家记好了，颜夏下午放学要和我在操场斗舞呢，大家可以去看看！"郑超强突然想到什么似的，大声说出来。

"什么，那人还会跳舞？"本来一滞的空气又热闹起来，同学听到这个很牛的学生还会跳舞，双眼顿时放光。

郁闷，为什么我说他和我斗舞，重点全跑他那里去了？我也会跳！超强看着教室又乱作一团，心中被弄得有些烦躁。

第 四 章

　　颜夏老老实实地跟着林可林，拐了几个弯后又走进一个旮旯。看看周围，真难得在一个学校之内可以发现这么个三面面壁的地方，真可谓是杀人灭口毁尸灭迹的良地啊。

　　更难能可贵的是周围还静悄悄的，不是一般人还真找不到这里来。

　　林可林就不是一般的人，她肩负整治坏孩子的重任，自然可以发现这个坏孩子经常斗殴的地方，想不到现在派上用场了。

　　我要狠狠揍你一顿——如果我打得赢的话！

　　可林看着颜夏欠扁的脸，心中狠狠地模拟左勾拳完后加个撩阴腿会不会有失文明。

　　颜夏想，死就死，你还真敢拿我咋的！于是，他壮了胆子，问："小老师，你叫我来干嘛？"

　　"打架！"正在模拟打架的林老师不假思索地说，但话一出口就收不回来了，林可林马上从模拟中回到现实。

　　我这嘴巴真的管不住！林可林想在打架前狠狠打自己个嘴巴子。不过，现在得全神戒备了，这卑鄙的家伙会不会在自己说漏嘴的情况下先下手为强把自己给灭口了。

　　不过很显然颜夏被吓到了。

　　颜夏想不到这清秀可人的小老师这么暴力。

　　"好吧，很明显，我是开玩笑的！"林可林看颜夏傻在那边，迅速衡量了下利弊，发现如果真的打起来最后肯定两败俱伤。

　　因为颜夏毕竟算半个男生。

　　颜夏听林可林这么说，马上找个台阶滚下来："是啊是啊，大家都是老师嘛，何必呢！"

　　俩人奇假无比地互相笑了一会儿，场面很自然的又尴尬起来。

　　我叫他来干嘛呢？如果不打架的话还真找不出什么事来做。林可林有些郁闷地想着，刚才在教室实在是被气疯了。

林可林林手一动，颜夏条件反射地后退一步，扎起马步。

林可林林一见顿时也双手握拳，过了一会儿，缓缓说道："你知不知道明天就是期中考试了？"她好不容易才想到了这个话题。

"刚知道。"颜夏乖乖回答。

"你什么想法？"林可林林莫名其妙地问，问得连自己都觉得莫名其妙。

"这个期中考是衡量学生半个学期以来的综合学习情况，我们一定要秉着公正、公平、公开，呃，公开就算了。我们一定要抓好纪律，做好复习，争取做到学风好、考风好。"颜夏严肃地说道。

林可林林顿时被他倾倒，这颜夏当真是个鬼才，不去考公务员浪费了，自己一个莫名其妙的问题他都可以借题发挥，还滔滔不绝地说了这么一大堆。

"那你知不知道三班一向是三个班里最差的？"林可林林说道。

"知道，我有信心带好他们。"颜夏全神戒备，现在腿有点酸了。

"你知道他们差在哪里？"可林林怀疑。

"知道，他们随父母颠沛流离，没有系统地学习基础知识，所以基础不牢。"颜夏越回答越郁闷，如果光听这一问一答，不知情的人一定以为两位勤勤恳恳的好老师温上一壶茶在促膝长谈，不时有什么一针见血的见解，俩人发出会意的微笑，然后第二天学生成绩在他们的带领下突飞猛进。

但情况偏偏是如此诡异——两人一个双手摊开，一个双手握拳，中间隔着两米，两人均架势十足地在那一来一去地就三班的问题讨论了十几个回合。

谈话是心有灵犀的，形势是剑拔弩张的。用一句话说，就是看到他们的架势绝对猜不出他们正在进行教学上严肃的交流；听到他们谈话的，绝对想象不出他们想干架。

过了一会儿，颜夏快散架了，终于主动收起自己的防伪的双手。

因为颜夏发现自己这架势远比林可林林的姿势难，自己双腿扎着马步，而林可林林只是双腿夹紧。

试问正宗铁板桥马步难还是咏春拳的马步难？

林可林林一看颜夏收起架势，也赶紧收起来，这姿势，怪丢人的！

"你就一个小小实习老师，说起来头头是道，做起来估计是两眼一抹黑！"林可林林嘲笑道。

"我有信心带好三班！"颜夏嘴上不示弱地说着，心中暗暗骂道，你不也是个刚教书的黄毛小丫头！

林可林一听，顿时乐了："哈哈！笑话！透过你这纯真的笑容我仿佛看到我当年单纯的模样！"

"你现在不单纯了吗？"颜夏问。

"我纯得你老妈都认得！"林可林大怒，顿时想要拳脚相加。

形势再次严峻起来。

不过林可林估摸着自己还是打不过他，又笑道："当年我刚出来的时候，也幻想着自己能够拯救世界，可惜事实是多么惊心动魄！你知道吗！"颜夏一低头，说的也是，自己毫无带班经验，光凭一腔热血的话，这一腔热血只会变成一盆狗血。

"你这么有自信是吧？好吧，明天三班的语文课就让你来！"林可林想到什么似的，微笑的样子像个纯洁的天使。

"明天不是期中考吗？"颜夏诚实地说。

微笑戛然停止，真丢脸！林可林又说："我的意思是下次语文课！怎么样？"

"不是要见习几天吗？"颜夏不知是计。

"难道期中考几天不够你见习吗？"林可林反问。

"难道期中考试要我见习他们考试吗？"颜夏不可思议地看着林可林。

"大名鼎鼎的颜夏，需要见习吗？我跟你打个赌！我们就以期末为准，你带三班，我带一班，看哪个班期末考得好！敢不敢？"林可林终于露出狐狸尾巴。

晦气！这几天怎么净跟别人打赌了！颜夏想着，怕其中有诈，问道："那二班呢？"

"呃，二班，就作为我们战争缓冲带吧。"林可林思索了一下说道。

颜夏冷汗直出，如果这话被恩师听到，他们这两人都没好果子吃！杨老师肯定会义正严词地说："你们以为教育是过家家啊！教育是终身大事，是严肃的，是进化的！"

"你使诈！你们一班的基础比三班好！"颜夏想了想，终于抓到狐狸尾巴。

狐狸尾巴被抓住，林可林还有黄鼠狼尾巴："这只是你的借口，你既然刚才说得信誓旦旦，那么，怕吗？"

颜夏一怒，这女人真的是太狡猾了！颜夏道："说吧，赢了怎么样？输了又怎么样？"

反正只要不是卖身契啥都行，就是卖身契的话卖给小美女也没问题！

"我赢了，哼，你见我一次就喊我一次老大！并且还要九十度鞠躬！"林可林幻想着颜夏灰溜溜地叫她老大的情景，心里狠狠地开心了一下。

幼稚！颜夏一听，又是老大，人家初中生要当老大，说明人家年纪小不懂事，你个大人要当老大，只能说你脑残！小太妹就是小太妹，披上圣洁的教师制服还是掩盖不住你身上那蠢蠢欲动呼之欲出的太妹精神啊！

颜夏想到什么似的说道："好吧！我的条件就不那么暴力，温柔多了！你输了，你见我一次就大声喊我一声——哥哥——哈哈……"

颜夏此刻笑得别提多猥琐了，谁叫林可林的年纪比他小一天！

而且颜夏还有杀手锏，自己是来实习的，你以为会一辈子待在这里啊，期末考完，自己就走了，就是输了，哎，要再见一面，估摸着是要靠传说中的缘分了。

"卑鄙！没见过你这么下流的老师！你太无耻了！"林可林一听，脑袋轰的一声，此刻只想和他狠狠干上一架，就是为国捐躯也在所不惜！

"生气就别赌！"颜夏一看这架势，好不容易撑到现在，现在干起架来多不值得，白费那么多口舌了。

果然，看来林可林是有什么阴谋的，一听，那火气早不知道跑哪去了！

林可林咬牙切齿地说："好！就这么说定了！"她还残存一丝理智，哼，一班会输给三班吗，开玩笑！你永远不知道，一班和三班的基础差距有多大！让我叫你哥哥！要么下辈子，要么做梦，要么你提头来见！

颜夏嘴角一翘："不行，我还没决定要赌呢！"说得相当之云淡风轻。

林可林那隐忍的怒意再次膨胀，看来不打一次是不行了！她卷起袖子，这颜夏看起来太无耻了，说了这么多，计较了半天，最后给我来一句还没考虑清楚，就是和一头猪交易！

颜夏一看林可林露出胳膊，再不答应就真的会被小太妹揍了，赶紧说道："我现在考虑好了，我答应！"

林可林狠狠地甩下袖子，头也不回地走了，边走边说："你最好记住这个赌约，我跟你势不两立！"

年轻人，还是太容易意气用事啊，颜夏摇摇头，有些沧桑地看着林可林，看到她快消失了才想起什么似的赶紧跟上去。

"你再跟着我我就扁你！"

"你总得带我离开这鬼地方吧！"

"……"

等颜夏觉得眼前的景物无比熟悉时，才确信自己走出了那片神奇的宝地，他摇摇头，看着林可林活力四射地消失在尽头，心中暗暗悲鸣，日子不好过了！

颜夏的感叹没有错，因为毕竟是实习老师，实习成绩的生杀大权还在她身上呢，到时候她的评语如果是"奸淫掳掠、无恶不作"之类的就惨了。

差不多下课了，今天算是颜夏上任的第一天，所以中午还是不回家了，就直接在学校吃吧。

在颜夏的记忆中，学校食堂的方位应该是没变的。果然，拐了几拐就看见一座土黄色的建筑。

食堂——那个煮出来的东西喂猪，猪吃剩下的东西再喂猪的食堂。

很无奈，颜夏也要去当一次猪了。

颜夏记得食堂里面有个专门的包间是给老师的，就是不知道这么多年过去了有没变化……

颜夏一进食堂，那亲切的感觉一下子迎面而来，连那倒进桶的面条都还如几年前的一般臭气熏天……

他一眼就瞄见小包间，此刻食堂内安安静静的，只有几个煮猪食的老师傅以深沉的眼光注视着他。

颜夏很有礼貌地解释道："我是个老师，没有逃课！"

老师傅们理解地点点头，其中有一个说："时光荏苒啊，当年我是他那么大的时候还在玩泥巴！"

颜夏一听，竟敢鄙视我的身高！

他灰溜溜地向包间走去，包间的门虚掩着，颜夏在外面叫了一碗面条，大咧咧地推门进去！

"哇！"

"噗！"

林可林！

林可林本来怒气冲冲地想回宿舍，却发现饭还没煮，都是被那个颜夏害的！于是她很无奈地去食堂吃饭。

食堂的面条本来就难吃，再加上林可林火气又大，而且面条还那么烫，正当她慢腾腾地皱着眉头吃面条时，后面的门被推开，紧接着一声鬼叫！吓到了正专心吃面的她，林可林只觉得神经一紧，好烫好烫的面条一下子全部塞入嘴中。

她"噗"的一声全部吐出，一下子蹦起来，捂着嘴巴，痛得眼泪都流下来了。

林可林转过身子，那万恶的颜夏很无辜地站在自己的身后诧异地看着自己。

"颜夏你要死啊！"林可林终于咆哮出来，这阴魂不散的家伙，每次都来气自己，现在好不容易吃个饭，他都要来影响自己的食欲！

想到这，林可林想起自己当教师以来的辛酸和怒意，但哪次不是自己隐忍了下来！哪一次成功的背后不需要一路的挫折和委屈！别人以为自己当得很风生水起，谁知道她每次备课备到深夜；谁知道她要面对的不只是学生的顽皮刁难，还有一些老师嫉妒的目光；谁知道她的压力和委屈；谁知道现在又要弄出个十世仇人般的颜夏，吃顿饭都要搅和！

本来痛得流眼泪，现在再想到自己这凄苦的日子，林可林的眼泪哗啦地流了下来。

颜夏本来一进来看到是林可林，确实是很吃惊才忍不住叫出声的。说实话，刚看见她时颜夏也满心不爽，也认为是这小太妹阴魂不散！

不过当他看到林可林转过身来梨花带雨的模样时，眼前又一晃，依稀之间，仿佛看到一个白色的身影，穿着裙子，走在一条安静的街道上泪流满面的样子。不过，不像熟悉的秋雨一场，眼前的姑娘分明是铿锵的夏雨，滴滴雨点都那么炽烈。

颜夏的心被狠狠地一敲！这几天让他忘记了很多事情，现在，仿佛又变成之前那个有些忧郁的大男孩了。

不是的！颜夏甩甩头，眼前的林可林已经哭花了脸。

颜夏刚才烦躁的心思顿时消失殆尽，他有些歉意地走过去，对林可林很诚恳地说："林老师，对不起。"

狠狠地哭，狠狠地发泄了一会儿的林可林，看到颜夏走到自己面前，似乎气质上有了很大的变化，变得十分深沉，不禁一愣。不过马上想到自己刚才的委屈，顿时回过神来，擦掉眼泪，恶狠狠地瞪着颜夏，说："颜夏，我恨你！"

说罢整理下脸，头也不回地走出包间。

包间外，林可林又变回那个强悍的林可林，那个不会哭不会笑的林可林！

林可林想到什么似的，回过身子，对着还在发呆的颜夏威胁到："不准说出今天的事！特别是，刚才！"

说罢，大步走出去，依然走得自信满满，好像夏天里乌云一过便继续晴空万里，谁也不曾记得刚才那一抹乌云。

被一碗面烫哭了，而且还是在自己仇人面前哭了，真丢脸！林可林倔强地把自己的哭泣归结到一碗面，但她心里也知道，自己有可能是被往事烫伤了。

不知道是多久前，有一个很烫的肩膀，把自己烫得泣不成声，也不知多久后，那个肩膀的温度渐渐降低，直至冰冷刺骨。自己离开了那个肩膀，那个肩膀仿佛也冻住了自己的眼泪。

林可林脑袋一片混乱，此刻只想回宿舍好好睡上一觉，恢复她昔日的神采。

一年之前，不知道哪一天，曾看见一个大女孩在哭，只是我不知道怎么安慰，就任凭她骄傲地离开了。颜夏杵在原地，思绪不知不觉又回到那个阴霾的秋天……

好吧，你离开，我留下……

等你……

颜夏也没了食欲，有些黯然地走出包间。

几个师傅很怪异地看见林老师走出包间，而这个男老师也很受伤地出来了，纷纷猜测他是不是被揍了！

猜了一会儿一个师傅想起什么似的朝渐渐远去的颜夏喊道："小兄弟，你不吃饭了吗？"

"没心情，不吃了！"颜夏隐约听到背后师傅的关心，心一暖，大声回答。

"小兄弟这面都下锅了，你把钱给付了吧！"老师傅本来还喊着，不过看着颜夏渐渐消失，嘴巴狠狠地咕哝了一声，"又不付钱！"

颜夏不知不觉走出了校门，看着公交车停在自己面前，他苦笑着，早知道回家就不必去食堂了，更不必阅读一个女孩的内心了。

他何尝看不出来林可林的泪水不仅仅是被面条烫到的，更多的是一些藏不住、躲不开的往事，或许是一个背影、一双眼睛、一个渐渐凉了的肩膀……

"每个人都有一段悲伤、想隐藏却欲盖弥彰……"车载电视里传出张信哲的声音，歌词都那么适合颜夏的心情。

颜夏回家，也没心情打开电脑，在床上躺了下来，不久便睡着了。

等到闹铃响起来，颜夏起床，狠狠地伸了个懒腰，收拾好心情，准备下午的班会课。

真是睡死我了。摇摇头，颜夏便赶往学校。

到办公室的时候，依旧是几个老教师。

杨老师一看颜夏来了，笑着说道："颜夏啊，办公室没有多余的办公桌，我替你搬了一张椅子，以后你就将就着办公吧，呵呵……"

颜夏心头一热，还是杨老师好，环顾四周，又疑问到："在哪？"

"那！"杨老师一指。

颜夏定睛一看，心头一冷！

在林可林的旁边！

"你就和林老师合用一个办公桌吧，反正她是你的指导老师，有不懂的可以直接问她。再说，看你们有点小矛盾，坐一起培养培养感情嘛！"杨老师很为年轻人着想。

颜夏却想到，昨天是小矛盾，今天已经进化成奥特曼和小怪兽般势不两立了，在一起培养的不是感情，只能是各自的战斗力指数！

张老师也笑着点点头说道："年轻人闹点小矛盾没什么的，多说说话，其实林老师还是很……呃，很诚恳的。"

张老师说到一半卡住，颜夏想想也知道，张老师估摸是想说林老师还是很和蔼的，但话未出口，马上改了个比较实在的词——诚恳！

哎，你们老教师不明白年轻人的世界，年轻人吵起架来，那也不是人啊！颜夏感叹一声，发现林老师不在，做贼似的鬼鬼祟祟地走过去坐下来。

颜夏就怕电视里演的那样小太妹正好弯腰在干嘛，然后自己疏忽了一下说出什么十恶不赦的话，这样就再回首已百年身了，而现在显然林老师还没来。

不一会儿颜夏就陷入沉思，他在苦苦思索下午要怎么介绍自己。

"大家好我叫颜夏……"俗！

"Hello，my name is xia yan！"更俗，而且恶心！听起来像"我的名字是瞎眼……"

"大家好我是颜夏，你……"

"你在这干嘛？"颜夏刚觉得这茬接得挺顺溜，没来由一阵哆嗦，抬头一看，老虎来了！

颜夏感觉自己现在像个鸠占鹊巢的恶霸！更可恶的是这恶霸还会觉得不好意思，觉得自己很罪恶，一个身子占了大半个办公桌。

颜夏刚想说对不起，杨老师看到了，说："林老师啊，这是我安排的，他坐你旁边，你以后也比较好指导，不是吗？"

伸手不打笑脸人。林可林一听也不好意思再摆个臭脸，只是咬牙切齿地对颜夏说道："对呀对呀，以后我一定好好指导！"后面几个字仿佛快被她咬碎了，颜夏听得触目惊心。

"坐过去点！"林可林语气马上一转！

颜夏马上把椅子一挪，露出大半个空挡。

"这个给你！"颜夏刚想说些什么，手里多了一样东西——教参——看起来还是崭新的。

"不准给我弄旧了，或乱画，否则以十赔一！"林可林压低声音笑眯眯地说道。

颜夏心一冷，指导来了！他刚想说我还是自己买本合算，迎上林可林那美丽的眼眸，顿时泄了气。

众老师看他们俩一坐一站，就笑眯眯地说起了悄悄话，各自舒心一笑，年轻就是好，没有隔夜饭，没有过年仇！

殊不知，悄悄话，是罪恶的悄悄话！笑，是殖民的笑！

颜夏刚转个身子，眼前哗啦多了一叠东西！

"这个是三班的作文，你改了吧！"林可林笑得很妖冶！

这，难道就是，传说之中的批改作文？

颜夏一抬头，恰好迎上林可林美丽的小脸蛋，红扑扑的，可爱极了！可爱得让人想咬上一口！

还剩一些时间，颜夏也就不计较了。刚好，看看他们的作文水平，看看是不是真的无可救药。

看了两篇颜夏就得到了肯定的答案！感觉自己在看小学生的作文，今天我去上课，吃完饭，骑车去，上了一节两节三节四节，下课了，我骑车回去，好开心，诸如此类！

看得想抽他们一下两下三下……

可林转过头，恰好看到颜夏咬牙切齿地瞪着作文，又凑近他小声说："怎么样？是不是很刺激？现在知道三班的语文有多么强悍了吧？哈哈哈哈……"

颜夏只嗅到一阵淡淡的玉兰花香，脑袋一迷糊，不过听到那可恶的话，他马上清醒过来，对待敌人要像秋风扫落叶般无情！

颜夏壮着胆子，再凑近一点……

两人本来就隔得不远，加上林可林是凑近颜夏说话的，现在颜夏再凑近，只能用耳鬓厮磨来形容了！

颜夏几乎是对着林可林那可爱的耳朵说："小老师，你放心，我还有信心让你叫我哥哥！"

林可林感觉耳边一阵酥痒，瞬间清醒过来，哗啦一声从椅子上蹦起来，脸涨得通红！

周围的老师本来在悄悄讨论着两个小老师，看到俩人耳鬓厮磨的样子，刚想感叹时间飞逝仇人瞬间变情人、一笑泯恩仇之类的，马上看到林可林蹦起来。

感觉到四周的目光都在自己身上，林可林的脸蛋儿更红了，本来想又叉着腰揪着颜夏的耳朵破口大骂，估摸会有失自己的形象，顿时又坐了下去。

没错，我就是出生的那天，注定了我流氓的一生！颜夏看着有气无处撒的林可林，有些独孤求败地想着。

"你给我记住！"林可林不敢凑过去了，只好压低声音，恶狠狠地说着。

"铃铃铃……"随着下课铃响，颜夏的心又提起来了。

这一切都看在仇人眼里，林可林看到他不安，终于安心了。

笑着道："哈哈哈哈，丑媳妇要见公婆了是不是？紧张不？"

颜夏本来在深呼吸，被她一说差点岔气。这次轮到颜夏狠狠地瞪了她一眼，不理会她。

"哎，想当年，我也是这么紧张来着，哈哈——好愁啊，好愁啊！"林可林意气风发地遥想当年。

颜夏心里默默地诅咒着林可林早上起来变老，索性忽视眼前这个德高望重的指导老师。

"铃铃铃……"上课铃终于煎熬地响了。

颜夏以迅雷不及掩耳之速跑出去。

"颜夏你干嘛？"张老师叫住。

"去班级啊。"他实在在那个小太妹身边待不下去了。

此刻那小太妹还巧笑倩兮地瞪着他。

"那么急干嘛？我没去你去干嘛？"张老师慢悠悠喝口水。

"那赶紧啊！"颜夏差点就吼了起来。

张老师几乎是被威胁着去了班级。

到了班级门口，颜夏停住了脚步。

"走啊！"张老师看了看颜夏。

"我做个心理准备。"颜夏深呼吸了下，便紧张地跟上。

张老师有点好笑地看着颜夏，说："你紧张什么？你可是老师啊！"

被他一说，颜夏想到林可林，马上不紧张了。那么可恶的人都能当教师当得风生水起，自己这么正派的人为什么要紧张！于是，他很镇定地跟着张老师走上了讲台。

同学们一看到颜夏，顿时爆发出一阵惊呼。

倒是颜夏奇怪他们惊呼什么。

学生们看到颜夏，都认为这个帅男生即将是自己的同学了，所以齐齐开心地欢呼起来。

"同学们，站在我身边的，即将是你们的……"张老师说话很有艺术，说到关键处人工地搞了个悬念。

学生们很齐心协力地回答："同学。"

颜夏顿时憋不住，笑了出来。

张老师很无语地看着自己的学生，组织了下秩序，很直接地说："他即将是你们的班主任兼语文老师。"

"哇！"惊呼！

颜夏腰板瞬间挺直了！

下面的人眼珠瞬间快掉了！瑶凤目光呆滞地看着颜夏，这个被自己亲切唤作色狼的人竟然是自己的语文老师兼班主任，那自己还给他偷偷地塞小纸条，更可恶的是他还回了纸条，什么素质啊！她觉得自己人生观、世界观快崩溃了！

郑超强腾的一声站起来，又坐了下去！这颜夏兄弟，堂堂教师跟自己斗舞！你吃饱了撑的啊！

赵晴心里一震，原来大哥哥是自己的老师了——谁欺负我我就告诉大哥哥去！此刻她丝毫没想到自己已经坐了初中小黑道第一把交椅了！谁敢动她，郑超强就要去动了谁！

全班更是一片哗然，即将是他们的同学的人，怎么忽然间就成了他们的老师，更神奇的是，这老师来听课还会被叫起来提问，这就算了，还被赶出去！

同学们还小，想不到两人之间是不是有什么杀父之仇夺妻之恨！

"好了，接下来的时间就交给你们新来的班主任颜老师主持了。"张老师很是放心地把班级交给颜夏。

一看张老师走，全班再次开始热烈地讨论。

颜夏张开嗓子，振臂一呼："同学们，安静下！"

全班顿时静了下来，颜夏怕节外生枝，赶紧介绍开来："大家好，我叫颜夏。"话一出口，自己觉得无比丢脸，酝酿了一下午，还是回到原点，而且口气更是扭曲得不堪入耳。

颜夏转过身子，在黑板上刚劲有力地写下自己的名字，看着黑板上铁画银钩的两个字，自己陶醉了一会儿，又转过身来。

"老师写的字好帅哇！"有几个女生在下面嘀嘀咕咕起来了。

"好了，接下来由我接管你们班，我是你们的班主任，同时，也是你们的语文老师。"颜夏笑着说道。

"不要啊！"有些突兀的声音传来，但是马上就收住了。

"不要什么啊？没关系，说吧。"颜夏却逮住了声音。

"那个，我们喜欢林老师上课啊。"有一个声音怯怯地说。

林老师！又是林老师！颜夏说："同学们，我跟大家来打个赌，怎么样？"又是打赌，话一出口颜夏自己都无语了，一辈子没打过这么多赌。而且貌似一个比一个大，现在好了，一个人单挑全班了。

"好！"同学们对这些东西总是特别来劲。

颜夏看大家这么积极，只好硬着头皮说："老师教到期末，期末考之前，大家再来评价是颜老师教得好，还是林老师教得好。"嘿嘿，这段时间在本人无孔不入的熏陶下，再加上偶尔对林老师的深刻批判下，你们这些人会选林老师才怪呢，选她我跟谁急！

"好！"学生兴奋地笑了起来。

"如果是我教得好，那么老师赢了，你们必须给我认真复习期末考，考赢林老师的一班！怎么样？有信心吗？"

"有！"学生们被颜夏感染得热血沸腾，恨不得现在就跑上去对着一班破口大骂。

"那老师输了呢？"一个冷静的声音响起。

刚营造的万众一心的局面顿时决堤了，全班齐齐停住声音。颜夏无语了，谁这么大煞风景啊，一看，更无语——那个小美女。

瑶凤此刻笑眯眯地看着颜老师，似乎忘了之前叫他色狼的事实。

颜夏趁机说道："你叫什么名字？"

众人齐答："何瑶凤！"

事不关己的时候，群众的力量是最伟大的。

何瑶凤。颜夏记住了这名字，继续说："如果是我输了，你们期末考还得认真考……"

"不行！"全班一听，输跟赢没啥实质性的区别，马上不干了。

"听我说完，你们还得认真考，我请你们吃好吃的。"颜夏狡黠地笑。

"好！"同学们果然被莫名其妙的好吃的收买了。

"好了，大家对我还有什么问题，问吧。"颜夏适时进入自由问答环节。

"老师，你有没有女朋友？"全班几乎异口同声地问。这个年纪的孩子，对懵懂的爱情似乎有着异常的向往。

颜夏却一愣，想到那个穿着一身蓝色裙子笑起来好似秋风清凉的女孩，想到一条紫色的项链，想到那个有些阴霾的天，不过马上回过神来，自己现在是在课堂上。

颜夏微笑道："没有！"

孩子们，曾经有，只是你们老师太笨了，一张嘴巴连话都说不清楚。

"同学们，期中考完了干嘛？"

"运动会！"全班沸腾。

"嗯，你们考好了，老师带你们参加运动会，好好玩三天！"颜夏有些期待地说。

颜夏以前在这念书时练过一段时间的体育，运动会也有参加，一晃几年过去，如今是带队了，心里总感觉痒痒的。

"好了，老师预祝你们期中考试顺利！"颜夏刚刚说完，下课铃就响了。

颜夏注意到郑超强还傻傻地愣在那边，他对郑超强笑着点点头——斗舞约定有效！

郑超强有些不自然地站起来，不知道为什么，当他知道颜夏是老师的时候，心里总不是滋味，有点害怕这个老师，不过，对斗舞还是有期待。

现在得到老师点头，他总算是有了点信心，招呼一群人，收拾东西，慢慢离开教室。

"何瑶凤同学！"颜夏看见女孩要跑，赶紧叫住。

跑得了和尚跑不了庙！我们之间的账，该算算了吧！哈哈……

瑶凤今天依然穿着蓝色裙子，有些手足无措，走到颜夏面前深深一鞠躬，一副很无辜的样子。

瑶凤心里暗想自己跟这个帅哥老师简直万分纠葛啊，不禁有些怕。

"你跟我到办公室一下。"颜夏收拾东西，转身离去。

在门口差点撞到人，颜夏定睛一看是赵晴小妹妹。这丫头，鬼头鬼脑地在门口晃悠，看到颜夏来，吐一下舌头就跑开了。

颜夏一笑，回办公室了。

不过一回办公室就笑不出来了，有一个家伙，正悠闲地喝着水，看着书。看到她悠闲颜夏就有点郁闷。

颜夏快步走过去，林可林抬起头，一眼看见那个猪头在自己眼前晃啊晃啊的，而且越晃越近！

见鬼！林可林一下蹦起来，生怕像之前那样再凑过来。

"没事儿，我看看而已，继续……"颜夏得意一笑，示意她继续。

林可林本来有些优哉游哉的心情顿时被破坏殆尽，心中怒吼一声，想象自己的庐山升龙霸狠狠地抽了他，才一脸不爽地收拾东西准备走人。

瑶凤慢吞吞地走进来，颜夏一看，乐了，笑道："过来！现在怎么胆子这么小了？"

瑶凤一看这老师笑得那么无耻，心一寒，日子不好过了。

这时候林可林才注意到办公室又来一个人——何瑶凤。

林可林一看是自己最喜欢的女孩子不知道什么原因逮进办公室了，便诧异地看着颜夏。难道此人当真是禽兽老师？林可林心里一咯噔，故意放慢收东西的速度。

颜夏一直在等着她收完东西离开，好跟瑶凤处理下一些问题，看林可林收得越来越慢，最后竟然把水壶慢腾腾收进包包，然后奇假无比地做了一个恍然大悟的表情，又慢吞吞地把水壶拿出来。

"我说小老师，你干嘛啊？赶紧走啊！"颜夏终于忍不住了，自己还要去斗舞呢。

颜夏此举更坚定了林可林认为他是禽兽老师的想法，看看瑶凤那张清纯的脸蛋，此时带着些恐惧，不由有些心疼，再看看这颜夏，更龌龊了！

"干嘛用这么性感的眼神看我？"颜夏看林可林看自己看得快深入骨髓了，有些心慌地问。

"心慌了吗？你想对瑶凤做什么？"林可林抓住他眼中转瞬即逝的色狼光芒。

"没做什么啊，处理些问题……"颜夏一看这林可林估摸又要无理取闹了，赶紧说道。

"那你干嘛希望我快走?"林可林针锋相对。

"对着你我就来气,一来气我怕会承受不住往学生身上撒气!"颜夏很诚实地说。

不过显然林可林的思想有些龌龊,理解错了,大怒道:"你想怎么对瑶凤撒气?"颜夏一听,晕了小半天,这林可林,什么理解能力啊。

"好,我就留下来,看你怎么撒气!我是你的指导老师,我来指导你,看看你教育学生是否得当!"林可林祭出法宝。

颜夏悲哀地看着年纪比自己小那么一点,官比自己大了那么一点点的林可林,感叹官大一级真是压死人啊!

"这小家伙,竟然敢叫老师色狼?"颜夏只好开始正式批判这丫头。

"有错吗?"林可林一听,眼睛一眨。而且瑶凤叫他色狼,更无比地坚定了对于禽兽的理解。

颜夏一听,什么世道?!

颜夏几乎是语无伦次地指着瑶凤,又指指自己:"她,她是学生,我,我老师!不礼貌!对,不礼貌!"颜夏说到不礼貌才觉得抓住什么似的,一直说不礼貌!

林可林鄙夷地看着颜夏,好像是一只灰太狼抓住了狐狸尾巴。

"她,她上课不认真听讲,还给我写纸条!你想想,给一个老师写纸条,成何体统!"颜夏又想到什么,气急败坏地说。

"那你还回我纸条,更不成体统。"瑶凤清脆的声音响起来,更加肆无忌惮,估摸着背后有菩萨保佑!

牙尖嘴利!颜夏悲戚地看着她!

林可林一听懵了,这什么跟什么啊!

颜夏看她在兜里掏什么似的,赶紧制止:"反正就是你不对!"他现在怕那张纸成了呈堂证供,这不正是搬起石头砸自己的脚吗。

"颜老师,你就听了一节课,难道是在我的课上?"林可林想到什么似的。

"是的!"瑶凤诚实地回答。

"你在我的课上做小动作?"林可林秀目一瞪。

"她也没听!"颜夏竟然有种做贼心虚的感觉。

"你是老师,你应该有个永垂不朽,我呕,率先垂范的作用,而且,做错了事情,你竟然还要拉个垫背的,这种思想是错误的!"林可林诧异地看着颜夏。

颜夏此刻真的像斗败的公鸡,垂头丧气,只期望上天有眼,给自己痛快的一刀，然后再喷她一脸猪血！

"那你说吧，怎么解决？"颜夏一看林可林那鄙视和袒护的眼神，深吸一口气把问题扔给这个经验丰富并且善于指导的林老师。

"瑶凤，有没叫他色狼？"林可林转向瑶凤，笑嘻嘻地问瑶凤。

趁着是背向颜夏，林可林朝瑶凤神秘地一眨眼睛。

瑶凤果然是个聪明的孩子，不愧对林老师的眨眼睛，面不改色且万分委屈地说："没有！"

林可林给了瑶凤一个鼓励的眼神，然后转过身，严肃地对颜夏说："孩子是天真的，是不会说谎的，她说没有！颜老师，我们当老师的不仅要有宽宏之心，还要实事求是，不能冤枉别人，更要起带头作用，给学生一个积极向上的学习榜样……"

这一番话说得器宇轩昂，好像颜夏真的是个欺男霸女的禽兽一样。

颜夏看她笑嘻嘻的脸蛋儿，总算知道孩子就是这么被带坏的，而且事实就是这么被揪出来的！心里暗暗道，你果然给学生树立了一个鲜明的榜样，就像五星红旗一样迎风招展猎猎作响！

"你行！我错了！"颜夏朝林可林那天使般的脸蛋比了个大拇指，气得快吐血了。

"好了，瑶凤，你以后上课要认真听知道吗？没你事了，你回家吧，以后谁敢欺负你，你来告诉我。"林可林朝着瑶凤笑了笑，要不是瑶凤，还真降不住这头野猪。

瑶凤心情大好，事情就这么解决了！笑嘻嘻地对林老师九十度鞠躬，说了自己以后会乖乖的，趁着林老师不注意，朝瞪着自己的颜夏眨巴眨巴大眼睛，转身小跑出去。

颜夏有种世界末日的感觉，太罪恶了，这让自己这个出淤泥而不染的教师怎么处理这些蛇鼠一窝的人！

"多纯真的孩子啊！颜老师，以后处理问题要实事求是知道吗？"林可林心情大好，笑着对心灰意冷的颜夏说。

天使的脸庞，魔鬼的心肠啊！颜夏收拾下东西，看看时间不早了，还是早点离开这个罪恶的小太妹身边为好。

林可林现在的心情比刚才还优哉游哉，啦啦啦地哼起歌来，而此刻盘旋在颜夏心里的只有《你好毒》和《算你狠》。

第 五 章

"你们来干嘛?"超强看着后面差不多一个排的同学,心情本来就有点烦躁的他顿时吼了起来。

"不是你说放学了叫我们来看的吗?"几个同学委屈地嘀咕起来。

其实同学们心里异口同声地说,来也不是看你,你着什么急!

超强眼睛一瞪,众人一急,于是大家想到什么似的齐齐推出一个人——赵晴。同学们几乎是心有灵犀地躲在赵晴的后面。赵晴欲哭无泪,自己瘦小的身躯又一次面对着粗壮的郑超强。

郑超强看到有些害怕的赵晴不禁一愣,似乎是想到了之前的赌约,一时踟蹰了。赵晴刚想躲到后面去,谁知道后面的同学们齐心协力地不让她跑开。

开玩笑,现在她是最大的挡箭牌了。

"我,我想回家!"赵晴一急,几乎是带着哭腔说。

"站住!"郑超强仿佛是下了很大的决心,叫住想要逃开的赵晴。赵晴一听,五雷轰顶似的,哇的一声又哭出来了。完了完了,这个郑超强一定是要揍我了,大哥哥你在哪里啊!

赵晴一边哭一边转过身子。

郑超强高大的身子就这么杵在赵晴的身前。

赵晴刚想说对不起,便听到郑超强说:"老大!"

老大?同学们眼珠都快掉了!众人本以为,郑超强只是会觉得不爽,有赵晴在,至少可以让郑超强感觉有那么点内疚,想不到他竟然真的认赵晴为老大!

一个人人畏惧的大魔头,认一个人人都可以欺负的小女生做老大,这是什么行为啊?

赵晴听到郑超强叫她老大都忘了哭了,有些难以置信地看着眼前的男生。

说实话,赵晴根本没想过要当他的老大,现在这一声老大叫得是情深义重,赵晴吓呆了。

"怎么,难道要我下跪吗?"郑超强看赵晴还是傻傻的,不禁皱了皱眉头,想到一些江湖上的规矩。

"不用不用，我想回家！"赵晴一听回过神来，急忙摆手，满脸通红，心肝扑棱棱地跳，她想逃，但群众不让。

颜夏在操场看到一堆同学，敢情都是来看跳舞的。他的脸开始泛红，怎么这么快大家就知道了！而且，操场上此时人来人往，有不少人打球，还有不少人在很无聊地跑步。

"颜老师好！"

"同学们好！"

等到颜夏走到郑超强面前时，郑超强突然一阵紧张，他可是自己的班主任啊，赢了他以后会不会就让他不爽了！想到这，他倒是觉得有些拘束了，不知道为什么，他很想在这个陌生但是看起来很阳光的班主任面前好好表现，但是又怕表现太好了，夺了他的风光。于是，郑超强顿时觉得尴尬万分。

颜夏不以为意地拍拍他的肩膀说："先找个人少的地方吧，总不能在这里光天化日地比吧！"

超强一听，带着颜夏和其他同学一通转悠，颜夏的脑子刚要晕的时候突然场景一下子柳暗花明起来——杀人灭口毁尸灭迹的宝地！

可不是吗，颜夏看了看四周，相当怀念早上和林可林在这里苦练铁板桥马步的岁月。

也是，这地方是一些坏学生聚众群殴的神秘之地，而郑超强作为坏孩子之首，这地方没成为他的分舵堂口已经很光荣了。

这里人也比较少，只有班上大半同学！

同学们很乖巧地让出一大片空间，因为他们看过郑超强练舞，那在地上乱爬用腿扫起来时，荡气回肠的同时也尘土飞扬。

而且这里尘土更多。

颜夏一马当先，不过，他觉得还需要说一些话。"超强，在学校我是你的老师和班主任，我们需要互相尊重，但是在这里，我是你的朋友，我只是一个和你一样喜欢跳舞的朋友，和朋友切磋舞艺，怕什么！不要孬！"说完狠狠拍了拍郑超强的肩膀。

郑超强最受不了别人说他孬了。他激动地看着眼前的老师，如果他不是老师，那么，会是自己最好的兄弟吧，以后一起摧城拔寨的良师益友啊！不过，他也知道，这人将是一个很好的老师！

郑超强点点头，不过马上想到个问题："斗舞感觉缺了点什么吧？"

颜夏神秘一笑，从口袋中掏出一部手机！

手指在手机上鼓捣了几下，手机突然响起一首节奏很快的摇滚歌曲。众人被这么大声的音乐吓了一跳，颜夏也被吓得差点把手机扔了！

郑超强终于明白是缺了什么——音乐啊！他看了颜夏一眼，顿时对颜夏竖起大拇指。

颜夏一阵得意，刚想说这歌不错吧，就听到郑超强很狂热地说："山寨机，就是牛！"颜夏差点走火入魔，不过还是稳住心神，说："超强，知道怎么斗舞吗？"

超强一脸迷茫。

颜夏笑着说："咱们业余点，看谁跳得好看，谁的花样多，以同学们的呼声为准，呼声高的就赢，怎么样？"

颜夏现在说得很直白，而斗舞，无非就是比动作、花样。

超强眼睛一亮。

"我们就以这首歌为准，这首舞曲五分钟，我们就斗五分钟，怎么样？"颜夏说完重新设置了歌曲。

"好！"郑超强点点头。

"注意，开始喽！"颜夏摁下开始，把手机递给小妹妹，想了想，又把脖子上白色的项链拿下来，在嘴边轻轻一吻，然后一并交给她。

赵晴有些受宠若惊地接过手机和项链，脸涨得通红，把手机高高举着，那劲爆的节奏顿时充斥在同学们的耳中。

音乐一开始，颜夏做了个请的动作，便拿出一块红色的布条，紧紧缠住自己的右手。

超强一看自己先，便有些扭捏地跳了起来，看得出他也跳了段时间了。

会跳街舞的人和不会跳街舞的人一眼就可以看出，或者说一个动作就可以看出，一切只因为一种感觉！

会的人，随便一个POSE都很嘻哈；不会的人，练了许久，跳好长一段，别人也只会以为他在扭秧歌。

而郑超强明显属于会的，颜夏终于知道为什么他学习差了，他的时间都浪费在街舞上了！

郑超强扭捏了一会儿，然后慢慢沉浸在音乐中，现在赢不赢没关系，只想好好地跳舞，让自己多年的舞技在老师面前淋漓尽致地发挥出来。

开始只是一些简单的热身动作，郑超强也知道好戏还在后头，一阵手舞足蹈后，他一指笑意盎然的颜夏。

是了，在场上，只有自己的朋友，只有用尽全力跳舞的朋友。颜夏一看，对着超强一笑，随手几个热身动作。

看了一会儿，郑超强便失去了信心，很明显，颜夏的造诣比自己深，光是一个动作就能看出来。自己只会最简单的，而颜夏，会在固定的节奏中加入不同的延伸动作，真正做到 Freestyle！

颜夏潇洒一个转身，整个手掌直指郑超强。

郑超强哈哈一笑，看着静止在那的颜夏，一阵轻松的舞步后，是个人都知道，此人要扫地了。

没人知道颜夏在想什么。此时的他静静地站在场中，鼻头竟然有些酸酸的，多久了，自己多久没有跳舞了，心爱的人还在不停地旋转，自己却累得再也舞动不了手臂。

或许，我需要一个舞伴，而那个舞伴必须有一袭蓝色的裙子，有一对可爱的酒窝，有一双秋日的星空般闪亮的眼睛，最后，必须有一个名字——度小寒。

郑超强不知道，一场街舞，会在颜夏的心里掀起轩然大波。

郑超强果然扫地了，在这块黄土地上，他扫得那么不亦乐乎。就像一头小猪，初次见到那浑浊性感的泥水，在上面滚得喜气洋洋。

一个简单的三脚架动作后，郑超强起身，挑衅地看了一眼颜夏。

似乎受这一眼的感召，颜夏回过神，也学着郑超强前面那段自由动作。

老师也要扫地啦！众学生先是一惊，接着一喜！

惊的是老师怎么会如此粗莽呢，喜的是可以看到一个满面尘土发如雪的老师了。

但令学生失望的是，颜夏没有扫地，只是简单一个六步，然后有模有样地学着超强一个三角支撑。

郑超强一愣又一喜，愣的是老师难道没招了，喜的也是老师没招了！不过，这一喜马上又变成先一愣，再一悲！

愣的是老师并没有像自己一个动作后起身，而是马上用右手单手支撑起整个身子，整个身子在右手支撑下倒立了起来，仿佛一尊雕像一样，静静地立在那边，一阵风过，众人都有种这尊雕像要随着风，化作风沙消散而去的错觉。

Freezing！

悲的是，郑超强终于知道自己和颜夏的差距了，光是连接这个动作便需要多大的手臂力量啊！自己会单手倒立、三角撑，但是要连接起来，却还没那境界！

郑超强知道该自己了，或许，这是最后一段了。他还有最后的招牌动作，膝转！

不过，在这凹凸不平的土地上做膝转，难为了他的膝盖，也难为了这片深沉的大地。

郑超强咬咬牙，在地上转了起来。

事实上土地比想象中要好，没有那么多尖锐的石头——石头都被坏学生打架的时候扔来扔去扔不见了，现在剩下的，只有一些混合着青草味的泥土。

一阵膝转下来，郑超强站起身来，裤子还是顺其自然地破了。

同学们一阵惊呼。赵晴一看，心一疼，她最看不得郑超强那惨样了。透过破了的裤子，隐隐可见膝盖也破了，正渗着鲜血呢！赵晴跑过去，问道："你还好吧？"

郑超强怎么也想不到，竟然会有个女生过来慰问自己，再一看，是赵晴——自己刚认的老大，便微笑道："没事！"

我不为胜利，只为了向您致敬，老师！郑超强有些失意地想着，看向颜夏，多了几分敬意。

颜夏本想随意些，但刚出场，便听到"啊……啊……夜夜想起妈妈的话……"强大的山寨机跳到下一首歌了，吓得赵晴差点把手机扔了。

颜夏赶紧一步过去，生怕手机被扔了，一把按掉歌曲。他有些不好意思，说："意外哈，意外！"

颜夏看着郑超强，此时郑超强眼里去了七分桀骜，多了三分敬意。

"呵呵，斗舞就这样吧，接下来，就按同学们的掌声来定胜负吧。"

郑超强走到颜夏面前，说："不必了，你赢了，我遵守承诺，以后，你就是我的老大！"说到老大的时候，郑超强有些意外地望向赵晴。一天之内认了两个老大，感觉自己有点破罐子破摔啊！

众人再惊，这还是超强吗？认个小女生做老大也就算了，现在，认老师做老大！

颜夏微微一笑，说："我不想做你什么老大，我只是希望……"他话还没说完，便被打断："老大，我输了就是输了，我是条汉子，说话算数！而且，老大，以后可以教我街舞不？"

颜夏犹豫了。

"老大，你不答应我就给你跪下了！"超强突然出人意料地后退一步，眼看就要跪下了！

"不要！"

"颜夏！"

两个声音同时响起，一个是颜夏焦急的声音，一个是河东狮吼。很明显是那阴魂不散的林可林小老师！

此时此刻的画面定格在一个裤子破烂、膝盖流血的男孩要拜倒在一个此时看起来有点茫然的人跟前。

之前说过，每天放学，在操场上总是有很多人在打球，或者有很无聊的人在跑步，而林可林恰恰是这无聊的人之一，而且是最死心塌地的无聊。

她每天都会下来跑步，刚才捉弄了颜夏，使她心情大好，于是回宿舍换了套白色运动服，就下来跑步了。

跑了几圈，她便习惯性地走向那个神秘的地方。林可林是一位会追着坏学生满校园跑的老师，所以她每天跑完步，总是会来这边看看，看看有没人在这里打架！因为这样的地理位置，实在是太适合打架了，不打起来都对不起这么隐蔽的位置。

林可林刚走近，便听到一个熟悉的声音说你赢了，这个声音她再熟悉不过了——郑超强同学！

可林一怒，郑超强在这，那看来一场干架是在所难免了！想到这，她更生气了，最可恶的是听这话架已经打完了！

她一转弯，就看到那个令自己魂牵梦萦的坏蛋——颜夏！又看到超强衣衫褴褛，估摸是打输了！再一望，超强输了竟是要向颜夏下跪，这一跪还了得，先不说这师生关系完全乱套了，这一跪，颜夏就成了黑道小头目了！

于是——

"不要！"

"颜夏！"

两个声音就出来了。

颜夏傻傻地看着这个牛皮糖似的人物，真不知道她从哪个旮旯儿里冒出来的！

林可林马上蹦出来，一把推开颜夏，站在他面前。

颜夏冷不防，一个趔趄，后退几步，有些莫名其妙地看着气势汹汹的林可林。

林可林是个好老师，只是她现在以为颜夏根本不是来教书的，而是来统一黑道的，这根本就是在欺负自己的学生，还是当着这么多学生的面欺负一个学生！

这让她如何忍受得了！作为老师，维护自己的学生是天职，而林可林此时丝毫不把颜夏当成老师了。

"你干嘛？"颜夏顿时有些生气。

"颜夏，我告诉你，我不准你欺负我的学生！"林可林丝毫不示弱，狠狠地瞪着颜夏。

"我怎么就……"颜夏更是一头雾水。

"别以为我不知道，你根本就存心捣乱的！他们是我的学生，他们再坏，轮不到你来打他们！"林可林继续说着，越说气越闷。

"我哪有？"颜夏像是隐约抓到了什么。

"我承认郑超强不是个乖学生，但你记住了，他还是个孩子！别想用你的拳头来征服他！有种，你来打我啊！"林可林看着身后有些凄惨的郑超强，裤腿都破了，一定被揍惨了。

其实郑超强哪是凄惨啊，只是老师突然间冒出来，再叽里咕噜地说一堆话，连颜夏都愣了，更何况是学生。

果然，四周一片沉寂，所有的学生都不知道发生了什么事。

颜夏一听，顿时醒过来，敢情林可林以为自己在和郑超强打架！

颜夏赶紧摆摆手："我没有和……"

"你不用说了，我不想听，反正，我现在知道了，颜夏，你是最不合格的老师！你这样不配做一名教师，你根本就是个地痞流氓！为什么还来这学校，你给我滚！"林可林一想到颜夏一天之内让自己受的气，顿时越来越生气，气急攻心了。

颜夏本来还有点想解释的冲动，但听到这些话，脸色竟然渐渐平静下来，好像冬天来了一般。

林可林似乎还不解气，脸涨得通红："想打架的话去外面打啊，在这里欺负孩子有什么了不起，你……"

"说够了没有?"颜夏终于缓缓开口了,嘴上是缓缓说着,手中"砰"的一声,那架山寨机被狠狠地摔在地上!

虽然地面尘土飞扬,但是,颜夏竟然把那架山寨机顿时摔得四分五裂!

这顿时止住了林可林,也震惊了同学们。同学们忍不住齐呼了一声,但都不敢说什么。

"你说够了吗?"颜夏深呼吸一口,本来刚才心情就不怎么好,被林可林和瑶凤冤枉已经够让他郁闷了,现在还来第二次!而这次说的一些话,深深地刺中了他的骄傲。

你可以冤枉我一次,但我绝对不会给你第二次机会的!

颜夏迎面看向义愤填膺的林可林。

林可林也看向颜夏,但是,刚才那有些惊慌的神色在他身上已经完全看不到了,能感觉得到的只是无止境的冷漠。

可林转开目光。因为她突然发现自己竟然不敢和他对视,好像是夏天遇到了冬天,所有温度都瞬间冰冻。

"你记住刚才的话!"颜夏依旧不急不缓地说,今天一天的事如潮水般在他的脑海里流淌过去。

早上和她因为误会打架,上课被她赶出来,中午在食堂又一场尴尬,下午关于办公桌椅又是一通矛盾,放学被她和瑶凤栽赃嫁祸,现在她居然对自己说出这样的话……

颜夏从来就是个视骄傲如生命的人,如果不是骄傲,他不会离开度小寒;如果不是骄傲,他不会坚持追求自己的梦想,即使碰壁也不灰心;如果不是骄傲,那么,他不叫颜夏!

说完这一句,颜夏看向林可林,多了几分漠视。他排开众人,平静地走了出去,再也不看林可林一眼!

全世界都在躁动,那就让我一个人安静吧!

一瞬间,他的心头堵得难受,只想狠狠地说上一句话——山寨机又坏了一部!

第 六 章

直到颜夏消失在学生们的视线，他们才回过神来，有些茫然地看着林老师。

林可林更是委屈，说实话，她刚才那些话，纯粹是爱自己的学生，生怕他们被别人欺负，想不到会是这样的结果，更可恶的是，她到现在还不知道发生了什么事！

郑超强也望着近在咫尺的林老师，就刚才维护自己的那一番话，已经让他动容了。

因为关心自己，所以她会追着自己满校园跑，希望自己乖乖去上课；因为关心自己，她刚才才会那么气愤；因为关心自己，她和自己的老大吵了起来！

郑超强心里也酸酸的，看到自己面前一动不动、身子却在微微颤抖的林可林老师，他的眼泪再也忍不住了，突然就流了下来。

林可林感觉到自己身后的郑超强不对劲，转过身来却愕然地发现超强哭了。

"超强，你没事吧，是不是被打疼了？"林可林有些心疼地看着郑超强。

"林老师，颜老师没有和我打架，他只是和我斗舞，他说，是朋友间的斗舞，刚才是我想要求他教我跳舞……"郑超强哽咽着说道。

林老师却如掉冰窖！"那你哭什么？"但她还是强行甩开这个念头，继续问道。

郑超强摇摇头，他不可能说："因为你和颜老师，让我觉得，我也被人重视着。"

林老师看他不说什么，回头看仍然错愕的学生，他们竟然齐齐地自己点点头，表示同意刚才郑超强的话。

林可林突然觉得自己好累好累！

"好了，你们都回家吧，不早了！"她说完自己率先离开了。

同学们只看到一个有些消瘦的背影，似乎还在晚风当中微微颤抖着。

林可林都不知道自己是怎么样回到宿舍的，只是一回到宿舍，一碰到枕头，泪水再也忍不住了。

我是个人，我更是学生们的老师，我要做的只是想不让自己的学生受伤；我能做的，也只是尽力抓好每一位学生……

想到这，她的心一灰，想到刚才颜夏那受伤的眼神，和他那句"你记住刚才说的话"，一瞬间，饶是回忆，她都不敢去揣测眼神里的冷漠。

一天的接触下来，林可林也觉得其实颜夏心肠还是不错的，只是跟自己先入为主，因为一系列误会才会酿成今天的局面，而且，自己从刚才那眼神中分明读懂了一些什么，颜夏，应该也是个有故事的人吧！

回想自己的话，似乎真的刺痛一个人的尊严了。

越想越复杂，索性不想了，林可林现在只想躲在被窝里，好好地哭上一番，连同自己这些日子受的委屈，连同自己沉沉的故事，一同随着眼泪流出来。

期中考。

颜夏早早就来到办公室，从颜夏的表情上看，似乎昨日的事情已经长了苔藓埋进了地，明眼人一看都不知道。

"张老师，昨天的事情不好意思啊，这是我新买的一把尺子，希望您用得上！"林可林俏生生地出现在办公室，手中拿着一把崭新的尺子，人畜无害地站在张老师面前。

张老师看到林可林手中的尺子，先是一愣，脸上一抹莫测的微笑闪过，转过头看向颜夏。

颜夏也是微微愣神，突然不屑似的将头埋进试卷中。

张老师变魔术般从抽屉里抽出一把新尺子，在林可林面前晃了晃："小林啊，刚才小颜也送了把新的给我，你们俩故意的吧，你这把就给你用吧，谢谢啊！"

林可林晃了晃神，转过头去，颜夏正一本正经地看着试卷，好似静止了一般。

你俩才故意！你们一起床就故意！林可林脸色微微一红，又泛起丝丝苍白，故作轻松地说："我是语文老师，拿个数学尺子干嘛呀？"

"呃，防身。"张老师脑海浮现出林可林手执尺子怒打颜夏的俏模样，想也不想蹦出一句。

林可林的脸唰地白了，拿起尺子潇洒转身，办公室里平地起了一阵阴风。

颜夏眼神三分看试卷，七分瞄局势，眼见可林喜获装备，战斗指数飙升，不觉紧了紧左手边隐隐像黄金盾牌的教参。

林可林走到办公桌才感受到眼前这只怪物的寒冰程度，他岿然不动地挨着自己的位置坐着，一动不动，仿佛一尊冰雪天尊，只有眼睛说，他，还能动。

林可林这时候有些尴尬，想想昨天的误会，她心里也隐约觉得对不起颜夏，可是一来就对着一张冷冰冰的扑克脸，还有周围老师那一抹看破红尘的微笑，嘴上怎么也说不出抱歉。

混蛋，都闹得这么僵了，你好歹也把小椅子拉开一点啊，现在你跟泰山一样坐在离我椅子不到半米的位置，你什么意思嘛！林可林心里恨恨地诅咒着眼前的生物，不觉又紧了紧手中的防身之物。

不待颜夏纠结要不要举盾抗暴，林可林绕过颜夏，一屁股坐在自己的椅子上，一脸云淡风轻地翻着教参，一手把崭新的尺子在桌子上"当当当"地打着节奏。

整个办公室寂静无声，只有那催命一样的"当当当"在回荡着。

张老师突然感觉一阵鸡皮疙瘩起来，在他的身后有一团夏天的火焰沉寂着，不知道什么时候就爆发出生吞活人的能量。偏在这团火的旁边，生长着一堆冬日的冰雪，好像凝固成了永恒。

在冰与火的煎熬中，所有老师只感觉度日如年，为何这么年轻的小伙子和小姑娘能散发出政教处里千年老妖的气息，昨天的他们看起来是多么和谐动人啊，今天的他们看起来却好像有杀父之仇夺妻之恨一样。

"铃铃铃"，好像导火线一般，办公室同时"蹭蹭蹭"几个好似长剑出鞘的声音，这是几位老师解脱似的抱着试卷逃离办公室。

颜夏动了，他单手拎着卷子，慢慢地踱出办公室。

林可林长舒一口气，突然觉得不如俩人好好打上一架，总比这样冷战舒坦。她被自己的念头吓了一跳，自己一个小姑娘怎么会有这么暴力的念头？她甩甩头，望着慢慢走出办公室的身影，好似两人之间的几米变成了几十米、几百米……

颜夏其实也是提心吊胆地走出办公室的，仿佛后面飞来一把防身用的东西，切了自己的左手或者右手。

这小太妹浑身都是蛮荒气息，以后我看见了躲着走还不行吗？颜夏苦笑一声，步入教室。

看见颜夏进了教室，学生一声欢呼，颜夏扬了扬手中的试卷，听到一声声长叹。

颜夏眼神扫了扫教室，面对一双双火辣的眼神，他心里倒是有些担心，生怕自己的肉体凡胎镇不住同学们的火眼金睛。当看到郑超强崇尚强者的眼神时，突然计上心头。

"郑超强，起立！"

超强二话不说站了起来，粗壮的身子在班级极具威慑。

"你代表班级，宣誓本次考试你们会好好考试，坚决不作弊！"颜夏道。

全班也哗动，这一招够凶残！

郑超强也是心头苦笑，平日里都是自己带头作弊，现在要变成带头示范不作弊，其他蠢蠢欲动的人哪里还敢作弊。

不过他还是坚决宣了誓，心里暗暗道，等成绩出来最后一名你莫怪小弟不争气就行。

有了班霸的带头表率，其他人倒规规矩矩，连笔掉了都要犹豫着要不要弯腰去捡。

颜夏巡视考场，心中暗想，凭借这样的战斗力，怎么去火拼强悍的一班啊！怕只怕会团灭啊！想到那张娇俏的脸蛋，那双白皙的小手儿，那寒光九州的尺子，他的心中发苦。

只能慢慢来了，看着窗外的天，一缕缕乌云飘啊飘，努力想要遮住太阳，奈何日太现实，云太意识，终究不敌。

不过颜夏还是说了一句："下午要带伞！"

林可林也望着窗外，看着太阳和乌云，脸上一抹瘆人的笑意。

不过到下午的时候可林就笑不出来了，眼瞅着考试即将结束，那飘来荡去的乌云好似吹响了集结号，转眼之间蓝蓝的天变得乱七八糟，风雷还来助兴。

糟糕，林可林眉头一皱。

等她收完试卷，回到办公室，外面已经淅淅沥沥下起了不大但匀称的秋雨。

办公室已悄无一人，秋雨淅沥中泛起了点点寒意。

颜夏其实还没走，只是看到林可林一个人在办公室，手中是那可攻可守的尺子，眼里是那十步一人的杀伐果决，便下意识地重新回到教室。

一个人面对这种战斗生物太吃亏、太委屈了，颜夏今天不想和人类战斗。

因为颜夏的提醒，班上的学生陆陆续续离开了教室，颜夏只是出神地看着外面朦胧的天地，那一抹秋意仿佛也涌进了心里，混合着心底酸酸楚楚的冷秋，将他的心绪也扰得七零八落。

"颜老师，你在看什么？"站在他身后的瑶凤忍不住了。

颜夏这才发现班级的人都走了，只有白炽灯明亮，还有身后那小女孩的眼神。

颜夏并不讨厌瑶凤，反而觉得这样个性的小女生有辨识度。

"秋要走了！"颜夏叹一句，转而问道，"你还不回家，有什么事吗？"

"我忘带校卡了，您给我签个名字呗。"瑶凤从身后抓出一张证明，让颜夏签名。

颜夏信手一签，瑶凤小心翼翼地把纸叠起来。

"其实我也是为昨天的事情来说对不起的，老师，我不该上课不听课写纸条，不该撒谎骗您。"瑶凤有些忐忑地说着，其实她也说不出自己为什么要留下来说这些话，只是要离开教室的时候看到这孤单的背影，再想起昨天傍晚操场上那双有些受伤的眼睛，还有昨天晚上回家时走在自己前面那股清冷的气质，她的心里就翻腾起说不出的滋味。

颜夏被她这么一说，倒是仔细打量起瑶凤来，此时的瑶凤看上去少了平时的飞扬，多了一些安静乖巧的气息，裙摆在微凉的晚风中飘扬，就连弧度都是安安静静的。

颜夏望着那清澈的眼神，微微一笑："没关系，我不怪你，但愿以后好好相处。"说这话的时候，他的眼前浮现一袭白色长裙，裙角在晚风中飞扬，眼眸在冷秋里悲哀，接着却有浮现出俏丽的马尾，被一碗面烫伤的樱唇，以及脸颊滑落的泪珠。

能好好相处吗？脑海突然出现的一把利尺将所有美好全部划破。

"我去跟林老师解释吧？"瑶凤看着时而明亮时而暗淡的颜夏，小心翼翼地说道。

"不必了，清者自清，你赶紧回家吧，应该有带伞吧？"颜夏的骄傲再次在风中飞舞。

"嗯，那我走了，老师，您也早点回家吧。"瑶凤乖巧地点点头，转身离开教室。

颜夏跟着瑶凤走出教室，却发现办公室的灯依然亮着，窗外是一场绵绵的秋雨，窗内是一位安静的姑娘。

他觉得这个时候托着腮望着窗外愁眉苦脸的林可林才有了点姑娘家的气质。

不过他还是没敢踏进办公室，悄悄转身叫住即将离去的瑶凤。

"唉，你家林老师没带伞，拿去给她吧。"颜夏把手中淡蓝色的伞塞给瑶凤。

"颜老师那您……"瑶凤皱了皱眉。

"叫你去你就去，那么多废话，还有，就说伞是你的！"颜夏故作凶狠地瞪了一眼瑶凤，转身走进教室。

瑶凤望着离去的背影，皱起的眉头突然舒展开来，月牙的裙角和嘴角熠熠生辉。

林可林依然出神地望着外面，心里一阵苦闷。

她不知道为什么事情会发展到这样的程度，人和事都不顺，偏天公又不作美，恼人的秋雨勾得她心里乱糟糟的。

记得之前自己是很喜欢雨天的，总觉得雨下啊下，就像诗一样，不知道为什么后来就越来越讨厌了，尤其是这种阴柔的天气，她宁愿来一场狂风暴雨或者烈日晴空，也不想在这种扭扭捏捏的秋雨里牵牵扯扯。

"林老师，您还不回家啊？"瑶凤突然觉得林老师和颜老师很像，至少在这场雨里很像。

林可林回神，看到瑶凤，笑了笑，道："你也还没回去？"

"我看您没带伞，专门给您送伞来着，林老师明天见。"瑶凤说完麻利地把手中微蓝的雨伞放在林可林的桌上，还扬了扬自己的雨伞，跑出办公室。

林可林是没带伞，依着她的脾气，如果是一两年前她会暴力地冲破雨幕，但是现在不行，现在她要为人师表。

看着桌上那把淡蓝色的雨伞，她心中涌起暖意，秋雨也不完全恼人嘛！她又批改了一些试卷，看了看时间，都快七点了，收拾东西，关了灯，带着那把淡蓝色的雨伞。

林可林此时的心情转阴为晴，因为随便看了几张卷子，一班的学生考得还算可以，她又想起那个赌，又想到那张臭脸，心里不禁有些得意。

不过才走几步就得意不起来了，心里那张臭脸仿佛飞出来一样，活生生出现在自己眼前。

颜夏此时倒是有些懊恼，自己玩什么英雄模式啊，又没装备又没技能的，在这样的雨里狂奔怒跑，还没回到家里自己血槽就空了。

"喂，白痴没带伞吧！拿去！"清脆的声音在身后响起，横在眼前的是一把蓝色雨伞。

颜夏转身，林可林满脸淡定。

殊不知林可林这句话喊出口后就懊恼得快吐血了，本想趁这样一个天时地利的局面随随便便造就个人和，想不到一出口就是一句白痴，她真想给自己一大嘴巴。

颜夏却好像没听到这话似的，只是望着眼前蓝色的伞有些发愣。

"喂，要不要啊?"现在林可林有点畏畏缩缩，但她又强作镇定地吼一声。

颜夏终于把眼神从伞转移到人了，他冷冷地望着林可林，但还是没说话。

你要不要这么混蛋啊!林可林心里咆哮着，但看着这双眼睛有丝丝凉意，却也不敢把这话吼出来。

"那你呢?"颜夏嘴角动了动，眼神融化。

"我没几步路，跑两下就到了。"林可林随意地说，没敢看颜夏的眼睛。

是跑两步就死了吧!颜夏心里暗想。

现在最好的假设就是颜夏能够说一句"要不我送你回去吧"，然后两人走在雨里，说不定就夏也不热了冬也不寒了。

颜夏想到了这点，但只是想到而已，终究没有说出。

林可林却觉得在这只怪兽旁边再待了一秒钟自己就要被冰封起来了，捋一捋衣袖，准备冲破雨幕挥霍血槽了。

"你等我一会儿。"颜夏心里长长一声叹，撑起雨伞步入雨中。他想去门卫那看看有没有备用的伞。

林可林却看着颜夏在雨中朦胧起来，心里五味杂陈。

颜夏到了门卫室，但门卫居然不在，估计吃饭去了。有个斯斯文文的年轻人站在那里，年轻人大概有一米八的身高，皮肤很白，稍稍长的刘海，戴着一副金边眼镜，眼镜下是一双好像没有任何攻击力的眼睛，他穿着一身灰色的衬衫，令他显得更加柔和。

关键是他手中拎着一把看起来挺大的雨伞!而且还是彩虹伞!

颜夏有些狐疑，这样一个看起来低调斯文的年轻人，怎么会拿这样一把花花绿绿的雨伞，但他也没去深究，对年轻小伙子歉意地笑了笑。

小伙子有些认真地看了看颜夏，突然也笑了笑，颜夏只感觉秋天里起了一阵春风。

"吴言。"小伙子伸手。

"颜夏。"颜夏这时才看到，小伙子的手修长、白皙、指节分明。

这样的手适合弹钢琴吧，颜夏心里想。

颜夏把要借伞的事情跟吴言仔细说了说。

"林可林老师?你为什么不直接送她?"吴言脸上出现一缕温和的笑。

颜夏一阵尴尬，又不好跟他解释什么，只是讪讪一笑，道："以后有缘再跟你解释，你先在这等着，我把伞拿过去再说。"

吴言将颜夏的神色看在眼里，脸上那抹温柔不减，只是扫视几眼，在角落里抽出一把破旧的黑伞，慢慢踱入雨中，一瞬间外面是春是秋让人恍惚。

林可林先是看见雨中一道亮色，接着一道朦胧的身影出现。看清雨中那把彩虹色的雨伞时，她如遭棒喝。一瞬间，她仿佛看见了无数个画面，在太阳下、大雨中、晨曦里、天桥上，似乎都有这样一道仿佛能把天空照亮的彩虹。

等她回过神时，眼前的伞是彩虹色，眼前的人却没有春风般的笑容。

林可林看到颜夏，心里明明知道不应该生气，但心里藏不住话的她依然道："你为什么会找这样的伞？"

明显质问的语气让颜夏一愣，不知道自己做错了什么，不就撑一把伞哪里又惹小太妹了！

"又不是给你的！"颜夏终于回了一句，语句也不是那么和善。

这话好像勾起了林可林一整天的火气，她一把夺过彩虹伞，负气般把伞扔出去，头也不回地走进雨中。直到有些凉意的雨点敲打在颜夏的脸上，颜夏才有些漠然地转过身。

不过转身的时候看到的画面更让他费解。

这样的雨里，林可林泪眼朦胧地看着眼前的男孩，他依然笑得那么温暖人心，依然爱穿暗色的衣裳，依然那么温柔地站在自己面前，就连那双手都依然那么有力地撑着伞，好像一切都不曾变过。

不过林可林还是一声叹息，即使你如几年前，但头顶已不再黄绿青蓝紫。那把伞好像融入夜色，这让林可林的心里一阵黯然。

是他吗？颜夏看见林可林夜色里都会闪亮的眼睛流露出的一抹哀伤，那抹哀伤更胜被面烫的心碎。

面烫卿唇，人烫君心。

"你还是这样，会感冒的。"吴言微微一笑，好像早已习惯了林可林的任性。

林可林没有说话，她已经很努力不让眼泪流出来，但不知道为什么这样的夜这样的雨，眼前站着这样的人，自己就是没办法停住泪水。但她倒是有些感谢这场雨，自己脸上雨水泪水混合，说不定别人就看不出来了。

林可林不知道，泪水比雨水亮，比雨水烫。

见林可林没有说话，吴言伸手想擦她脸上的眼泪，但她倔强地别过头。回头的时候看见颜夏站在雨中，有些呆呆地看着他们。

眼前是渐渐冰凉的一阵春风，身后是越等越寒的一场冬雪，林可林回过头："你过来干什么？"

"看你。"

"不必。"林可林头也不回地离开伞，一时间泪下得比雨还大。

你们两个混蛋！林可林恨恨地在心里说，这下子是雨是泪连她自己都分不清了。

颜夏和吴言俩人看着她离开，那身影很单薄，脚步却异常坚定。吴言撑着伞走到颜夏面前，替他挡了挡雨，说了声抱歉。

颜夏苦笑一声，这个歉意的样子他这么快就还给自己了。

"你还是适合这把伞！"颜夏捡起地上的彩虹伞，递给吴言。

"呵呵，我不适合，或许，我适合什么都没有。"吴言无所谓地耸耸肩，没有伸手接伞，反而把手中的黑伞往后一抛，"或许是这样？"

两个大男人在雨中畅快地淋着雨，但都说不出什么话。

"不介意聊一会儿？"吴言出声。

"走。"颜夏带着吴言走进办公室。

"擦擦。"颜夏走到自己的座位上抽出之前新买的毛巾递给吴言。

吴言也不客气，笑了笑，接过来认真擦着头发。

为什么这么凉的雨、这么惨的事都降不下吴言笑起来的温度？颜夏摇摇头，不过自己这么湿着也不是办法，颜夏在办公室看了看，看到一条鹅黄色的毛巾挂在窗户边，看起来好像是被哪个老师遗弃似的，也不嫌弃，拿起来就往头上擦。

等俩人稍微整理了下，吴言缓缓开口："可林和我是青梅竹马。"

他说了很多，但归纳起来就是，两人相识十五载，相恋七年，一朝爹娘发话，言语无用，只能劳燕分飞。

"你父母怎么就突然不肯了？之前都是看着你们过家家？"颜夏问。

"谁知道呢。"吴言平淡地说道，"我爸的意思是处朋友可以，但结婚不行，然后可林就爆发了。"

"那你现在做什么工作？"

"接手我爸其中一家公司，努力赚钱。"吴言淡淡地说。

"还是个富二代与美少女共同消灭月亮的故事啊，然后呢？"颜夏看着眼前有些狼狈的吴言，看不出来这人是富二代。

"什么然后?"

"没了?"

"还有什么?"吴言反问。

颜夏有那么一瞬间觉得自己成长为爱情专家了:"那你现在对可林什么想法?"

"还喜欢啊,还有什么想法?"

"然后呢?家里怎么办?"颜夏觉得吴言像个闷葫芦,不抽不说,一抽一说。

"家里不同意啊,慢慢争取呗。"

"该!"颜夏蹦起来,"活该可林这暴脾气甩你!就你这不急不缓的态度我看了都想抽你,别说那个小太妹了!"

吴言有些好笑地看着颜夏,按说第一次看到颜夏的时候,他显得很阳光,想不到两年多未见,他的气质竟然变得这样冰冷,他刚才差点认不出来了,不过现在这样子倒有几分快意恩仇的感觉。

"看什么看,不过话说,需要帮忙吗?"颜夏瞪了瞪吴言,对这个温和的人觉得没有丝毫的距离感。不像林可林,跟她的距离好像隔了个海峡,甚至现在还巴不得再隔一个大陆。

"我认识你。"吴言不理会颜夏的眼光和问话,笑眯眯地说。

"不会吧!"颜夏仔细瞅瞅吴言,按理说这么出众的人如果互相认识的话自己应该也会有印象才对。

"我在漳州动力杯和一家茶馆见过你,那时候你身边有个轻舞飞扬的女生,你们很欢乐地在斗嘴。"吴言有些唏嘘地说。那时候的我身边也有一个不飞扬但很乖巧的女生,可是现在呢!想到这,只觉秋风不暖。

颜夏一愣,当自己还是文白的时候,确实是那样,但怎么也想不起来那时候有吴言在。

"那时候可林也在我身边,我们还是人人羡慕的情侣!"吴言有点低沉地说。

人人羡慕的情侣?神仙眷侣?颜夏又一拍脑袋,那一幕往事在眼前淌过,那温馨的画面被自己写进了小说里。

　　漳州动力杯,一对大学生情侣默默盯着对方,慢慢地吸着可乐,不时地说上两句话,女生有时莞尔一笑,男生马上面带幸福……女的甜蜜地挽着男的手臂,好像抓住了幸福就一辈子不离不弃……

　　饮居里，文白朝他们微微一点头，那对情侣也微微一笑，看着小白和小青轻轻入座，好像在看两三年前的自己，青春写在纸上，然后用爱情来涂鸦。

　　"终于下雨了啊！"那个女孩说。

　　"嗯，下雨了，那我们出去逛街吧！"男孩善解人意地回答道。

　　他们走出店门，男孩撑开彩虹色的折伞，轻轻地搂着女孩的肩膀，微笑着走进雨里。

　　那女孩朝小白微微一笑，小白只看见淅沥的雨在他们的伞边滑下优美的弧线，就被雨帘重新遮住了，仿佛桃花源的洞口再次尘封，不顾世俗。

　　……

　　"我想起来了，难怪我看你和可林都有点熟悉！咱还是校友！"颜夏说道，有些莫名的激动，往事都随风飘远了，到如今，剩下颜夏见证他们，也剩他们见证文白章青。

　　"怎么样，那女孩呢？"吴言也有些动容。

　　颜夏一黯，认真想了想，说："遭遇跟你们一样，她必须留在泉州，我必须回来。"顿了顿，颜夏补充："还有，她不飞扬了！"

　　"那你看现在的可林还乖巧吗？"吴言笑了笑。

　　颜夏这么仔细一想，当初的林可林看上去那么文静，再想想如今动不动就进可攻退可守。想到这儿，颜夏头皮一阵发麻。

　　"不过你们现在还在同一地方，说真的，需要帮忙吗？"颜夏发自肺腑地说。

　　隔人千里的不只是空间，还有时间。颜夏实在不希望当初印象里的神仙眷侣也被世俗牵绊掉入凡间。

　　"呵呵……你帮得到吗？看你跟她的关系，似乎不是那么安稳啊！"吴言有些好笑地看着颜夏，他心里知道，可林会变，颜夏会变，都因感情会变。

　　颜夏回想一下，自己除了不找她打架之外似乎还真没有什么可以帮的。

　　"再说吧，有需要我会找你的。"吴言道。

　　"那你今天来干嘛？"

　　"看看小林子。"

　　"就把人家看哭了？"

　　"……"

第 七 章

颜夏回到家的时候狠狠地打了个喷嚏，心里暗道糟糕，明天战斗力肯定往下掉。

果不其然，第二天起床的时候颜夏觉得似乎有千山万水堵在自己的鼻子里，千军万马都搬不走，就这么堵着堵着，眼泪都快出来了。不过他还是顶着一个红鼻头坚持去学校。

还没到办公室颜夏就听到一声惊天动地的喷嚏，感觉整个办公室都在震动。然后他就看到办公室里一个人都没有，有的只有一个红鼻头，不对，一个顶着红鼻头的小老师。

林可林看到颜夏一脸红鼻头和郁闷的样子，心里不知怎的暗自庆幸了一下，貌似有人比自己更凄惨。不过她不会流露出来，她深知自己和颜夏之间的误会，而且如果仅仅只是误会也就算了，里面还掺杂着昨晚莫名其妙的感情。

昨晚到底算什么啊？林可林到现在也不知道昨晚是怎么回事。比如说颜夏哪来的彩虹伞？那家伙怎么出现了？貌似这俩人还搭一起了！

她想知道但也不想问，心里叹气，如果没什么意外的话，和颜夏就这样不尴不尬到终点了。不过，还是硬着头皮迎上这只鼻涕鬼："我的伞呢!"声音中带着浓重的鼻音，明显昨晚和现在都不好过。

颜夏一时还没回过神，什么伞？

"拿来啊!，昨晚那把蓝色的伞!"林可林怒目而视。

颜夏这才反应过来，问："你的伞?"鼻音更重。

"要你管!"

然后颜夏就目瞪口呆地看着林可林从自己的手中活生生地夺走了伞，然后扬长而去!

"啊啊啊啊!"颜夏还没从夺伞之恨中回神，林可林那带着浓重鼻音的惨叫又响起。

"什么事？什么事?"办公室外面几个老师同时冲进来。然后就看到俩小年轻干柴烈火地在办公室里，更诡异的是，两人鼻头都红通通的。

杨老师一个箭步冲过来，说："小颜，你们昨晚干嘛了啊？现在鼻子怎么弄成这样？你是不是欺负人家小林啊？"

这一问气氛更加尴尬，为什么俩人鼻子通红会让人想到他们昨晚干嘛了？而且谁欺负谁啊！颜夏心里愤愤不平。

还好林可林还算醒目，脸颊微微泛红地举起手中一块鹅黄色的毛巾说："不知道哪个坏学生把我的毛巾拿去乱擦，你看上面都是什么动物的毛发。"说完还一脸嫌弃地把毛巾扔进垃圾桶里。

毛巾？坏学生？什么动物的毛发？颜夏一肚子郁闷，不过也算实诚，有些不好意思地说："不好意思啊，昨晚看这东西挂在窗边还以为是条擦桌布没人用，我就不嫌脏拿来擦东西了。"

自始至终都不敢说擦头发，因为那是什么动物的毛发。

众老师石化，这俩人不仅鼻子通红，而且鼻音都很浓，听起来各种销魂。

擦桌布？你还不嫌脏？林可林一听怎么又是你这混蛋，是也就算了，你好好道个歉我也就算了，你还不嫌脏，搞得比我还嫌弃这毛巾似的！

"又是你！你是不是跟我有仇，报复我来着啊？"林可林终于忍不下去了。

周围老师还在石化中，一条毛巾算个什么事啊，这俩人是不是没事找事做，没架找架打呀！

"对不起啊。"颜夏一看林可林的手往桌子上摸索，就要摸到那把闪亮的利尺，瞳孔一阵收缩，赶紧道歉，还不忘拿起手边金色的教参。

"以和为贵，以和为贵！既然小颜都道歉了，小林啊我看就这么算了，小颜你这两天买条好点的毛巾过来。"杨老师一看这样下去又要买尺子了，赶紧出来打个圆场。

这俩人怎么回事啊，又没什么深仇大恨，何必这么富有激情呢？难道现在的小年轻都喜欢在激情中你来我往？

"哼，不稀罕！"林可林甩头，一屁股坐在椅子上，"呀！"又一声大叫！

办公室的老师面面相觑，他们怎么也想象不出来，前天还是青春娇媚的小姑娘，这两天却像打了鸡血一样，一个风吹草动就兵戎相见。

"谁把我的椅子弄湿了！"林可林蹦起来一摸裙子，裙子有些潮湿，幸亏穿的是白色的裙子，水渍不是那么明显，要不然怎么见人啊！她说完不自觉地把目光投向颜夏，众老师不约而同也看向颜夏。

颜夏有些不好意思地摸摸头发："不好意思啊，昨晚被雨淋湿了，坐在你的椅子上聊天，没想到现在还没干！"

"砰"

"啪"

一攻一守浑然天成，一张一弛一气呵成。

"好了好了，打也打过了，快考试了，别让学生看到，影响不好。"杨老师苦口婆心地说着，有些幽怨地看着颜夏手中的教参，又是我的！

昨晚，聊天？林可林回想刚才颜夏的话，眼里莫名的情绪涌动着。

大清早的，办公室里却充斥来而不往非礼也的喷嚏声，你一声，我一声，好像喷嚏也在斗气一样。

为什么现在办公室里的气氛如此诡异……众老师心里无限怀念以前融洽和谐的氛围。

白天的监考倒是相安无事，颜夏和林可林都尽量克制自己不往对方身上找气受，只是苦了办公室的其他老师，身后一团火一团冰，指不定什么时候就殃及自己，所以他们个个很自然地一考完试就远离战场，连杨老师都以"年轻人的激情我不懂"的借口早早离去。

林可林经过三班，看见颜夏已经不在教室了，一些学生在唉声叹气地讨论着刚才的试题。

"瑶凤，你跟我来一下。"林可林看见瑶凤有些孤单地坐在座位上，不知道是考得不好还是另有心事。不过想起桌子上还有那把蓝色的伞忘了还，就出声唤了沉思中的瑶凤。

俩人走进办公室的时候，办公室依然阴风阵阵，林可林不用想都知道有只冰状怪物在。

"挪开点！"看这只怪物动也不动好似冬眠一般，却占着位置散发寒意，心里还真有点不舒服。

颜夏缓缓地挪了挪座位，没说什么。

"瑶凤，你的伞还你，谢谢你啊。"林可林抓起桌子上折得整整齐齐的伞，温柔地对瑶凤说。

瑶凤现在才知道林老师是要还伞，关键这伞还不是自己的，伞的主人还不让自己说。她神色复杂地望向颜夏，颜夏却像入定了一样头也不抬，事不关己地继续看书。

你们老师怎么这么复杂啊？瑶凤心里暗暗发苦，这接也不是，说也不是。

"拿呀，在想什么呢？"林可林弯起了柳叶眉，笑意盈盈。

不管你们了！大人的事情大人自己处理，关我什么事啊！瑶凤一跺脚，把伞接过来，一赌气塞给颜夏，道："签名！"又掏出一张忘带校卡的证明，巴巴地望着颜夏。

颜夏有些木然地签好，瑶凤拿起小心折叠，二话不说奔出办公室。

两人面面相觑。

你就这么走了?!

颜夏的原意，瑶凤你把伞先拿走，以后偷偷还给我不就行了，哪知道这姑娘这样，极其不负责任地跑了，还把伞当面还了！还了你也解释一声啊丫头！现在让我怎么说？颜夏脸上的肌肉抖了一抖，隔着厚厚的脸皮都能感觉到右手边杀气腾腾的目光。

先走为上！

颜夏一把抓起伞，迅速地离开座位。

"你给我站住！"预料之中霸气的声音响起，"给我说清楚怎么回事！"林可林眉毛倒竖，母夜叉一般叉着腰！

颜夏淡定地转过身："白痴何事？"

白痴？可林一愣。

"叫谁白痴呢！"林可林的火气起来了。

"你昨晚叫我白痴，我还你！"颜夏依旧淡定。

林可林这才想起昨晚好像是说了这么一句，想不到这人心心念念至今不忘！"你怎么就这么记仇？"

"向指导老师学习！"颜夏回一句。

林可林火气顿时来了，蹭蹭蹭捋起袖子操起尺子。

"想打架恕不奉陪，哥哥我还要回家吃饭。"颜夏一看某人又开启暴怒模式，转身就走。

"别走！"林可林冲上去。

颜夏一个急刹车。

"老师，你们在干嘛呢？"郑超强出现在办公室外，若不是颜夏急刹车就撞上了，但林可林真撞上了，她反应神经本来就慢一拍，自己这么一跑，颜夏这么一停，果断地撞在颜夏的背上。

"呜……"林可林痛苦地捂住鼻子蹲在地上,这下子肯定更红了,你个挨千刀的颜夏,我跟你没完!

迎着郑超强那八卦的眼神,颜夏扶起身后的小老师,讪讪地说:"没事没事,闲着无聊互相切磋一下。"

切磋你大爷呀!林可林苦于鼻子痛一句话都说不出来,泪光盈盈地瞪着颜夏。

"然后你揍林老师鼻子了?"郑超强大胆设想。

"去去去,小孩子懂什么!我们是切磋文学上的东西!赶紧回家!"颜夏不知道哪个神经不对,单手把郑超强推出办公室,"砰"地把办公室的门关了。

"呼,还好保住了师容师貌!"颜夏摸摸通红的鼻子!

"放手!"身后传来一句咬牙切齿阴森森的话。

颜夏像被火烫似的把林可林的胳膊放开,再环顾四周,顿生羊入虎口的凄凉。自己把自己和敌人锁一起算怎么回事啊,而且敌人看起来比自己还强大!

颜夏看了看林可林,有些自觉地把"看起来"三个字去掉。此时的林可林红鼻子红眼睛,一把鼻涕一把泪,好像被自己欺负了千百遍,但只有颜夏心里知道,明天的太阳不知道会不会升起!

"你闹够了?"那阴森森的声音又响起,颜夏有点不敢看她的眼睛。

不过想想回避也无济于事,而且今后还要面对很长一段时间,不如破罐子破摔,好好理论一番,谈得好明天太阳照常从桑干河上升起,谈崩了大不了明天太阳从心中升起!颜夏想通后,主动迎上林可林的眼光,嘴角扯了扯,"那边坐吧,慢慢说!一五一十地说!"

林可林有些呆呆地被颜夏摁回座位,她想不明白,同样是人,差距怎么那么大?而且同一个人,前后差距怎么可以这么大?她看着颜夏的目光,一时之间也不知道这火该怎么撒,只好摸了摸桌子上的尺子,心里有个依托终究是好的。

颜夏的眼神让林可林觉得很真诚,但是她的脑袋还在转悠,不知道该问什么。

"问啊!你倒是问啊!"颜夏不依,自己多待一分钟就多一分危险,她多沉默一分便是多爆发十分能量。

"你这人怎么这么讨厌?"林可林被逼急了,脱口而出。

颜夏汗颜,"你这话让我从何说起啊?"

"那个伞是怎么回事?"

"你也猜到了,我的,哥哥看白痴你没伞,就让瑶凤给你送过去。"颜夏活生生把这句白痴再还给了林可林。

林可林翻了翻白眼:"你自己不就没伞了?"

"所以说哥哥情操之高尚,不是尔等弱女子可以凭空臆想的!"

林可林又摸了摸尺子,看来跟这家伙的相处之道不是客客气气,而是边打边说比较好!看到她的动作颜夏自动闭嘴,扬扬头示意她有什么问题继续问吧。

"你干嘛这样做?"

"还不是看你小姑娘可怜!"

"我哪里小了?"林可林终于忍不住了,这家伙一句弱女子一句小姑娘,自己哪里弱?而且哪里小了?

颜夏一哆嗦,下意识地回答:"不小!你不小啊!"

"继续问吧,姑娘家家别老是舞刀弄枪的"颜夏摸着手上一道红痕,委屈地说。

林可林气鼓鼓地放下尺子,问道:"你和他怎么搞在一起的?"终究还是按捺不住了。

颜夏哀怨地看着她:"不要用搞字行不行,要搞一起也是你们搞一起吧!"

林可林没说话,只是默默地摸摸尺子。

颜夏正襟危坐,道:"我本来准备去门卫那借把伞,看到就他在,而且长得也算那么回事,就借他的伞了呗。"

"你还长得不是回事呢!"林可林横眉。

"你要不要这么护犊啊?呃,护崽?护小崽子?"颜夏还在摆弄词句,林可林的脸上顿时乌云密布,颜夏立即正色道,"借了他的伞我就来了啊,想不到你火气那么大。"

"你们之前不认识?"林可林问。

颜夏想想,之前只见过一面,应该算不认识吧,就坚定地点点头。

"那就这么搞,呃,弄?混在一起?嗯,混!"斟酌了几个词语,终于找到个比较合适的。两人都是混蛋,不是混是什么!

"没混啊,就聊聊天而已啊。"颜夏郁闷。

"聊什么?"林可林说完发现自己貌似太八卦了。俩大男人在一起聊天,不是聊女人就是聊女人,还能聊什么!

"你要不要这么八卦?"果然,颜夏如是说。

林可林正拿着一张纸,突然"嗤"的一声,一张纸变作很多纸。

"其实也没聊什么,就一些很正常的话题,男人嘛,总要有点悄悄话的。"纸张成了更碎的碎片,颜夏终于受不了这种命悬他手的感觉了,"好吧,探讨了一些你的前尘往事而已,喂,你要不要这么暴力啊?当年清纯伶俐的小姑娘怎么就变成这样,跟慈宁宫出来的一样!"

"当年?"林可林很敏锐。

"好吧!当年我们有过一面之缘,呃,两面之缘,姑娘你还记得当年大明湖畔,我呸,当年漳州动力杯……"颜夏狠狠抽了自己一耳光,吧啦吧啦说开来。

颜夏说得唾沫横飞,林可林听得云里雾里。

"完了?"看着颜夏期待的眼神,林可林小心地问。

"你以为呢?"

"记不得你这小人物。"林可林扬扬手。

有这样的当年吗?或许有也是当年如花千般好,当前花谢忆当年!

"你记得才有鬼,我看你那时的心思恨不得钻进吴言脑袋瓜里,怎么会去注意周围有那么一对……一个顾盼生姿的好男儿……"颜夏撇撇嘴,回想当年,虽然林可林的形象已经模模糊糊,但看向爱人的眼神却清晰记得,好像眸浸了水,流也婉转,留也诗意。怎么现在就变成这鬼样子?颜夏想想刚才那双修罗畜生眼,心里就一阵哆嗦。

"吴言记得你?"林可林没理那个搔首弄姿的小人,继续问。

"你是一门心思绑在吴言身上了吧?"又是吴言,颜夏调戏道。

"老老实实说!"怒目金刚。

"昨晚就是吴言提醒我才想起来的,话说妹子啊……"林可林一扬眉,"话说小老师……"再次扬眉,"话说姑娘啊,你看看你们当年,多么郎情妾意,怎么就闹到这地步?"颜夏磕磕碰碰终于把一句话说完。

"关你什么事?"林可林现在随时可暴大招。

颜夏泄气。

"按你说的,你当年那小妹子呢?"林可林问。

不带这样玩的!完全不是一个等级的啊!凭什么你能八卦我,而我却不能问候你!而且凭什么我说妹子一扬眉,你说妹子顺溜溜!颜夏心里极度委屈,非暴力不合作!

"砰！"防身之物打在桌子上。颜夏心头一冷："怎样？"

林可林感觉到颜夏身上又开始"吱吱"往外冒寒气，暗叫糟糕，赶紧挥挥尺子说："算了算了。我不问你前世今生，你不管我明夕何夕，如何？"

"求之不得！"颜夏就等这句。

我问你一句旧人，你痛三天；你翻我一眼旧事，我悲两页，何苦呢？何必呢！

"其实想想，我们也没那么苦大仇深，之前种种都是误会，昨晚种种也忘得一干二净，不如这样吧，就当我们从来不认识，明天上班再正式认识，我是崭新的我，你是猥琐的你，怎样？"林可林有些友好地说。

颜夏听了觉得有点怪怪的，不过这话出发点是好的，于是点点头，说："好啊，我也不想老是面对一张扑克脸！"

我没说你扑克脸你倒是不羞不臊各种嫌弃说我是扑克脸！林可林听到这句话恨不得撕了眼前的这个人。不过天要下雨娘要嫁人，呸，不过说出去的话泼出去的水，自己也不是小气的人，斗嘴嘛，自己肯定不会输的！林可林感受着手中雪饮狂刀那杀人吮血的渴望，嘴角扯了扯，眉毛扬啊扬。

不合理啊！自己必须也要弄把倚天剑或者屠龙刀什么的，要不装备差，等级也差，她是欺负人不偿命模式，而我还是反抗无用模式！

教参？不合理，这东西防御＋100但攻击＋0，而且这样也就算了，还附带诅咒＋10——没看见杨老师那哀怨的眼神吗？用一次就要被画圈圈诅咒一次。

黑板擦？不洋气，一是防御面积太小，二是攻击层次不高，三是——你见过怀揣一块黑板擦走在路上的吗？

粉笔？不科学，性价比不高，使一招漫天花雨，倒是五光十色了，不过一盒就这么没了，最主要的是，物理攻击力有待商榷，万一真的击中目标，目标却没点被击中的感觉，想想就委屈。

圆规？前面寒光闪闪，攻击力倒是够了，但这凶器出则饮血，不到玉石俱焚的时候是绝不能出手的——而且路上拿个圆规容易被学生拦下来问数学问题，颜夏觉得数学比林可林还可怕。武器这东西怎么也跟爱情一样需要靠缘分啊！

"不过那个赌约不能废。"在颜夏胡思乱想之间，林可林轻蔑地笑了。

"这必需的。"颜夏弱弱地笑。

"你们这次期中考太差了。"

"你！"士气为零，扑街。突然，颜夏眼神一凛，耳朵一竖，一个箭步冲向门，一把拉开。

"哗啦"倒下一批东西。

林可林定睛一看，一群学生。

"你们不回家在干嘛?"颜夏一看都是自己班的。

郑超强麻利地站起来，有些面红耳赤地说:"我以为你们在打架!"

"打架你就叫这么多人来围观?"颜夏咆哮，对学生咆哮还是有点用的，至少能眩晕他一回合，不像用在某人身上，就只会换来一句"你吼我! 你居然敢吼我"!

郑超强讪讪地一句话都说不出来。

"而且我告诉你，我们不是在打架，我们是在谈……"

"情!"齐齐抢答。

"都给我回家!"林可林一看局势不对，冲出来河东狮吼。

这招威力绝对够了，学生迅速散去。郑超强还怕小老大赵晴被不明群众挤倒，一手拨开人群一手架住小女孩就绝尘而去。

林可林和颜夏看着一哄而散的局面，一直到眼前只剩下瑶凤。

瑶凤慢条斯理地拍拍裙子，对着林可林和颜夏展颜一笑，分别鞠躬，然后刹那变成一幅受尽委屈的样子，大眼睛眨啊眨，可怜兮兮地说了一句:"老师再见!"优雅地走了。

林可林和颜夏面面相觑，这姑娘是四川的吧? 而且是在四川学完变脸技能后过来念书的吧? 那笑是怎么回事啊? 笑了之后脑袋上就圈上了神秘光环了啊!

颜夏和林可林好不容易维持的貌似和谐的局面瞬间告破，颜夏收拾收拾飞一般逃离办公室。

"寡妇门前是非多!"他一边念叨一边逃，这话要是落在林可林耳朵里绝对又是一顿胖揍。

明天的日子会怎样呢，颜夏倒是有了一些期待。

第八章

第二天，太阳照常从桑干河上升起，颜夏的感冒貌似好了许多，鼻子也不红了。这一切都是个好兆头，而且今天过后就迎来欢乐的周末，之后是更欢乐的运动会，这个世界是多么美好啊！

颜夏到了办公室，此时办公室空无一人，不过过了一会儿办公室就陆陆续续来了老师。

"大家好！各位老师好！"一个清脆的声音在办公室响起，一点鼻音都听不出来，很明显林可林的感冒也恢复得很理想，顺带连心情都飞扬了。

众老师只觉得眼前的林可林让人眼前一亮，好久没有这种清新的气息了。

"你好！我叫林可林，请指教！"林可林看到颜夏已经在座位上了，想到昨晚也算是解决了心腹大患，还说过忘掉从前重新开始，于是自认为很大度地对着颜夏伸手。

而且她也想让各位老师看到，我林可林是有胸怀的，对，有胸怀的人即使面对一个把自己得罪千万遍的坏蛋也会一笑泯恩仇的。

众老师齐齐看着他们，是在玩过家家，还是 COSPLAY，还是记忆存读档？

听到林可林的声音，颜夏这才认真打量起眼前的可人儿，今天的林可林气色微微红润，看起来分外美丽。她穿一件鹅黄色的长裙，在自己面前神采飞扬，好像颜夏再不抓住她伸出的手，她就要随窗外的一阵风飘走了。

她的眉毛弯弯的，弯成了两道弦月儿，一双眼儿被眉儿带起，让人想拧出水来，特别是近在眼前的一只手，白皙修长。

颜夏突然觉得脸有点发烫，这小老师不生气的时候怎么有点儿小媚啊。

"你好！我叫林可林，请多多指教！"林可林看颜夏只是呆呆地看着自己，对自己抛出的橄榄枝视而不见，这家伙，一天不揍上房揭瓦，于是她又重复了一遍，稍稍加了点内力！

"哦，知道了，白痴，坐吧！"颜夏回过神来，没听清楚她具体说了什么，只好下意识地回答一句，不过一出口就知道可能昨晚一夜努力现在废于一句话了。

林可林肺都要气炸了！这家伙搞什么！自己在众老师面前如此卖力演出，他这算什么！我好心好意说多多指教，你不回个多多指教还给我来个知道了，白痴！还气度非凡地坐吧！

林可林一把抓起桌子上的尺子，颜夏一看形势不对，祭出一条鹅黄色的毛巾，嘴上说道："误会误会！"——这该死的尺子，什么时候必定找个时间把这鬼东西藏起来！若非这一把尺子作祟，想必这人已在自己手中死上千遍万遍了吧！

众老师始终不懂年轻人的激情，刚才可林操起尺子的架势让他们一度以为刚才那飞扬的小老师只是南柯一梦。

而且他们更不明白的，为何这两人这么有激情，起初还以为是一物降一物，颜夏一过来就克制住了林可林，不过他们始终不明白，一物降一物不是重在降这个字吗？打个比方，比如说驯马，经过驯服后不是越来越乖巧吗？为什么林可林这匹小烈马被颜夏一驯，反而是激发潜能，战斗力直追赛亚人。而且颜夏一看也不是好惹的，比如他身上那股寒冰真气，不是林可林的三味真火还真镇不住。

或许这俩人前世就是佛祖座下一盏佛灯里的两条小灯芯。

林可林看着颜夏举着鹅黄色的新毛巾，这一尺终究是没落下去——她也不想天天跟冰块打交道，打着打着，说不定自己也变冰块了。

颜夏摇了摇手中鹅黄色的毛巾，就像举着一块投降的白旗一样，不过他好像发现了什么一样，心直口快地说："小老师，你跟我的毛巾不仅撞色还撞型啊！"

林可林一把夺过毛巾，恶狠狠地说："我的！"

然后剑拔弩张的局面瞬间土崩瓦解——吃人嘴软拿人手短嘛，可能有些不贴切，但理是这个理——收了毛巾就说明接受了道歉。

办公室又归于平静，隐隐透着一股和谐。众老师一阵舒坦，自打这火星和地球这一撞，这样的气氛真难得啊。

林可林坐在颜夏旁边，一阵扑鼻的清香让他恍惚，淡淡的玉兰花香让他想起了夏日，想到了夏风，此时他觉得自己快不胜凉风了。

"真好闻！"颜夏吸吸鼻子心旷神怡地说。

可林一阵恶寒，压低声音道："你要不要这么流氓！我跟你很熟吗？"

颜夏想想也是，今天才认识嘛，搞这么熟干嘛——不过确实很好闻。

过了一会儿林可林主动凑了上来："你手里是什么?"

真好闻! 颜夏又是一阵心旷神怡。

林可林看着颜夏深吸一口的销魂模样,脸微红,不过还是霸气地夺走颜夏手中的东西。

"哟,还是运动会名单哦! 你会排兵布阵吗,大军师?"林可林一看乐了。

"我会膈应人啊,小老师。"颜夏调戏。

"哼,乌合之众,不成气候!"林可林稍稍远离颜夏。

"翻身仗从运动会开始!"颜夏豪情万丈。

"你们这次期中考太差了。"可林狡黠一笑。

"你!"颜夏总算明白了这厮就是死死揪住一点,打死不放——有点流氓打架的意味。颜夏夺回排兵布阵表,其实也就是张运动会报名表,认真看了看。

第一天短跑、跳远、三级跳远、跳高等部分,田赛预赛、半决赛;第二天中长跑、铅球、跳绳、部分田赛决赛;第三天男生接力、女生接力,还有个混合接力。

这三天的项目,跟自己当学生那会儿运动会项目差不多。不过看到学生报名情况的时候,他的眉头微微一皱。

郑超强100米、跨栏、跳高等都没话说,这家伙人高马大,站出来都是威慑力。何瑶凤会跳高,还会跳远? 不会是翻围墙练出来的吧? 但这还能理解,那1000米算什么? 被狗追出来的吗? 还有赵晴,这小丫头居然会铅球? 这什么世道啊!

颜夏只是稍微看了几眼,心里就琢磨出来了,要么这群乌合之众是报着好玩的,要么就是之前老师们沙场秋点兵,点到谁就是谁。

混合接力就是年级里一男生、一女生、一男老师、一女老师组成队伍,参加4*100米接力赛。不过看到最后一页的时候颜夏从微微一皱到虎躯一震,最后一页是教工赛的报名情况,颜夏居然看到自己的名字! 而且还不止一个,100米、200米、三级跳远。

这都谁报的啊?

"杨老师,这怎么回事啊?"颜夏看到杨老师刚好在自己前面,有点郁闷地指着报名表。

"哦,那个100米我替你报的,我记得你当年跑得也很溜嘛。"杨老师眼睛一眯。

还不是你们攥出来的！当年不堪回首啊。

"那其他的呢?"颜夏指着200米和三级跳远。

"其他的啊,可能是小林帮你报的吧,昨天报的时候你不在,我就让小林帮你随便填了两个,一个人可以报三项,别浪费了嘛!"杨老师喝了一口水。

别浪费……老师,你以为这是打折促销啊!颜夏瀑布汗地转头看小老师,眼神里透露着"昨天你是在报复我"的怨念。

林可林却不屑地撇撇嘴:"瞧你那出息,青年教师的朝气哪里去了,就只会往女流之辈和孩童身上撒?"

女流之辈?她自己吗?颜夏迷糊。

"才三项就怕成这样?我还嫌三项少了呢,你看看我自己的,跟你一样100米、200米和三级跳远,要不是被限制着,我还想多报几个呢!"林可林骄傲地说。

你还是女流之辈吗!怎么感觉像女流氓之辈!颜夏心里暗暗诅咒,倒不是他怕这些项目,他气的是自己居然不知道自己报了名,而且小老师报了居然没跟自己说!

人和人的地位怎么会差这么多?

"我说你这姑娘,当年走个路都弱柳扶风,这些年你怎么长的啊?"颜夏郁闷地回了一句。

"你说什么?"林可林怒目而视。

"我说姑娘你霸气威武、千秋万载!"

"……"

下午,三班教室。

离考试结束还有几分钟,但很明显全班都坐不住了,个个屁股跟长了痱子一样左扭扭右扭扭。

自从有了郑超强同学的不作弊保证,还有第一天上午想提前交卷被颜夏瞪回去后,全班就再也没有提前交卷的情况发生了。但最后一科大家就坐不住了,想想明后天的假期,想想假期后的运动会,他们就跟打了鸡血一样。

"都给我坐好!"颜夏威慑。

但可惜没两分钟,又开始扭起来,而且有些开始背起书包了。

到了最后一分钟,全班居然整齐倒数"5、4、3、2、1!喔!"打铃的瞬间全班沸腾起来,各个抄起卷子往讲台扔,然后背起书包往外跑。

颜夏苦笑，到时候试卷分下来有你们哭的。

等他整理好试卷学生们也散得差不多了，只有瑶凤站在面前，好像就在等着他。

"拿来！"颜夏一招手，一张纸就落到他手中。

果然，颜夏签好名字，递给瑶凤，有些郁闷地说："你就不能带一次校卡吗？"

"老师再见。"这丫头没有回答，却是甜甜一笑，又是弯腰鞠躬，又开始扮委屈！

颜夏觉得这丫头的眼神越来越莫测，头上的神秘光环升级了吗？

回到办公室的时候，其他老师都没走，还在收拾东西，不过进门的时候大家齐刷刷地看他。

"发生什么事了？小老师又跟人打架了？"颜夏摸摸脑袋。

众老师齐齐一汗，心想除了你制得住还有谁制得住那小烈马——而且她除了会跟你打架还会跟谁呀！

"小颜啊，好像每个班级的学生都在说，你最近跟小林老师在谈感情啊，特别是昨晚啊，俩人还反锁在办公室里。"杨老师比较和蔼地说。

颜夏一听，就知道昨晚就该杀人灭口，放虎归山的后果是不堪设想的，不过现在他只能摆摆手，道："误会，都是误会！"

"我看也是，你们前两天那么水火不容，还要打要杀的，不过昨晚是怎么回事，学生们总会不空穴来风吧？"杨老师代表广大八卦同志们继续问。

众老师支起耳朵。

"昨晚，呵呵，昨晚，呵呵……"颜夏正在组织措辞，却被一个果断的声音打断了。

"昨晚我们只是在谈理想，聊人生！"林可林步入办公室。

"对对对！谈人生，聊理想。"颜夏解脱似的点点头。

"哦！"众老师齐齐点头，眼里闪现着和瑶凤一样神秘的光芒——很明显，谈人生和聊理想在他们看来就是谈感情。

林可林也很无奈，这些长辈都什么思想啊，按理说在他们那个峥嵘岁月里，谈人生、聊理想是多么正经的一件事，再往前推点，人家动不动就牵起某人的手，然后促膝长谈，也不见得有人说什么闲言闲语啊，反而大家还觉得这是真正的"知我者谓我心忧"啊……

不过算了算了，林可林无奈地朝颜夏耸肩，就用事实来证明咱的青白吧——要不现场打一架？林可林又被自己的念头吓到了，穿裙子的自己是多么娇艳明媚啊，为什么还会产生这么暴力的念头，裙子的神圣指数还是不够吗？又或者自己走火入魔了？

颜夏也只好耸耸肩，你这姑娘谈什么不好要谈人生、聊理想——谈尺子论圆规也是好的啊。

第二天，颜夏还在迷迷糊糊中，手机便跳大神一样响起来，假期心情瞬间去了一半，拿起一看，是未知号码，便生气地问道："谁啊？"

"谁！赶紧给我滚到学校来！我是你指导老师！"电话那头火气貌似更大。

指导老师？林可林小老师？颜夏一个激灵："什么事啊！今天不是周六吗？"

"今天全年级老师集中阅卷！你个死菜鸟现在还没来！"电话里头林可林吼道。

"集中阅卷？没人告诉我啊！"颜夏有点郁闷地问："谁通知的啊？"

"我现在不是在通知了吗？快点，就这样。"电话那头的气势似乎弱了好几分。

现在通知？颜夏瞬间明白了！这小老师分明就是昨天忘记通知了，现在反倒派头十足，而且还敢来叫我起床！

当他顶着通红的眼睛冲到办公室，第一句话就是："那小老师呢？"

"你要不要一过来就找林老师啊？"张老师调笑道。

"我就是找她来着！"颜夏依然气势恢宏。不过到林可林面前的时候，他把挽起来的袖子又给捋了回去，有些郁闷地坐在座位上。

林可林认真地看着试卷，手中比画着可爱的尺子。

"我说你能不能把这尺子给我扔掉啊，我忒不待见数学的相关配套设施。"心里始终过不去这道坎，颜夏想了想还是把心里话说了出来。

话音刚落，周围几位数学老师暗含 α、β、γ 等各种天地玄妙的眼神齐齐飘过来。

"你是忒不待见数学啊，还是忒不待见这尺子能轻易给你来个破防、暴击？"林可林轻蔑一笑，有点衣袂飘飘的感觉。

"你等着，我翻遍千山万水也要给你翻出一把像样的打狗棒来！"颜夏恶狠狠地瞪着眼前这个面若桃李心肝儿贼坏的姑娘。

"好了好了，今天按惯例大家集中阅卷，争取一天之内把所有试卷全部搞定吧。"杨老师发话了。

所有的老师不一会儿都进入角色，办公室只剩下笔落在纸上的声音。

不过颜夏却有点坐不住，每次自己要认真看试卷的时候，总会突然飘来一阵白玉兰的香味，像一只白皙的小手在勾着他的下巴，缥缈地呼唤："醒醒啊兄弟，闻闻，很好闻的!"

人是什么样的人儿? 人是千娇百媚的人儿; 香是什么样的香味? 香是勾魂夺魄的香味儿。

于是颜夏就挣扎在玉兰花和试卷之间，加之某些试卷实在毫无美感，试卷上的答案毫无爆点和萌点——而且他还死困死困的，眼皮渐渐地开始有点不对味。

"你居然在睡觉! 你居然在睡觉!"林可林的声音突然在安静的办公室响起。

众老师一愣。

林可林有些悲戚地指着一脸无知、略带刚睡醒的那种蒙眬感的颜夏，千言万语在心中，千军万马在奔腾啊，可就是气急了一句话都说不出来。

"我没有!"颜夏揉揉眼睛。

睁眼说瞎话——众老师的心声。

"你要不要脸啊? 你还当自己是学生啊? 居然这样能睡觉!"林可林终于哀莫大于心死地说出一句。

颜夏摸摸脑瓜，咕哝一句："都怪你身上那么香!"

林可林的脸唰地红了。

众老师觉得颜夏有唐伯虎那"酒醒只在花前坐，酒醉还来花下眠"的风味，虽然颜夏是无聊睡睡觉，睡醒调调教，但在境界上也只是稍有不同，稍有不同啊!

"这关我什么事? 你要这样无耻吗?"林可林红脸怒吼，三分是被气的，七分是被羞的。

颜夏一看话题顺利转移，有些嫌弃地说："你要不要那么香啊，闻得我昏昏欲睡。"

"你还闻! 你居然还闻! 脸在哪儿?"林可林一瞬间觉得就是遇到一个流氓自己都把他打倒了，偏偏遇到一个耍流氓的，这让自己没办法出拳——他还是当众耍流氓!

"要不你坐远一点?"颜夏继续嫌弃。

林可林唰的一声站起来，抱起卷子往旁边老师的座位挪了挪，莫道女子坏，都是你逼的！

颜夏看她红红的脸蛋，还有憋屈的眼神，才觉得有那么一丝对不住她，不过此时大庭广众之下，他也不好意思说什么，只好笑着说："我一定改，一定！"

林可林理也不想理他，拿起一团纸就扔他："你能改掉这流氓样才怪！"

"我是说改卷！"

有了这段小插曲后接下来倒是风平浪静，颜夏也不敢再睡觉了，林可林也不想理颜夏了。

颜夏看着面前的语文试卷，一股忧国忧民的情怀油然而生，如果以这群孩子的素质迎敌，杀敌一千，敌杀三千——其中一千还是自杀和自相残杀！

"呼，改完收工！"颜夏长出一口气，收笔封卷。

"跟乌龟一样慢吞吞的！"旁边的林可林没好气地说。

颜夏环视一圈，还真是，自己是最慢的，所有老师都改完了。

杨老师微笑着对颜夏点点头，说："小颜刚过来认真点也是对的，好了，既然大家都改完了，我宣布本次期中考阅卷到此结束，接下来各位老师要统计分数什么的就自行安排时间，接下来就是惯例了，晚上在白玉兰聚餐！"

又是惯例？而且还是白玉兰！颜夏眉头一抖，仿佛身边又是幽幽花香。

"迎新知道不？迎接你这死菜鸟！"旁边的人幽幽说一句。

"你不说我一句会死啊？"

"你不耍流氓会死啊？"

"小心眼！"

"死心眼！"

众老师心里哀叹道：现在的对象是要这么处的吗？

夜里，白玉兰餐厅。

"喂，你行不行啊？"颜夏关怀地问道。

"姐姐打小就跟老爸走两圈，你说我行不行，倒是你行不行？"林可林回他。

"我不行，吃个啤酒鸭都醉！"

颜夏不知道该说这些老师是成人之美还是落井下石，自己和小老师关系都搞这么僵了还让两人坐在一起，颜夏发苦——这不，才一开始就拌嘴了。

"男人！你还算是个男人！跑也不行，酒也不行！"林可林冷笑着开酒。

"你算，你浑身都算男人！"颜夏看着林可林霸气撬酒的样子还真有点发怵。

"贫，再贫，姐姐晚上不把你放倒就跟你走。"林可林放出豪言，众老师面面相觑。

放倒可以，别推倒我就行……

"来，先跟姐走一个！"林可林给颜夏倒满，自己也满杯举起。

"姐，饭还没上呢，悠着点！"颜夏明显被镇住了，这丫头莫不是终南山下活死人墓，白酒一斤红酒两瓶的萌（猛）货！

林可林看到颜夏这畏畏缩缩的样子，心里极度解气，让你牛，让你耍流氓！"来，姐姐干了，你随意！"

一口闷！

颜夏心想第一杯怎么也不能落个比女人娘的下场，于是弱弱地端杯："我醉了，你随意！"

听到这话，林可林差点一口喷出来，这厮喝酒还不忘耍流氓啊！

"你们俩都悠着点，别还没到惯例你们就趴下了。"张老师劝那俩少喝酒。

惯例？颜夏第三次听到这词，他对这词还不带好感，第一个惯例是自己从床上爬起来，第二个惯例是自己不能躺床上，第三个惯例又是什么鬼？莫不是只能躺床上？颜夏恶寒。

"什么惯例？"颜夏不耻下问。

"其实也没什么，就是一些礼节什么的，没什么。"张老师不知道是怕他压力太大还是怕他压力太大，没敢明说。

颜夏便带着惴惴不安的心开始猛吃菜——"别吃那么多菜，等下撑着难受。"张老师小声提醒。

颜夏心一沉，吃菜别人不让，喝酒自己不干，那来干嘛？闻花香？看美人？

林可林瞟了颜夏一眼，冷笑。

过了一会儿，张老师看大家也吃得差不多了，拍拍手示意大家停下来："各位老师，今天这聚餐，有两个目的，一个是犒劳大家，感谢上半学期各位老师的辛勤教学；另一个就是迎新，欢迎小颜加入我们，虽然他现在只是一个实习老师，但是他已经表现出老师的气魄了，闲话不多说，按照惯例！"张老师故意一顿，颜夏的心也跟着一顿，你这数学老师还浑身都是语文情怀啊！对自己人还设置悬念引人入胜，"一是以后辈身份敬各位前辈，怎么喝由各位前辈们自己定。"张老师看了看颜夏，拍拍他的肩膀示意他别紧张。

各位老师们，你们是要把新老师都培养成圣斗士啊！颜夏有点醉了。

"张老师，我们都是为人师表的老师，喝酒有损师德师风建设啊。"颜夏拉拉张老师的衣角小声说道。

"张老师压根没说新教师和老教师啊，而是说前辈和后辈，你没听到啊？"林可林嘲讽技能开启。

凶！你们大凶！不愧当老师的，语言涵养如此登峰造极，而且这张老师还是站在数学的高峰上眺望语文的蓝天，颜夏心里对张老师竖起大拇指——对林可林竖中指。

"那二呢？"颜夏还记得刚才这位语文造诣极高的数学老师刚才可是说了"一是"。

"二是由新人敬前新人，规矩由前新人定！"张老师继续说。

颜夏憋着一口气，还好不是"由新人敬双方父母"之类的，这条倒是饶人一命啊。不过，前新人是什么东西？颜夏疑惑地看着张老师。

张老师会意，说："新人就是小颜，前新人就是小林。"

关公又要战秦琼了，而且今晚的秦琼看起来还分外生猛——喝了酒还有点加防、加攻、加气势、加生命的意味……

张老师这时压低声音对颜夏说："其实前面那个规矩还好，大家都是和气生财之辈，你心意到了就差不多，关键是后面这个，去年小林过来的时候可是对月豪饮了一瓶葡萄酒，心里到现在还憋着一口气呢！"

颜夏偷偷瞄向林可林的眼神瞬间带了那么点敬意，又悄悄问道："敢问张老师之前教的可是语文？"

"你如何得知？哎，当时因为缺个数学老师，我对数学又有那么点小兴致，想不到就在数学的道路上越走越远回不了头啦。"张老师一拍颜夏的大腿——瞧瞧，正常人用兴趣，文艺人是用兴致。

"果不其然！吾道不孤矣！今夜过后小弟如有个三长两短，三班语文一并托付于张大哥您呐！"颜夏喟然长叹，又问道，"那三呢？"

"没三了，你就二！"张老师似乎还沉浸在当年文学的那些风花雪月当中。

你才二！颜夏满头黑线。

他自知是福不是祸，是祸躲不过，而且又白帝托孤得逞，起身开酒。

果不其然，敬各位老师的时候他们还是充分发扬了老师"谦让、随和、仁爱、关怀"的道德风格，只是每个人末了都小声叮嘱一句"等下好好跟小林喝一杯"。

又不是喝交杯酒，用得着这么众口齐声的吗？

过了一会儿颜夏就知道老师们这话是不对的——这是一杯能完事的吗？

敬到小老师的时候，颜夏有些胆怯地举杯。

"哎哟，想一杯了事吗？"林可林打量着颜夏，一圈过后脸蛋儿还是没走样。

我就知道你没这么容易放过我，看看，看看，别的老师发扬的是"谦让、随和、仁爱、关怀"风格，你倒是把"胡搅、蛮缠、死缠、烂打"等流氓品质挥洒得淋漓尽致。

"那你想怎样？"颜夏问，继续示弱，这姑娘打量人的眼神有点儿不对味儿，跟电视里风流嫖客看刚刚出阁的姑娘一样。

林可林看着颜夏的孬样子，一时顿生豪情："姐姐就给你个机会。"

众老师支耳朵。

"姐姐喝几杯，你跟着喝几杯就可以。"可林继续道。

众人失望——张老师没失望，眼睛一亮，说："跟她喝！一个男的还怕娇滴滴的小姑娘不成！"

劝酒，这次是劝喝酒，而且在颜夏看来，这句话还有点歪打正着——林可林是男的，自己是娇滴滴的姑娘，这样的话男的自然是不怕姑娘家。

"怎么样，小流氓？"林可林气势磅礴地调笑。

"先喝着看看吧。"颜夏只好出此下策。

"别落了男子汉的脸啊！"林可林说完就拿出六个杯，在俩人面前摆开，一人仨。

手势很熟练啊。不过看到下一幕颜夏眼珠子都快掉出来了——这人拿起一瓶酒，露出森森的牙齿，一口咬开瓶盖！

女汉子啊！威武啊！霸气啊！而且这汉子的杀手铜明显不是那把尺子——这牙齿能把好几根尺子同时咬断！

颜夏摸摸自己的脖子，丝丝凉意，心想以后看到她自己就要躲着走。

林可林可没那么多心眼儿，拿起眼前三杯酒一一入肚。

颜夏慢慢拿起三杯酒，一杯一杯小酌入口。

"你还是汉子吗？"

"全场还有比你更汉子的吗？"颜夏环视，众人点头。

又是三杯。

跟三杯。

三杯。

三杯。

眨眼九杯下肚，连颜夏都有点撑了，心想再这样下去不是个办法啊。

林可林这时候也没有继续倒酒，只是红着脸瞪着颜夏。

颜夏被这么一瞪，也是有苦说不出，我说姑娘你至于汉子至此吗？看她的肚子是那么小巧玲珑，这边要放爱，那边放恨，左边是情，右边是仇，哪来那么大位置放酒啊！而且她好像越喝火气越大的样子，其他老师她肯定是不敢撒泼的，那就只剩下撒自己了。

"小老师，这一关我看就这么着吧，你留点霸气，在接下来侧漏！"颜夏挤出一丝难看的笑容。

"得！第一关算你过了。小样还不错嘛，既懂得低声下气，又知道有可为有可不为了啊。"林可林相当解气。

张老师呲呲嘴，觉得这连续九杯下去自己都够呛，接着宣布："那第一关就算小颜过了，第二关还是小颜敬小林。"众老师一汗，这俩根小灯芯儿缠得还挺扎实。

林可林冷笑："怎样，小男人还行不？不行说，姐姐放你回家睡觉觉！"

"小老师，我是看你小女子一枚，又敬你是小前辈，你不要欺人太甚了！"颜夏稍稍有点怒火，一晚上被冷嘲热讽的，是个男人都会生气！而且他还是个男的！

"小！我哪里小了？"林可林一吼，赤目怒颜。

得！又开始比大小了！根本就抓不住话里的重点还语文老师，张老师都比你扎实！我怕了你还不成。颜夏说道："好！这第二关我看你怎么喝！"

林可林展颜一笑，娇滴滴地说："颜夏呀，你不是说我是小老师吗，是小女子，还是小前辈，你大男子就委屈点呗，三小一大，就一比三呗！"四个"小"好像是被可林咬碎了捏成"大"的！

颜夏差点要把自己刚才对她文学才华的蔑视吐回来，不过胖子终归是胖子，你再减肥也还是胖子，这比喻有点儿不对，不过大意就是还是要面对啊！

"一比三就一比三！我喝多少你也喝多少是吧！来！"颜夏装得好像没注意这些"小"细节一般，也没被她媚术迷晕，开酒，斟满。

可林还以为这家伙肯定又要千推万辞呢，想不到这会儿竟然这么干脆，倒是有些认真地打量起颜夏来。

打量间颜夏两杯下肚，第三杯端起自顾跟林可林眼前的杯子碰了下然后喝干。

"什么素质啊！"林可林咕哝一句，也端起一口喝下，不过这一口喝急了，她呛了下，咳嗽几声。

颜夏笑，继续倒酒。

"笑棉被啊！"林可林怒火被勾起。

三比一！

三比一！

又是九杯下肚，颜夏都撑着了，不过看林可林也不是那么好受。

"我上个厕所！"颜夏飞奔去厕所。林可林这时候竟然松了一口气，刚才自己还真的被唬住了！

不一会儿颜夏回来，不过看他气势好像又满血复活的样子。

"继续啊！"颜夏也有些红了眼。

"怕你啊！"林可林不甘人后。

"你们悠着点啊！以和为贵啊！"张老师又说了一声。他发现自从颜夏来了之后所有老师的口头禅都变成了"好了好了""悠着点啊""以和为贵"啊之类的。

颜夏嫌一下子倒三杯麻烦，环顾四周，索性把一个酒扎拿过来，一倒，差不多三杯。

颜夏一端酒扎，也不跟林可林碰杯，咕噜咕噜下肚，喝完就挑衅地看着林可林。

林可林瞬间觉得自己气势弱了——酒扎对一口杯，不弱才怪！

又是三轮过去，林可林有些骇然地看着颜夏。

这人还真是装的！刚才自己大爷当够了，现在有点变孙子了——还说吃啤酒鸭都醉！

众老师一看形势不对头，小姑娘敌不过真汉子也实属正常，于是纷纷出来打圆场："就这样吧，你看啤酒都没了！"

"我去个厕所！"林可林道。

众老师趁林可林不在，纷纷对颜夏说，这小年轻能干啊！把可林收拾得一愣一愣的！

林可林回来，貌似恢复了士气一般。众人看向厕所，觉得那里必然藏着什么。

"还来不?"小姑娘始终觉得自己不该被比下去啊,眼前的人如此混蛋,按报应的道理来说他是绝对斗不过自己的啊!

"没酒啦,算了算了。算打平吧。"颜夏看林可林的样子有些勉强了,起了怜香惜玉之心。

打平手!果然!这俩家伙在心照不宣地比试!这都什么默契啊!众老师纷纷动容。

林可林环视一圈,果然都是空瓶子,不过她想到什么似的,在自己的包里翻了翻,拿出一件东西。

"大神!你饶了我吧!"颜夏一看血槽全空!这还是女人吗!从包里居然翻出一瓶红酒!是什么样的斗志让她随身藏着红酒!防身吗?

林可林也有些不好意思:"本来是想说晚上喝点红酒气氛好点,就自己带了……你敢不敢啊?"不待颜夏多言,她又熟练地旋开瓶盖,"一比三哦!"

"姑娘,听我一言……"

"劝解无用。"

"哥哥是出于关心!"

"缓兵之计失效!"

"红酒和啤酒混着喝容易醉。"颜夏终于说出一句话。

"少来。"林可林已经满上了。

那就别怪哥哥辣手摧花了。

……

"我说你们小年轻也真是的,都是拿生命在处对象吗?你看看小林现在,你就不心疼吗?"杨老师指着趴在桌上的林可林,沉痛地对颜夏说。

"这不是她暴脾气不听劝嘛!"颜夏确实有些不好意思,一个男的居然跟一个姑娘家计较,有些失风度啊。

"那你说现在怎么办?"杨老师一看时间,九点多了。

"哎,我叫个人来送她呗。"颜夏想到了吴言,这倒是个成人之美的机会。

"你敢叫他试试!"趴着的林可林突然抬头,没头没脑地说了一句。

颜夏看见她的目光,有些凶狠,但更多的是坚定!

"哎,那只好我送了,她醒了应该知道怎么走吧。"颜夏无奈地对杨老师说。

"也行,本来就该你送嘛,把人家灌得一塌糊涂。"杨老师好像更无奈的样子。

谁灌谁啊！颜夏此时也无力辩解了，要不是自己还有点底子在，今晚指不定就被这小太妹灌倒了。

等颜夏送走了各位老师，回到包间时小太妹又趴下了。

颜夏提起她的包，推了推道："还活着吗？"

"呜——"一声类似小狗呜咽的声音传出来。

"我要叫吴言了？"颜夏使出杀手锏。

"你敢！走！"林可林立即抬头，一下子站了起来。

不过才走两步，她就晃晃悠悠了，颜夏赶紧在后面一扶，她居然顺势倒下来。

"喂喂喂，你行不行啊？"颜夏苦恼万分。

"你才不行……男人不能说不行！"林可林又咕哝一句，不知道这说的男人是指他还是指她自己。

颜夏费尽千辛万苦才问全林可林的家在哪，此时的林可林又挨着他睡着了。

"喂喂喂，你不能走了，我只好背你啊，说好啊，不准吐，你一吐我就把你扔街上啊！"颜夏对着林可林郑重说了一番，也不知道她听到了没有。

喝酒的人忒重了！颜夏把她的包往脖子一挂，背起来，感觉好像被一座小山压住一样，丝毫看不出她是个女的。

走到外面，颜夏一哆嗦，这时候有些凉意了，这样的秋还真让人无奈。

走了几步，林可林也好像被风吹醒了一样，"呜呜"几声，表示醒了。

"我在哪？"林可林迷茫地问。

"你在我背上！"颜夏没好气地回答。

"你是谁？"林可林又问，但此时的话却好像卸下所有的装备一样，丝毫没有攻击力。

"吴言！"颜夏忽悠。

"你是颜夏！"她虽然醉眼朦胧，不过听到这么混蛋的话就知道不可能是吴言，吴言怎么会这么凶呢，他就像一缕春风，吹得人心旷神怡。

"你少说话，等下吐了我就把你扔了！"

"你敢！"

"试试！"

"喂，你不是说你吃啤酒鸭都会醉吗？"

"是啊，但喝酒没那么容易醉……你还不是说从小就陪老爸走两圈。"

"只能走两圈。"

"你醒啦？那下来走路！"

……

"在梦里，有个地方，我时常梦见它，你说过的每句话，我都疯狂……"颜夏的手机铃声响了起来。他拿起一看，却停下了脚步。

是她……

颜夏犹豫了一下，还是接起："你好吗？"

"颜夏，我在莆田。"电话那头响起柔柔的声音，即使隔着电话，颜夏都能感觉到话里的丝丝凉意，好像秋天真的来了。

"怎么会过来？"颜夏也想不明白，为什么自己心情很激动，但说出的话却那么平静。

"实习的公司带我出来谈业务。"

"什么时候回去？"

"今晚，而且快了。"电话那头依然不温不火地回答。

"在哪？"

"那里。"

"等我。"颜夏挂断电话。

另一端也收起电话，一个有点清瘦的背影静静地站在月光下，长发及腰，微风吹动长发，月光柔和人也朦胧。

也只有我什么都不说你却什么都知道。那个清瘦的背影肩部一抖，秋天走了，冬天却要来了。

颜夏此时有些无奈地看着自己的背后，一阵风吹起，林可林好像感觉到冷似的，双手紧了紧颜夏肩上的衣裳。

哎，颜夏长出一口气，迈动脚步，却换了个方向，朝着几条马路之外的一个广场走去。

他一眼就认出在广场中间静静站立的姑娘，标志性的一头长发依然那么柔和，和着月光在他心里闪闪发亮。轻轻叹了一口气，步履坚定地朝着他曾经心爱的姑娘走去。

度小寒，我来了。

小寒仿佛也感受到什么，转身就看见几米之外的颜夏。

颜夏加快脚步，小寒那双在黑夜之中都发亮的眼睛依然有神，有些苍白的脸让人心疼，微微上扬的嘴角，稍稍弯曲的眉，淡了三分笑意，浓了七分思念。

有一瞬间颜夏觉得好像又回到了几年前，她站在自己身前，就好像一株开在秋天里的桂花——芬芳，不曾清减。

不过小寒的笑意在看到颜夏背后的人时又是淡了一分，轻轻问："她是谁?"

看似随意的一问，颜夏却有点手足无措："她就是我一同事，晚上教师聚餐，她喝多了，老师们就让我送她回去，她又不能走。"

"嗯，辛苦你了!"小寒轻轻一笑，似原谅，也似看穿。

"最近怎么样?"颜夏沉默了一会儿，缓缓问。

"还好吧，在公司里实习也挺开心的，同事对我挺好的!"小寒笑了笑，温柔地说。

"家里呢?"颜夏终于问到这了。

"还是那样，爸妈要把我留在家里，最近也不停地催促我相亲，不过都被我推啦。"抿抿嘴，无奈地摊摊手，不过最后一句倒显得有些俏皮。

"没有其他办法了吗?"颜夏没头没脑地问。

"有啊!"小寒的眼里闪过一丝狡黠。

"什么!"颜夏一听，心头一颤，急切地问。

"私奔喽!"小寒捂住小嘴偷笑。

"……"颜夏虽然有点无语，但他无疑最喜欢此时的小寒，有点小狡猾，带给他小无奈。

"让我们私奔……到月球，那里有紫皮肤，大脑袋，血液不绿也不蓝的外星人，我们就可以不用做地球人啦……"小寒接着闹，两首歌混合着哼哼，但颜夏分明看穿她笑意里的酸楚。

沈蓝、文白、章青、上官都已不复存在，剩下的只有 Jaky、Jay、May Day、Vae……

"没什么事，我就是过来看看你!"小寒看颜夏依然闷闷不乐，又说了一句。

颜夏抬头，这一瞬间他想到了吴言，他也是一句"看看小林子"。

"什么时候回学校?"

"再过段时间吧，到时候我会告诉你的，怎么样，在学校好玩吧?"小寒又转移话题。

"一点不好玩!"颜夏晃了晃背后的猪，"都打架好几回了!"

"人家是好姑娘，你别欺负人家!"小寒又抿抿嘴，笑道。

"你怎么看出她是好姑娘啊！她好姑娘仨字刻脸上啊？"颜夏有些愤愤不平。

"你看她睡得多可爱，这么乖巧的姑娘再坏会坏到哪里去？"小寒看着他背后的女孩，睡觉时也嘟嘟嘴，明显是受委屈了。

"我睡觉时候还人畜无害呢，醒来——也人畜无害！但她不一样，睡着一条虫醒来一条龙！你是没看到她醒过来的样子，就跟禽兽苏醒一样，那锋利的尺子——还有牙齿！"颜夏说着说着有点咬牙切齿，恨不得挽起袖子让小寒看到自己的血泪史。

时间褪了小寒的青中蓝，扬了可林的傲者孤，你们有话，却都不说……

小寒看着颜夏有点郁闷的样子，感觉有一点酸楚，但随后就展颜一笑，说："她还是个姑娘家。"

"她就是套马的汉子！而且，姑娘家就可以打人啊！"颜夏继续磨牙。

"我打你的时候你怎么不说？"小寒笑意盈盈。

"那不一样。"小郁闷。

"哪里不一样？"

"你喜欢我，我也喜欢你，就这不一样。"颜夏突然冒出一句，说完眼神有点闪躲，不过马上更加坚定地看着小寒。

颜夏看到小寒的脖子上还挂着一条项链，坠子是一根紫色的柱子，那是颜夏从"石头记"里买来的情侣链，颜夏脖子上是白色的龙柱。

颜夏，你当初要是有这么勇敢，我就不会走了。小寒的眼里泛起丝丝情意。

"颜夏。"小寒很好地掩饰住自己的眼神，眼珠转了转，瞬间恢复了神采。

"嗯。"颜夏还在回味着刚才的勇气，有些失神，有些话如果能够早点清清楚楚地说出来，或许结局就不一样。

"谢谢你。"小寒看着眼前背着人儿却依然挺直了腰杆的颜夏，他清秀的脸庞不知不觉多了几分坚毅，一直柔和的眼角突然锐利起来……这样的男人，为什么不能在一年前就长大？

"嗯？"颜夏盯着她的眼睛，只要她说一句喜欢，自己肯定会双手紧紧抱住她——把身后那猪扔了也在所不惜！

"我爱你，好可惜我们不能在一起。"小寒的眼泪再也忍不住了，不过她突然又笑了，眼泪混着微笑，看得都让人心疼。

"颜夏，我要走了。"小寒看着颜夏，好像在下一刻他就会消失在眼里、嘴里、心里一样。

颜夏感觉自己的眼角有些湿润，连忙低下头，有些低沉地说："好可惜，不能再久一点！"谁也不知他说的是现在一起的时间，还是曾在一起的岁月。

小寒迈出一步，捧着颜夏脖子上的龙柱傻傻地笑了一会儿，然后伸出双手，紧紧抱住颜夏——连同他身后的可林也一同抱住，但下一刻，她就放开手，说了声下次见，就转身离去。

出现的，为什么那么慢；消失的，却总是那么快。

周围依旧是熙熙攘攘的人群，人群中有人笑、有人呼喊、有人等待……

颜夏像雕塑般站了一会儿，腾出一只手抹了一下眼角，离开广场。

这广场她来过三次，第一次牵手，第二次拥抱，第三次分离。

"喂，人都走了那么久了，你醒醒，别把我拐跑了。"背后传来一声混着鼻音的声音。

"你醒了？"颜夏心情依然低沉。

"嗯。"林可林也没有吵架的心思了。

"看到了？"

"嗯。"

"给我忘掉。"颜夏回过头，正对着林可林微微眯着的眼睛。

"大哥哥，买朵花吧？"身后一个声音响起，一只小手揪了揪颜夏的衣服。

颜夏停住脚步，这声音——赵晴？

想到这颜夏有些不好意思回头，让学生看到他跟小太妹在一起成何体统啊。

"大哥哥，买朵花给姐姐呗？"赵晴又拉拉颜夏的衣裳。

林可林显然也听出是谁的声音了——她右手很小心翼翼地捏住颜夏后背上的肉旋了旋，颜夏瞬间龇牙咧嘴起来。

"喂，买不买说个准话啊，我们还要回家呢。"一个粗壮的声音又在背后响起。

"超强你别这样！"

郑超强？

不回头看来是不行了。颜夏转过身子，先声夺人："赵晴，超强，你们在干嘛？"

"哇！"赵晴看到是颜夏，显然被吓了一跳。

"哇！"再看清还有个林可林老师在背后，又是一声。

"鬼叫啥？你们在这干嘛？"颜夏端起老师的威严。

"我在卖花。"赵晴定了定心神。

"这么小就卖花?"林可林咕哝着问。

"林老师怎么了?"身后的郑超强听到林可林的声音有点不对劲,没有往日那股男人味,不禁问颜夏。

"没事,就刚才被猪撞了,现在生气着,别理她!"他可不好意思在学生面前说喝酒,多损形象啊。

背上的肉又开始疼了,颜夏冷汗直冒地问:"你还是学生怎么就出来打工?"

"没有,我就星期五晚上和星期六晚上出来卖花,这两晚街上一对对的情侣特别多,比较好卖,其他时间我都乖乖念书的。"赵晴说一对对的时候眼神儿明显不对头。

颜夏知道赵晴父母都是外地过来打工的,经济条件也不怎么好,点点头,又看向郑超强:"你又是干嘛的?"

"报告老大,我是被小老大拉过来的,她说一个人怕遇到坏叔叔。"他说坏叔叔的时候也有意无意瞄了一眼颜夏。

"你就这么听话?你就这么敢叫?"前半句看郑超强,后半句看赵晴。

他们面面相觑,又各自红脸儿,郑超强没脸没皮地说:"她是我小老大,她说什么我就做呗。"

颜夏也不深究,他虽然信不过郑超强,但她相信赵晴——想拐她没点忽悠技能还真不好使!

"还有多少花?"

"一朵了。我很早就出来了。"赵晴扬了扬手中唯一一朵红玫瑰。

"这小老大也真是,最后一朵愣是半小时没卖出去,我说我买下来她又不肯,非说要卖给有缘人,瞎浪费时间!"郑超强在一旁咕哝。

那朵花在夜色里散发着幽幽的光芒,一阵淡淡的花香越飘越远,像极了美极而泣的女孩。

"我买下来吧。"颜夏腾出一只手掏出十块钱。

"啊!"这回赵晴没想到。

"你刚才不是缠着我买吗?怎么现在不让啦?而且我确实是买来送人的啊!"颜夏对赵晴笑了笑。

赵晴看了看林可林,虽然她眯着眼睛,但借着月光还是能看到她脸上微微泛红——她不知道这是酒红!

赵晴饱含深意地一笑，把手中的花儿递给颜夏。

颜夏感觉到背后紧了紧——不知道这是紧张！还是她冷了。

颜夏看了看手中的花，郑超强也看好戏地看着。"小有缘人，来，花送给你。"颜夏笑了笑，把花递给目瞪口呆的赵晴。赵晴指着林可林，憋不出一句话。

"别理她，她今晚被猪撞傻了。"背后的肉又是一阵痛。

"为什么要给我呀？"赵晴有些不好意思地问。

"你看，你刚好借住我家，刚好被我教到，刚好晚上让我遇到，不是我的有缘人是什么？"颜夏微笑着解释。

"也是哦。"小丫头想了想，还真是这样！

"好了，快点回家吧。"颜夏拍拍她的脑袋，又对郑超强说："你送她回家。"

郑超强点点头，示意赵晴走吧，花儿也卖完了。赵晴对两位老师一鞠躬，拿着花儿欢乐地跑开。

"早跟你说我买你还不让，非要让老师买，你是故意的吧？"

"要你管！"

"卖一晚上也没见你这么欢乐！"

"你再废话我揍你！"那渐渐模糊的声音扬了扬小拳头。

"切，要不是看在你是我小老大的份上我早就扁你了。"

"你吼我！"

"……"

颜夏看着两个小孩子欢乐的背影，突然深有感触地说："还是年少无知最幸福啊，你捏够了没有，这肉长别人身上你不心疼啊？"

"你才被猪撞！你天天被猪撞！"林可林的声音又响起来。

"是啊，我不仅天天被猪撞，还天天被猪拿尺子打——话说你能走路了吧，跟猪一样重啊！"颜夏回了一句。

"你让我试试，我走个猪一样的曲线给你看看？"林可林有些小性感的声音在颜夏耳边响起，颜夏一阵恶寒，托了托猪，继续走。

"想不到你这个死流氓还有个这么温柔美丽的前女友啊？"

"你要不要把'前'字咬死啊！"

"本来就是嘛。"

"我不想跟你说这个。"

"喂，你刚才那是表白吗？我喜欢你你也喜欢我之类的？"

"要你管。"颜夏脸一红，幸好他脸黑皮厚，没点功力看不出来。

"你脖子上的白色坠子很好看，原来是跟那姑娘的紫色坠子是一对儿啊。"

"少无聊。"

"你们的故事说给我听听呗。"

"你要干嘛？"

"解闷。"

"……"

一阵沉默后，颜夏晃了晃身后，说："小太妹，你家快到了，醒醒别睡着。"

"你跟我讲话我就不会睡着。"可林现在有些迷迷糊糊了，声音慵懒，近乎撒娇——她肯定不知道自己干了什么！

"麻烦！要不你讲讲你跟吴言的故事呗。"颜夏突然想到。

"……"

"你们当初怎么认识的？"

"……"

"你们当初可是神仙眷侣啊，怎么落得如此田地？"

"……"

"你们……"

"哇！"林可林小嘴大开。

"你大爷啊！要吐不会说一声啊！吐我一身！你这是赤裸裸的报复啊！"颜夏被这么一吐一吓，差点把林可林扔出去！

这姑娘对准颜夏的脖子活生生地吐了出来，而且都踏进她家小区了——敢情刚才她不是不回答，根本就是在酝酿！

"没忍住嘛，你好脏啊！"林可林继续娇声娇气地在颜夏背上趴着，突然嫌弃地一拍颜夏的背。

你吐的我没嫌弃你乱吐你倒来嫌我脏！颜夏果断把姑娘往小区边上一扔，转身就走。

走了几步听到后面难受的声音，颜夏发泄似的"啊啊啊啊"几声，转身一看，好家伙！林可林死死抱住电线杆，一双可怜兮兮的眼珠子朝着颜夏转啊转。

颜夏一把抱起这姑娘走到小区门口，"这谁家的孩子谁来领一下啊"，也懒得问她住哪里，就这样在小区门口发泄般吼了起来。

刚好保安认识，搭了一把手，磕磕碰碰地送了回去。

颜夏路边拦了辆的士，飞奔回家洗澡换衣服。等洗洗刷刷完毕已经十一点多了，躺在床上，耳边传来一首老歌："心上的人儿，有笑的模样，她曾在深秋，给我春光……"

第 九 章

"小寒，刚才那位就是颜夏吧？"一辆开在高速路上的车里，一个清秀的姑娘一边开着车，一边问副座上的小寒。

小寒没有说话，只是点点头，好像那名字又触碰了什么，眼泪无声地涌出。

"看起来挺不错的啊！"

"嗯。"

"那为什么？"

"我们都缺少勇气。"

"他刚才表现得不是挺有气魄的吗？"

"我们都有不计前嫌的勇气，但我们都没有，或者说没有不计后果的勇气，而且永远不会有。"小寒眼泪又滴滴答答往下掉。

"那就这样了？"

"嗯。"小寒说完好像失去所有力气，慢慢地闭上眼睛。

脑海里浮现的是她抱住颜夏的时候，他背上的姑娘下巴磕在颜夏的肩上，虽然闭着眼睛，但眼泪却突然流了下来，

"这绿岛的夜已经这样沉静，姑娘哟，你为什么还是默默无语……"伴着车载 CD 飘出的歌声，小寒终是越走越远。

"吴总，我觉得你今天的行为有些冒失，我敢保证你甚至都不知道今天那女孩的公司是经营什么的，今天过来是如何合作的……"在一间明亮的写字楼里，一位中年人对着坐在总经理位置上若有所思的一个年轻人说道。

办公室明亮俭朴，很少有人把办公室布置成灰色调。年轻人干净朴素，金边眼镜下的眼睛有神，一双轻轻敲着桌子的手白皙修长。

"可能是刚接手公司，下次我会注意的。"年轻人对中年人说，手指继续敲打桌面，仿佛弹着一曲轻快的圆舞曲。

中年人会意，轻轻退出办公室，在他走后，年轻人脸上浮现一抹温柔的笑。

年轻人便是吴言，想着今天的事，他始终觉得好像有什么东西在四个年轻

人之间缠绵着，是缘分还是情愫都不重要。

小寒来久违的莆田，这个小城市里有小感情让她难舍难放。没有大文学家描写莆田的乡土风情，没有大诗人歌颂小城市的柔情蜜意，但这不影响小小的莆田飘懒懒的云，小小的心思想柔柔的人……

每次来莆田都是带着满心欢喜，每次都有一张清秀的脸庞挂着笑，一个简单的拥抱害羞一整天，只是好可惜……

想到这，小寒再看看熙熙攘攘的人潮，世界依旧转，不管爱不爱。

偏偏在最需要带着哭、笑、牵挂等一系列感情来此地的时候她却只能带着工作和责任。

她来到一家看起来金光闪闪的公司前，驻足，抬头，这样金碧辉煌，如何不让人望而却步，没有几分实力必然不敢来此。不过她还是甩甩头，习惯性地摸摸脖子上戴着的凤柱，好像从中汲取了无上的勇气，果决地迈入公司，留下坚强的背影，及腰的黑发增添了三分柔和。

工作人员把她引进了一间办公室，小寒一进办公室便觉得这里与外面的豪华格格不入，外面奢华，这里低调，朴素的灰色让整间办公室更加空旷。

总经理还没过来，只留小寒对着办公室发着呆，这样格调的办公室，总经理肯定是位老头子吧，一头白发，穿着泛白的中山装，提着鸟笼子，亲和中带着威严。

看来这次的合作没那么如意，小寒实在没有信心以半只脚踏进社会的资格去和一个半只脚踏进棺材的老者谈判。

小寒实习的公司其实就是她爸爸的，她爸爸在泉州开了一家不错的鞋业公司，平日里运转正常，只是近年来受国内外大环境影响，传统产业受到了严重冲击，小寒的爸爸心力交瘁，小寒想替他分担一些事情，就自告奋勇来莆田商谈合作事宜。

为公自告奋勇，为私满心期待。

小寒百无聊赖地打量着办公室，很快就发现了什么东西，她起身走近。出现在眼前的是黑白相间的钢琴，键上一尘不染，看来主人经常演奏，旁边还紧紧挨着一把彩虹伞，七彩的光芒在白、黑、灰中格外耀眼。

钢琴对小寒来说并不陌生，她曾经在一篇小说里看见一对男女言笑晏晏，男的弹着琴，女的则谈着情，一切都那么美好，只是好可惜，小说是小说，抽不出半分现实。

真有一架钢琴出现在自己面前，小寒一阵失神，她伸出手，在琴键上轻轻摸着，好像在自己面前就有一对男女跳跃、欢笑，足尖舞在黑白琴键之间……

"你好。"一个有些职业化的声音在小寒背后响起，小寒意识到什么，急忙收起心神，转过身来。

"呀！"小寒一看到身后的人，不禁小声叫出来，不过马上捂住嘴。

眼前的人没有花白的头发和花白的中山装，没有鸟笼也没有怒颜，有的是一身黑色的西装，一副金边的眼镜，一抹愕然的微笑，一双修长的手。

年纪应该大不了自己几岁吧，经理秘书？那微笑有点熟悉，会不会是像梦里一个人？小寒又想。

"是你啊？"吴言刚开完会回到办公室，外面秘书告知一位来自泉州的业界朋友前来商谈生意。

吴言走进办公室，一眼就看到站在自己钢琴前面的是一位年轻的女孩，一身职业化的套装，看起来干练清爽，不过与之格格不入的是那及腰的长发，好像在成熟里加进十分飞扬的青春，不过却别有一番冲撞美。

等他回过身来的时候，吴言愕然，前几天见到了大学里那个像冬阳一般暖洋洋的男孩，今天居然又遇上了大学里那个像秋水一般清凉凉的姑娘，俩人唯一的共同点就是气质发生了很大的变化，以前的颜夏张扬中带着冰冷，现在的颜夏冰冷中带着张扬。那个姑娘当年有着黑幽幽的眼珠子，翻动间就自然而然带着几分狡黠，青春流露无疑，现在的她眼神清亮，却少了温柔。

小寒还沉浸在这人怎么这么年轻的臆想之中，直到他那句"是你啊"唤醒了魂。

"是你啊？"小寒带着疑惑重复着这句话。

"你好，我叫吴言，是这公司的总经理。"吴言却没有让她继续沉思下去，友好地伸出白皙修长的右手。

经理？这么年轻？富二代？小寒一瞬间闪过千百个念头，不过瞬间就压制下来了，她微微整理了下衣服，和他握了下手。

"坐吧。"吴言把她引到沙发坐下，熟练地泡茶。

"我叫度小寒，我今天代表公司来是……"小寒敛起心神，开门见山准备说事。

"你喜欢钢琴吗？刚才看你在摸钢琴。"吴言打断了她，低着头撕开一包茶叶，熟练地倒进壶中。

小寒也不生气，微微一笑："不喜欢。"她又想到小青和小白，不能在一起不止传统的国画和西洋的钢琴，还有青青白白，青那么温柔，白那么多情。

"那你喜欢什么？"吴言听到她说不喜欢也很疑惑，刚才她伸手触摸钢琴时轻柔的样子像抚在了情人的脸上。

小寒又一笑，柔柔而坚定地说道："吉他！"

吉他不是贵族，你爱得起，也能在一起。她想到自己和颜夏，自己何尝不像一架钢琴，高贵地在舞台上，弹着言不由衷的舞曲，没人应和，也没人注意。

"吉他？"吴言看着她，她脸上带着微笑，也带着落寞。

"对！吉他！"小寒直视吴言，拢一拢长发，继续说道："吴总，我们这次来……"

"是因为你喜欢的人喜欢弹吉他吗？"吴言好像没听到小寒的话，思索了一下，有些欢颜。

应该是的，那天晚上看到颜夏的左手每个指尖都结上了茧，如果不是经常拨弦，那茧也不会结得那样厚。

小寒带着疑惑的眼神看着吴言，心中对吴言的看法有些摸不透，说他幼稚，到现在没有一句在正题上，说他高深，又没一句不让自己的心不慌乱。

"是吗？"吴言继续无视她，笑着问闲话。

"是，有问题吗？"小寒也收起脸色，有些严肃地说。她不喜欢在一个陌生人面前说这些私密的话，而且，一想到颜夏，她心里就慌乱，这种慌乱很不适合在谈判桌上流露出来。

"没问题，那你和喜欢的人在一起了吗？"吴言浑然不觉小寒的不悦，明知故问。

"好啊。"小寒又开启莫名其妙的自动回复了。

"什么好啊？"吴言第一次遇见这种模式，明显跟不上节奏。

"没有。"

他不知道这个没有是在回答没有在一起还是在回答什么好啊，于是指指小寒的脖子，道："项链很好看，紫色很适合你。"

"吴总，我能先说此次来的目的吗？"小寒避开吴言的话，有些生硬地说。自己这次来可是带着公司的任务来的，她不想第一次出去谈业务就崩了，还被套出一大堆往事。

"哎哎哎，拿来吧。"吴言依旧温柔地说着，白皙修长的右手伸到小寒面前。

小寒好像被将了一军似的，愕然地看着吴言："嗯？"

"合同啊，你不会是来摸钢琴的吧，你又不喜欢。"吴言有些幽默地说。

小寒呆呆地拿出早已准备好并揣度好几遍的合同递给吴言，到现在表情还是呆呆的，她实在摸不透眼前这个年轻人怎么不按常理出牌啊！大王小王全部垫底啊！

吴言拿到合同看也没看，直接翻到最后一页，从胸口口袋掏出一支笔，唰唰签好，起身拿公章，"啪"的一声就盖好了，递给小寒，问："现在可以说点别的吧？"

小寒目瞪口呆地接过合同，有些不自信地看着上面鲜红的印章和苍劲的名字，他刚才有看内容吗？她掐了掐自己的耳朵，甚至想合同里是不是有什么问题啊，她现在想把合同再翻开看几遍，趁现在人还在，有什么不妥的还可以耍赖。

"喂喂喂，你合同里不是有什么坑我的条约吧？这样的话我会反悔的啊！"吴言看着小寒呆头呆脑的样子有些好笑，打趣道。

小寒一听醍醐灌顶，马上把合同往包里一塞，对吴言露出一个尴尬的微笑。

"那你和你喜欢的人在一起了吗？"吴言不肯放弃这个问题。

"没有！"被提及往事，小寒虽不悦，但毕竟刚做成一笔大生意，马上翻脸毕竟不好。

"呵呵。"吴言听到回答，笑得更加温和，小寒刚要发怒，便听到吴言说："我也一样，和喜欢的人没在一起。"

这次不知道怎么回答他了，怒也不是，笑也不妥。"吴总，您刚才看合约了吗？"小寒终于按捺不住，道出心中疑问。

"叫我吴言吧，你叫我吴总我觉得怪怪的。"吴言又给她倒上一杯茶，笑着说。

"吴言。"

"嗯，你也看到了，我没看合约，我都不知道你要找我们公司合作什么，甚至不知道你哪个公司的。"吴言语不惊人死不休。

小寒无言。

"但我相信你和一个人。"吴言接着说，脑海出现颜夏眉目正气的模样。

"我？和一个人？"小寒依旧茫然。

"好啦，你以后会知道的。做生意嘛，跟谁合作不是合作，我先告诉你一点点，你是我的小学妹。"吴言抿一口茶，缓缓说道。

"学妹？你也是漳州师院的？你认识我？"小寒振奋。

"应该吧。"吴言一笑，话锋一转，"短发更适合你。"

"那个人是谁？"

"短发好！"

俩人关心的问题都不一样，各自答非所问。

"好啦，下次有缘再见时，我一五一十告诉你。"吴言拗不过小寒那温和又带点果决的眼神，只好承诺。

"嗯，我要走了，好晚了。"小寒心情甚好。

"慢走。"吴言淡定。

小寒走出办公室，把门轻柔一关，还没等吴言回过神来，又打开门，"这算不算有缘再见？"

"……"

"开玩笑啦，有缘再见。"

"喂，还是短发适合你。"

"我会考虑的。"

小寒走出公司时，外面已星空一片，她看着美丽的夜色，走走停停，想起了那个眉清目秀的男孩。

吴言静静坐在钢琴前，目光落在七色的彩虹上，修长的手摸着黑白琴键，温和按下。

颜夏在家整整睡了一天，直到第二天要去学校的时候，还隐约可闻身上散发着若隐若现的酒意。不过到了学校的时候他精神一振——运动会。

颜夏提前到办公室，办公室里稀稀拉拉地坐着几位老师，不过他们没有一丁点兴奋劲儿。

想想也对，他们都是教书成妖的人了，什么大风大浪没见识过，他们还巴不得不举行运动会呢，教室里传出琅琅读书声多和谐啊。

林可林不一会儿也来了，她一进办公室，众老师精神一振，一套红白相间的运动服，头发梳成马尾，整个人显得英姿飒爽，一看就是坐下来能改作文、站起来能讲《诗经》、拉出去能收房租的样子！

林可林见到颜夏，脸上隐约有一丝不好意思和尴尬，也不和他打招呼，一屁股就坐了下去。

完了完了，又是诱人的玉兰花香，颜夏觉得自己的精神防御直线下降。

"看什么看，没见过美女啊？"林可林朝颜夏又翻了个白眼，这家伙上辈子肯定是和尚，没见过女人似的——说不定是太监！

众老师精神再一振，终于开始了，这比运动会精彩多了。

"对不起。"

林可林一愣，这家伙不对头啊！虽然自己前晚喝醉了，但她觉得只是身体醉了，意识还是清楚的。她清楚地记得那个长发及腰的姑娘，也记得那个坚定表白，瞬间形象有那么一点高大的男孩，她也觉得广场上的颜夏就像一把锋芒毕露的宝剑，出鞘伤人，还以为这家伙被打磨瓷实了，战力直升呢。

颜夏其实不像林可林想的那样寒光闪闪，他抱的心思很简单，我撞破你的过往，你见过我的曾经，我们谁也不说，算真正扯平，所以真正的重新认识从今天开始。

众老师齐齐失望，顿时觉得这届运动会毫无亮点。

颜夏走到教室的时候，学生早就蠢蠢欲动了，教室一片哗然。一拍手中的试卷，学生转而齐齐一叹。

"知道叹气啊！你们还是有点自知之明的嘛。"颜夏笑眯眯地说。

学生纷纷表示在这样大喜之日发试卷简直是大煞风景！

"你们也知道自己考得大煞风景啊？那就期末再给我好好考。郑超强，你要以身作则，带领全班同学认真学习知道吗？"颜夏的目光又看向郑超强，这招太好用了。

郑超强一肚子的苦水好像倒不出来，憋得脸通红。

"好了，不说这些了，这三天是运动会，我们的目标是？"

"好好玩！"学生齐齐回答。

"是得分超越一班！"颜夏一拍桌子，"咱们期中考试输给他们，考场失意，赛场给我找回自信来！"

"是！七三七三，超越一班！"学生们无师自通，一个响当当的口号出来了。

"这个可不敢喊出来！大家心里念念就好！"颜夏很想在大庭广众之下吼出这口号，但想想，这口号有点儿针锋麦芒的意思，可不敢在全校面前丢这人。

大伙儿很快便集中完毕，接下来是走方阵，由高年级走到低年级，七年级最后，七年级里三班最后。

颜夏："我们压轴！"

学生们齐齐叹气："我们最后一名！"

这群孩子什么士气啊！也太消极了吧。

前面高年级的学生规规矩矩地举着班牌，经过主席台前气势如虹地吼道："××年××班，非同一般"等的口号，一时操场上的士气很高。

七年级开始了，七年一班穿着整齐，前面有个清纯阳光的美女老师带队，一上场呼声就不断，那小太妹一样的老师这时候装得还很像样，不时微笑，集聚了不少人气。

到了主席台的时候，小老师手一招，学生会意，脚一跺，齐齐喊道："七年一班，强过三班！"

这口号一出林可林感觉自己的脸都绿了——口号是上周想的，上周被颜夏那家伙气得三魂七魄都冒烟了，才兵行险地地想出这么个打压他班级的口号，想不到周一的时候一切好像有尘归尘土归土的意思，她一时就把这口号给忘了，亏她刚才还没心没肺地评论着其他班级的口号，怎么就忘了这茬！

颜夏有点目瞪口呆了，这姑娘早上吃错药了吧，两人明明达成停战协议，而且就是要战斗，何必搬到全校来公演啊，小姑娘家不嫌丢人啊！

全校在一阵短暂的沉默后爆出一阵狂热的呼喊，大意就是美女老师威武霸气！我们爱你之类的！

七年级的老师精神再次振奋，果然没让他们失望！他们俩没这么容易讲和！这届运动会他们不寂寞！

在大家狂热的时候二班什么时候走过去，喊的什么都没注意，不过等到三班上场的时候，全场非常有默契地安静了下来。颜夏心里狂汗，自己只不过在心里想想说"三班三班，超越一班"，这丫头倒是胆儿肥啊，在场上就吼出来，现在也来不及改口号了。

于是大家看着三班的带班老师面无表情地上场，大家就更兴奋了。

大家觉得此时三班在这样背水一战的情况下，如果口号是什么"三班三班，非同一般"之类的，瞬间就弱爆了，干脆给小美女老师跪下算了。

到了主席台，主席台上的几位老师脸上有点挂不住了，这运动会还没开始呢，就各种剑拔弩张的，以前没见过这么刺激的运动会啊！

他们倒是希望三班规规矩矩走完方阵赶紧开赛，这开幕式进行得也太出人意料了吧。

颜夏手一挥，全场竖起耳朵，三班的学生一个个面带微笑，好像大内高手一样吼道："七三七三，太平长安"

三班学生们一个个缺心眼，丝毫感觉不出场上那一言不合就要打起来的气氛，自顾自地喊口号。

这次全场沉默了更久，不过之后爆发处呼天喊地的掌声、尖叫声。

这个看起来有点陌生的班主任也太厉害了吧！人家美女老师摆明了挑衅你们三班，你们倒是给搞出一个太平长安出来，要不要这么有才啊！就好像三班集体练了九阳神功一样，他强任他强，一边自个耍去——瞧见班主任那一抹神秘莫测的笑容没？瞧见三班学生集体一副武当弟子的样子没？三班压根没放你们一班在眼里！

林可林本来还对颜夏有点愧疚的，心想这次确实是她不对，大庭广众下让三班难堪，还想着等下怎么也要去道个歉，但是听到这口号，暴脾气就上来了，颜夏你这家伙不带这么小心眼的啊！

颜夏却是有苦说不出，这口号也是之前想的，但是压根不知道一班会针对三班，他想这口号的意思其实有点自嘲，大意就是我们三班重在参与，友谊第一、比赛第二什么的。你看，多低调的一句口号啊！鬼知道这小老师会吃错药，吃错也就算了，还一头撞到他枪口上来，于是多么淡定、和谐的一句口号生生被搅得嚣张无比。

这都是命啊！颜夏想着等下怎么也要去道个歉，他真不是故意的，就好像一个剑客都只拿着一把小刀了，你看藏得多深啊，谁知道有个二愣子刺客一脖子就抹在小刀上了，怨谁？怨剑客？剑客都不拿剑改拿小刀了还不够忍让吗？怨刺客？人家都血溅三尺了你对着一只流血又流泪的二愣子怪得下去吗？

七年级老师都快热泪盈眶了，这俩老师要不要配合得那么默契啊！主席台上的老师觉得脸掉了一地，青年教师太有朝气看起来也不是什么好事啊！

等颜夏带领学生站好队伍后猛然发现旁边有一道犀利的目光落在自己身上，回头一看，一头双目赤红、张牙舞爪的禽兽在瞪着他，死死地瞪着他。

颜夏讪笑一声，朝林可林拱拱手："刚才不好意思啊，真不是故意的，口号之前就定好的，不是故意针对你们的。"

林可林刚想撒泼，但一想也是，大家口号都是之前想的，谁也不知道谁的口号是什么，而且貌似是自己挑衅在先，只是自己的运气有点儿衰，刚好撞人家的九阳神功上了。

不过这家伙可是踩着自己的脸蛋儿出风头啊！又想想，骂也不是打也不是，有些懊恼地甩甩手中的尺子。

颜夏这才注意到，这家伙随身携带尺具啊！

不过只要自己不主动挑衅，她应该不会主动 PK 吧，会红名的！想到这，颜夏稍有缓和，不过看到林可林的眼睛，心里又发苦——这人已经红名，光脚的还怕穿拖鞋的？

校领导在台上讲了些什么颜夏和林可林都没听到，俩人大眼瞪小眼了许久，连带一班的学生和三班的学生也大眼瞪小眼——中间隔着二班，二班的孩子就这样陷入无妄之灾，一个个可怜兮兮地回望班主任，不过看到班主任陷在可林和颜夏之间，用更加无辜的眼神回敬他们的时候，他们觉得自己还可以忍忍。

等到校领导一句解散刚说完，全校方方正正的队伍里瞬间缺了一条线——二班的学生瞬间爆发出短跑素质，消失得干干净净……

颜夏一汗，本届运动会短跑名次怕是尽数落了二班的手中了。他觉得自己这次不可能太平长安了，这口号喊出来全校都知道有这么一对乌龟王八在下一盘棋，下一盘很大的棋，胜者光宗耀祖，败者乌龟王八。而且看可林一副吃炸弹的表情，这运动会道路坎坷啊，所以颜夏忒不喜欢吃货。

颜夏和可林终于放弃瞪眼珠子了，各自回到自己班级的大本营。班上几个孩子早就搬来了桌椅，在自己的区域里建起了小阵地。

紧挨着颜夏班级的还是二班，二班的孩子看到左边是一班择人而噬的暗黑城堡，右边是三班寒意逼人的冰封王座，均一脸苦逼地望向班主任。

班主任大概也觉得再苦不能苦孩子，这夹在中间还不如回家种田，他起身走到一班林可林的身边。

"那啥，小林啊，咱们两班换换位置？"二班班主任小心翼翼地说。

"为什么呀？"林可林还一脸茫然，不过她环视周围，看到二班学生那无辜的眼神，顿时明白三分。

可林就是心软，心想战不殃及池鱼，于是点点头，招呼学生们跟二班换位置。这样就变成二班笑看一班三班风云变幻。

颜夏拿着花名册，看了看，早上郑超强有个 100 米、瑶凤有个跳远……

他招呼起其他学僧："没事的都要么给有比赛的同学加油去，要么在阵地里写新闻稿。"布置妥当后，他也来到 100 米赛区，这可是第一天第一场比赛，不能弱了士气啊。

学生们正做着准备运动，颜夏一眼就看到郑超强穿着一件土黄色的 T 恤，正在专业地抖手抖脚。

旁边是二班一个瘦弱的男生，看起来弱不禁风，不过颜夏可不敢小觑——刚才解散时候就他最快，鞋子掉了都不管。

再旁边是一班一个健壮的男生，穿着火红色的运动服，正坐地上系鞋带，看起来也不容易……

颜夏暗暗为郑超强捏了把汗，一班的装备佳，二班的等级高，三班的自我感觉好……

"颜老师，你也在啊！"赵晴从后面挤了过来，细声细语地拉拉颜夏的衣服。

颜夏回身一看，周遭围着一堆学生，俨然一副啦啦队队长的身份自居："等下跟着我喊啊！"

众学生齐齐点头。

"各就各位！预备……"裁判喊起了口号。

场中各位蹲地撅屁股的、双脚前后扎马步的、目光迷离的，什么样的运动健儿都有。

"跑！"就在这剑拔弩张的时刻，不知道哪个熊孩子在角落吼了一声，只见二班那个孩子如被千军万马追似的冲出去好远！

一班和三班的也不甘示弱，俩人一边跑一边互瞪眼珠子，好像谁瞪赢了比赛就赢了。

"回来！回来！都回来！"裁判一看形势不对，手中摇着小白旗嘴上无奈地吼着。

"回来！回来！比赛还没开始！"颜夏也哭笑不得。

"回来！回来！"身后的孩子齐齐跟着喊。

跑第一的二班学生耳聪目明，听到了旁边的声音，刷地停下脚步，迷茫地看着身后。其他选手也纷纷停下脚步，往回小跑。

"回来！回来啊！"颜夏身后的啦啦队继续深情地呼喊，因为场上还有两只斗鸡眼一边跑一边瞪，全力冲刺，忘情狂奔，直达无我之境。

满场都充斥着他们俩斗鸡眼的眼神、吭哧吭哧的喘息声和"回来啊！回来哟"的呼喊声。

眼瞅着俩人就要冲刺终点了，突然半路杀出一句"都给我回来"！荡气回肠地一句怒吼终于镇住两人，俩人齐齐停住，众人齐视，只见一姑娘黑发白衣，单手叉腰，横尺怒目，不是林可林是谁？

一班和三班的俩娃面面相觑，这一百米都快跑完了才知道这次不算！又一阵狂笑声在场上响起，一看，是二班那学生，刚回到起点，看到场上还有两人埋头苦跑，现在又齐齐一副便秘的样子，不知道哪根神经不对头，跪倒捶地狂笑。

众人汗，这位同学笑点有点低啊。

"别笑！赶紧起来准备准备！"二班班主任不依了，这样笑下去消耗的能量不比场中那一边往回走一边同病相怜的俩人差多少。

二班的学生听到班主任的话，不知道为啥笑得更厉害了，还一抽一抽的。场中众人一头黑线地看着他笑，真心不知道哪里好笑了。

等场上的同学们再次准备好，颜夏隐隐有不好的预感，超强现在还一抖一抖的呢，没见过将军领兵，战阵未起，兵就给赶路赶趴下的啊。

二班的学生虽然也在抽抽，但这是在憋着笑呢！现在场上最有冠军相的倒是一班了，他气定神闲地蹲着，把钉鞋松了又绑，目光凌厉。

"你们是故意安排这一出的吧？"二班班主任看着在场上狂笑泄露真气的学生，有点幽怨地望向颜夏和林可林。

"谁再乱喊被我发现我把他丢主席台去！"裁判环视四周，恶狠狠地放话。

"各就各位！预备……"裁判举手，"跑！"裁判放手。这次很顺利，裁判也略得意，刚才这一声跑还带点磁性。

场上如脱缰野马一样冲锋陷阵，但明显万事不是那么如意，一班最有冠军相的学生采用了标准的跪地后蹬起跑，听到发令声一激动，人冲出去了左脚钉鞋留在了原地——他刚才松了左脚绑了右脚的。

看到这一幕场上顿时乐了，但一班这学生分明也是个人物，一出脚就知道鞋掉了，他强忍着，羞红了脸继续往前跑。

颜夏看到这一幕也乐不可支地捧着肚子喊道："喂！鞋掉了！"

身后啦啦队一听队长发话，齐刷刷吼叫道："喂！鞋掉了！"

身边围观的人一听更乐，起哄一样喊道："鞋掉啦！鞋掉啦！"饶是这样一位人物，听到场上众口一词鞋掉了，也豁不下脸继续蹦跶了，涨红了脸单脚一蹦一蹦往回捡鞋。

二班那学生把一切都看在眼里，本来看到一班的继续往前跑心里还有点小佩服，但是听到场中的话，再看到一班那位一抽一抽往回蹦，顿时忍不住了，跪倒捶地狂笑！

场上一看笑得更欢了，倒是郑超强没心没肺一样，埋头狂奔，眨眼就冲刺成功，勇夺第一。

"耶！"颜夏和身后啦啦队员们击掌庆贺。

突然感到身后两道不是那么友善的目光在不依不饶地瞪着自己，颜夏回头一看，林可林和二班班主任都一脸憋屈地瞪着自己呢。

二班班主任其实是最憋屈的，心想你们俩能啊，第一轮联手把我们班给弄个状态下降，第二轮继续把我们班的状态搞没了不说，连名次都没有，现在他还蹲着捶操场呢！

关我什么事，我不就不小心喊了一声鞋掉了。颜夏有点没心没肺地想着，嘿，第一个名次拿到了，出师告捷，班师回朝！

本来林可林怎么看都觉得三班是不可能拿第一的，论实力不如二班追风娃，论装备不如咱班钉鞋哥，可是偏偏被他一通乱搅和，二班的真气狂泻，一班的装备狂掉，活生生地从他们手中夺走了第一名，这能不憋屈吗？

第 十 章

颜夏有点得意地回到自己的大本营，周遭同学也一脸兴奋，郑超强同学更是作为英雄、先锋般的人物归来，生平第一次享受到这样的围观，虽然平时不乏被围观，不过那都是被罚站的时候……

看着同学们开心的样子颜夏心里也被带起来了，此时必须高歌一曲，于是大声说道："来，没事做的同学们，老师教你们唱歌，整个大合唱！"

颜夏登高一呼，下面云集响应。他一屁股坐在桌子上，这样稍微有点鹤立鸡群的样子，双手成指挥棒："跟着我唱！"

"东边篱笆下，种下一枝花，阳光温暖着它，盼它快长大。那是谁的花，开在篱笆下，花在风中摇曳啊，任人把它夸。雁儿飞，人儿归，花落人憔悴，北风轻轻吹，雪花漫天坠。叶儿美，花儿贵，淡淡的香味，甜蜜的露水啊，春又回……一朵幸福花，种在篱笆下，把它献给你呀，感到快乐吗？青山绿水茶，烦恼不见了，花一样的幸福，献给千万家。"操场上不一会儿便响起整齐欢快的歌声，引得周围学生齐齐围观。

"得瑟！再得瑟！"在一旁干瞪眼的林可林同志早就火冒三丈了。

"老师，你也教我们唱歌吧。"一班班长觉得此时士气不能弱了，对着此时望着颜夏双目喷火的林老师说道。

林可林被一问，觉得也是，但是明显此时在三班士气正强的时候硬碰硬不是明智之举，而且会落个拾人牙慧的嫌疑，略微思索一会儿，大手一挥："下午老师带乐器过来，大家好好唱！"

颜夏带着带着觉得这样干巴巴唱歌有点怂，完全没个节奏感什么的，于是兴冲冲地说："老师下午带把吉他过来吧，大家再好好唱！"

"耶！"学生欢呼。

时刻关注三班形势的一班班长一听颜夏这么说，急急忙忙也大声说道："林老师下午也会带乐器过来！"

林可林一听，心中的火气又往上冒，先来后到啊！现在搞得我像跟风一样！

颜夏一听，带着一股切磋的心很正经地看向一班，说："林老师，你也要带乐器啊，林老师是什么乐器啊？"

林可林看着颜夏那莫测的笑颜，还有那层次分明的"也"字心里就很想扎小人，还想着下午什么都不带看你嘚瑟！

可是说出去的话泼出去的水，而且自己才是最无辜的人，凭什么老是被欺负啊！

"对哦，老师，你是什么乐器呢？"一班班长尽职尽责地问。

林可林憋红了脸，说："反正是乐器！"说罢还给了颜夏一个大大的白眼。

颜夏也觉得自己委屈，本着天下乐者是一家的心好意问她，反而遭到白眼，但是颜夏始终不懂姑娘家那九曲十八弯的心理。

听到广播，七年级跳高比赛要开始了，想到瑶凤那丫头好像有参加这项目，就起身招呼："走，给瑶凤加油去！"

"呼啦"学生们全部起开。

"留几个看家啊，还有有空都写稿啊！"颜夏看着兴奋的学生们有一些无奈。

到跳高场地的时候参赛的小姑娘正在做准备，颜夏一眼就看到瑶凤，那丫头穿着一身白色的运动服，也不嫌洗衣服麻烦。现在跳高的杆还没立起来，瑶凤虎虎生风地起跑，对着没有杆的跳高池一蹦，弹跳力还真不错，拿个名次有望——平时肯定没少翻墙。

颜夏心里定了定，不禁有些自得，这些学生念书到现在没看出啥潜力，倒是一个个四肢发达得好像奥特曼一样。

瑶凤蹦完往回跑，看见颜夏对她笑，她一蹦一蹦到颜夏面前，开启神秘光环，对着颜夏温婉一笑，一鞠躬，抬头又扮委屈，又一笑："颜老师好，林老师好！"

颜夏一听猛一回头，林可林那扎小人的眼神就在自己身上飘啊飘的。

不过颜夏这猛回头显然吓到了林可林，她"呀"的一声，又狠狠瞪了颜夏一眼，却对瑶凤展颜一笑，顿时老师妖学生娇，别提多美好了。

颜夏回过头，身上依然还有那种被尺子打过的鸡皮疙瘩，对瑶凤讪讪一笑："等下加油啊。"

瑶凤点点头，又蹦走了。

比赛开始了，颜夏很快就注意到有一个女生手长脚长，一脸凶悍，颇有大将风范。

"那女生是哪个班的啊?"颜夏问身边的同学。

"那是一班的体育委员。"身边的同学很快给出答案。

颜夏心中一汗,有多彪悍的女王就有多彪悍的女将啊!一班在小老师的带领下必将建立母系社会啊。

颜夏回头对小老师一笑:"你班的啊,不错啊!"

"你到时候别喊鞋掉了我就谢你全家!"一张清纯的脸上怎么会存在这么暗黑的杀气啊。

"呵呵,不会,不会……"颜夏讪笑。

那体育委员随便一抬脚就跳过了杆,引得场中一阵惊呼。

颜夏瞥到不知道什么时候站到自己身边的林可林嘴上挂着一丝冷笑。也对,她站自己身后看不到。

轮到瑶凤要跳了,这姑娘的弹跳刚才可是见识过,应该可以和长腿体育委员拼个你死我活,颜夏想到这,不禁对林可林也一挑眉,示意大姑娘你认真看我家小姑娘。

瑶凤一阵助跑,别提多潇洒——到了杆前直接用手抓杆噌噌噌跑出去好远。

全场一阵哄笑。颜夏觉得脸都快绿了,这不该啊,不是小姑娘的水平啊。林可林此时笑得别提多清纯了,弯弯的眉,弯弯的眼,弯弯的嘴。在颜夏看来这笑就是在扇自己的嘴,刚才自己的挑衅都让狗吃了。

不过还好有三次机会,颜夏看着瑶凤低着头把杆交出来,别提多委屈了。

"瑶凤,你怎么啦?"颜夏抓住眼神空洞的瑶凤,这丫头再跳一次估计还得抓着杆玩撑竿跳。

"我没跳过,我怕!"瑶凤弱弱地回答,都不敢直视颜夏。

"你弹跳不错啊,这样啊,你把那杆当成一堵墙,拿出你翻墙的精气神来?"颜夏摸摸下巴,有些无奈地建议。

果然身上"啪"的一声,一把尺子落在自己身上,林可林怒目:"有你这样教学生的吗?"

还没等颜夏回过神来,瑶凤眼神就恢复了一丝神采,对颜夏重重点头,如脱缰野马一样奔腾而去。

颜夏这才回神,对林可林牛哄哄地说:"这叫因材施教!"

但是"啪"的一声,那杆在瑶凤一脚抬起的时候蹦得老远老远,并在空中飞扬后直插沙池。

颜夏的脸更绿了——这丫头翻墙肯定没少摔。

"啪"的一声身上又是一把尺子，不过这是林可林笑着打颜夏，还是赤裸裸的嘲笑。

颜夏一缩身子，和这个暴力小老师拉开距离，有些哭笑不得地看着瑶凤，这丫头也不容易，显然是掌握到跳高的技巧了，但就是缺少眼睛一闭天地宽的勇气，是不是摔怕了啊？

"瑶凤，你过来。"颜夏朝快要哭起来的瑶凤招手，小姑娘乖乖来到他的身边聆听教诲。

颜夏示意小姑娘附耳过来，本帅有良策。在林可林看来这就是个无良叔叔在拿糖果对小萝莉说来跟叔叔走，叔叔带你捞金鱼。

颜夏在瑶凤的耳边轻轻说了一句话，瑶凤一听，脸涨得更红，眼泪在眼眶里转啊转，不过眼神立马锐利起来，变得有些杀气腾腾。

她握紧双手，又开始起跑，不过此时多少带上了杀伐果断。

颜夏双手抱肩，不过不敢看林可林了，一看就是一尺子，性价比极低。

瑶凤跑到杆前，眼一闭，有点置生死于度外的味道，身子"噌"地飞了起来。

"哇！"场上齐齐惊呼。

颜夏嘴角一扬，看来奇葩还得以奇谋计啊，这一蹦超过跳杆有近一米呢。

瑶凤睁开眼睛一看，跳杆稳稳立着，顿时眉开眼笑起来，一溜烟跑到颜夏身前一笑一鞠躬。

颜夏摸摸小丫头的头，有些孺子可教地说："这样就对了！"

"喂！你跟她说了什么啊？"身边的林可林眼睁睁看着瑶凤犹如加持了速度、弹跳辅助技能一样，有些不可思议地问眼前的人。

颜夏终于有本钱对林可林笑啊笑了，他勾勾手，说："想知道吗？"

林可林会意，学着瑶凤附耳过来听良策。

"不告诉你。"颜夏对着林可林香香的发际温柔地说。

"啪！"

颜夏一脸严肃地看比赛，尽管背后疼得厉害。

瑶凤此时不知道是突破了心里魔障还是还在想着颜夏那句话，跳起来节节高，只几个回合下来，场上就剩她和长腿体育委员了。

瑶凤先跳，不过跳了两次才跳过，此时的杆升到瑶凤的肚子上了——到长腿体委的大腿了。

"哼!"林可林看着场中局势自己班占绝对优势,又白了一眼颜夏。

长腿体委跳了,一下子跳过去,而且看起来尚有余力。

杆又升了一点点,颜夏朝瑶凤望去,给了她一个鼓励的眼神,瑶凤会意,又如小毛驴一样蹦跶起来。

不过跳了三次才过,看来不是己方不争气,是敌方腿太长!

长腿体育委员第一跳脚下一滑也没过,颜夏心里大定。第二跳的时候颜夏看着长腿体育委员要起跳了,但是不知道是刚才脚滑了状态下降还是什么,有些笨重地抬腿。

"哎!屁股!"颜夏一急,喊了出来,他看出来了,这一跳肯定过不了,屁股铁定蹭到杆。

他可是完全出于好心啊,是那种哀其不幸的感觉,但身边的林可林可不这么觉得,她就觉得这人又开始施放衰运诅咒了。

"啪!"

"你打我干嘛?"颜夏摸摸手臂。

"你要不要脸啊屁股!"林可林压着声音咬牙切齿。

说话间长腿体育委员果然没跳过,屁股直接把跳杆推倒了。

完蛋了,士气又被搞下来了。林可林恨不得再抽身边这人一下。颜夏感受到了杀气,自觉拉开距离,轻轻说:"我这也是因材施教!"

林可林走出去对体委说了些什么,又摸摸体委的脸给她擦擦汗,拍拍她的肩膀示意她继续完成最后一跳。

这小老师有一手啊,我给瑶凤唱红脸她给长腿唱白脸,这怀柔政策使得啊,长腿差点变长鼻涕了。

最后一跳,长腿也是憋足了劲,旁边瑶凤双手祈祷,不知道是不是在祈祷她过不了。

"哈!"长腿一声暴喝,比上一跳高了一点点,但是屁股还是微微蹭了一点,那跳杆颤啊颤的。

全场都屏住呼吸,眼巴巴看着那根脆弱的跳杆一抖又一抖。

林可林这可憋住了气,脸蛋儿涨得比长腿的还红,那把尺子都快被捏断了。

颜夏这回可没有怒其不争的心思了,一门心思想着这要是过了瑶凤的第一可就水了,他看着跳杆碎碎念:"掉!"

在颜夏说完的一瞬间，"啪嗒"跳杆蹦进沙池——颜夏的形象顿时在学生中高大起来，好像他是个高坐楼台笑看千军万马的军师，谈笑间，樯橹灰飞烟灭。

"啊！"颜夏大叫，一是因为第一拿到手了，二是因为尺子打到手了。

林可林此时怒发冲冠，没见过这么无耻的人，100米的时候喊鞋掉了，现在一声屁股一声掉活生生又从自己手中抢走了第一，而且弄得自己班士气全无！

要不是大庭广众，林可林铁定对他一顿抽！

颜夏却没空和小太妹计较太多，一是因为第一的永远比第二的牛，二是因为林可林永远比颜夏暴力。

瑶凤一溜烟跑到颜夏面前，深深一鞠躬，笑着眨眨眼："谢谢老师。"

颜夏摸摸瑶凤的头："不谢不谢，是你自己努力！"

"还有某人暗地里使贱。"旁边传来咬牙切齿的声音。

"咱不理她，小英雄，走，跟老师回大本营。"颜夏摸摸通红的手，心想这时候不管是道歉还是抵抗下场都是凄惨的，小太妹就是人来疯，你越理她她就越得瑟，最好的办法就是扔她自个玩去。

瑶凤看着离去的颜夏，思索了一下，朝林老师又一鞠躬，甜甜一笑："林老师再见。"说完便去追前呼后拥的颜夏。

你看，一个可恶的人给你一掌，一个可爱的人摸你一下，怎么撒火。

一上午举行了五个项目，斩获了两个第一、一个第二和一个第三，成绩斐然，颜夏相当高兴，下午也依言带来吉他。

他背着吉他出现在学校的时候也引得学生们一阵惊呼，纷纷羡慕哪个班级有这样一个老师。

下午的项目比较少，颜夏等学生解散后集结到自己的大本营，首先督促他们写稿子。

"同志们，上午我们进行得很顺利，我们拿到了15分，暂列年级第一！"颜夏说完下面啪啪啪一阵掌声，他指挥棒似的一收手，"但是！我们应该看到，我们上午一篇通讯稿都没报到主席台，这通讯稿也是极其重要的，如果还想保住我们的第一，就需要大家共同发挥智慧，现在给大家一个小时的时间写稿，写得好，咱弹弹琴唱唱歌，写得不好，咱继续写写稿。"

学生纷纷动容，他们可不想一个美好的下午都在写稿中度过，一听颜夏下令，各个得令似的找地坐下，有的出去找素材，有的哀伤地望天找灵感，还有的茫然地翻包找纸和笔。

"无耻！"旁边一声碎碎念，不用想都知道是林可林那小太妹。

她下午也安静地待在大本营，只是她躁动不安的心思早就扑到颜夏身上了。

颜夏回头善意地笑笑："林老师，你的乐器呢？"

颜夏看她双手抱肩，夹着一把青龙偃月尺，甚是瘆人。

"关你什么事！写你的稿去！"林可林狠狠瞪了颜夏一眼。

颜夏自讨没趣，专心对付起班上的学生来。

半小时过去，学生纷纷递稿上来，颜夏翻翻稿件，质量还不错，这些小伙伴们就得逼一逼，不逼不出人才。

不过颜夏看到瑶凤的稿件时差点一口气没喘上。"瑶凤，你过来。"小姑娘乖乖走上前。

颜夏一看，打不得骂不得啊这丫头，上来就给你中华五千年忠义礼孝演一遍，你不回她个春秋笔法都是你失礼。

"你给我念念。"颜夏温和地说。

瑶凤拿起就念："今天上午天气好，晴空万里没有云，操场上彩旗飘扬人声鼎沸……运动健儿如离弦的箭奔出去……"

"你这篇可以拿来当模板了啊。"颜夏冷汗。

"谢谢老师表扬。"小家伙又一鞠躬一笑。

颜夏更汗："我没表扬你，我是在批评你呢，听不懂吗？"

"批评？谢谢老师批评！"瑶凤思考一下，又鞠躬。

"别鞠躬啦，你再鞠躬下去我都想切腹自尽了。言归正传，你看你这篇，就是万金油啊，放到奥运会上念没问题。"颜夏苦笑。

"谢谢老师。"这次也听不出来是夸奖还是批评，但是很伶俐地把夸奖或批评都丢掉，反正谢谢就对了。

"哎，不过也稍有亮点，你看，平时别人都是离弦的箭，你别出心裁用'离弦的剑'，显得更有画面感了。"

"呀，写错别字了，对不起老师！"

"平时作文没拿高分吧？"颜夏问。

"老师怎么知道？"瑶凤惊呼，"但也没拿低分。"

"……"

除开瑶凤，其他学生写得各具特色，倒是让颜夏发现了几个好苗子，遂令其专心攻克通讯稿。

颜夏抬头看看周围，林可林正在专心给班级的一个孩子指导写作，阳光透过密密的树叶，在她的脸上洒下零星的光阴碎片，微微风过，撩动那轻柔的头发，令人怦然心动——颜夏就不是个人，他看完又继续看自己的学生，还是自己的亲切。

"好了，鉴于大家表现良好，写稿告一段落，现在老师教你们唱歌，你们放心，只要你们每人一天写几篇稿，玩，大大的有!"颜夏站起身，豪情万丈。

"好!"学生齐呼，把颜夏围起来，似乎围过来的还有别班的。

隔着人颜夏都感觉得到旁边的眼神，但他不理，拿出包里的吉他，学生又一阵欢呼。

"我唱一句你们跟一句啊。"颜夏示意学生安静。

"好!"学生齐答。

颜夏清清嗓，信手拨弦。"那是哪一年，蝉声的夏天，那只小手学会了告别也伸向明天。一首歌是一条河，流过寂寞流入梦，让我经过你那些的经过，也勇于不同。听你唱过浏阳河，弯过了几道弯，弯成了新月回家路上妈妈的目光。听你唱过浏阳河，弯过了几道弯，勾起多少惆怅与多少希望，在心上……"

林可林看着已经被包围得水泄不通的三班，还有那整齐划一的歌声一遍一遍在操场回响，心中颇为不屑，认为颜夏就会哗众取宠。

"老师，您不是也要教我们唱歌吗?"一班班长依旧尽职地为班上学生谋福利。

林可林一听汗颜了，自己听了颜夏的琴声和歌声，还真觉得自己无论是唱还是弹都玩不过那人。

"老师，老师……"班长又揪揪林可林的衣袖。

"等一下啦，老师酝酿一下。"缓兵之计。

颜夏教了孩子们一会儿，突然看到周围居然还有几个一班的孩子跟着兴奋地吼叫，不禁有些乐了，问道："你们林老师没教你们唱歌吗?"

"老师说了她要酝酿一下。"真不知道是这学生老实还是班长老实，把林可林的话原封不动地传达了一遍。

嘿!颜夏心里乐了，这喝酒不怕打架不怕的小太妹也会有紧张的时候啊!

颜夏停住琴声，示意学生让开道，他径直走到正低着头拽着尺子的林可林面前，说："林老师，你不是也要唱歌吗?"

"还要带乐器来!"旁边一班班长不服气似的回答。

林可林一听脸涨得更红了，心中又抽了颜夏几百下："关你什么事！"

"你看，学生多活泼啊，一起来吧，你不会没带乐器吧，要不我们两个班级一起来联谊？"颜夏看林可林身上除了尺子就找不出什么东西来了，想想这也是个增进感情的不错机会，遂建议。

这话在可林听来可就变味儿了，多嚣张啊，多傲慢啊！姐姐还就陪你走两圈了！她狠狠地瞪了一眼颜夏，迟疑地从口袋里掏出乐器——口琴。

颜夏一看林可林手中的口琴，顿时乐了，这姑娘也有可爱的时候。

天地良心，此时颜夏真不是嘲笑林可林，但林可林就认为在嘲笑她了，她把口琴当作尺子一样握在手中，有些不悦地说："一寸短一寸险不知道吗？"

颜夏听了一愣，配合着林可林的手势，有些恍然大悟地问："你确定手中的不是武器而是乐器？"

林可林一听脸又红了，白了他一眼，一屁股坐在课桌上。

"林老师林老师！"班长带头呐喊，士气正足。

"安静安静！还想不想让老师教啦？"可林示意孩子们停住喧哗，硬着头皮把口琴放到嘴边。

其实林可林是会口琴的，而且还吹得不错，以前和吴言一起的时候，这家伙非要自己学一样乐器，说是培养音乐上的共同爱好，那时候她实在很爱吴言，禁不住磨，于是选择了很苏格兰风格的口琴——其他乐器太大了，她懒得带，口琴多方便，随手揣口袋，急了还能防身……

只是跟吴言分手后，她就很少去碰口琴了，怕睹物思人。她在等口琴蒙了灰，自己就突然不爱了……

颜夏没弹琴了，周围的学生又呼啦围到林可林身边。

可林有些得瑟地瞄了颜夏一眼，示意说自己的魅力其实也不小的。

颜夏有些好笑地看着跟个小孩子似的可林，小老师，我看你等下怎么办？

可林闭上眼，深吸一口气，悠扬的琴声从娇嫩的小嘴里缓缓流出，清风、蓝天、琴声、白衣、长发、美女，一瞬间颜夏有些失神了，仿佛又回到了那个美丽的夏天，校道、树荫、吉他、长裙、白衬衫、乌溜溜的黑眼珠，姑娘闭上眼睛，好似等待情人轻轻一吻，长长的睫毛微微颤动，那是等待里的一抹娇羞……

学生只是单纯觉得林老师吹口琴的样子好美，那身上透着一股清新的气质，让他们很舒服，他们静静听眼前的老师用口琴诉说少女情怀。

曲罢，林可林睫毛颤动，睁开眼睛，那一抹紧张早就消失无踪，剩下的只有茫然和淡然，春天的花也开了，秋天的风也过了，冬天的太阳也落了，曾经年少，望着吱呀吱呀的风车幻想心上人的模样，一曲东风破里爱人的模样逐渐清晰，但是没来得及认认真真去爱，一阵凉凉的夏雨经过，糊掉了画板上的人儿模样，连带说过的誓言也慢慢泛黄了，光阴用分分合合诉说故事……

不过看到颜夏后，林可林所有的多愁善感瞬间隐藏起来，恶狠狠地与他对视。

颜夏摊摊手，很无辜地问："真好听！但是你有没有发现一个问题？"可林叹了一口气，真不想和这混蛋比，不管是音乐还是感情。

能唱不能教，能教不能唱，口琴其实挺像自己的，一张口，不爱便恨，不去想又爱又恨。

"林老师吹得好不好听？"颜夏转身问周围的同学。

"好听！"

"想不想学！"颜夏继续问。

"想！"学生的欢呼声来越大。

林可林又瞪了颜夏一眼，什么都说不出，在那干着急，这混蛋诚心想让自己出丑，难道要自己一段一段教他们吗？

颜夏收到林可林的怒意，不过直接无视了，抱着吉他一屁股坐在她旁边。

"你想干嘛？"林可林扭扭屁股，稍微远离他，压下声音凶凶地问。

"帮你啊。"颜夏冲她善意一笑，觉得还是刚才那个有着柔柔气质的林可林最可爱。说完自顾自地弹起前奏，林可林一听，不正是自己喜欢的歌吗？这家伙！

不过等颜夏弹完前奏，小老师还是岿然不动。颜夏有些无语地停住，凑到她耳边轻轻问："我可是在帮你啊，开始吧！"

林可林的脸蛋儿浮现一抹绯红，咬着嘴唇不说话。

"喂，干嘛呢你？"颜夏狐疑。

"我不知道从哪切进去。"可林终于憋出一句话。

得，遇到一个乐痴了。这种生物完全凭借满腔热情学歌，并且大多战斗力指数可怕到可以干趴一群专业人士！

颜夏有些郁闷地看着眼前俏生生水灵灵的小老师，叹了一口气，现在骑虎难下，只好又小声说："那你听我的，我前奏弹完会在琴板上敲四下，敲完你就唱呗，没关系，我在后面跟着你。"

林可林有点茫然地点点头，她怎么老感觉自己好像鼻子上拴了根麻绳，然后被颜夏牵着满操场溜达。

颜夏给了学生们一个充满坚定的眼神，又弹起前奏，弹完的时候手虚握成拳，用指节在琴板上有韵律地"咚咚咚咚"敲了四声。

林可林还算清醒，准备在嘴边的口琴顺着"咚咚咚咚"的敲击声吹奏出来，颜夏的声音也恰恰唱起："发黄的相片古老的信，以及褪色的圣诞卡，年轻时为你写的歌恐怕你早已忘了吧。过去的誓言就像那课本里缤纷的书签，刻画着多少美丽的诗可是终究是一阵烟。流水它带走光阴的故事改变了两个人，就在那多愁善感而初次流泪的青春……"

颜夏觉得这种感觉真心不错，悠扬的口琴飘啊飘的，清逸的吉他金属音摩擦着手指甲，身边是白衣马尾的姑娘，眼前是欲语还休的青春，我的手指说爱呀，她的嘴角留情呀，一阵凉凉的秋风吹过来，我们都愿意睡着……

学生们只觉得两位老师第一次看起来这么和谐，好像颜老师手中的琴，就是林老师嘴里要说的话，那种藏在琴声歌里的默契让他们安安静静地听他们讲故事。

颜夏不经意一抬头，却发现林可林正愣愣地看着自己，嘴里依然呜呜咽咽吹着一段流水的光阴，心里却不知道在想哪张相片和书签。

林可林发现颜夏在看她，不禁脸红了红，却白了他一眼，挪挪屁股，转过身去，口中的琴却不曾停下，只给颜夏留一个盛夏的马尾儿和深秋的背影。

颜夏有些好笑地看着眼前清丽的姑娘倔强而孩子气地转身，心中突然也吹过一阵夏风，心肝脾肺都凉爽了，爱恨情仇也淡去。

颜夏的声音有些像朴树，沧桑中带点忧郁，他随性地唱着，林可林在旁边伴奏，孩子们在后面和着，一时操场上的注意力大多集中在他们班级上了。

众老师看着不远处犹如百年夫妻琴瑟和鸣般的颜夏和林可林，心中直犯嘀咕，这两人半天前还真刀实枪地打架呢，年轻人的思路就是广啊！

"好了好了，今天就到这，大家散了散了，该写新闻稿的写新闻稿，该比赛的比赛，该围观的围观，散去散去！"颜夏把吉他背在身后，站在椅子上，指挥着围观的孩子们有序散去。

林可林这次倒是没去管颜夏，任他在那瞎指挥，只是手中摸着口琴，回想着刚才的心情有些黯然。

旧梦拾不了，昨风今难吹，我愿在光阴里徘徊三五天，然后折琴断情，去山高水长……

想到这，林可林眉目低垂，也不管身后喧嚣，轻叹一声，拿起口琴，又呜呜咽咽吹起。

颜夏本也想散了的，但刚迈了一步便停住了，身后响起的又是青春和恋曲，那白衣飘飘的姑娘又在说情话儿了。心想反正也没什么事，干脆一屁股坐下，和林可林背对着背，手中也应着口琴，滴滴答答地伴奏。

两人出奇地默契，谁也没理谁，谁也没唱歌，只是一个拨弦一个吹琴，心底的话都在歌里了。

你曾经对我说，你永远爱着我。爱情这东西我明白，但永远是什么？姑娘你别哭泣，我俩还在一起，今天的欢乐将是明天永恒的回忆……你不属于我，我也不曾拥有你。姑娘，世上没有人有占有的权利，或许我们分手，就这么不回头，至少不用编织一些美丽的借口。亲爱的或许明天我们要分离，亲爱的莫再说你我永远不分离……

颜夏喜欢这首歌，因为这样的歌里爱是爱，分就分，不给自己思念的纠缠。今天我们相爱，我送你一个天长地久的吻，明天我们分离，你赠我一场爱憎分明的泪，就这样你绾青丝踏秋叶，桂花依然年年为君开，我着蓝衣渡冬河，水仙儿好似不曾恋秋天。

颜夏魂不守舍，却没发现身后有些消瘦的姑娘肩膀微微颤抖，眼里是藏着泪。

曲罢，颜夏没有说话，林可林也安静地埋着头，半晌没有回神。

"老师好棒！"一个声音在颜夏身边响起，颜夏转头，发现不知从什么时候起，瑶凤已经安安静静地坐在他不远处的桌上，此时蹦跶到他身前，轻轻鞠躬，笑脸花开，俏脸微红。

颜夏朝她笑了笑，没有说话，刚想起身，小丫头一个东西递到眼前。

"签名！"果然。

颜夏一汗，刚想说什么，小丫头又温柔地说："老师你答应我的，可不能欺负我。"

此话一出，颜夏顿首，但还是有点不甘心，一边签一边说："瑶凤，要不我替你办个卡吧，天天用这个顶校卡不麻烦啊？"

"不用不用！"瑶凤没等他说完，连忙摆手，一把夺过签好的名字，一个鞠躬，转身一溜烟跑开，连委屈都忘了。

颜夏有些无奈地看着瑶凤，长发在风中飞扬，青春在阳光下恣肆。

这时候他才注意到，可林到现在可是一句话都没说，依然埋着头，不知道什么表情，也不知道什么念想。

瘦瘦的身影像一朵白而不妖的玉兰花，一阵风过，撩动耳边的头发，头顶一片枯叶也悠悠然掉下，安静地趴在她的头发上，像极了一只遗世独立的蝴蝶，蝴蝶一动不动，玉兰也一动不动……时间在颜夏眼里好像停住了，他突然感觉这样的秋天为什么满眼会是夏天的光影。

他鬼使神差地伸出手，想去触摸玉兰身上的蝴蝶。

"颜夏……"颜夏的手刚刚要够到林可林的头发时，林可林那柔柔的声音却突然响起。

"嗯？"颜夏的脸莫名地一红，马上正经地收起手。

林可林依然没有回头，轻轻说："谢谢你！"莫名的感谢让颜夏一头雾水，他抓抓自己的头发，有些傻气地呵呵一笑。

"这个送给你吧？"可林的手向后伸去，刚好把手中的东西递给身后的颜夏，不过她的语气却像是在征求颜夏的同意。

那把红黑色的口琴在颜夏的眼前划出一道暗色的光芒。"为什么啊？"颜夏终于问出，没有接过口琴。

"要不要啊？"她依然背对着颜夏。

本来要不要啊几字应该充满霸道，这样才符合林可林套马汉子般的个性，但此时她说着却充满了黛玉葬花般的柔弱。

颜夏的心好像被什么触动了一样，没有说话，伸手接过口琴。口琴有些重，依稀能闻见一抹淡淡的玉兰花香。

颜夏突然想到，这口琴不比吉他，可是林可林的贴身之物。

"喂，你把这个私人的东西送给我，不会有什么企图吧？这口琴在古代相当于富家千金的肚兜儿。"颜夏半开玩笑地说。

林可林被逗得一笑："你还要不要脸啦？"

颜夏耸耸肩，把口琴把玩了一会儿，看林可林没有转身的意思，就把口琴往口袋一揣，转身要走。

"等等。"林可林好像有预感似的,叫住了他。

颜夏转身,刚好迎着林可林转身,她转过身子的一瞬间,那感觉好像花儿被风轻抚,阵阵幽香又传了过来。她的脸上已经不见了忧愁,只是睫毛上依然湿润。

她站起身,和颜夏面对面,对他展颜一笑,又想起什么似的,摸摸头发,把停留在自己头上的蝴蝶——枯叶摸下来。

"蝴蝶,"林可林扬扬手中的枯叶,"一起送你啦。"这话在别人听来就是神经病。

颜夏愕然,想到脑海里之前蝴蝶落花的场景,却突然笑了,笑得很开心。

林可林看着颜夏的笑容,突然也笑了,从刚才送出琴的刹那,心里好像豁然开朗了,现在看到他笑,又觉得好像冬天里晒着暖暖的太阳,整个人都懒洋洋了。

颜夏小心接过树叶,说:"为什么把琴送给我?看得出来你应该很喜欢这把琴。"林可林直视颜夏,没有说话,也不想说这把口琴和吴言有这样那样的关联。

"看我干嘛?为什么啊?"颜夏被这么直勾勾地看着,有点不好意思。

"非要我说吗?"

"嗯。"

"那你就当伯牙绝弦啦。"

"那我是不是子期?喂,你莫不是在咒我死吧?"

"不要拿来!"

"不要!"

"拿来!"

"不要拿出去的不要,不是不想要的不要。"

"语文老师了不起啊。"

"……"

"喂,你今天到底跟瑶凤说了什么啊!她立马就跟有了杀父之仇一样?"女人终究都是好奇宝宝,即使跟颜夏不共戴天,但该八卦的绝不落下。

"非要我说吗?"

"嗯。"

"附耳过来。"颜夏又罪恶地招招手。

林可林大概想到之前被忽悠的傻样，反手抽出一把东西就拍下来——这暴脾气！

眼看着她随身携带的倚天尺就要拍下，颜夏手里除了吉他就手无寸铁了，胡乱掏出一个什么鬼东西一挡，居然格挡成功！

尺子 VS 口琴！

这一挡好像有反噬一样，林可林"哎哟"一声心疼得直抽抽，这颜夏太可恶了吧！自己前手赠琴，他后手就拿来糟蹋！

颜夏看着林可林那疼的样子心里一乐，自己找了许久的屠龙宝刀终于现世了！

别看这口琴攻击+0防御+0的，就眼瞅着是把白板，但是只要一个属性就够啦——对上林可林这样的怪物绝对防御，还100%伤害反弹！

颜夏在一旁摸着口琴傻乐，可林白了他一眼，"你要不要这么无耻啊！有你这样拿别人刚送的礼物糟蹋的吗？"

"哈哈哈哈，你莫瞅它短，可知一寸短一寸险？"颜夏原话还给她。

林可林又要暴走，颜夏一看赶紧安抚："好啦好啦，开玩笑，我对瑶凤说的话其实就一句啦。"

果然，在八卦面前林可林什么气都瞬间消失殆尽了，而且主动附耳过来，一副乖宝宝软妹子的无辜模样。

"你要是没拿第一就别找我签名！"

第十一章

第二天的比赛在颜夏看来比第一天简单，因为他一举拿下了教师组 100 米、200 米和跳远的第一，三个第一荣耀全场。但是他心里一点得意劲儿都没有，一是因为其他老师都老的老胖的胖，让他觉得实在胜之不武；二是因为林可林好像就跟他死磕到底一样，不过这样也一举拿下三个第一，让他觉得实在威武霸气。

颜夏看林可林喝着水前呼后拥地回来了，有些郁闷地朝她说："喂，你要不要这样威武啊！"

林可林拨开学生，朝颜夏耳边小声说道："小样，看到姐姐威武了吧！"

颜夏觉得又是一阵幽幽的玉兰花香在鼻间飞舞，无意识地脱口而出："真好闻！"

林可林听完往后一蹦，脸红了红，真想抽自己一耳刮子，自己怎么就不长进，上次主动靠过来被一通调戏了现在还不吸取教训。

"哎，作为女生，该有的你全都没有，不该有的你全有了。"颜夏深入浅出地概括了林可林三冠王的千秋霸业。

"你！"林可林抽尺欲打，颜夏好整以暇地从口袋掏出口琴。

颜夏此时才有了一种旗开得胜的骄傲感。

有了颜夏的率先垂范，今天三班又夺下数个第一，其中有瑶凤的跳远——这姑娘好像日本武士一样，完全是带着切腹自尽的心去跳的，加上她多年来翻墙练出的弹跳，又一次超越了一班的长腿体委。还有郑超强的 110 米跨栏——这头蛮牛完全凭借一股蛮力，十个栏直接撞翻六个，跌跌撞撞的他居然还夺下第一，估计其他选手被他摧枯拉朽的霸气给吓到了。

不过有喜剧也有悲剧，悲剧就是赵晴这丫头。

这丫头举着瘦弱的小手去扔铅球，知道的说她在扔铅球，不知道的以为铅球在扔她——吃力地出手，人出去了，球留下了。

扔完后她就在旁边哭，郑超强就在一旁安慰，越安慰她就越哭，越哭越伤心，然后郑超强也不知道哪根筋出错了，居然自己的眼泪也跟着啪嗒啪嗒往下掉，然后干脆破罐子破摔，哇哇大哭起来，声音跟赵晴比起来有过之而无不及。

操场上两个奇葩在毫无顾忌地哭着，郑超强的小弟一看小老大和老大都哭了，这还了得，个别的当场眼泪就泛滥了……

林可林看着这滑稽的一幕倒是没心没肺地笑得前俯后仰，不过她的笑点主要集中在一脸憋屈的颜夏身上。

颜夏感觉脸已经丢到极致了，不能再丢了，他迎着林可林嘲笑的眼神上去一把一个，把郑超强和赵晴拎回大本营。

除去这个插曲，今天总算收获颇丰，赛场上有斩获，新闻稿也不错，总成绩依然一马当先，颜夏一路咧着嘴回家。

不过好景不长，第二天刚想一鼓作气，就目瞪口呆地看着一班的男子接力很果断地拿了第一了——自己班最后一名，原因居然是第一棒的郑超强只顾埋头跑，直接跑出跑道了——根本就没抬头看路嘛！

颜夏这个气啊！这厮自从100米埋头跑夺了个第一后好像尝到甜头一样，现在甭管什么项目，心心念念只要埋头必取第一——110米跨栏撞掉6个栏也拜埋头所赐，居然也逆天得第一了，此举更坚定了他扭曲的想法！

现在终于自食恶果了，还有什么比直接跑出跑道更伤人吗？反正颜夏觉得在如此灿烂的阳光下，自己作为班主任首当其冲地在风中凌乱了。

当颜夏凌乱未退的时候，女子接力开始了，不过第一棒还没结束颜夏脑袋嗡的一声好像被十二级台风当头撞了一样，连三观都凌乱了——第一棒的何瑶凤作为种子选手肩负着一马当先的重任，刚起跑也不负众望，那弹跳，那劲道，没得说。跑一半的时候让颜夏掉下巴的事情发生了，这瑶凤眼力十足，硬是在迎风奔跑时从茫茫人海中认出此时还在发呆的颜老师，然后不知道强迫症发作还是什么，居然一个急刹车，朝着他九十度鞠躬，微微一笑，立马委屈——礼全了！

本来落后的同学唰唰唰超过，那带起的风儿、尘儿，掀起了她的发，掀翻了他的人生观、世界观、价值观……

颜夏觉得自己整个世界都灰暗了，为什么会有如此多的奇葩在自己的眼前飞舞？赶都赶不走啊！

一班又是一个第一，接力赛可是大项目，一顶二，这样算起来他们班瞬间落了小老师班级两分，这样的逆袭让颜夏无法接受，直到他失魂落魄地回到大本营的时候，依然不能接受这残酷的现实。

几分钟之前还领先十几分，都开始幻想自己骑在林可林头上得瑟的样儿了，但是稍微一个剪指甲的功夫就被华丽逆袭了，颜夏都有点怀疑这两个奇葩联袂上演了一出无间道。

不过看向他们俩的时候，颜夏倒是生不出气，俩人也知道自己闯祸了，乖乖地站在颜夏面前，一句话都不敢说，尤其是瑶凤，这丫头眼角含泪，指不定颜夏一个指责的眼神过去她就哭爹喊娘了。

看着他们惭愧的模样，颜夏只能上去唱白脸儿，眼下这阵势，只剩下最后一项混合接力了，胜败在此一举，此时安抚军心比杀一儆百重要多了。超强还好说，毕竟是男子汉，颜夏稍微一说他就知错，并表示要戴罪立功，抬头看路奋力前进！倒是瑶凤就一直红着脸憋在那，眼泪强忍着不掉，让颜夏看着很是心疼。

"瑶凤，来，抬起头，等下还有个混合接力呢，还是你上，有信心吗?"

"……"

"等下老师和你一起跑哦，一起加油吧!"

"……"

"好啦，别伤心了，也别内疚了，别去想刚才的比赛了，老师知道你绝对不是故意的，你这么有礼貌的孩子老师喜欢还来不及呢!"

"……"

"不要沉溺于过错，这样会让你丧失前进的动力!"

"老师你还给我签名不?"

"……"

颜夏心里替小丫头想了一千个内疚的理由，但也想不到她一个白痴的念头，此时他觉得自己和这个世界失散了，现在的90后都在想一些什么，好难懂!

看着此时抬起头一脸期盼的瑶凤，颜夏觉得只要自己说个不字她不带换气儿地死给人看。他无奈地点点头。

"谢谢老师!"小丫头一笑一鞠躬，又一笑一委屈，然后蹦跶走了。

今天对颜夏的冲击实在是太大了，不管是生理上——班级第一暂时被夺了，还是心理上——奇葩一朵朵，他都觉得这个世界变化太快了，若不是自己也是个变态，怕是早已陨落在这个不讲理、无节操的世界里了。

颜夏只能寄希望于等下的混合接力了，希望这俩人戴罪立功，掀翻女权主义。

"哎哟，这不是颜老师吗？"一个嗲嗲的声音在身后响起。

颜夏不回头也知道是自己的天敌来了，回过头果不其然，林可林正一脸傲娇地站在自己身后。

"林老师好！"颜夏一拱手。

"挺有礼貌的。"

"跟瑶凤学的。"

"听说今天你们班很是幽默啊，上到老师下到学生，浑身上下都充满了艺术细胞啊！"

"让您见笑了。"

"没事没事，还有最后一个项目呢，只要你们发挥好，不出现跑出跑道、中途打酱油等现象，第一还是有希望的嘛。"林可林拍拍颜夏的肩膀，笑得别提多清纯了。

最毒妇人心，颜夏深深觉得此时的林可林嘲讽技能全开，自己一不小心就中招了，既然这样，那别怪小哥哥我无毒不丈夫了！

"不能啊不能啊，即使我们状态全满也绝对赢不了你们的，只要你们不掉鞋子！"

林可林听后脸色一僵，拜颜夏所赐，可林班上那个 100 米的装备哥别说跑了，就是走个路都怕鞋子掉了。现在走两步看下脚，走五步系鞋带，这不，现在还一脸专心地系鞋带呢！而且专注于左脚鞋带！

颜夏看着林可林咬牙切齿的模样，心情瞬间转好。现在调戏她已经是他生命中不可或缺的部分了。

林可林挑衅不成反被调戏，脸是红一块白一块，若不是念着自己是老师要稳住稳住，早就一脚丫子踹过去了。

第十二章

"胡老师,您也看热闹来啦……"

最后一场比赛吸引了全校师生的目光,颜夏集结三军——瑶凤、超强、胡老师。

胡老师是教三班物理的老师,今年怕是有四十几岁,身子瘦弱,浑身上下充满了典型中年妇女的更年气息,她此时有些无奈地站在颜夏面前。

"我看热闹来着,我凑热闹来着……"胡老师一脸无奈地说。

颜夏这下无语了,心里还想勇夺第一逆袭林可林呢,还没逆袭就先被胡老师逆袭了。

"你也别挑剔啦,看看你相好的班级!"胡老师就是个人精,颜夏眼珠子一溜就被猜出来要说什么。颜夏一时没反应过来,很自觉地转头找林可林,看到她的时候,颜夏"扑哧"地笑了出来。

林可林此时正满头汗水、一脸委屈地看着眼前教化学的刘老师。

刘老师出现之前,林可林充满了期待,心想自己和颜夏能拼一拼,自己这边还能再加个男老师,怎么着都比颜夏班级加个女老师威武雄壮吧!

于是她满心欢喜地盼着有个身高五尺腰围也是五尺的男老师踏着七彩祥云来自己面前,对自己亲昵地说:"我帮你揍颜夏来了!"想到这时,林可林的心都要醉了,不过等刘老师出现,她的心快要碎了!

刘老师身高五尺腰围也是五尺,完全符合林可林幻想中的数据模式,但摆在眼前时她突然觉得世界好残酷啊——这副身板明明就是摔跤嘛。

"刘老师,您能跑吗?"林可林小心翼翼地问,生怕伤了刘老师的心。

"呵呵,别看我胖,我启动起来那重力加速度可不是盖的。"刘老师乐观地说。

那也得您启动得起来,林可林想着刘老师迎风奔跑,然后把接力棒塞给下一位同学,那一座大山带来的阴影会不会吓得同学跑不动。

"林老师你也别挑啦,你看看二班。"刘老师一指。二班班主任对着眼前老态龙钟的大爷，万念俱灰！

这样一对比，颜夏平衡了，林可林平衡了。

颜夏望着眼前的三位猛将，对瑶凤点点头，刚想说点什么，瑶凤也点点头，深深一鞠躬，视死如归地接过棒子，走向第一棒跑道。又切换到切腹自尽的模式了，而且丫头真懂自己的心啊！

颜夏又看向郑超强："第三棒交给你了！"

郑超强点头："不成功便成仁！"

看着他离去，颜夏想到什么似的又喊了一句："记得抬头啊！"看着最后一个胡老师，深吸一口气，恭恭敬敬地说："注意安全！"

"注意安全！"林可林对最后一个刘老师殷切叮嘱完后环视全场，乐了。一看这排兵布阵，万分激动啊。

第一棒"恨不削屁股"的长腿体委对上宿敌"一输切肚子"的瑶凤妹子；

第二棒"摔跤胖仙"刘老师对上旧敌"更年女神"胡老师；

第三棒"钉鞋君"对上死敌"埋头侠"；

第四棒"口琴暴走小清纯"林可林对上天敌"吉他淡定不高兴"颜夏。

这气氛万分浓烈，众围观老师激动得紧紧握住手，都太喜欢场中俩主帅的默契了！自从他俩在一起后就孜孜不倦地为众人奉献了一出集喜剧、言情、武侠等因素为一体的史诗大戏啊，特别是现在，这布阵，这默契，哎呀，能看到此生都无憾了啊！

这阵势导致二班的夹在中间，究竟何人参赛、几人参赛都无人关注！

其实颜夏和林可林还真是实属巧合，就比如林可林安排刘老师吧，心想以刘老师的吨位跑弯道，没跑起来还好，就怕万一跑起来了要过弯道时一个甩尾，那就是车祸啊，直道就二和四，扬长避短的原则刘老师只能是二！而颜夏安排郑超强就是为了让他哪里跌倒哪里爬起。特别是瑶凤，颜夏安排她的原则就是自己远离她，离得越远越好！就怕自己在她下一棒她一个激动又点头、鞠躬、扮委屈、喊老师好等一套礼仪下来，那就萌爆了——萌的是她，爆的是颜夏。这丫头看到颜夏就爱瞎激动，这次颜夏摸透了她的心思。安排胡老师的原则更简单：注意安全！

比赛还没开始全场一片欢呼，二班班主任咬牙切齿，不带这么出风头的，她隐隐有预感，100米项目比赛的那一幕又要重现——那对禽兽相好又要组队斗地主了，而且还开黑店！

她没参赛，但是此时更是义愤填膺，她把第一棒的"迎风怒笑满地捶"少年一把抓过来："第一棒就看你了，两个对手都是女生，没跑过新账旧账一起算！"

大抵这话对少年有威胁，他看着场中的欢呼都隔着自己送给两边的同学，心里也不乐意了，重重点头——士可杀风头不可抢！

"再敢给我笑我就让你在张小红面前笑个够！"二班班主任估计还是信心不足，又叮嘱了一句。

"宁死不笑！"少年深吸一口气——估计张小红是少年女神。

"哎呀，咱还挺默契的嘛！"林可林站在最后一棒的位置，听着全场的呼声，对身旁的颜夏打趣道。

"还好还好，我不是故意的。"颜夏此时摩拳擦掌不敢有怠慢之心。

"哎呀，你那郑超强和瑶凤都在场，不会出岔子吧？"贱人就是矫情。

"不会不会！"颜夏假惺惺地回应，心想刚才那俩人一样视死如归的眼神，如果再出现什么纰漏估计只能以头抢地耳，"倒是你那'鞋掉了'同学的'不系鞋带不舒服'病好得怎样了？"。

"治好了治好了。谢谢啊！"林可林并没有盛怒，反而也笑意盈盈地回应。

颜夏举目远眺，果然治好了——不穿鞋！这正应了俗话"光脚的不怕穿鞋的"！能想出这馊主意的除了暴走小老师还能有谁。

"这还能叫钉鞋君吗？"颜夏有些讪讪地说，这弱点被克服的话自己这队就有点悬了。

"哎呀讨厌，什么君不君的，只要能跑第一在老师眼里就是好君君。"林可林有些得意，捂着小脸开始卖萌。

颜夏对卖萌免疫，指指远处的三位老教师，有些担心地说："他们行吗？"

"看造化了！"林可林这下卖萌之心也没了，听天由命地说。

"安全第一啊！"

"与君共勉！"

裁判、运动员、围观者各就各位。

颜夏把脖子上的龙柱轻轻取下，嘴上一吻，交给一旁的赵晴保管。

"哎哟，还挺深情，好项链都戴到猪脖子上去了！"旁边打击。

颜夏没理她，因为裁判举枪了。

"各就各位！预备……跑！"发令枪一响，二班的娃憋着一股劲刚要冲，猛然见到三班的瑶凤对着自己一鞠躬，然后蹦跶着跑了，一瞬间，他的世界观崩塌了，他的脑海浮现了很多内容，包括三班瑶凤的礼貌、郑超强跑出跑道、赵晴扔出自己、一班的鞋子满地掉……然后，他又开始笑了。

另一边，二班班主任的世界观也崩塌了，她第一次觉得当班主任好累，特别是这两个年轻老师来了之后。现在她感觉自己不想再当了，觉得唯有泪流满面这个词方能形容自己心中那一万只草原泥土马奔腾而过的心情——说好的宁死不笑呢，还有啊，即使斗地主吧，不带一上来就扔炸弹的，还没反应过来就被春天了。

现场热闹起来了，众老师也老泪纵横啊，十几二十年了啊，从来没见过这么激动人心的运动会，前几天的激情还未完全消逝，今日狼烟再起，明知道这是一场刀光剑影的比赛，但他们还是低估了比赛的火爆程度，没见过一开场就废掉一位少侠的啊！

于是现场的人分为两组，有的兴致勃勃地看着怒笑君捶地狂笑，有的激动万分地看着第一棒快交接了，有的一下这边一下那边，极度没原则。

林可林看到那劲爆的场景，一身冷汗地问同样目瞪口呆的颜夏："这丫头莫不是你指使的吧？"

颜夏急忙摆摆手："怎么可能，这丫头有个毛病，就是喜欢乱鞠躬，不过我摸索过了，她就两种时候会鞠躬，一是看到崇拜或者喜欢的人的时候会鞠躬，二是她瞎激动的时候。"

林可林白了她一眼："你不是在夸自己吧？"

颜夏又摇摇头："这次估计是二！"颜夏想得很对，这丫头哪里见识过这场面，全校围着啊，第一棒焦点啊，而且她又是仨人里看起来最乖巧伶俐的，全场大半的目光都集中在她的身上，更重要的是她肩负使命，不赢就切啊，她的内心不仅是激动，更混合着紧张，听到发令声一响，本能地朝周围一鞠躬。

如果朝长腿体育委员鞠躬那什么事也没有，巧就巧在她朝了一个笑点奇低，又爱幻想，而且拥有一系列萌、呆、正太等特质的小朋友鞠躬。不过最大的受益者不是颜夏，而是林可林班级，瑶凤鞠躬的时间长腿体委已经蹦出去十来米了……

交接棒的时候长腿体育委员第一，甩出瑶凤十米多，瑶凤第二，那老态龙钟的老头子看着远处第一棒君依然笑得肝肠寸断，叹息一声，果断拂袖离场！

颜夏幽怨地望着林可林："你才是最大的受益者吧！"

"别吵别吵!"林可林此时更加紧张,望着那座移动的大山,一方面希望大山跑起来,另一方面又希望他悠着点。

胖仙不负众望,成功启动,并稳当上路。后面的刘老师也不错,虽然追不上,但也不算很落后。

不过在交接棒的时候光脚同学明显是怕被追尾,有些躲闪地接过棒,这样一来郑超强迎头追起,倒是追近了一点点,但是好景不长,颜夏以为郑超强真的超强,但是没想到光脚同学才是超强,一溜烟跑开,郑超强看来是追不上了。

林可林朝着颜夏一声冷笑,好像在说冠军已落我手。笑完就慢慢跑动准备接棒。

颜夏也一声冷笑,林可林的 100 米他可是看过,虽然蛮不错的,但是跟汉子比起来,就像小毛驴遥望奥迪的悲伤,还是有差距的,而且林可林明显忘了,杨老师之前说过颜夏以前练过体育……

颜夏接过棒的时候林可林已出去了六七米,颜夏猛加速,周围不明真相的群众只见颜夏不停加速度,顿时齐齐惊呼,一看就不是一个档次的,超车是秒秒钟的事。

大概跑了五十米左右颜夏顺利超车,全场响起热烈的欢呼声。

超过的时候颜夏还朝林可林笑了笑。不过本来善意的一笑在林可林看来充满阴谋的味道,她心里那个急啊,这比赛于公于私她都不能输啊。于公,比赛输了班级分数就输了,自己是千古罪人,毕竟前面可都是领先的;于私,前面三个第一让她和颜夏打了个平手,这一场输了就证明她输给颜夏了。性格好强的她是决定不让这样的失败出现的。

林可林心一急,加快步伐,虽然觉得已经不可能了,但还是希望能有一些奇迹。

"哎呀!"颜夏一马当先,但是在喧闹的欢呼声中他还是听到身后林可林的呼叫,虽然之前她卖萌或者骄傲的时候也哎呀哎呀乱叫,但是明显刚才的声音带着痛。

颜夏脑子什么也没想,刷地停下脚步。

全场的呼声也停住了。

林可林倒在自己身后十来米处,痛苦地捂着右脚,眼眶都红了。颜夏不假思索,骂了一句"你这犟牛"就反跑到她身边,把她搀扶起来往背上背。

颜夏背起林可林,就要跨出跑道去医务室,不过后背马上被捶了一下,林可林带着哭腔小声说道："你要是把我背出跑道，我就死给你看！"

"小老师，都什么时候了你还想着比赛啊！"颜夏苦笑，在这姑娘心里，比赛永远第一，友谊永远第二。

"我是不会让你的狼子野心得逞的，别以为把我扔出去了你就第一了。"林可林小声地说。

"没扔我也第一。"颜夏此时面对静默的全场，压力非常大，就像一句很诗意的话，"背上你就像背起了全世界"。

颜夏觉得全世界是背上了，但什么诗意都没有。

"反正不管。"林可林想想也是，但是明显有些不甘心，就开始胡搅蛮缠。

"哎！"颜夏叹气，转过身，背着林可林慢慢走向终点。

"哇！"全场欢呼，这不是最浪漫的结局吗？这两人是在演戏吗？要不然怎么会这么刺激这么偶像啊！你看，一开始是欢喜冤家戏份，俩人拌拌小嘴花拳绣腿，然后是反目成仇戏份，俩人为了抢夺一把绝世名剑——接力赛第一名——开始了倚天屠龙的厮杀，众人以为就这样了，俩虎相争必有一死，顶多来个罗曼蒂克般地同归于尽，死之前来个缠绵的对视，故事就这样悲伤地结局了。但是，饶是场中人精无数，竟也猜不出这样的结局。林可林摔倒的时候大部分还沉浸在同归于尽的凄婉之中，以为颜夏夺剑弑情人是必需的，故事有了一丝遗憾……

没想到颜夏居然还藏着这么一手，打出了大团圆结局，背着心爱的情人共同走向名剑，最后，王子和公主幸福地在一起了。

这不是演戏是什么？反正场中众人看得如痴如醉。

背上的林可林看到颜夏居然就这么背着她走向终点，像一个遗世而独立的公子，不顾世俗，带着心爱的女人私奔。想到这她的脸也跟火烧一样，埋着头一句话都不敢说，生怕一出声那混蛋三魂七魄回来就把她扔了。

众人还沉浸在王子和公主的童话中，林可林还迷失在侠义之中，颜夏温柔地说话了："你先等下。"

"嗯？"好温柔的语气，林可林还没反应过来，就被颜夏丢了下来。

颜夏一手握住眼前的终点彩线，义正词严地举起双手："第一！"众人还未回过神来，颜夏又背起石化的林可林走过终点，"她第二！"

众人终于反应过来了，一半石化一半凌乱了……他们俩的故事凡人不懂啊！颜夏超车，他们以为结束了，但是林可林摔了，他们以为又结束了，结果颜夏背她走向终点，他们以为这次真的结束了，可是……谁想得到还有这么一茬啊！饶你算尽天下又猜得到这样的结局吗——或许这还不是结局，这俩谁知道呢！

众人都觉得累了，林可林也觉得三观齐齐崩碎，当着全校的面，对着清纯动人的小美女，他毅然选择了不要脸。

这算所谓的爱美人更爱江山吗？可是江山有这么区区吗？

林可林不懂，全世界都不懂……

林可林被颜夏背去医务室时，仍处于失魂落魄当中，这一起一落对她的打击实在是太大了，颜夏在她心中的形象直趋单细胞动物。

颜夏说了些什么她浑然不觉，依然沉浸在自己悲戚的命运之中，自己在他眼里，比不过一个第一。

在凡人眼里，多少人愿意放下这小恩小惠去讨好一个倾城美女，但是这混蛋，他居然是太监！

林可林无力吐槽了，她不知道班级怎样了，不知道操场怎样了，更不知道运动会怎么样了，她现在只觉得这个世界太复杂了！

故事的结局是王子牵着公主的手慢慢走向幸福的时候，王子当着所有人的面坐怀不乱地给公主喂了毒苹果。这让众人又是好生失望，一是毁童话，二是居然结束了，没了！不是说好一直波澜起伏吗？

众老师齐齐一叹，以为是喜剧，没想到是悲剧，这下梁子结大了，林可林又要进化了，血雨腥风又要起了……

运动会就这样在俩人的爱恨情仇中戛然而止，可谓开幕开得别开生面，闭幕闭得肝肠寸断，颜夏赢得了天下输了她——众老师是这么认为的。

第十三章

接下来的两天，林可林因为脚扭伤，请了两天假，众老师一致认为她回家养伤去了，不过是养内伤。两天之内她会内功尽废功力全失，但扎小人的功力定会突飞猛进。另一边，颜夏也无精打采的，不是因为他冷血太监的形象深入人心，而是他要开始一段充满世俗桎梏的活动——相亲。

时间倒回前一天。

"阿夏啊，快毕业了，找对象了没？"颜妈妈在一个月黑风高的晚上突然问耍文艺的颜夏。

颜夏一怔，老妈可是从来没这么八卦的。

不过他实在不好意思说："找啦，不过又掰了。"只好没出息地摇摇头。

"那这样，妈给你介绍个姑娘，那姑娘肤白貌美，关键是脾气好！"颜妈妈说道。

"妈，我才几岁啊，还没毕业呢！"颜夏有些无奈，但是面对极具八卦之心的老妈他也不敢撂狠话，生怕就被问出什么情感上的坎坷。

"不小了不小了，22岁了！"颜妈妈坐在颜夏床边貌似不走了。

"这不连结婚的年龄都没到吗？"颜夏无力了，认真一想自己挺悲剧的，年龄都还没到就被催婚。

"谁让你马上结婚的，处着嘛，这姑娘真心不错。"

"你见过吗？有你这样夸得天上有地上无的吗？"颜夏突然问。

"呃，好吧，到时候我和你一起去看看？"颜妈妈有些不好意思。

颜夏就知道，在八卦的人心中，真相是不屑的，只有谣言才是永恒的。"妈，我不去啊，我自己找对象还不成吗？"颜夏有些气弱地说。

"这好啊！"颜妈妈眉开眼笑，又接着说，"不过一边相亲一边找，两手抓两手都要硬，散网捕鱼，小鱼虾米一起抓是王道。"

"妈，你是觉得我有多么遭人嫌弃啊，这么不相信我！"

"哎呀，这不是嫌不嫌弃的问题，而是能不能跟上主流社会的问题，你看隔壁阿三，刚上大学他妈就替他张罗了……"

"停停停！我去，我去还不成吗？不过你不准过去啊，多尴尬！"颜夏一听老妈要开始唠叨了，本能躲避话痨攻击。

"好好好，我不去。"颜妈妈达到目的也不过多纠缠，眉毛一抖一抖，"我就躲在暗处看一会儿，看一眼姑娘我就走，如果没你漂亮我还不让你相呢！"

"我是用漂亮来形容的吗？"颜夏泪出。

"好啦好啦，星期六晚上啊，你认真准备下，地点过两天我跟婆家商量好了再跟你说。"颜妈妈走了出去。

还没见到人就婆家，好便宜的感觉！

颜夏是真心不想去相亲，他抵触这种快餐式的相识，而且他放不下，但是他又是个孝子，对老妈的话虽不能千依百顺，但也能九十九顺。

他抱琴坐在阳台上，琴声有些乱。

"颜老师大哥哥，今天的琴声不好听哦！"楼下突然有人说话，不是赵晴是谁。

这丫头倒像我女儿一样，挺贴心的嘛，颜夏心里突然没那么抑郁了。

等等！

脑中闪过一个念头，顿时一扫阴霾，有些欢快地扫了好几个轮指，冲着楼下喊道："丫头，你上来下，哥有事找你。"楼下一阵开门关门声，不一会儿小短腿就到了跟前。

颜夏打量着赵晴，小丫头眼睛大、眉毛细。

"像，真像！"

赵晴被盯得有些毛，低着头缩手缩脚地卷着衣角。

"嘿嘿，丫头，你还真有点像我。"颜夏得意地一笑。

"还好只是有点。"小丫头舒了一口气，吐吐舌头。

"你是有多不待见你哥啊？"颜夏揉揉赵晴的头，"哥有个忙让你帮下。"

赵晴的大眼睛忽闪忽闪地看着颜夏，一句话也不说。

"好啦，事成之后哥哥教你弹《老鼠爱大米》，再买一束花送你，怎么样？"

"嘿，什么忙？"这丫头也是人精。

"这样，哥哥星期六有场身不由己的相亲，我妈安排的，你也知道我妈，唠唠叨叨，不去的话会被她各种语言攻击和藐视的。"颜夏循循善诱，赵晴深有感触地点头，"到时候我老妈也会过去，不过她会在旁边偷偷看一眼，然后你的秀就开始了。"颜夏想了一会儿，继续说，"你螳螂捕蝉黄雀在后，我是悲剧的蝉，我妈是螳螂，你就是隐藏的大 Boss 黄雀，她盯我，你就盯她，她一走，你就出来！"颜夏想到了这个很恰当的比喻。

"出来干嘛?"小丫头问。

"哥哥我实在不喜欢相亲，你到时候就出来扮我闺女，拉着我叫爸，让我给你买吃的，我就有借口带着你溜掉。怎么样，不错吧?"颜夏得意，古有空城计、美人计等三十六计，今有火遁、水遁、尿遁等七十二遁，现有自己继往开来老爹遁。

"我有点亏。凭空多了个爹。"小丫头一语中的。

"到时候多买几束花，你桌上我送的那朵都枯了吧?"颜夏也觉得挺对不住人家的，为了撤掉未来媳妇，生生多了个闺女，这丫头是无辜的。

"好!"谁知丫头很没节操地答应了。

"嗯嗯嗯，有前途啊你，你看，咱长得有点像，这几天我不刮胡子，自然就长得沧桑点，到时候吓不死对象，回家就跟我妈说谈崩了。"颜夏继续骄傲。

"……"

"到时候你可表演好了啊，别笑场。"颜夏继续叮嘱。

"……"

"说话啊。"

"我要看看那女生有多招你不待见！"

"……"

星期六傍晚，颜夏坐在肯德基靠窗的位置，心里抓狂得只想挠窗，不知道老妈和丈母娘的下限在哪里，全莆田餐厅、咖啡厅、奶茶店等可以待的地方那么多，档次差一点的还可以去长长的路上散个步啊，也不至于选肯德基吧。

丈母娘? 颜夏心头一颤。

按两位大人的意思这地方坐南朝北好风水，车水马龙易观察。

颜夏心里充满了对这次相亲的控诉和愤懑，一边喝着可乐一边等着那个肤白貌美、关键是脾气好的姑娘出现。

一不小心颜夏就看到窗外熙熙攘攘的人群之中老妈绝世独立，另一位阿姨也衣着不凡，目光如炬地瞪着自己，好像自己稍有一个动静，她便会剑气长空、直取首级……

还好，颜夏还看到在不远处的赵晴，她紧张地站在一堆烤羊肉串旁，一边吃着羊肉串一边盯着颜妈妈。

看，这相亲相的，跟电视里的坏蛋接头一样，场内场外上演着无间道，只差天王盖地虎了。

"呜呜……好木木，你就可怜可怜我，帮帮我呗。"可林摇着一位看起来像朵小百合一样的姑娘，极尽卖萌之本能。

小百合好像也很无奈的样子，拉开她的手，很委屈地说："哎呀，林林，你别这样啊，你老妈是让你相亲，你怎么能让我去替呢！"

"我妈就是个八卦女王，巴不得我赶紧嫁出去，根本不挑食的，你也不想看到我嫁个歪瓜裂枣吧？"林可林又缠上小百合的手，故意泪眼汪汪。

"那你就忍心让我去啊？"

"说不定也是个万中无一的帅哥呢？"

"哎呀，你要不要转得那么快啊，感觉好猥琐的样子。"小百合嫌弃地拍掉林可林的手。

"好木木，我的好木木，你看，我脚都瘸了，走都走不动了，你就帮我一次嘛。"

"那就不要去呗，放那男的一和平鸽。"小百合别看冷冷清清的，实则一肚子坏水。

"木木你变坏了啊，你以前多么善良。"

"还不是你带坏的！"小百合没好气地说。

"其实我第一念头也是放鸽子，但是不行啊，老妈在边上偷看，什么怪趣味嘛！"林可林小嘴一撇，无限委屈。

"那你还让我替你去？"小百合怒指林可林。

"嘿嘿，刚才没想到，要不这样，我陪你去吧，到时候就当你跟那男的相亲，反正你年纪也不小了，也该考虑考虑了，我妈在外头，根本分不清谁在相亲，只会当我胆小带个闺蜜去壮胆。"林可林又想出了馊主意。

"哎呀，你刚才肯定不是没想到，是故意的！还有，是我陪你去！还有还有，我年纪跟你一样，甚至比你小两个月！"小百合挠了林可林一个痒，装出发怒的样子。

"嘿嘿，这可是你说的啊，你陪我去，我就当你答应啦，还是木木对我好！"林可林顿时得意起来，"这一出狸猫换太子厉害吧！"

"哎呀，讨厌，你才是狸猫！你一起床就是狸猫！"

"哎哎哎，你不是狸猫，不是狸猫，你是乔巴，乔巴换太子！"

"乔巴是驯鹿，你就故意欺负我吧。"小百合捂脸委屈。

"别这样嘛，这样，好瓜子你收下，歪瓜子我替你打发掉，我可是陪你相亲的好闺蜜，有责任和义务替你把关的！"林可林一骨碌从床上爬起来，摸向小百合。

"啪！"小百合拍掉魔爪，"哎，去就去吧，就当被狗遛了。"

"你这什么话呀，说不定真遇到好的呢，我妈可是说了，那人文武双全、温柔有加呢。"林可林贼笑。

"哎，就当去超市买小狗狗喽，不过话说，你这脚都瘸成这样了，还能去吗？说好了啊，如果是我一个人去我抵死不从！"小百合不敢想象自己一人独闯龙潭，前是万分神秘十分暴力的相亲男，后是千般八卦百般啰唆的可林妈妈，实在没信心活着走出来。

"我妈特地选了个街边肯德基，打个的分分钟，立停立走，三步可见，她是我亲妈啊！"林可林一想到这就咬牙切齿。

"万一是个好瓜你别跟我抢哈！"小百合娇艳地白了林可林一眼。

"都是你的都是你的！两腿的男人到处都是，不稀罕！走吧，现在时间差不多了。"林可林觉得有种引狼入室的感觉，"哎哟，扶我一下。"

林可林和小百合即将出门的时候，她突然想到什么一样，抓起一把尺子带走。

"你这是干嘛？"小百合一脸惊恐，去相亲还是去打架？

"嘿嘿，没事没事，这尺子防小人而且辟邪，不带上我不安心。"林可林摸摸尺子，微笑出门。

小百合搀扶着林可林走向肯德基，问："是这吧？没错吧？"

"我亲妈选的，错不了，我一下车就感受到她灵力外泄了，喏，在你三点钟方向，别转头。"林可林继续挨着小百合走进肯德基。

"哎，这里人这么多，你们怎么接头啊？"小百合想到。

"传说中的男人在看书。"

"哎呀品味好别致啊！"小百合小惊喜。

"是啊，在这地方能看下的书不是 45 度的忧伤就是 90 度的勾股定理了！"林可林环视四周，真难找。

"哎呀，你看那个是不是？"还是小百合眼尖，硬是在窗边看见一位窗白衬衫的男生，在喝着可乐，随手翻着一本书。

"应该就是吧，反正不是的话我们就撤，我妈也看到我们进来了，大不了说我们没找到，这样性质就不是我不来，而是来了没收获，嘿嘿……"林可林抖抖小百合的手，示意靠近。

"话说，这型看起来还不错，虽然只能看到后脑勺，但感觉干干净净的，挺不错的啊！"小百合评论。

"背影杀手听过吗？"

"这不是形容女的吗？"

"男的也不例外，别看他现在安安静静的，说不定没人的时候就变身了；别看他干干净净的，说不定没人的时候就邋遢了。"林可林没抱什么信心。

林可林她们挪到颜夏身后的时候颜夏还在专心看书，那个侧脸看得小百合又一阵惊喜。

"你好，请问你是林妈妈介绍的人吗？"林可林一推小百合，小百合收收脸色，正经地拍拍颜夏的肩膀，温声细语地问，那语气听得林可林鸡皮疙瘩直起。

颜夏闻言回头，却是先看到一件白色的 T 恤，顺着往下看，一件黑色休闲裤，然后一双卡通拖鞋，还是人字拖，而且一只脚上还包扎着，瘸子？四肢不全？抬头看脸，不料和白 T 恤姑娘来了个对视，"啊"俩人齐齐叫出声。

还好是在这种地方，不会引起太多人的注意。

林可林指着颜夏，半天说不出话。

颜夏也一阵恶寒，这都什么孽缘啊！

小百合却不理俩人，只是紧紧盯着颜夏，有些激动地捅捅林可林，用俩人能听到的声音说："哎呀，还真是个好瓜，这回真是你亲妈啊！"

颜夏看着林可林，千言万语说不出来，却只憋出一句："这就叫关键是脾气好？我亲妈啊！"

林可林脑海也闪现出老妈说得温柔有加，只感到一阵恶寒！而且此人跟自己有深仇大恨，今日得见都是缘分，不来个了断都对不住三尺神明了，难怪觉得出门要带尺子，原来这都是命啊！

林可林牛气地抽出尺子，作势要打，不过不等颜夏躲避就被小百合摁住了。小百合一脸委屈地说："哎呀，不是说好是我相亲的吗？别打我对象呀！"

林可林脑袋"轰"的一声，千算万算机关算尽，结果贴心好闺蜜反水了。

颜夏一听，心头一阵舒坦，原来是另一个姑娘相亲啊，敢情林可林就是过来陪的，他这才打量起这个女孩，她比林可林略高，头发披在肩膀上，眼睛大大的，嘴巴小小的，符合萌妹子的硬件要求，看上去挺舒服的，而且听这话软件要求也很适合。

既然林可林只是打酱油的，颜夏大定，此时老妈还在外头，他故意不理林可林，对小姑娘伸出手："你好，我叫颜夏。"

姑娘也大大方方地伸出手，和颜夏一握："你好，我叫林木木，很高兴认识你。"

颜夏示意林木木坐下，自己也坐下，嘴里咀嚼着名字，呵呵一笑："你这名字，五行里是有多缺木啊！"

"总比某人命中缺妹好！"某小人嘀嘀咕咕。

"呵呵，但是你不觉得很好听吗？"林木木微微一笑，各种贤良淑德。

"确实好听，也好叫。"

"哎呀，你的名字也好听，颜夏炎夏，命中是有多怕冷呀，嘿嘿。"木木也说。

"哪里怕冷？这货就是一坨冰块！"某小人继续嘀咕。

"见笑见笑，话说感觉你气质很像一朵百合花啊！"颜夏单纯觉得木木的气质很好，这话说出来不是吹捧。

"色狼！大色狼！第一次见面就说这么恶心的话！"嘀嘀咕咕。

"哎呀，真的吗？林林也这么说过啊！"小百合惊喜地推推身边无限怨念的姑娘，"哎呀，对了，看起来你们认识。"

这姑娘，满眼只剩下这个混蛋了吗？中国好闺蜜啊！林可林幽怨地把目光投向小百合。

还是颜夏说话了："认识啊，我们在同一学校教书，不过她是正式老师我是实习老师，还是她带的我，她可以算我半个小师傅。"

"我没你这么欺师灭祖的好徒儿！"林可林强忍不爆发。

"非要我叫你姑姑吗？"颜夏一摊手。

"好好玩！"小百合一旁偷乐。

"你找打！"林可林又拿尺子。

"哎哎哎，我叫你姐姐还不成吗？算了算了，算我对不起你，我老妈现在在外面偷看，看到这架势还不冲进来，你就配合点，咱吵归吵，但表情都甜蜜点！算我拜托你了！"颜夏连忙道歉。

"哎呀，可林妈妈也在外面啊，都是你们妈呀！"小百合在一旁看得眉开眼笑。

"别骂人！"颜夏郁闷地看小百合。

"甜蜜点？是这样吗？"林可林想了想，瞬间面容姣好娇艳欲滴，娇声道，"去你的！"

"哈哈，真好玩。"旁边小百合看到林可林面带微笑骂颜夏，在外界看来还真以为她是在调情呢，乐得咯咯直笑。

"也去你的！"颜夏也笑，嘴里不吃亏。

"哎呀，好啦好啦，既然都认识了，就别吵架嘛，今天可是本姑娘相亲呢！"小百合打圆场，不过说出来的话让两人一汗，这姑娘看起来一朵小花儿似的，却彪悍得很啊。

"小夏呀，咱好好聊聊，别理她，她这几天大姨妈来了，性格怪怪的。"小百合语不惊人死不休。

林可林虎目含泪地指着小百合，被雷得一句话都说不出来。这姑娘叛变起来那叫一果断啊，丝毫不念旧情，而且转手就是一刀。

"……"

颜夏看看小百合再看看林可林，果然物以类聚人以群分，一丘之貉来形容她们是极好的。

"木木，你要这样吗？"林可林觉得带这个姑娘出来就是悲剧的开始。

小百合果然无视她，继续看着颜夏笑盈盈地问："小夏，你什么星座的呀？"

颜夏被问得一身汗，这就是真正的女生吗？在林可林身上丝毫感觉不出来的温婉加上一点点小撒娇，多么让男的舒服啊。

"……"

"哎呀，小夏你脖子上的那坠子好漂亮哦。"

"……"

"小夏，你的胡茬挺性感的啊！"

还没等颜夏说话，林可林先说了："木木，咱回家吧，这人就是个混蛋，不值得你托付终身的！"

说这话的时候对着颜夏笑得别提多妩媚动人了。

"哎呀，你好讨厌呀！"小百合捂脸，不知道是回家讨厌还是托付终身讨厌，反正就是撒娇。

　　林可林实在看不下去了，今天出门没看皇历，路上遇个狼，身上揣个狈，然后自己就悲剧了。她起身想走，不过脚下一痛，又倍感委屈地问小百合："木木，你不送下我吗？"

　　"哎呀，你妈妈不是在外面吗，让你妈妈来吧，我跟小夏还有好多好多话要说呢。"小百合眼里闪过一丝狡黠。

　　"木木，我错了行不行，我真的错了！"林可林也知道这姑娘是在报复自己之前的这个馊主意。

　　窗外不远处的两位妈妈看得别提多开心了，你看两人，男的英俊潇洒，女的温婉动人，俩人时而甜蜜对视，时而亲昵低语，多搭呀，两位妈妈不禁为自己的眼光而得意，看了一会儿她们终于面带笑容双双执手离去。

　　不过这一切颜夏都是不知道的，他此时背对着她们，一脸无奈地看着眼前两位好闺蜜拌嘴。

　　"哎呀，不理你了，小夏你在看什么书呀？"小百合又使出撒娇技能，男女通杀。

　　颜夏无语地把书递过去。

　　"《哭泣的骆驼》，我最喜欢三毛的作品了，小夏你太厉害了！"颜夏算是对小百合一惊一乍的样子麻木了，我看个书怎么就厉害了。小百合又闪着晶晶眼问，"小夏你也喜欢三毛吗？"

　　颜夏刚想回答，突然一个风一样的身影窜到自己面前，异常坚定地喊了一声："爸爸！"风中隐约带着烤羊肉串的味道。

　　颜夏定睛一看，赵晴，脑袋一下子蒙了，他是真真忘了还有这一茬——老爹遁！

　　这丫头嘴角还沾着羊肉沫呢。

　　小丫头看颜夏吃惊的模样，还以为大哥哥的演技棒，遂更卖力地摇着颜夏的手："爸爸我饿，带我吃好吃的嘛！"

　　此时颜夏的脸一会儿红一会儿白，他抬头看林可林，原本林可林也被吓到了，但看清是赵晴，再看看颜夏心虚的模样，顿时露出一抹难以名状的微笑，她倒要看看这俩人要在自己面前表演哪一出！

　　"别演了别演了。收工。"颜夏讪讪地对丫头小声说。

　　小丫头一听，才回头看周围，入目便是清纯美丽的林老师，她"哇"的一声叫出来，这时候脸红得跟苹果一样。

"演啊，继续演啊！"林可林冷笑道。

颜夏埋头咬吸管，丢不起这人。

"哎呀，这孩子好可爱啊！"小百合依然一惊一乍。

赵晴乖乖地站在颜夏身边，一句话都不敢说。

"赵晴，你说怎么回事。"林可林摆出老师的架势。

赵晴立马无比伶俐地说："前两天颜老师大哥哥找我，说要我帮忙，他要相亲，叫我到时候装他女儿，他好吓对方。"

"为什么要这样做？"

"因为他忒不待见那姑娘！"赵晴斩钉截铁地说。

颜夏一听泪都快出来了，这赵晴的属性和小百合是一样的吧，背叛得那么毅然决然，反手一刀都那么果断。

"我哪有说啊？"颜夏本着尊重事实的原则争辩。

"哎呀，我是相亲姑娘，说我吗？我好伤心好伤心！"林可林瞪了她一眼，不过这一瞪小百合想起什么似的，"哎呀不是说我啊，是说林林你呢，他不待见你呢！"

小百合终于想起自己是李代桃僵来着，只怪之前自己太喧宾夺主了。

"颜夏，你给我记住！"林可林磨牙吮血。

"哎呀，一人让一步嘛，你们俩还真的是，一个是阆苑仙葩，一个是美玉无瑕，倒是天生一对啊！"小百合终于正视自己的身份出来调解。

不过她心里也在嘀咕，什么阆苑仙葩，什么美玉无瑕，说穿了不就是一个是奇葩一个是臭石头嘛，这俩人，一个使的是"老爹巧遁"，一个出的是"闺蜜神替"，不是天生一对是什么！

颜夏一听意思不对啊，看向凄婉的小百合。

小百合不负众望，果然又把林可林出卖了："今天本来是她相亲，她不想来，但是不能不来，就拉我过来，硬说是我相亲她陪我。"

颜夏顿时醒悟，俩人一个半斤一个八两，谁也骂不得谁。

"今天就是一场闹剧，真不知道你们年轻人玩什么，我算是看清楚了，你们才是真爱！走，小妹妹，姐姐带你买点东西吃，顺便给你爸爸妈妈点东西。我们俩才是最无辜的人，陪着他们耍了一圈猴戏！"小百合彪悍地招呼一旁可怜兮兮的赵晴去点东西。

颜夏和林可林被小百合说得害羞了，这一下子气氛倒是尴尬起来。

就在颜夏千方百计想词的时候，不远处传来小百合怒气冲冲的声音："喂，先生，请排队好吗！"

颜夏和林可林看过去，只见小百合牵着赵晴的手，正瞪着她面前一个中年男子。中年男子被她这么一吼估计也有点不好意思，站在那里走也不是留也不是。

小百合彻底爆发了，颜夏算是见识了刚才一个软妹子如何变身为真汉子。

小百合先是低头对惊呆的赵晴说："乖女儿别担心，妈妈给你出气！"然后就霸气回头，朝颜夏吼道："孩子她爸！你也不过来管管！"

颜夏瞬间斯巴达了，感受到众人对焦，他满脸通红不知道说些什么。不过这还没完，小百合的爆发是二段击，她看颜夏没反应又拎着孩子过来，对着林可林没皮没脸地吼道："孩子二妈，你也管管啊！孩子可是你生的！"

孩子二妈！众人皆惊，现在的小年轻感情生活是有多丰富啊！

林可林的脸顿时跟烧了似的，她无比可怜地看着颜夏，颜夏不知道怎么会意的，拉着林可林就往外跑。

"哎呀，痛！"林可林哀号。颜夏才想起这还是位瘸腿的灰姑娘，也不管什么禁忌，拎起林可林往背上一背，窜出大门。

临行前分别留下一句话，林可林说："木木你给我等着！我会回来的！"

颜夏说："丫头，等下找你那便宜大妈送你回家！"

颜夏背着林可林窜出去很远，直到逃离了这个是非之地他才慢下脚步。背上的林可林是又羞又气，羞的是为什么每次跟这混蛋在一起都很受伤，气的是这混蛋就跟拎麻袋一样背她。

"该把我放了吧？"林可林捶了一下颜夏，才想起尺子忘在店里了。

颜夏这次倒也利索，直接把她扔地上了。

"哎哟，你要不要这么混蛋啊！"林可林的脚一着地，就传来阵阵剧痛。

"走两步，没事你走两步？"

"帮我打个的，我走给你看！"可林怒目。

"那估计车刚起步就要停，貌似快到你家了。"

林可林抬头一看，好家伙，刚才这家伙是把自己当成背着麻袋奔出去多远，现在离家说近不近，但说远绝对不远。

"走吧！反正不是第一次了，装什么樱桃小丸子。"颜夏大大方方地背过身去，林可林很无奈地爬上他的背。林可林算了算，这应该是第三次了吧，每次都是，怎么回事啊!

"喂?"

"嗯?"

"你给我个解释吧!"林可林突然蹦出一句，但是她知道这人懂。

"你先给我个解释啊。"颜夏也不以为意，一边慢慢走一边说。

"你知道我的，我这人很要强，很看重成绩。在我觉得，不管是奥运会第一，还是考研第一，还是小学班级剪纸第一，都是第一，都是神圣的，都值得自己努力去追求，没有什么能够阻挡我追求第一的脚步，绝对不能!"背上的林可林一脸神圣地说，好像摆在自己面前的是一场又一场圣战。

"考研? 你还考研! 你是要向黄金圣斗士升级了吗?"

"哼!"

"其实吧，不用这么绝对，你这样好强会没人要的!"

"当然有除非了。"林可林又说。

"除非什么?"颜夏好奇。

"除非有人要了呗，或者我喜欢上什么人了呗。"林可林望天。

"你还是挺幽默的嘛，偶尔不穿圣衣又不是叫你不穿衣服，没那么难堪的啦!"颜夏笑道，背后一阵肉痛。

"该你给我个解释了，解释不好我就让你知道庐山升龙霸的厉害!"林可林发出兽吼。

"其实吧，你有你的考霸怪癖，我也有我的集体荣誉啊!"颜夏不理背后肉痛，继续轻描淡写地说: "我代表的是七年级三班，我的每一步都要为班级负责，如果我是代表个人和你比赛，你信我，我会第一时间把你扔校医那里，毕竟我可没有考神附体，第一狂人。"

可林一听，手上的劲儿不知不觉小了下来，她想了想，如果自己是颜夏的话，在那样的形势下，没有直接冲向终点再绕回来扶他就算仁至义尽了。

"怎么样，这个解释科学吧?"颜夏耸了耸背上的林可林，结果换来的又是一捶，"不回答就算默认了啊，这次算我对不起你，下次我一定让你拿第一。"

"不要! 我要堂堂正正打败你!"林可林身残志坚。

"好啦好啦，唉，你唱首歌来听听呗。"颜夏无奈，只好换了个话题。

"神经!"

"喂喂喂，音乐是很美好的。对着你唱不出来?"

"背对着好吗？你看我背你这么累，精神鼓励都没有？"

"唱不出来，只会吹口琴……"

"喏！"

林可林话还没说完，就看见一把红黑色的口琴从颜夏手中递到自己面前，一时有些愣神。

"接着啊，吹吧，吹我喜欢听的。"

林可林茫然地接过，有些羞涩地说："你随身带干什么？"她想起颜夏那个玩笑——这口琴相当于古代黄花闺女的肚兜儿，这人好生无耻，随身揣着姑娘家的肚兜儿，是不是有什么不良企图。

"防身嘛，当然随身带啦，你的尺子不也随身带吗？"颜夏好像没感觉到背后姑娘有心事，大大咧咧地说。

林可林觉得自己所有美好的，包括女儿家的小心事瞬间都幻灭了。

想归想，摸着熟悉的口琴，心情突然拨云见日般好了起来，她把口琴放嘴里，颜夏顿时听到口琴那特有的呜呜咽咽的音色。

让软弱的我们懂得残忍，狠狠面对人生每次寒冷，依依不舍的爱过的人，往往有缘没有份。谁把谁真的当真，谁为谁心疼，谁是唯一谁的人，伤痕累累的天真的灵魂，早已不承认还有什么神。美丽的人生，善良的人，心痛心酸心事太微不足道，来来往往的你我与她，相识不如相望淡淡一笑。忘忧草，忘了就好，梦里知多少，某天涯海角，某个小岛，某年某月某日某一次拥抱，青青河边草，静静等天荒地老……

颜夏跟着口琴轻轻地哼着，他不知道林可林为什么会选这首歌，只知道自己喜欢这首歌，她也喜欢的话就恰恰好。

林可林此刻真心觉得浪漫点是会死的，这样安静的夜，这条清冷的街，这个多情的人，一句一句歌词都拍在她的心上，心向往天涯海角，身等待天荒地老，一时间她觉得自己呼吸都带着忘忧草的味道，这种感觉和夜恰恰好。

颜夏走到林可林家小区的时候口琴也刚好停下，颜夏摇了摇身后的人："是要我背上去还是喊你妈啊？"

"喊你妈啊！别骂人！"林可林化琴为尺，抽他一尺。她觉得口琴真是好东西，静可文艺，动能暴力。

"不是骂人好吗？你是舌头被琴夹了吧！再说了，信不信我背你上去，你妈当场就会泪流满面地喊我好女婿？"颜夏作势要迈步上楼。

"不要脸！"说着林可林的脸又红了，她被提醒才想到今天可是和这家伙相亲来着，虽然有点不伦不类，但好歹程序都走到位了，而且颜夏真说对了，他上去的话林妈妈不仅会喊好女婿，而且更会破天荒喊自己乖女儿！

"哎哎哎，别上去啊！"在她胡思乱想的时候颜夏已经爬了一层楼，林可林回神赶紧制止。

"都走到这了，没事吧？"颜夏很坚决。

"我肚子饿。"林可林委屈地说。

"……"

颜夏不知道这姑娘是借口还是借口，不过想想，好像真的没吃过东西。

"肚子饿！"林可林又揉着肚子装可怜。

"那你刚才不早说！非要我背了这么远都到家了才说！"颜夏盛怒。

"人家刚才被你气得肚子不饿，现在原谅你了，不生气了肚子自然就饿了。"林可林如是说。

颜夏一听再骂下去自己就不是人了，人家都原谅自己了。

"去哪？"

"肯德基！"

"……"

第十四章

泉州。

小寒一个人在满大街晃悠，下午的阳光暖暖的，她很享受这样宁静的深秋。下午还要去谈业务，趁着约定时间没到，她逛起了饰品店。

琳琅满目的饰品很精致，即使不买，看看也觉得舒服。女人嘛，都喜欢亮晶晶的东西。小寒逛到一家藏饰小店，满屋子各具特色的牦牛骨、绿松石、藏红玉、三目天珠，混合着淡淡的藏香，顿时觉得心旷神怡。

什么时候真的应该去西藏……小寒一边漫无目的地抚摸着首饰，一边心底暗暗下决心。

那个人也喜欢那个地方啊。

小寒突然停住脚步，她看到一条银色的手链。手链是藏银做的，独特的地方是这串手链上面挂着八个小铃铛，铃铛被匠心独运地雕成雪莲花形状。

藏饰大部分是藏民纯手工做出来的，很少有这么精细的手工。小寒一阵惊喜，拿起手链，手链发出叮叮当当的声音，好像桂花瓣里飘出的天籁。只一眼她就喜欢上了这串手链。

"老板，这串手链多少钱？"小寒拿着手链在老板面前晃了晃。

老板好像是个藏族男人，一边继续串着绿松石一边看了看说道："你的眼光很独特啊，这串手链是我女儿花很大心思雕刻成的，我女儿给她取了个名字，藏语叫白玛德吉，按她的翻译，汉语名字就叫得幸雪莲……"

"真的啊？"小寒一阵惊喜，她以为藏饰的背后只是一针一线的功夫，想不到有个藏族少女给这串手链定下了无比美好的偈语。

"嗯，我女儿可是我们藏族的才女，这串手链本来有一对，还有一串是男生的，比较大一点，上面雕刻着八朵格桑花，我女儿给那串手链取名格桑平措，汉语名字叫天吉格桑。"老板很健谈，又笑着说了一通。

"那两串我都要！"小寒眼睛亮晶晶。

老板手一摊，指着小寒手中的白玛德吉，无奈地说："我女儿就做了这么一对，格桑平措被她自己拿走了，她说要送给未来心爱的扎西，就是送给自己心上人的意思。这一串我的意思是不想卖，毕竟是她亲手做的，不过她倒是央求我拿出来挂在店里，说是留待有缘，赐福天女。"

小寒一听，遗憾地叹气，不过马上又笑着说："你女儿真厉害，我能见下你女儿吗？"

老板又耸耸肩，"她和你年纪一样大，喜欢爬大山看格桑，不肯跟我出来，现在人还在西藏呢！"

"好吧，以后有机会我一定去西藏找她！"小寒坚定地说，"那这串白玛德吉多少钱？"

老板又笑了："不卖钱！"

"啊？"小寒惊讶。

"我女儿做的东西，岂是金钱可以衡量！"老板骄傲地说，"按她的意思，此物只换不卖！这是她心爱的手链，要得到它，得拿你心爱的东西交换。"

"我心爱的东西就是钱。"小寒委屈地说，脑瓜子倒是转得很快。

老板被她逗得一笑，"呵呵……你别担心，其实很简单的，我女儿是个很单纯的姑娘，她说若非有缘人，千金难易，若是有缘人，白纸也换，我相信我女儿，你就随随便便拿个东西来换好了，我看你这个发卡就不错，拿来我就帮你换了，发卡我会交还给我女儿的。"

这下小寒不依了："哪里能随随便便，这样你怎么对得起你女儿？"

老板愣住，怎么感觉角色倒过来了。

小寒思索了一下子，叹了一口气，从脖子上取下那根紫色的项链，那坠子依然幽幽地散发着高贵的光芒——凤柱。

小寒此时此刻反而没有了纠结，好像凤柱就在等着一个机缘离开小寒的脖子，去向未知长路。

"寄奴寄奴，无处寄奴身，好吧，且去天，且向水，由你……"小寒低低自语了一句，展颜一笑，把凤柱小心举起，捧到老板面前。

"应该是很心爱的东西吧？"老板看小寒的样子，项链卸下来，心疼，不过往事卸下来，云舒。

"嗯！"小寒很坚定地点头，"希望你女儿替我好好保管。"

"也好，人不在，留无用，就让白玛德吉带你走新的路吧。"老板对着小寒一笑，"得幸莲花，愿你是最幸福的雪莲花，扎西德勒！"

小寒来不及思索老板的话，就看见老板示意她把白玛德吉戴在手上。

小寒依言，看着手腕上耀眼的藏银、精致的雪莲，举手间带起的叮叮当当声，心中仿佛也响起了梵音。

脱下脖子上的牵挂，换得手中有了掌握，未其有幸。

她突然觉得自己成熟了，青春应该在脖子上，映得一脸直来直往的喜欢、悔恨，而成熟应该在手中，哭也要握拳忍住。

"谢谢老板，我很喜欢。"小寒扬了扬手中的白玛德吉。

"也谢谢你，我相信我女儿也会很喜欢。"老板也扬了扬他手中的凤柱。

小寒走出藏饰店，望着满街的人和车，心里像是卸下了重负，长舒一口气，晃了晃手中的白玛德吉，无比欢喜。

没想到随便的出行会有这样的收获，她喜滋滋地漫步在街头，看来今天是个幸运日，待会儿的谈判肯定很顺利吧！只要不出现吴言那家伙！小寒脑袋突然闪过这个念头，自己都吓了一跳，想想上次无厘头的谈判心里就郁闷，那个败家子！

"小学妹！你东西掉啦！"身后一个声音响起，小寒下意识回头。

不过顿时满头汗水，真是不能说人家坏话啊，刚想到那个败家子，那败家子就从跑出来在自己面前了。

吴言左手举了举手中几个袋子，右手拎着一把彩虹雨伞，依然一脸春风般的微笑，那修长的手指在阳光下都显得耀眼。

真是漂亮的一双手啊。

"你怎么会在这？"小寒没接东西，反倒出声询问。

"呵呵，出来逛街啊，真巧！"吴言空出手扶了扶金丝眼镜。

败家子！死富二代！逛个街从莆田跑到泉州！小寒心里不断给这家伙贴标签，不过手上赶紧接过东西，这是材料袋啊，自己的业务都在里头呢，刚才还真是得意忘形了，这么重要的东西落店里了。

"你怎么会捡到我的东西？"小寒疑问。

"我刚才也在店里，只是你没注意到！"吴言温柔地说。

"……"

"项链很漂亮，不过手链更适合你！"说着指了指小寒手腕上的白玛德吉，小寒还在想着刚才店里有这死富二代吗，"其实是我比较早看中的，前天来逛我就看到了，不过要买的时候被老板拒绝了，说这是要留给女生的，我说我买来送女生的，他说那你把女生都带过来，于是我就输了。"

"你没女朋友？"小寒八卦了一下，不过说完脸就红了，自己太八卦了吧！

"后来我发现老板是个很有意思的人，这两天我都在老板店里，跟他聊聊天，刚才是在店的后面。"吴言没搭理这个八卦，解释道。

"哦哦哦！难怪没看到，原来在后面！"小寒还在纠结这个问题。

"我捡了你的东西，你不请我喝饮料吗？"吴言建议。

"怎么感觉你不像个富二代，这时候正常的富二代都会主动请美女喝饮料。"小寒一瞪。

"富二代也有路痴不是，除了刚才那店，我不认识路！"吴言耸肩。

小寒顿时无语了，想想还有些时间，就带着路痴就近找了家咖啡店。

点好咖啡，小寒按捺不住，一副好奇宝宝的样子问道："今天会下雨吗？"

"不知道啊。"吴言淡定地说。

"那你为什么带伞？"小寒问到点上了。

"不知道啊，可能习惯吧？就跟你习惯脖子上戴一根柱子一样吧！"吴言指了指小寒此时空空的脖子。

这话什么意思，是别有深意吗？小寒觉得和这人说话自己的脑袋不够用，有时候真想枪毙了他——他知道得太多了！

"我没戴了啊。"小寒摸摸脖子说。

"好事啊。"吴言说。

"你这让我怎么接话？"小寒很直接地说。

"最好把头发也剪了，短发好！"这死富二代又切换到自说自话模式，说："什么时候不习惯了我就不带它了，下雨天都不带。"

小寒永远觉得没法接话，不过她突然想到一件事，眼睛一亮，"喂，你上次说有缘再见你会告诉我一些事情的。"

吴言这会儿停住自言自语，摸摸额头，道："嗯，咖啡怎么还没上？"

小寒觉得好冷，自己被世界抛弃了吗？我说的是火星话吗？

等咖啡上了，吴言很优雅地喝了一口，叹了一口气，缓缓说："咖啡不好喝！"

小寒麻木了。

"其实嘛，你和颜夏都是我学弟和学妹，大学里见过你们两次，那时候我和可林谈恋爱，你和颜夏谈恋爱。现在我认识你、颜夏、可林，你认识颜夏、我，不认识可林，颜夏认识我、你、可林，可林认识我、颜夏，不认识你。会不会很乱？"

"好啊！"

"这又是什么鬼回答？"吴言有了上次的铺垫这次承受能力明显好多了，但也不是好很多。

很显然吴言有他的自说自话模式，小寒有她的自动回答模式，两者有共同点。

小寒也不理吴言的抓狂，站在火星人的角度聪明伶俐地说："反正就是我和可林不认识，其他都认识了？"

吴言思索了一下子，点点头："好像是这样子的。"他慢慢品着咖啡，把知道的事情都告诉了小寒。

小寒听得很仔细，不过结尾的时候她说："有一点你错了，我和可林见过！"她又想到那个夜晚在人来人往的广场，颜夏背着一位姑娘，姑娘闭目流泪。

"哦？我倒是不知道，你说说。"吴言咂咂嘴。

小寒看看手表，约定时间将到，抱歉地一耸肩："不好意思啦，我跟一个老板约好去谈业务，有缘再见，到时候我一五一十告诉你！"

吴言笑了笑，这姑娘还挺记仇，把之前自己的话原封不动还了回来。

"泉鑫公司？哦……哎，不要去啦！咱接着聊天多和谐。"吴言思索了一会儿，居然很严肃地说。

小寒哭笑不得："吴言你是富二代吃穿不愁，我还挣扎在贫困线上呢！"

"好吧！要不陪我出去逛会儿街，试试还能不能买到那么漂亮的东西？"吴言又淡定地指指小寒的手腕。

"学长，我叫你学长好吗？我是代表公司去谈业务，不是代表自己去应聘！再说都约好了！"小寒无力了，这死富二代思路跟凡人不是一个频率的。

"应聘？可以啊，去试试嘛。"吴言喝干最后一口咖啡。

"你根本抓不住话里的重点，不说了，来杯茶啦。"小寒准备收拾东西。

"真的，别去了，去了你也见不到老板。"吴言又拿起饮料单子看起来。

"见不到是见不到，没去是没去，概念不一样！见不到但至少表现我们公司的诚意啊！"小寒继续收东西。

"不是诚意不诚意的问题，是老板现在不在公司。去了也白去。"吴言轻描淡写地说。

"嗯?"小寒住手。

"要不你再陪我坐会儿,我送你样东西吧?"吴言继续看单子。

"什么东西都不行,你怎么轻重不分呐,学长。"小寒继续收拾。

"送你个我的签名?"吴言说。

"嗯?你签名能卖钱吗?一字千金吗?"小寒打趣。

"合同拿来!"吴言伸手。

一瞬间小寒觉得时间倒流了,倒回那间明亮朴素的办公室,同样的人说同样的话,然后自己傻傻交出合同,然后对方不看一眼签下大名。

然后场景和眼前的重合了。

"什么意思啊?"小寒快哭了。

"我就是泉鑫的老板啊,前几天被老爸轰过来的,他说我败家,滚到外面败去。还没来得及跟你报告呢!"吴言这回放下单子,注视着小寒的眼睛,认真地说。

"全世界的公司都是你家开的吧?为什么每次都这样!我不想这样玩啦!"小寒委屈得想哭。

"真不是故意的啦,我也想不到每次都那么巧!"吴言安慰,表示自己也很无奈。

"对了,我跟你秘书预约过时间了,这时候你应该在公司等我的,怎么会在外面瞎晃悠?"小寒突然想到。

"喂喂喂,我是大老板唉,能什么人都见吗?"吴言摆出很忙的样子。

"但是,但是……但是是我们公司啊!我上次不是去过了吗!还签合同了!"小寒想了很久想到一个理由。

"我哪里知道是你们公司,你刚才说了你是代表公司去的,又没留你的名字,上次签合同你自己都说我连是什么合同都没看,我哪里知道你那是什么公司,对哦,你那是什么公司?"吴言解释,虽然很科学很合理,但是小寒听得咬牙切齿。

败家子!死富二代!活该被贬!小寒恶狠狠地想,不过手头很麻利地抽出合同递过去。

"这次你要认真看啊,记住公司也要记住我啊!"小寒觉得自己就跟他妈一样唠叨。

不过这货只是瞄了一眼公司名字,然后很熟练地找到签字的地方,很潇洒

153

地签下大名。

"你会后悔的，你真的会后悔的！"小寒觉得快泪流满面了，下次一定要坑他一次！

"你这什么话啊，我在帮你啊。"吴言瞪了一眼小寒。

小寒马上庄重地说道："谢谢啊！"

"不谢，看你叫了我一声学长！帮助小学妹是学长义不容辞的责任和义务嘛。再说，你看我两个字就换来一顿下午茶，感觉我赚了。"吴言打趣。

败家子！死富二代！小寒在心里想着，不过嘴上却说："要不咱再喝点？"

"……"

星期一一到，整个办公室一部分人在八卦，还有一部分人在围观，颜夏一踏入办公室的时候，众老师齐齐注目，大家还清楚地记得在某个秋天，某个万众瞩目的地方，某人脚踏七彩祥云，把美丽的姑娘接到彩云之上，然后又给丢了下去……那美丽的姑娘可不是软妹子，众老师既不忍看到某人被卸胳膊砍大腿，又极其期待，此时纠结的心让他们都不想去上课了。

但是林可林动都不动，只是抬头看了颜夏一眼，然后微微一笑，继续低头看书。那贤良淑德的样子，简直就是标准的软妹子嘛！众老师不信自己的眼睛了。

颜夏跟大家打了个招呼，然后风轻云淡地坐在软妹子旁边。

就这么调教清楚了？深仇大恨就这么小清新地一笑就没了？两天的时间里我们错过了什么？众老师八卦之火在熊熊地燃烧。

不过大家都不好意思问，问了就好像故意在挑起他们的战争，这样极度不人道，就只好纠结地看着颜夏如同风清扬一般绝世地坐在炸药桶旁边——他们是这么认为的。

炸药桶旁边一坐就快一个月了，一个月里俩人除了偶尔拌拌嘴外其他时间倒是其乐融融，众老师憋着一肚子气——拌嘴分明像调情嘛，林可林根本就是个贤妻良母，说好的破坏系怪物呢？根本就不管围观党的心情！

在这相敬如宾的一个月里，林可林毫不吝啬地把自己在学校的秘密基地分享给了颜夏，就是楼顶天台。

平时为了防止学生攀爬，通往天台的铁门是紧锁的，但是不知道林可林从哪里弄来了钥匙，她闲着没事的时候就上去晒太阳。

在颜夏表示了很羡慕之后林可林倒是很大方地给颜夏也配了把钥匙，并叮嘱钥匙不能外流之类的。

颜夏投桃报李，第二天就给林可林和自己弄来了两张看起来分外清纯的小躺椅，于是俩人动不动就上去晒太阳、看云、听风、数星星，别提多情投意合了，众老师眼睛都红了。

放学的时候颜夏习惯性地爬上天台躺在椅子上，一边悠闲地听着音乐一边看天，但这宁静很快就被打破了。瑶凤突然出现在自己面前，先是一套礼节下来，然后火烧屁股地说："颜老师不好了，郑超强现在去后操场找人打架了！"

颜夏一听屁股一蹦："怎么回事？"

"我也不大清楚，据说是因为有人欺负了赵晴，郑超强就要去找那人算账。"瑶凤说。

"嗯？具体点？"颜夏一边收拾椅子一边问。

瑶凤跟在颜夏屁股后面继续说："早上赵晴在路上不小心撞到一个九年级的女生，那女生就找了班里的一个男生来找赵晴算账，但是被郑超强给顶回去了，那个男生又出去找了社会上的人过来说要给郑超强好看，于是他们就约好了下午放学的时候在后操场决斗。"

"牵扯到社会上的人，那你怎么不早说？"颜夏一听更急。

"我也是放学的时候听赵晴说的，她一边哭一边让我过来找你。听说找来的那人很凶，发起狂来九头牛都拉不回！"

"那还不快走，拿笔傻站着干嘛？"

"帮忙先签个名呗。"

"……"

瑶凤几乎是被颜夏拎着出门的，在一个拐角处颜夏又撞到了某人，那人"哎哟"一声，颜夏定睛一看是林可林，连道歉都免了，刚想说大事不好了。

"大事不好了！你们班赵晴找人打架，超强出头，现在那人又找社会的人来了！"可林一边揉揉头一边朝颜夏喊。

"嗯？怎么版本不一样？赵晴那小胳膊小腿的，能找人打架？"颜夏回头问瑶凤。

瑶凤纠结地看着两位老师，点点头，说："应该是我的版本比较靠谱。"

"不管了，先过去吧！"林可林此时充分表现了她作为一个风一般妹子的潜质，拉着颜夏就跑，颜夏拉着瑶凤，三人在风中都快串成羊肉串了。

"我说你就不用去了吧，听说那九年级的也不是善类。"颜夏边跑边说。

"嗯,我也听说了,九年级的那个男生学校里没几个老师敢招惹他!"林可林很严肃。

"你认识?"

"不认识。不过这还算好的,据说他找的那个社会上的人很凶残,他还有个外号叫黑龙狂神,据说啊,狂起来整个莆田没几个人能降住!"林可林奔跑之中不失八卦之心。

"真的吗?"颜夏思索。

"那还有假!"

"他爸降伏不了?"

"……"

"他妈?"

"……"

"他奶奶?他爷爷?"

"去你的"

颜夏觉得自己是顶着一头大包在奔跑着。

此时后操场决斗的地方已经围了一些人,不过大部分是学生。郑超强站在一群人的对面,身后的赵晴使劲地哭着,并一个劲儿地拉着郑超强。郑超强的对面有一群人,其中两人比较出众,其中一位是学生,高大强壮、一身蛮肉。不过此时他有点畏惧地站在另一个人旁边,看来是以那人为中心。

那人估计就是传说中的黑龙狂神,发起疯来没几个人拉得住的那位,他个子不高,但是眼神很凶。看来传闻也有科学和辩证的时候,单是他这么嚣张地往那一戳,正常人都不敢去惹他。

郑超强的内心其实也在颤抖啊,什么时候见识过这场面,而且自己这段时间可以算是退出江湖了,奈何树欲静而风不止啊。他只能把自己想象成张无忌,把对面那群人想象成武林六大门派的挂职高手。

颜夏和可林冲到后操场一看,还没打,同时松了一口气,但是看清场中的人,又齐齐向两位反面角色冲过去。

场中黑龙狂神站在那享受万人敬仰的感觉,看那种浓重的气氛营造得差不多了,刚想说两句场面话,只见从场外冲出一男一女,男的眉清目秀,女的娇而不媚,两人就跟杨过和小龙女双剑合璧一样向自己和自己旁边那小弟冲过来,分工相当明确。

两反派也是江湖中人，见过大风大浪，待看清杨过和小龙女后齐齐一惊，然后俩人分别挨了一头锤。

场中皆惊！

郑超强更是看得目瞪口呆，他看到两位老师冲进来，刚想对他们说别过来危险，就看见那两位很有战斗力的反角以极其没出息的角度分别挨了一锤。

这两位老师难道真不是终南山下来的吗？众学生、流氓的眼里除了震惊居然还有星星。

一时场中无语，除了那反面角色在那低声下气地哎呀哎呀着。

颜夏冲出去的时候才发现林可林居然也跟着自己出去了，刚想抓住她，但见她目标比自己还明确，分明是冲着那九年级学生去的，心想她倒是有勇有谋，有勇是跟着自己冲出来了，有谋是居然柿子挑软的捏。

还没等他想明白，两人的手就分别捶到那两人头上了。

这一捶连他们自己都吃惊了。

颜夏有些难以置信地指着林可林，这人真的是小太妹啊，瞧瞧这手式！这大局观！

林可林也迷离地看着颜夏，这厮居然有这气魄！之前没看出来他还能当个男人用！

场中众人瞬间聚焦在两位风华绝代的君子和淑女身上。

"散了散了！叫他们都给我散了！"此时颜夏倒像赵云一般生猛，七进七出后以枪指敌让敌人退去。

黑龙兄弟倒是很上道地挥挥手，叫各流氓各回各家去了。众人再惊，这两位老师都是传奇啊，一招制敌，一个回合就解决了一般威风的敌人！众流氓退得心甘情愿，众学生退得八卦重重。

场中不一会儿只剩下郑超强、赵晴、瑶凤，还有两位反面角色，以及两位替天行道的侠侣。

林可林和颜夏互相瞪着，谁也不说话。

最后还是林可林忍不住了，她有些结巴地指指在自己手中畏畏缩缩的九年级学生，"他……我小侄子。"

颜夏哭笑不得地指着此时跟虫子一样的黑龙狂神，讪笑道："也……我小侄子……"

"……"在场的所有人内心狠狠地无语了！

"说吧，怎么回事呢？"林可林捶了小侄子一拳然后发问。

"小姑姑我再也不敢了，不要跟我妈说啊！"那侄子先是哀号一声，然后颤抖地说："今天那个小女生走路撞到了我女朋友……"

"你还有女朋友？"林可林八卦之心赋予了她很能抓重点的技能，她一把又揪了侄子的耳朵。

"哎呀，说错了说错了，我们班的女生，那女生不肯善罢甘休，就哀求我过来说个公道话，我就过来了，谁知道那个什么超强的一脸凶样，还把我挡外面了，于是我只能找黑龙哥来说说公道话，就是这样了。"

"还公道话！你给我回家等着！"林可林恶狠狠地瞪了他一眼。

"轮你了！怎么回事啊你？"颜夏倒是和气多了。

小黑龙咧着嘴讨好地说："小叔，其实没什么的，我就是受这小弟委托，过来看看发生了什么事，绝对不打架的！"

"这么多年你就这么过来的啊？黑龙狂神，黑道小说看残了吧你。还没几个人能拉得住，你爸呢？你妈呢？你爷爷呢？你奶奶呢？你小叔我呢？"颜夏把自己列入能拉得住这人的行列内。

"小叔我不敢了，其实这都是道上兄弟乱传的，我在家还是很乖的，你也看得到嘛。"小黑龙讪笑。

"你给我收敛点！要不看我怎么收拾你！赶紧回家买菜做饭去！整什么黑道！晚上我会过去吃饭，菜给我弄淡点，再给我来个冬瓜干贝汤压压惊，滚滚滚！"颜夏风采依旧。

林可林目瞪口呆了，这人无耻也要有个度吧，时间限制不住他，他随时随地掉节操；空间限制不住他，他学校内外一样贱，现在连亲属关系都 Hold 不住他了，果断朝小侄子下手，这下子林可林突然觉得这小黑龙侄子有点儿可怜了。

堂堂黑龙狂神啊！几个人都拉不住啊！就这样被喝去买菜、做饭，还要弄汤，你让人家情何以堪啊！

迎着林可林无敌鄙夷的眼神，颜夏笑了笑，说："你这小姨也真是，好好教导下侄子嘛。要我帮忙吗？"

林可林一听急忙摆摆手，看着可怜兮兮的小侄子，急忙唠叨："你也给我回家去，回去好好反省，检讨明天放我桌上。"

小侄子如蒙大赦般飞奔出去，他心里深深感激自己小姨啊。

小黑龙也一边回去一边默泪，同样是侄子，待遇怎么就差这么多，不过想想还是自己小叔贴心，让自己写检讨还不如把菜做淡点呢。

场中又去了两人，颜夏别有深意地看了一眼依然在哭的赵晴和旁边的郑超强，对林可林说："事情结束了，我们走吧，你们也早点回去。"最后一句是扭过头对学生说的。说完头也不回地走了，林可林不明就里，跟上颜夏的脚步消失在了操场上。

此时天微黑，风微凉。

"喂，怎么回事啊？怎么感觉还有后续情节一样啊？"林可林一边跟着颜夏回办公室一边八卦着。

"等着吧，他们都算是好孩子，对吧？"颜夏无厘头地说了一句，留给林可林谜一样的背影——居然还有兴致爬上天台数星星！

林可林也一个箭步冲上去，总觉得这种一知半解的心情实在是难以忍受。于是，两位传奇又并排坐在躺椅上数星星，各自沉默。

不一会儿，天台的门"哗啦"一声就被推开了，林可林抬头，惊讶地看到郑超强和赵晴站在自己面前。

颜夏只是抬抬眼，看到他们俩也完全没有惊讶，反而又闭起眼睛听音乐。

林可林完全摸不着头脑，这打的什么哑谜啊？"怎么回事呢你们？"她终于摆出为人师表的样子，用不是八卦的语气问。

郑超强看了看赵晴，此时赵晴也擦干了眼泪，只是眼睛还是红红的。

郑超强像是鼓足勇气一样，和林可林来了个对视："报告林老师，我喜欢小老大！"

林可林一听先是本能地兴奋，但是马上觉得自己是老师，怎么可以出现这种情绪，瞬间调整过来，严肃地"嗯"了一声。

"林老师，我跟小老大是真心喜欢对方的！"说出一句后他觉得反正都说了，倒不如把心里话都说出来。

"嗯？"可林懵了，这么直接让自己怎么妥善处理嘛！身边那混蛋居然还在装睡觉，林可林一气，伸手掐住颜夏腰上的肉。

颜夏一蹦坐了起来，然后很淡定地说了一句："我知道。"

你知道！你知道是个什么意思？林可林又急了。

"老师，你们就说准不准吧？"郑超强匪气十足地说。

林可林此时很自觉地把自己摆在围观的角度，只是看着颜夏。颜夏没理郑超强，只是盯着他身后红眼睛的赵晴，说："小丫头，你说说。"

赵晴没想到颜夏会突然问她，惊慌地"啊"了两声。颜夏没有继续重复，只是继续看着她。

超强捅了捅赵晴，赵晴终于红着脸说："我，我也喜欢他。"声音很弱，但语气让人觉得坚定。

颜夏笑了笑："然后呢？打算怎么办？"

"怎么办？"这一问俩人都愣住了，他们完全没想到颜老师会这么问。

"比如说你们在一起了，然后有什么打算？"颜夏想了想。

"喂喂喂！"这时候林可林觉得有点不对头了，赶紧侧身趴在颜夏耳边，提醒他别忘了人民教师的光荣使命。

"好香，又是玉兰花啊。"颜夏又鬼使神差地在她耳边回应。什么人啊！林可林很郁闷又很娇羞地把头扭开！

"放心吧。"颜夏看着互相愣神的两个孩子，又小声地回了林可林一句。

"这什么打算啊？"郑超强疑惑地问。

"比如说，在一起，你至少要有在一起的资本，她要吃棉花糖吧？要人送花儿吧？她要买作业本吧？这些你怎么办？"颜夏随意地说。

"我买啊！"郑超强果断地接话。

"找自己妈妈要钱，然后跟妈妈说要买给女朋友？"颜夏又说。

"……"郑超强无语了。

"我可以不吃糖、不要花儿、不买作业本……"这次倒是小丫头看郑超强有点发窘，主动发话了。

"不买作业本怎么行！你还要念书考第一呢！不行不行！"郑超强一听急了。

赵晴刚想说话就被颜夏打断了："喂喂喂，别演得跟狗血言情剧一样好不好！"

林可林眼睛亮晶晶地看着颜夏。

颜夏继续说："超强，你要明白，我可以给你们在一起的权利，但同样的，你也要给我一个你们在一起的义务和责任，懂吗？"

林可林一听不住地点点头，心想这人还是有点特立独行的教育方式嘛，这要是扔其他教师或者自己，出口就是不行不行不行，回去叫你爸爸妈妈来，但他居然能从这么别致的角度去引导他们，思想果然和正常人不一样啊。

郑超强听到颜夏的话既感到很开心又觉得有什么东西压在了自己的肩膀上一样，憋得很难受。

"就打个比方吧，万一我不小心和这人在一起，那我就必须承担起一个男人的责任，我要考虑和她成亲，然后给她买一大堆有的、没的、大的、小的各种东西，反正我就是要为了她的后半生负责到底，你们能吗？"颜夏指着一旁眼睛闪闪的林可林说道。

"额！"林可林听到第一句忍不住在心里骂了出来，又死命揪颜夏，什么叫万一！还是不小心！但是越听她力气越小，这家伙，为什么这么霸气的话要用这么猥琐的方式说出来！

"我就打个比方，当不得真，给他们加深理解用的。"颜夏揉着肯定发红的肉对林可林小声说。

"那你随便找别人不行啊！干嘛非说我？找你那前女友去！"

"他们又不认识，他们只认识你啊。"颜夏理所当然地说。

这理所当然得让林可林觉得很欠揍。

郑超强和赵晴好像懂了一样，双双看着彼此，郑超强扭头说："我想我们懂了，我们年纪还不够，特别是我，还没达到像颜老师这么伟大的地步，还不能照顾别人甚至照顾自己。那颜老师，我们该怎么办？"

林可林听了心里画圈圈，这家伙哪里伟大！其实就是和你们一模一样，他也是个学生，也一分钱没赚到啊！这话换我说说不定更有说服力！

不过她心里咆哮得厉害，表情上却丝毫不敢表露出来，一是这人正教育下一代呢，而且貌似要出效果了；二是这话不可以换自己说，自己姑娘家家的还是要矜持一些。

颜夏丝毫感受不到身边姑娘的鄙视，继续说："其实吧，喜欢是非常美好的一件事，老师也非常希望你们在最美好的年华里遇到最喜欢的人，然后伴随这份单纯的喜欢在美丽的青春里去追求、挽留、拥有，直到你们自己觉得一丁点后悔都没有了。但是不是所有美好都能从一而终啊，你们现在年纪还小，有喜欢的眼却没有拥抱的手，而这双手要靠你们共同努力，用所学、所知、所思、所感编织而成，若干年后如果你们还喜欢着，你们终究拥抱。懂吗？"说完颜夏闭起眼睛又躺回椅子上。

林可林细细品味着他的话，心里也翻了五味瓶，这话是说给郑超强和赵晴的，还是给我听，还是给他自己听呢？

郑超强比赵晴成熟，很快点点头："虽然感觉很深奥的样子，但是基本意思我懂了。"

颜夏揉揉自己的头发，继续说："其实啊，真正的喜欢能够穿越空间突破时间，这样吧，虽然颜老师和林老师不能当你们一辈子的老师，但是今天愿意在这里，给你们作个见证。虽然老师也认为学习不能代表你们的全部，但毕竟学习现在是你们的任务，只有完成自己的分内任务，才能有资格去喜欢别人。今晚，超强和赵晴在我颜夏和林可林面前勇敢说出喜欢二字，但因为年龄、阅历关系，暂时不能在一起，这也不可惜，赵晴、超强，今晚过后你们是最好的朋友，学习上互相帮助，生活上互相鼓励，特别是超强，你要跟上赵晴的脚步。高考结束后，如果你们还能说出喜欢，那么老师愿意给你们最美好的祝福！怎么样，能做到吗？"

郑超强这回郑重地点点头，很严肃地对赵晴说："赵晴，我郑超强喜欢你，但是我们年龄还小，还承担不了责任，今晚过后我们是最好的朋友，直至高考结束，然后亲口再补一句我喜欢你！今晚由二位老师见证！"

赵晴听这话已泪千行不能言了，只是不住地点头。

"很好，超强，你是个真正的男子汉，今晚君子之约希望你好好记住！等你们高考结束后如果真的还能在一起，那你就是最有魄力的人，到时候老师请你喝酒！"颜夏突然睁开眼睛，直视郑超强，那目光竟然有些逼人！不过他突然"哎哟"一声，五官都要扭曲了，这林可林又下黑手了。

郑超强突然豪气大起，重重地点头。

颜夏蹦起身——其实是怕再被下黑手了。他走到郑超强身前，伸出右手成拳，举到郑超强的面前："那么，君子之约！"

郑超强会意，也举起拳头和颜夏的拳头碰在一起，庄重地说："君子之约！"

林可林看着他们拳碰拳为什么总觉得这俩人要变身奥特曼了！

"好了，不早了，你们早点回去吧，超强你送送赵晴。"颜夏示意二人可以走了。俩人即将走出天台的时候赵晴突然回头问颜夏："大哥哥，你说你和林老师在一起是真的吗？"

颜夏一汗，这女人啊，在八卦面前年龄什么的都是浮云。他下意识地说："这是假设，假设，应该不会那么悲剧吧！"

"颜夏，你说什么？你给我去死！"背后传来一声大喝，林可林一脚踹到颜夏的屁股上了。

颜夏有些尴尬地示意二人快走，再不走就要组队刷 Boss 了。

等二人走后，他又躺回椅子上。

"喂，你不回家啊?"林可林沉默了一会儿问身边仿佛睡着了的颜夏。

"先不回，想点事。"传来颜夏迷糊的声音。

"什么事?"林可林问。

"你连这都要八卦吗?"颜夏又答。

林可林一听，也是啊，人家想事情自己追着问感觉有点八卦过头了。"看不出来你还挺具当老师的潜质嘛。"她转换话题。

"嗯。"这家伙居然不谦虚。

"你是怎么知道他们有问题的啊?"

"细节，眼神。"颜夏不多说。

"怎么感觉好玄的样子。这个君子之约是真的吗? 还是你忽悠他们的?"林可林三句话未到又绕回八卦。

"真的啊，年轻人能喜欢、能爱，这是多么幸福的一件事，很久以后想起来，也是美好的啊，给他们一个希望，说不定以后就积一分善缘呢。"颜夏说。

"哦，是这样啊，也是。喂，你跟你前女友现在怎么样了?"林可林也觉得自己八卦的幅度很大，天南海北的。

"你和吴言呢?"颜夏问。

"好吧，你赢了。"林可林很想以八卦换八卦，这样就等于两个八卦，但是想了想，这是以伤口换伤口。

颜夏没有说话，摸了摸脖子上的龙柱，开始听音乐。林可林想再说点什么，却始终想不到话题，她现在也不想走，只好躺下来很无聊地问："颜夏，你在听什么啊?"

颜夏没有说话，只是取下左耳的耳机线，准确地塞到林可林的右耳朵里。

那一瞬间，林可林觉得颜夏的手居然是温暖的。

有时候我想不会有人了解，心里面藏着痛，我害怕用真心面对这世界，只好越来越沉默。一个人在人海漂，说话的人找不到。谁给我温柔拥抱，当我感觉心快要碎了。Angel, angel, 盼望你在我身边。Angel, angel, 是否听见我在呼唤你。能不能告诉孤单疲惫的我，你永远为我守候。Angel, angel, 请你留在我的身边。Angel, angel, 请你不要放开我的手……

小寒，我爱你，为什么不能在一起……

第十五章

圣诞节快到了。一个温暖的节日对于任何人来说都是一种慰藉。这一天，颜夏接到了一个电话。

"之前说可以找你帮忙是吧？"

"嗯。"

"帮我。"

"好。"

12月24日，平安夜。

放学的时候瑶凤又相当乖巧地跟在颜夏屁股后面走进办公室。

"嗯？"颜夏回头。

"嗯。"瑶凤深深一鞠躬，脸上挂满委屈，并把一张证明递到颜夏手里。这已经是师生俩的默契了，瑶凤一个眼神，颜夏就知道这丫头要切肚子了。

"我说你就不能办个卡啊？"颜夏随手一签。

"反正你都快走了嘛。"说这话的时候瑶凤显得更加委屈，好像破罐子破摔一样。

"那又不是你要走。"颜夏说。

"哎呀都一样啦。"瑶凤突然脸红了。

颜夏招手，示意这萌臣退下，不过瑶凤没有立即退下，脸涨得更加通红，像鼓足勇气一样从后面变出一个大红的苹果，一股脑塞到颜夏怀里："这个给你。"然后一鞠躬，啪嗒啪嗒跑开了。

"喂，你忘了笑了。程序出错啦。"颜夏在后面嘀咕，他觉得此刻瑶凤的脸儿比怀里的苹果还红。

莫名其妙，什么个意思嘛。送东西好好送不行吗。颜夏还在一头雾水中，周围老师隐约又嗅到八卦的味道，投来异样的眼神。

"喂你们什么眼神啊，人家只是个孩子好吗？今天是平安夜，送苹果很正常！"一旁的林可林受不了这眼神，率先替颜夏解围。

这阵子俩人好像真的达成了战略同盟，有 Boss 一起刷，有装备一起捡。

"那你的苹果呢?"张老师打趣地问。

林可林瞬间觉得自己凄惨了，她无比委屈地看着颜夏手中的红苹果，又看看自己，又看看颜夏。

"要不，给你?"颜夏觉得好尴尬，这眼神又炙热又委屈，是男人都受不了。

"不要!"拒绝得很果断，"你是不是人啊，这是你学生的一番心意呢，怎么可以转手就再送掉。"

"要不，晚上我请你吃饭吧。"颜夏想了想，说道。

"哇!"周围老师惊呼，这两人相当火热啊。

平安夜，烛光晚餐啊，朦胧的街灯啊，暖暖地牵手啊，众老师恨不得现在就下起瓢泼的大雪，给这两位侠侣一场纯洁浪漫的风雨洗礼。

林可林的脸也瞬间红了，她也是学生走过来的，知道平安夜其实就跟情人节的性质差不多了!

"你们别笑啊。怎样?"颜夏先是很淡定地对周围老师说了一句，又温柔地问林可林。

哎呀声音怎么可以这么有磁性，林可林突然觉得林木木同学有时候要花痴是有科学根据的。

"喂，你不会是有什么不良居心吧，脸红成这样?"颜夏觉得她脸上的温度都快烧到自己了。

颜夏的话让林可林一个激灵，这人不煞风景是会死啊!

"就你那半个男人的身姿我能有什么居心? 吃饭就吃饭，你又不能吃了我!"

"嗯嗯嗯，我打个电话订下位置，你收拾下吧。"颜夏掏出手机走出办公室。

"还需要订位置，相当洋气啊。"众老师回味。

"⋯⋯"

"小林，好好加油!"众老师对林可林谆谆教诲，那苦口婆心的样子比教自己学生上心多了。

"加什么油啊!"郁闷，自从这人大煞风景之后男性荷尔蒙直线上升。

"别骗我们了。"众老师挤眉弄眼。

林可林干脆装作不理他们，低着头有些紧张地看书。

"喂，事情办好了。"

"谢啦。"

"加油！"颜夏说完，挂断电话回到办公室。

"可林，走吧。"颜夏本来站在门口喊，但那家伙居然没反应，不知道在想什么。他只好走近，凑到可林耳边轻轻呼唤，"可林，我们走吧。"

林可林回神，哎呀，靠这么近是要死啊！这家伙居然喊自己名字了，以前不都是喂喂喂、小老师什么的。还有，我们啊，我们啊！她的耳朵瞬间鲜红欲滴。

"玉兰，真香。"颜夏意犹未尽地收头回来。

林可林完全不知道自己是怎么跟他走的，整个脑袋都是小星星。直到来到订好的餐厅，她才回神。她看着餐厅，不知道在想什么。

"怎么会来这里？"林可林拉住颜夏。

"啊？有什么关系吗？"颜夏停住脚步。

"那倒没有！"可林低声说了一句，就跟上颜夏。

颜夏走到跟大观园一样的餐厅，瞬间就化身刘姥姥主动靠前询问预定的桌位在哪。

没等服务员回答，身后的林可林直接说了一句不用麻烦了，就拉着颜夏轻车熟路地走了进去。

"你相当熟悉啊，你家开的？"颜夏问。

"我不是富二代。"林可林淡淡地说。不知道这话是不是有什么别的意思。

经过一隅，一架黑色的钢琴静静地出现在林可林面前，她缓了缓脚步，又低着头走过去。

等到入座时，颜夏才发现她的脸色有些苍白，眼神却一直飘在他身后。

颜夏有些担心地问："怎么了，身体不舒服吗？"

"身体不舒服你就会带我走吗？"林可林扔出一句莫名其妙的话，不过语气淡得让颜夏觉得下雪了。

"呵呵，点菜点菜。"颜夏挠挠头，把菜单递到她面前。

林可林看也没看菜单，对站在自己身边的服务员随口说了几道菜。

"你跟我说实话吧，这就是你家开的？"颜夏目瞪口呆地看着这林可林点菜，这也熟得也有点过分了吧！

可林没有说话，白了他一眼，拿起右手边的红酒杯，轻轻摇了摇，抿了一小口。

果然。

颜夏觉得此时的林可林居然会这么优雅，这人真的是进可女王退可卖萌，玩得起暴力耍得了优雅啊！

林可林的眉目突然又舒展开，怔怔地盯着颜夏。颜夏本来就有点心虚，被这么一看，觉得自己完全没有穿装备在单挑 Boss，他觉得自己就快要被吃了！

"我，我去个洗手间。"颜夏突然起身。

"我知道。赶紧去吧。"林可林撇撇嘴，突然又对颜夏幽幽一笑。

好幽怨啊！颜夏觉得她开启了诱惑之光，自己再看一眼就要主动叛变倒贴上去了。直到走出餐厅他才重重舒了一口气，但舒完他觉得心口马上又堵上了，犹豫着掏出手机，发了两条短信。

"好了。"

"对不起！"

林可林在颜夏走后安静地坐在位置上，一口一口抿着红酒，那浓郁的香味熏得她想哭。

"林小姐您好，有位先生送您一份礼物。"一位服务员打断了她的思绪，一份粉色的礼物摆在面前。平复了下心情，林可林轻轻地打开盒子。

出现在面前的是一个八音盒，红黑的色调永远那么吸引她的眼神，又打开盒子，迎面飘来了八音盒那像水晶一样的叮叮咚咚的声音。

林可林闭起眼睛，她确实非常喜欢这首歌。

叮叮咚咚的声音响了一阵子，渐渐归于沉寂。

她觉得整个世界都安静了，大大的世界里只有云在飘、风在吹，然后爱人的脚步踏在青青的草丛上，一步一步走向发呆的自己……

突然，一个突兀的音节响了起来，就好像脑中的八音符就这么随着自己的幻想，流进了现实世界，在她的耳边叮叮咚咚又响了一遍。

林可林慢慢睁开眼睛，不远处的钢琴，缓缓地流动着音符，不快，不慢，不急，不缓，好像春风在吹。她的眼泪突然就流了下来，因为随着钢琴声的，还有一个温柔的声音轻轻在哼唱。"那天的云是否都已料到，所以脚步才轻巧，以免打扰到，我们的时光，因为注定那么少。风，吹着，白云飘，你到哪里去了。想你的时候，抬头微笑，你知道不知道……"

就几分钟的时间，林可林好像又回到那个盛夏，那条长长的校道，那红色的操场，那不哭的毕业晚会，那双修长的手……

钢琴声音慢慢停止，她的眼泪却停不下来，她很想现在就夺门而去，却不知道为什么，迈不动脚步。

一个修长的身影出现在她的面前，林可林擦掉眼泪抬头，向男孩开心一笑，"你来了。"

"嗯。"那声音依然那么温柔，好像要吹入人心。

吴言站在林可林面前，看着梨花带雨的她心里莫名地疼，但是说出来的话却依然温柔而稳重。

"我知道你要来。"林可林依然在酸楚地笑。

"颜夏说的吗?"吴言也微微一笑。

"没有，他怎么会出卖你呢，他带我到这家餐厅的时候我大概就猜到了!"

"呵呵，你也别怪他，是我找他帮忙的。"吴言说着，坐在了林可林的对面。

"谢谢你的礼物，我很喜欢。"她指指八音盒，又一手指指钢琴，开心地说。

"嗯，那就好。"吴言表示很开心。

"可林……"吴言迟疑了一下，张嘴想说什么。

"吴言，我知道你要说什么啊。"林可林抿了一口红酒，轻轻地说："这酒好喝。"

"嗯，你喜欢的。"吴言说了一句又不说话了。

"吴言，算了吧!"林可林又轻轻地说。

"我也想啊。"吴言仿佛知道她在说什么，也回答了一句，然后有些自嘲地笑了。

"快两年了，其实你心里也清楚，你已经完全不需要我了，或者说，你放不下的不是我，而是那段回忆!"林可林的脸微红，在红酒的映衬下更加柔媚。

"是这样吗?"吴言低低地说了一句，似乎还在回味她的话。

"嗯，其实我们都没有变啊，只是时间、地点都变了，这里不是那个美好的校园，我们不是那个美好的年纪，就这么简单啊!"他又抿了一口红酒，"而且，你知道吗，当初离开你有两个原因，你只知道一个，就是家里反对。"可林自顾自说。

"我可以争取的，你相信我!"吴言这会儿马上接话，表示自己真的愿意努力。

"你觉得你的努力和你爸爸的权力哪个大? 你会违背家里的意愿吗? 这只是你自欺欺人而已!"

"不试试怎么知道?"

"你试了一年多了。"林可林笑了，只是眼角突然锐利起来。

吴言心里一颤，眼前眼角挂泪、双颊微红的姑娘居然还等了自己这么久！自己这一年多在干吗？在不温不火地打理公司，偶尔想起来就过来看看她，但是居然完全没有跟家里提起这事。任由她期待的心慢慢由红变灰，最后死去！

自己都在做一些什么？吴言突然打了自己一耳光！

林可林也一愣，这家伙可从来没对自己这么狠过啊。

吴言又温柔地说："可林，对不起。"

林可林笑着摆摆手，说："没有啦，其实是我太白痴了。不过说起来，这或许就是第二个原因吧！"

"嗯？"吴言疑惑。

"吴言，你这人一直都是这么温柔吗？"林可林直勾勾地看着他。

"不好吗？"

"不是不好，是对我不合适。我是个存在感很强烈的人，我需要不断前进、退后，经历大风大雨……你是一泓清泉，无波无澜，你缺少一团火、一块冰……"说着说着不知道怎么回事，眼前出现了一块冰。

"我不懂！"

"你对我这么温柔，但是，你想想，无论是不是我，无论此时彼时，你都是一如既往温柔。温柔是你固有的品质，而不是你对我的态度。"

"我对其他人也一样温柔吗？"吴言喃喃自语，可林的这些话他从来没想过。

林可林望着他，不知道他在想着什么。

"好吧，我承认，但是我会改！"

"其实你不需要改的啊，适合你的一眼可以看到你的心，你为什么要改？这么美好的品质只是不适合大大咧咧的我。"

"想改到适合你为止。"吴言的声音又低了下去。

"吴言，适合你的自然会爱上你的优雅、温柔而不能自拔，而不适合你的即使你春风化雨都只是万般折磨啊！"

吴言没有说话，而林可林只是慢慢抿着红酒。

"呵呵，我知道了。可林，谢谢你。"吴言突然抬起头，又继续温温柔柔地笑了。

可林也回给他一个温婉的笑。

"可林，我爱你，只是，不能在一起呢！"吴言又蹦出一句，虽然很直接，但是他的语气却依然不起波澜。

"不可惜啊。你有你的安逸，我有我的奋斗，只是路不同，但天空同一片，不是吗?"

"你还喜欢钢琴吗?"吴言突然问。

"喜欢啊，不过最近也开始听吉他。"说这话的时候林可林脑袋又浮现操场上口琴吉他合奏的一幕。

"我明白了。加油!"吴言笑。

明白什么呢你!林可林心里暗想。这时服务员上菜了。吴言一看，道:"这菜好吃。"

"嗯，你喜欢的。"

"可林，平安夜快乐。"

"吴言，平安夜快乐。"

林可林拒绝了吴言送她回家，她想一个人吹着有些冷的风慢慢走回家。晚上的天空似乎蒙上了一层淡淡的紫色，路上是成双成对的情侣，她突然觉得心情很好。

"画圈圈诅咒你!"林可林突然对着一根路灯画圈圈，小女儿般的娇憨让路人侧目。

"好好的平安夜画什么圈圈啊?"身后传来一个声音，林可林回头看到冷得颤抖的颜夏站在她的身后。

"混蛋!"骂了他一句，但是居然没动手动脚。

"对不起啊。"颜夏有些抱歉地说。

"没关系!"她又很霸气地说，颜夏都不知道怎么接话了。

"好冷，我先送你回家吧。"颜夏搓搓手。

"你刚才一直在餐厅里吧?"林可林一边在前面跳着走，一边问。

"哎，没敢再进去，在外面等。"

"扑哧"可林很直接地笑了:"难怪你冻得跟头猪一样。你为什么不回去呢?反正都把我扔那了。你功成身退啦。"

"怕你被吃了呗!"

"是怕我被欺负吧?哈哈……"她的心情更好了。

"怎样?"

"你希望怎样?"

"我看到他送你东西，然后你们聊得很开心，他一直在笑。"颜夏站的地方刚好对着可林的背。

"你开心啦?"

"呃，如果你开心的话，那当然是好事啊!"颜夏都不知道自己怎么会说出这么恶俗的话。

"我跟他清楚啦。以后他是他我是我，我不念他他不想我。这就是平安夜的成果。"

"啊!那貌似我反而是好心帮了倒忙啊，对不起啊。"颜夏一听以为自己一手促成了他们的桥归桥，路归路。

"其实吧，我反而要谢谢你呢。"

"啊?"

"其实你一带我去那家餐厅我就猜到是吴言的主意。他经常带我去那里。"

"啊?"

"那时候我本来可以直接揍你，然后傲娇地离开，你知道吗?"

"那为什么没有? 为了不让我难做?"

"你想太多了。我想这冥冥之中也是个契机吧，于是就留下来跟他说清楚了，他也听进我的话了。皆大欢喜! 耶!"林可林转头对颜夏比了个"V"。

"你们皆大欢喜了，我冻傻了。"颜夏黯然神伤。

"这是对你小小的惩罚，少年!"林可林凶恶地瞪颜夏，晃晃小拳头，"以后再敢自作主张欺上瞒下玩这种游戏我揍不死你!"

"好吧，我错了。"

"再告诉你个秘密，其实吴言第一次骗我去餐厅也是用这招，同样的招数他用了第二遍，也就你这傻瓜帮他。"

"竖子不足为谋! 吴言这个坏人!"颜夏心里万马奔腾，哥们你换个招不好吗? 可林是小花痴吗?

"哈哈! 再告诉你，其实我还是被感动到了。"

"哎，一个愿打一个愿挨——两个恶人!"颜夏总结。

"喂，这好像是我第一次这么安全地和你走同一条路吧?"林可林突然想到什么好玩的事，开心地回头。

"你非要占我便宜吗?"颜夏一想也是，每次都是自己背她。

"喂，快到你家了!"

"嗯嗯嗯，我知道，你可以跪安了。"女王的气质又侧漏了。

"这个给你，平安夜快乐。"颜夏突然从厚厚的口袋里掏出一个大红苹果，林可林刚想鄙夷什么，颜夏又补充似的说："这个不是瑶凤送的，是我买的。"

"用来赔礼道歉的吧？"

"这让我怎么说，你浪漫点会死啊！"

居然还敢这么说，他有资格吗？林可林想拂袖打架，想想太冷，作罢。还是接过苹果，想了想，掏出八音盒："我没带东西，要不，这个送你？"

颜夏虎目含泪："吴言会杀了你的。"

"不不不，他会杀了你的！"林可林收起盒子，哒哒哒地爬楼梯。

颜夏转身回家。

"喂，你也平安夜快乐。"冷冷的风中传来林可林暖暖的声音。

……

"喂，是我，吴言。"

"是你啊，富二代，平安夜快乐啊！"

"我今晚跟可林告白了。"

"然后失败了？"

"你太不含蓄了！"

"你是死富二代，哎呀说出真相了，她是你的公主，但在你家也是灰姑娘，你爹娘不会同意的。"

"你怎么知道？"

"猜的啊，再说了她是火，你是水，不合适的。"

"你怎么说得和她差不多。"

"猜的啊。女人的第六感。"

"很准呢！"

"那你现在什么状态啊？"

"你觉得我什么状态？"

"松了一大口气啊，为你也为她。"

"要不要这么准啊？"

"猜的啊。"

"为什么会这样？"

"因为你没那么喜欢她了啊，这样放手对你们都好。其实吧，是好事啊。总有人喜欢并且适合你的温柔。"

"猜的啊。"

"富二代，你是来找安慰的，还这样消极聊天啊？"

"那怎么办？"

"想想啊，她有稳定的工作，所以就会在稳定中期待更大的风浪，你是富二代，哎呀，应该说商人，商海沉浮本来就多灾多难，所以你期待安稳。"

……

2004年9月1日，漳州师范学院，吴言初见林可林，那时她白裙飘在风中，她的身影从此映入他的心中。

2005年12月24日，满街的玫瑰和圣诞树，林可林只爱手中的一朵白玉兰，吴言修长的手指弹过钢琴再拂过林可林的脸庞。

2006年6月13日，盛夏的校道有一辆破破的自行车，一个暖暖的肩膀，青春在林可林和吴言心里沉浸，开出一朵爱情的花。

2007年9月5日，漳州动力杯、饮居，那时光阴细碎，青春安然，吴言、林可林遇见一对更青春的情侣，然后彩虹步入雨中。

2008年6月25日，为了毕业而分手，春风夏雨去向未知长路，情人节的最后一朵玉兰花儿依然自顾自美丽。

2009年12月24日，平安夜，林可林依旧爱哭，但她笑得更明媚，八音盒叮叮咚咚，不知道林可林走桥、吴言过路的黯然和坦然。你安心让我走，自己也放心走吧，走吧……

第十六章

学生们都在诅咒学校为什么圣诞节不放假，老师们都在围观林可林为什么不下手。林可林很想跟众人解释其实自己才是最大的受害者，被人拐走不说，还被人告白了，但是想想这会引发更大的八卦和围观，找谁说理去啊！

她暗暗掐了一把正襟危坐的颜夏，都是这人害的，本来好好组队刷 Boss，想不到半路就跑了，自己单挑不说，现在他还装无辜、装掉线、装不懂事，存心拉仇恨。

"哎！那边在干嘛？赶紧过去看看！"林可林随便指了个方向，率先离开座位，这群人啊，八卦党加人民教师的身份，投来的目光都是炽热中带着庄重，好像一脸肃穆地在说：这一卦，请林可林同学回答一下。

第二天。"这怎么回事啊？"颜夏一回到办公室就急吼吼地喊话。

"怎么回事啊你？"杨老师问。

颜夏一看是前辈关心，赶紧很文明地说："不知道哪个人又乱帮我报名，老师你看！"他的手中是一张海报，"告别与化蝶——元旦校园歌手主题赛"，上面列出密密麻麻的参赛人员名单，颜夏的名字赫然出现在最后。

"这是什么情况啊？最近怎么这么多莫名其妙的事情啊？"颜夏真的很无辜，早上来上课，路过布告栏看见一张新的海报，好奇心一起，过去一瞄就找到自己的名字，比大家来找茬还快！

"哦，这个是昨天报的，我看昨天可林老师在报，会不会是她顺手帮你一起报了，年轻人嘛，有活力很正常，再说传说中你们双剑合璧不是挺快意江湖的吗，这是要重出江湖还是咋地？"杨老师很淡定地说。

这就要说到上次颜夏和林可林制止两位小侄子的故事了，当时大部分学生不明真相，以为这是个年轻教师侠侣勇斗暗黑势力的故事，关键是他们看到还斗成功了，就差爆装备了。第二天，整个学校都开始流传见义勇为的教师侠侣的故事，说他们是"大隐隐于市"，肩负着保卫同学、和谐校园的重任，只有当恶势力的魔爪伸向校园的时候，他们才会在月黑风高的晚上大变身，手持尺子和比尺子小的什么东西，给对方致命的一击。

颜夏和林可林刚听到的时候各种不适应，但是听多了也就麻木了，连路上遇到双眼亮晶晶的同学他们现在都能坦然接受了。

言归正传，颜夏一听，林可林！瞬间想到昨天一堆人围着年段长，她也过去假装凑热闹的样子，想不到真的是去凑热闹！

颜夏开始满校园找林可林。

"喂喂喂，这怎么回事啊小老师？"在办公室门口等到了林可林，今天她穿着白衬衫，搭配了黑毛衣，看上去很漂亮！

颜夏一手拉住林可林的手，感觉有点凉。林可林的脸"唰"地红了，迅速抽手，拿起新买的尺子敲在他身上："怎么回事啊你？"末了还小声嘀咕了一句"敢吃你姑姑豆腐"。

颜夏还在莫名其妙，不过马上就回过神，指着他的脸，心想还是好漂亮。林可林一把拍掉他的手。

"喂喂喂，我的名字怎么会出现在那什么歌手赛上？跟你肯定有关系吧？"颜夏终于说出一句人话。

"哦，我顺手帮你报的。"林可林很淡定地回答。

"你居然又没征求我的意见！"

"为什么要用又？"

"你忘了吗？运动会！运动会啊！也是你完全无视我给我报名的！"颜夏要上蹿下跳了。

"对哦，不过你不是赢了吗？不用谢我的。"林可林咬着小手儿想了一会儿居然又理直气壮地说了。

"恶魔啊恶魔啊！"颜夏说，"我根本不想参加好吗？你这个第一狂！考试魔！"

"那天晚上你不是也没经过我同意就那个了。"林可林找了个借口。

"哪个？"众老师心里一惊。

颜夏没听到众老师的心声，但他明白林可林是在拿平安夜自己忽悠她说事，他急切地急解释："你同意啦！你当时同意啦！"

居然同意了！怎么回事！众老师齐齐看向他们。

"哦，我是同意了，但是是你骗我去的。"接着道，"那次就算你欠我的，这次扯平了，好好准备吧，我们一决高下！"林可林站在颜夏面前，颜夏怎么突然觉得这人就跟站在了紫禁之巅一般。

"你还是想比赛？第一！你有不得第一会死的病啊？"颜夏想了一会儿，突然想到这人的属性一点都没变。

"是啊是啊！你都把我骗那么惨了，你就陪我一次嘛！"林可林一看硬的不行就使软的，她知道，自己卖萌起来还是挺好使的，而且她还真怕颜夏不参加了，那她就丢脸了。

"骗？""陪？"众语文老师开始抓句子的主干。

"陪你可以啊，但是你不至于让我在全校面前陪你吧？"颜夏看林可林又撒娇，没办法，百炼钢成绕指柔啊。

"可以？""全校？""光天化日！"众老师开始引申练习了。

"你自己看看，参赛人员里哪个是老师啊！"颜夏继续咆哮。

这就是林可林怕颜夏不参加的原因，他不去的话就剩她一人了！"哎呀反正还有几天，各位老师，你们也参加参加，或者动员其他老师参加呗，反正重在参与嘛！"一看颜夏有点松口，眼珠子滴溜溜一转，转向周围围观的老师。

"我们很忙的！没空！"众口一词。

"忙什么？"

"看你们！"

为老不尊，还要不要脸了！颜夏觉得加强师德师风建设非常有必要。

"那我们什么都不告诉你们，你们慢慢看吧！"林可林小脸一抬，众老师急得团团转，个别精神防御低的开始挠书本了。

在林可林的威胁下，众老师同意动员五到十个青年教师一同参加比赛。

"比赛嘛，总要师生形成互动，才能达到师生和谐的效果！"张老师说。

"那你怎么样？"林可林摇摇颜夏的手。

"只此一次，下不为例！还有，新仇旧恨，一笔勾销！"颜夏瞪了可林一眼。

林可林忽视掉白眼，对他开心地比了个二，颜夏的怒气对到了剪刀手上，就像奥特曼的动感光波遇到了丘比龙。

"哎哎哎，你选什么曲目啊？透露下吧，虽然我是你强劲的对手，但我也是你的小老师啊！"

"我一分钟前压根没想参加好吗？"颜夏继续咆哮。

"哦，那现在呢？什么曲目？"

"你怎么不听话啊！呃，你怎么听不懂人话啊？"颜夏有些气弱地说，"受不了你！不过话说，这主题还挺嘲讽的啊，真适合你！告别与化蝶，告别旧的，化蝶新生。"

"人家是告别旧年迎接新年好吗！"

"你发誓没像我说的这样理解过？"

"想到曲目了要跟我说啊，我们切磋切磋。"

"你这个五音不全、师德败坏的不参加比赛会死君！"颜夏深刻吐槽。众老师齐齐点头，深觉在理！

"你才是三观尽毁、节操全无的不回家爱数星星君！"林可林也脑袋混乱地吐槽。

"你知道你在说什么吗？"颜夏冷眼，这骂人的话怎么越听越可爱的感觉，众老师包括林可林齐齐点头。这些人还真懂。

"散了散了。"颜夏受不了这群爱围观、爱八卦的老师了，特别是其中一个爱创造八卦的人居然还自得其乐。

"等等！"年段长突然一脸严肃叫住颜夏。

"年段长，什么事啊，您说？"颜夏看年段长那么正派，也一脸尊敬地说。

"跟我们说说刚才那一夜啊、同意啊、骗啊、陪啊都是什么意思？"

众老师齐点头。

"……"颜夏深深跪地，那很严肃的一件事被拉出几个关键词来还真是变得不堪入耳，不明真相的看到这些个词还真淡定不了。

……

在众老师的努力下，最终比赛的名单定出来了，本来密密麻麻的一份名单经过筛选和补充，最终确定为 20 人，其中包括颜夏、林可林在内的青年教师 7 位，学生 13 位。比赛时间就定在 12 月 31 日下午，在学校露天舞台。

也就是说林可林还有五天时间——颜夏压根就不当回事。

下午颜夏拿到出赛顺序表，赫然发现自己依然排在最后一位出场，倒数第二的是林可林。这顺序都要压在自己前面啊。

颜夏在班会课上扬扬比赛顺序名单，说："老师在最后啊！"

"不！老师压轴！"学生举一反三地喊道。

放学后，颜夏给瑶凤签完名发现林可林还在办公室鼓捣什么东西。

"干吗呢你？"颜夏问。

"刻光盘，到时候露天舞台是用 CD 播放伴奏的。"可林没有抬头继续说。

"刻光盘你用刀！"颜夏目瞪口呆。

"我有你想的那么花瓶吗？拧螺丝呢！"她扬扬手中一架 CD 机和小刀，示意自己在修古董。

"准备听歌吗？不会用手机或者 MP3？"颜夏表示被雷了。

"不方便，倒带什么的。"姑娘很专业地说。还说自己不是花瓶……颜夏无力了，只好又爬上天台。不一会儿，林可林也上来了，一屁股坐在自己的椅子上，摆弄着古董机子。

"歌选好啦？"颜夏问。

"嗯，好了。你呢？选好赶紧刻光盘啊，要不来不及练。"

"我想说你把电脑、手机等高科技都丢屁股后面啦？再说我又不刻。"颜夏很无语地看着这个装作高手的小白。

"喂喂喂！你不会不参加吧？我们可是要决战紫禁之巅的！"林可林急了。

果然，这人就是缺根筋版短腿的西门吹雪。

"我又没说不参加。"颜夏淡定。

"那明天赶紧刻去，实在不行姑姑我帮你！"林可林一听不是自己想的那么回事，也就放心了。

"我是过儿吗？"颜夏打趣。

"你是疯儿。别打岔，明天就要交伴奏带了，你上点心好吗？虽然你是被我绑架去参加的，但是毕竟参加了啊，当回事成吗？"林可林又唧唧歪歪了。

"我不用刻的。"

"你玩我啊？你是准备清唱夺冠？"林可林觉得颜夏这话的意思就是决战紫禁之巅的时候，自己很严肃地介绍说此剑乃天下利器，剑锋三尺七寸，净重七斤十三两。然后他更严肃地说此手乃妈妈所生，您一掰就断一掰就断——这明显是陆小凤不是叶孤城嘛。

"对哦，清唱更省力啊！"

"妖孽作死！"

"哎，别打。你忘了我有吉他，自己伴奏啊！"颜夏看可林的小拳头就要来了赶紧招。

"无耻！"可林一想，到时候全场都是伴奏就他拿个破吉他在那自弹自唱，那帮人还不被迷得晕头转向，这轻功明眼人一看就不是一个等级的啊，就好像狗刨式与凌波微步之间的差距。

"要不口琴还你，你也来？哎呀对了，我昨晚拿起来吹了还没擦口水，我先给你擦擦。"颜夏居然真的掏出口琴直接在自己的毛衣上擦。

黑夜里林可林觉得自己的脸肯定很红很红，颜夏这么说的时候她想到这样一个画面，这人居然把自己送他的肚兜儿套他自个儿身上了！这琴只能看不能吹知道吗！林可林很想揍他，但是想想这理由有点诡异，而且容易遭调戏，只能一跺脚下天台。"神经病才在这大冬天的吹西北风呢！"

颜夏吹着冷冷的风，突然掏出手机。

"喂。"

"嗯。"

"在哪呢？"

"家呢，你呢？"

"学校。"

"这么忙啊？"

"不是。31 日下午学校有个什么破歌手比赛，来吗？"

"好啊。"

"这么干脆？"

"你叫的啊。能不来？"

"到时候唱给你听。"

"你说的啊！"

"到时候见。"

"好啊。"

"拜拜。"

"拜拜。"

挂断手机，颜夏心里突然涌出深深的悲伤。对话字字句句都像几年前，但为什么……

小寒习惯地摸摸自己的脖子，发现脖子空空，于是下意识地去摸右手的白玛德吉，慢慢把头埋进被子中。

比赛日，下午的时候露天舞台已经有学生入场了。颜夏没有在场内，他去校门口接小寒了。

一看就看到了小寒，一头标志性的长发在清冷的寒风中飞扬，穿着一件简单的白色毛衣，不时捋捋被风吹乱的头发。

"来了?"

"嗯。"

"凤柱不见啦?"小寒转身,颜夏一眼就看到她的脖子,熟悉的一道紫光消失了。

"赠有缘人啦。"

"手链很漂亮啊。"

"嗯,白玛德吉,中文名字是得幸雪莲,我是被祝福的雪莲花。"小寒扬扬右手,叮叮当当,好像八朵雪莲在风中唱歌。

"还有名字? 这么讲究?"

"嗯啊。"

"冷吗?"

"不冷。嘻嘻。"小寒看着颜夏,很开心地笑了。

"就会傻笑!"颜夏习惯性地去揉她的头,但是手一伸出就停住了。

"揉吧。不揉你会得病的。"小寒一眼看穿,依然笑。

颜夏有些尴尬地把手收回来,说:"走吧,比赛快开始了。"

小寒就这么默默地跟在他的身后,一条短短的校园小道走了十分钟。

"唱什么歌给我听?"小寒走到颜夏身旁。

"到时候你就知道啦。"

"又不是没听过。"小寒很小女人地撒撒嘴。颜夏本来顺口就想接说现在要听就难了,但一想说出来难免尴尬,于是缄默不语。

"到了。"颜夏带着小寒来到后台,意外地看到了一个人——吴言。

林可林和吴言在一起,居然有说有笑,一副君子坦荡荡的模样。

"吴言?"小寒也看到了。

"认识?"颜夏疑惑。

"嗯,我恩公。"小寒开玩笑。

颜夏也不说话,带着小寒走到林可林面前。

"颜夏,你死哪去了? 呃,这是……小寒?"林可林一看到颜夏过来本能地外泄汉子荷尔蒙,不过看到颜夏的身后居然跟着一个美女。

林可林记得小寒,那个看似柔弱却很坚强,拥抱的时候却很有力的姑娘。

"嗯,可林?"小寒居然走到林可林面前。

"嗯。"林可林很温柔地笑了。

"你也来了?" 吴言先是朝颜夏点点头,又对小寒说道。

"嗯,颜夏说要唱歌给我听,想不到你也在。"

"是我厚着脸皮过来的,听说你和可林要决斗,我就来围观了。" 吴言很坦然地看着林可林。

"决斗?" 小寒吃惊。

"别听可林乱说,她就是唯恐天下不乱,我等下是最后一个,你可能要熬一熬啦。" 颜夏的话题转得很快也很硬。

熬一熬,你把其他人都当面包渣吗? 林可林很想踢他几脚。

"嗯。" 小寒居然点头。一点批判性都没有!

林可林算是知道这俩人当年是怎么天雷勾地火的了,分明就是我中有你你中有我!

"我们这边要开始准备了,吴言,你先去外面等等吧,顺便带小寒妹妹找个地方坐,小寒妹妹不介意吧?"

小寒,妹妹? 在颜夏惊讶的眼神中,小寒笑得很甜:"不介意,那我们出去啦,可林姐姐加油,颜夏也加油。"

可林,姐姐? 女的这个物种都是自来熟吗?

"想不到你会来,算不算缘分啊?"

"不算,我是来看颜夏的。"

"说话不直接你会被噎死啊?"

"没带彩虹伞?"

"嗯,怎样? 不错吧?"

"会下雨哦。"

"晴天好吗?"

"这里会下。" 小寒指指眼睛。

"你还是她?"

"好啊。"

"什么好啊? 这是什么回答?"

"你不是内伤痊愈了吗? 又过来?"

"你下次再找我签字试试。"

"一码归一码,肚子那么小。"

"好吧,你赢了。"

"过来找茬的?"

"喂喂喂，九阳神功不适合练我也不见得把秘籍撕了吧。"

"这比喻很恰当，你应该试试九阴真经。"

"正在试。"

"嗯?"

"颜夏对你很好啊。"

"哎。"

"什么意思?"

"跟你很熟吗? 干嘛对你讲?"

"喂喂喂，咱都几百万上千万合同来合同去的了，你现在说这话不怕闪舌头啊?"

"你有看合同啊?"

"我是老板好吗。"

"工作和生活不一样。"

"嗯?"

"颜夏会弹琴、唱歌，这是生活，你会赚钱、签字，这是工作。哦，你应该是会败家!"

"其实我很想低调地说我也会唱歌、弹琴。"

"但我喜欢听他唱，他弹吉他是世界上最帅的。"

"你也会犯花痴啊。那为什么分手啊?"

"要你管?"

"跟我一样? 在你心中的王子在你家人眼中是跑堂的?"

"你一起床就是跑堂的!"

"分手了为什么还来? 看你们都余情未了。"

"你还不是前几天刚被拒绝现在又屁颠屁颠过来。"

"我放开了好吗，你和他呢，我看跟倩女幽魂一样哀怨。"

"他说要唱歌给我听。"

"那一定是很动人的歌了?"

"必需的。他唱得很动人。"

"花痴!"

"白痴!"

后台。

可林上下左右打量颜夏。颜夏被看得有些不好意思了，问："干嘛呢你？"

"哎哟哟，颜夏说要唱歌给我听。"林可林学着小寒温柔地说。

"怎样！"颜夏脸微微一红，故作轻松地说。

"哎呀，还会脸红啊。"林可林就像打量猴子一样。

"吴言还不是也来了。"

"那是他主动凑上来的。而且你没发现吗，我跟他现在处得很坦荡，哪像你们啊，一句话三媚眼，一对视俩红脸。"林可林很彪悍地说。

"你是比赛狂我不是好吗，我总要找个理由参赛啊。"颜夏说。

"哎呀，于是选择在大庭广众之下唱《私奔》？"

"关你什么事？"

"她就是特地来听你说要私奔的啊？"

"你懂什么，这首歌是说带着理想去向远方的好吗？"

"你自己信吗？"

"我想好好地唱最后一首歌给她听，然后各自奔天涯，她一定懂的。"颜夏说这话的时候很忧郁。

"哈！哈！"林可林知道此时颜夏说的都是心里话，但是突然她不知道怎么接，只好很做作地大笑两声以示嘲讽。

"我诅咒你光盘坏了！"颜夏翻白眼。

林可林一听有些郁闷地拿小短腿去踢颜夏小腿。"你那歌也不是什么好东西，无深度无内涵，我听两遍就会弹了，连前奏指弹都学会了。"颜夏手上比了个弹琴的姿势。

"吹，接着吹，有种你不用吉他。"

"那用口琴？"又被踢了一脚。

随着一个一个选手上台，林可林在后台越来越紧张。

"喂喂喂，不是吧，你居然在发抖，紧张啊？"颜夏明显感觉周围方圆一米都地震了。

"要你管？"林可林瞪了他一眼，心里有苦说不出，这学校藏龙卧虎啊，能唱又能跳的就跟街上买菜一样一抓一大把。

"你是考神啊，这种小场面你会 Hold 不住？"颜夏难以置信。

"考神也是人好吗！"

"那要不放弃？我陪你放弃？"颜夏觉得自己已经仁至义尽了，不过换来的是一脚踢。

"要放弃你放弃！"

"好啊好啊！"颜夏不思悔改。

"你试试看，你敢放弃我就死给你看！"林可林实在是气啊，这人怎么这么不醒目，对着一个小美女百般挑衅，安的什么心啊！

"哎，感觉一点威胁都没有。"颜夏虽然这么说，但果然安分了很多。

林可林被颜夏这一气浑身动一动，紧张感倒是消除了一大半。不过眼瞅着还有四五个就轮到她的时候，她又开始发晕了："喂，颜夏，你说等下麦克风不行了怎么办？"

"不会。"

"那光盘不行了怎么办？"

"不会。"

"那我不行了怎么办？"

"你是有被害妄想症吧，我摸摸。"颜夏的本意是要摸摸她的额头看她是不是烧到了。

林可林听了比赛紧张感全无——内心满满的少女紧张感啊。

"很正常！加油吧！拿个第一回来，你是最棒的，哦耶！"他也学林可林的样子对着她比了个二。

"嗯嗯嗯，打倒颜夏！打倒颜夏，对对对。"又开始自言自语了。

又过了几分钟，林可林倒是冷静了下来，看不出还是个比赛型选手啊。她看着又一个学生上台，下下个就是自己了，深深地吸一口气，告诉自己，这场比赛一定要打败颜夏！

不过一口气还没吐出来，一个负责比赛的音乐老师急急忙忙走过来，说："林老师，你哪刻的光盘啊？怎么试播了两遍就不行了啊？山寨的吧？"

"啊！"林可林一下子没听清楚，等老师再说了一遍的时候就呆了。一瞬间什么紧张、焦虑全无。

"颜夏，我杀了你！"林可林回神的时候第一件事情就是要掐颜夏。

"关我什么事啊？"颜夏也觉得不可思议，好家伙啊，不仅仅是个被害妄想者，而且是个理想实现者。

"你乌鸦嘴，你一起床就乌鸦嘴！"

"你自己不也说过吗？现在关键是想想怎么办？有没有备份？"颜夏的脑袋倒是转得很快。

想到备份，林可林马上去翻包包，不过马上欲哭无泪了，她确实是准备了备份光盘，不过昨晚拿来当镜子用的时候直接忘在家里了。

颜夏一看大事不妙，赶紧说："那网上能下载到吗？用手机？"

高科技之盲神林可林同志马上一脸期待地看音乐老师。

"不行啊，因为是临时把音响设备搬来，只是弄了最简单的 CD 设备，没有其他外接办法。"

颜夏想想确实，自己的吉他也是不插电，直接拿个麦克风顶着。

"啊啊啊啊！怎么办怎么办？"林可林听完眼泪就在眼眶里转啊转！

"实在不行就只能放弃了。"颜夏有点无奈地说。

"要放弃你放弃！"她情绪有些失控地喊着。

颜夏这回没说好啊好啊，因为一瞬间他居然想起林可林说的话，"你知道我的，我这人很要强的，我很看重成绩的。在我觉得，不管是奥运会第一，还是考研第一，还是小学班级剪纸第一，都是第一，都是神圣的，都是值得自己努力去追求，没有什么能够阻挡我追求第一的脚步，绝对不能"。

第一狂人啊，想到这他也有点急了，这要是弄不成，林可林不说，自己不死也要脱层皮。

颜夏的脑袋在疯狂地转转转，林可林的碎碎念在疯狂地叨叨叨。

眼看着台上的学生都快下台了，他们坐也坐不住了，站在幕后呆呆地看着台上的学生慢慢走下台，报幕的走上去，然后下一个老师上台。

下一个是自己了吧……她此刻真切地感觉到一种绝望，一种无能为力的绝望。

颜夏看着她那微微颤抖的背影，心里想的居然是不知道她哭了没有。

他走到同样着急的音乐老师身边，轻声地问："那个应该可以吧……"

音乐老师的目光顺着颜夏的手看向天空，冬日的太阳依旧暖暖地照在大地上，大地也一片祥和。

林可林真的放弃了，打算回头跟音乐老师说一声，不过一转头差点撞到音乐老师。

"林老师你准备准备吧，下一个是你！"

林可林的嘴张着，却一句话都说不出来，最后很小声地试探："可以了？"

"嗯！"音乐老师说着，目光看向天空，竟然带点唏嘘。

　　林可林一下子经历了从地狱到天堂的转变，一时之间竟然有恍如隔世的感觉，她握紧拳头，深知失去才知痛苦，一定要好好表现！

　　在她看不到的校道上，颜夏手里拎着一把吉他飞快地跑着，心里带着深沉的悲哀。

　　小寒，对不起……

第十七章

"下一位选手，七年级一班班主任林可林老师，有请！"随着报幕员清脆的声音响起，林可林终于站上了舞台。

望着下面黑压压的人群发出的欢呼，不远处吴言、小寒微笑的眼神，再想起刚才失而复得的机会，她突然觉得无比自信！

是的！自信！

"音乐老师可以起伴奏了。"但是音乐老师只是示意她等等。她心里一咯噔，不会还出什么事吧！

全场看音乐久久不起，欢呼声慢慢地沉了下去，有些不解地看着台上。

漫长的安静让林可林倍感压力，她想实在不行自己就清唱！想到清唱，突然想起来前几天对颜夏说清唱，想不到报应来得这么猛烈，活该自己平时没攒人品专扎小人了。

"唉。"她叹了一口气，既然站上来了，那就这样吧！

轻轻张开嘴唇，刚想唱出第一句，舞台上空响起一阵嘈杂声，像是什么东西撞翻了，但也不该是天空啊，可林有些茫然地抬头。

全场也齐齐抬头。众人的目光都看向高挂在舞台上空的一对广播。

没错，广播！

好像是迎合众人的期待，广播里突兀地响起了音乐。就像来自天空的声音！

手指拨动吉他的声音在众人耳里清晰可闻，但熟悉的前奏让林可林迷茫。自己什么时候下过这种伴奏，还有为什么是那边传来的声音？光盘不是可以了吗？

前奏很快结束，林可林却还在迷茫中。

但是，广播里突然传出"咚咚咚咚"四个声音，声音很有节奏，仿佛在暗示着什么。

众人不明白，但这四声一声一声敲在了林可林的心头，一瞬间她的眼泪突然流了出来，她紧紧地捂着嘴，有些不敢相信自己耳朵听到的！

"咚咚咚咚"四声，是指节敲打在吉他板上的声音！

"那你听我的，我前奏弹完会在琴板上敲四下，敲完你就唱，没关系，我在后面跟着你……"她的脑海里浮现了这句话，同时出现的还有颜夏，他仿佛正在很无奈地看着自己。

四声之后是一阵短暂的沉寂，每个学生都看到林可林豆大的眼泪流得肆无忌惮。

短暂的沉默之后吉他声又响起，又是熟悉的指弹前奏。

林可林仿佛看到一个白衬衫的男孩在对着自己比着手势，示意自己跟上，不由自主地点点头，擦掉眼泪。

熟悉的"咚咚咚咚"四声之后，她慢慢地开口了，而分解和弦也紧紧跟着节奏，一切显得那么自然而然，仿佛中间练习了几千遍。

每颗心上某一个地方，总有个记忆挥不散。每个深夜某一个地方，总有着最深的思量。世间万千的变幻，爱把有情的人分两端，心若知道灵犀的方向，哪怕不能够朝夕相伴。城里的月光，看透了人间聚散，能不能多点快乐片段。城里的月光把梦照亮，请守护他身旁，若有一天能重逢，让幸福撒满整个夜晚……

伴着哽咽，她不知道自己是怎么一边哭一边唱完这首歌的，她知道，如果是平日，自己绝对会在眼泪流出之前离开这个舞台，因为她的眼泪很孤独，别人看不见。但是今天她当着全校师生的面前流泪唱歌，她一点都不觉得尴尬或丢脸，反而，她觉得很开心，很满足……

许多学生和老师一开始也很疑惑，但听到可林略带空灵而又呜呜咽咽的声音，心里不知道怎么也跟着难过起来，一曲下来，没人去管空中飘荡的吉他声是怎么回事，但很多人都红着眼眶……

小寒在那吉他声响起来的时候就感觉自己的眼泪流出来了，傻瓜，还是那么好听啊，虽然看不到脸，但肯定很帅吧！

她突然觉得很失落，不过马上又笑了起来。

吴言有一半注意力在小寒身上，看着两个姑娘又哭又笑，心里百味杂陈。

"都说了会下雨嘛……"

"你居然还能开玩笑？"

"听出来了吧?"小寒笑着看吴言。

"不知道!"

"心若知道灵犀的方向,哪怕不能够朝夕相伴啊。"小寒默念一句。

"心若知道灵犀的方向,哪怕不能够朝夕相伴。"吴言重复着这句歌词,却是笑着看小寒。

"猜下我现在的心情?"

"怎么猜?"

"猜对了,我现在很开心。"

吴言有些看不透这个自说自话的姑娘。

"又不是唱给你听的,你开心什么,应该是我开心啊。"吴言说。

"谁说不是唱给我听的!就是唱给我听的,你是顺带的!"小寒霸道地说。

"唱给你听的是下一首。那人叫颜夏。"吴言纠正。

"不不不,颜夏不会唱了,或者说已经唱过了!"小寒坚定地说。

"嗯?"

"陪我出去走走吧,不能白来莆田啊!"小寒还是边笑边掉泪。

"你不听颜夏?"

"下一位选手颜夏老师,临时有事,申请退赛。"吴言的话还没说完,报幕员的声音就响在了众人耳边。

吴言转头,看到的正是小寒狡黠的微笑。

吴言心中一怔,突然想到什么似的,"原来是这样"。

"他厉害吧?"小寒说。

"你要强起来比可林还拉不回来啊。这时候应该你感到很难过,千里迢迢跑过来的啊。"

"他做了最正确的选择啊,我替他高兴!"小寒率先走下场。

吴言跟上:"又一头牛……"

小寒慢慢走在前面,擦擦眼泪,看看还挂在空中的冬日暖阳,好像看到了一张略带冰冷却让人感觉暖洋洋的脸。

颜夏,或许这就是命运吧,我听不到你原本想对我说的话了,但是我觉得我听到了更好的表白啊,你在天空弹,我在凡间看,这或许就是我们的缘啊。心若知道灵犀的方向,哪怕不能够朝夕相伴不是吗?你知我知,仅此一次,暖此一生……

　　林可林一退场就疯狂地往外跑，一边跑一边擦着眼泪。身后隐约传来报幕员关于比赛结束的声音。

　　她突然觉得此时第一名最后一名对她来说都淡如浮云，她现在只希望出现在一个人面前，狠狠地踢他几脚！让你决战紫禁之巅的时候把剑送给西门吹雪，自己还一不小心踩空摔下屋顶！想到这里的时候眼泪又啪嗒啪嗒往外掉，她觉得这是这辈子掉得最多的泪了。

　　几分钟后，她上气不接下气地跑到一栋楼前，望着近在咫尺的一道门，却突然犹豫了起来。

　　校园广播室。门关着，但一串钥匙还挂在门上，她可以想象颜夏借着音乐老师的钥匙，一路狂奔过来，连钥匙都来不及拔就进去开广播设备了。他应该还在里面吧。这时候心情应该很不好吧。

　　林可林不由自主地想起不久前颜夏说的话，"我想好好地唱最后一首歌给她听，然后各自奔天涯，她一定知道我的"。难得看他那么认真啊，说不定经此一次他就真的断念走桥了。站在门前，突然想抽自己一嘴巴，她觉得自己好过分，为了一个破比赛耍性子，却害了颜夏，说不定害了颜夏和小寒！

　　一步之遥，她却觉得隔尽千山万水。不过她倒是聪明，耳朵贴在门上，看里面那人是不是在红血暴走，全屏攻击。不过里面却静默无声，好像空无一人。

　　她刚想推门，门内却传来一声沉闷的声音。

　　"在哪？"可林一惊，什么意思？不过颜夏马上就接着说了，"这么快啊？"

　　打电话？林可林有些猜到，而且猜到是打给谁。

　　"嗯。"电话那头同样传来低低的声音。

　　"对不起！"

　　"没有啊。我听了。好听！"

　　"我去找你？"

　　"不用啦，我赶车去啦。"

　　"我好难受！"

　　"颜夏。"

　　"嗯？"

　　"这是我听过最棒的演奏。真的！"

　　"对不起。"

　　"好啊！我要回去啦。下次见啊。"

"拜拜。"

"拜拜。"

颜夏挂断电话，浑身力气都失去了，直接瘫在椅子上。可林在门外听着，眼泪又吧嗒吧嗒往外掉。她第一次恨自己，也第一次这么恨第一名，但是她一句话也说不出来。

门内突然又响起了一阵吉他声。

"小寒，我答应你的，不管你听不听得到。"门内一声喃喃自语，然后便哽咽地哼着。

颜夏只是随意地哼着，思绪仿佛又回到了两三年前，她说唱歌呗他说好啊……一切仿佛那么简单，但随着时间的流逝变得那么遥远……

可林一边强忍着不哭出声，她一边流泪一边听着那断断续续的哼唱，一瞬间觉得门里的忧伤弥漫了出来，浸湿了她的双眼。她试着去体会颜夏的心情，想象着一个人默默唱歌的悲凉，歌传不到爱人耳中，却点点滴滴落下来打湿了自己的心事。

歌声停住了，她还呆呆地坐在门前的地板上，靠着门，满脑都是颜夏哼出的悲凉的《私奔》。门内也久久没有声音。颜夏只觉得时间凝固了，自己站不起来，走不出去，生怕阳光一看到阳光，那想愈合的心又被撕裂了。

小寒，你说，这是好事吧？或许这就是命吧！你听不到我唱的歌，我仍挂着龙柱想你！

也不知道过了多久，颜夏抬头便看见外面已满天繁星。他心情已经平复了，便抓起吉他往门口走去。

他要拉开门的时候门外却突然响起一个温柔的声音："颜夏。"他的手愣在那里，有些难以置信地问，"可林？"

"嗯。"可林本来也在发呆，听到颜夏的脚步声才回过神。

"你怎么在这？"颜夏抬手看表，已经八点多了，这么说自己在这里面待了三个多小时，而且一直不知道门外有个人。

"颜夏，谢谢你。"林可林的声音又隔着门缝传过来。

"没什么啊，应该的，我不这么做的话你的第一癖又要发作了，到时候受伤的又是我啊，长痛不如短痛，而且，对我来说这比赛就不是个事。"颜夏故作轻松地说。

"颜夏，对不起。"林可林又低声地说。

颜夏看不到此时把头埋进膝盖上的林可林掉了多少眼泪。他的心一颤，知道她在说什么，只能缓缓地坐在地上靠着门说："你没有对不起，是我对不起别人！"

"如果不是我这么任性，你今天在她面前应该会有个很好的演出。"

"如果不是你的任性，我说不定演出后和她吃个饭然后就彻底掰啦，这么算起来我应该谢你才对啊！"

"你不要安慰我，我其实都知道，我也能理解你的心！"林可林的眼泪又狠狠地打湿了膝盖。

"真的啦，没怪你。"

"你怎么那么傻，光盘不行的话我放弃就可以的，你干嘛要放弃?!"

"不是你说要放弃你放弃的吗?"颜夏没心没肺地顶了一句。

林可林一愣，想到先前自己居然对他吼了两句要放弃你放弃，然后他居然这么听话真的放弃了，而且是为她谋福利。

想到这是她气又哭："你明知道我说的是气话！"

"其实吧，我对比赛也没什么兴趣，还记得运动会的时候，你问我为什么不让你得第一，我说我代表的是集体，要不就让你拿第一了，今天是个最好的证明啊，我代表个人的话其实还是言而有信的嘛，其实我就是个诚实可靠小郎君嘛。"颜夏打趣。

林可林的脑袋又浮现出颜夏背着自己走在长长的路上，然后有些严肃地说出那番话的模样，心中莫名地疼起来。

"颜夏，你说我这性格是不是真的太要强了，我突然觉得第一好不重要啊！"

"不会吧，如果是这样的话你该害羞啊！"

"啊? 为什么?"林可林莫名其妙。

"因为你说过啊，你这么好强会没人要，要你不好强或者不第一也可以，除非有人要了你或者你喜欢上什么人了，你忘啦?"

林可林满头汗水，他竟然把自己说过的话记得这么清楚，不过内心却是一阵温暖。

"你不回家吗?"颜夏问。

"不想！"

"那你要干嘛啊?"

"不回家爱数星星君。"她突然念叨着这个乱七八糟的名字，一下子没忍住，扑哧笑了出来。

颜夏听到她居然笑了，有些欲哭无泪地说："我说你现在笑合适吗？刚刚不是还哭得稀里哗啦的！"

"你不是一直要逗我开心吗？想不到吧，我自己把自己逗乐了。"林可林有些好笑地说。

"你笑点有点低而且很偏啊。"颜夏感慨一句。

"说真的，颜夏，你接下来打算怎么办？"

"既然上天都不让我放弃，我只好继续揪着啦。"颜夏有些无奈地说。

林可林的心里一阵酸楚，嘴上却说："需要我帮忙吗？"

"嗯！"

"什么？"林可林很激动，自己终于能帮上忙了！

"求别帮我乱报比赛！"

"……"

这样宁静的夜，天上的星星柔柔地跳着舞，地上的人隔着一道缘分的门背靠着背，各自沉默着，月也沉默着。

吴言和小寒有一搭没一搭地闲聊着。

"喂喂喂，刚才他打电话你为什么不哭，现在却哭得跟怨妇一样啊？"

"开心啊。"小寒一边哭着一边说。

"有你这样开心的吗？"

"晴天雨没见过吗？"

"见是见过，但没见过晴天雨还打雷闪电的！"

"好啊。"

"又来了又来了！我快抓狂了！"

"……"

"话说，你这么难过，颜夏肯定也很难过吧？"

"他比我难过，我是开心。"

"你们都那么喜欢对方，为什么要分开啊？"

"都说了跟你家一样了。你以为我想啊。我在家就是个软妹子一个，怎么去反抗啊？"

"我分了好吗！"

"我也分了好吗！"

"没见过分得这么泪流满面的。"

"死富二代，我要回家，回泉州，你跟着我干嘛？"

"你忘了我也在泉州工作，也要回去的。"

"你至于说谎吗？分明就是故意要送我回去嘛，连车都是临时从你老爸那赖来的。"

"你不直接点会死？"

"好啊。"

"……"

告别与化蝶歌手赛就这样以天空中的伴奏落下帷幕，事后众老师了解真相后都是一阵唏嘘，年轻人，玩太大了，玩得也很蹦跶。这种情节和电视剧里演的何其相似啊，男的在千军万马中护住自己的妻子，身中数十箭后一脸坚毅而凄凉地对妻子说："走！你快走！不要管我！照顾好我们的孩子！让他不要为我报仇！"

林可林接连几天都是失魂落魄的，那张第一名的奖状被她揉得都不认识了。颜夏倒是感觉很正常，依然正派地上班，偶尔和林可林拌嘴，但那姑娘貌似吵架和打架技能被封印了，只剩下满脸的忧郁和恍惚。

"喂，你这几天怎么了？该难过的那个人应该是我吧？"颜夏私下也向林可林发问。

"谁像你没心没肺啊，小寒妹妹真是看歪了。"

"就是看中我这点才找我的好吗？"

"走开，别烦我。"

"……"

几次挑衅的结果都被她自动屏蔽了，这姑娘技能虽然被封印，但是可以关机、拔电源等，手段很丰富，但最令颜夏苦恼的却是"不提示消息只显示数目"。

众老师私下也问过林可林和颜夏，但均无果，可把他们无聊了好些天。不过他们渐渐摸索出了一些规律，这俩教师侠侣平时就是拌嘴模式，然后能量积蓄一罐就会爆一次大招，过后就是一阵技能 CD。这规律很好摸索，比如运动会事件，那时以为他们会大打出手，不想两人啥事没有反而更融洽了；再比如这次歌手赛事件，以为林可林会感激涕零以身相许，结果又啥事没有了，两人反而有点貌合神离了。

规律是摸索出来了，但众老师还是兢兢业业地做好围观党的本职工作，不干涉、不强求，但是时刻保持注意力。

冬天来了，天黑得很早，颜夏也慢慢减少了看星星的时间，只是在白天懒洋洋地晒太阳，林可林有时候也会上去晒太阳，但是感觉是晒心事的节奏，满脸愁容，有时候还发呆，而且是发着发着就看着颜夏呆了，然后颜夏自己也呆了，这姑娘玩什么啊，人物转职属性腹诽了吗？

不过每次当他觉得不好意思的时候林可林又若无其事地起身、走人，那潇洒的样子在冬天都显得那么犯规。

放学了，林可林一个人在办公室发呆，却被一阵脚步声惊醒。向门口望去，只见瑶凤在门口探出一个头机灵地朝门里望。看到颜夏老师不在，瑶凤正准备走，但林可林鬼使神差地喊住了她。

瑶凤也不知道自己犯了什么错，有些紧张地走到林可林面前，深深一鞠躬，露出一个很勉强的微笑："林老师好。"

林可林看着瑶凤，心里不知道怎么回事挺不是滋味，她甚至不知道刚才出于什么目的把她叫住。

"瑶凤，来找颜老师？"她还是找了个话题。

"嗯，他好像不在呀。"瑶凤一听不是自己犯错误，立马放松了。

"找他签字？"

"嗯！"

"那我签吧？"林可林脑袋里突然蹦出这个想法，马上就说出来了。

"不用不用。"结果林可林还在懊恼自己没头脑的时候，身边的小姑娘马上就不高兴似的，连连摆手。

没头脑与不高兴？林可林一瞬间晃出这个念头，不过她马上有些诡异地说："瑶凤，要说我才是老师吧，颜夏只是实习老师，我的签字在门卫那更管用吧？"

"啊？林老师，我不是那个意思啊！"

"你喜欢颜夏吧？"没头脑又没头脑了。

"啊？嗯！"瑶凤先是一惊，然后居然在林可林面前脸红地承认了。

林可林也被瑶凤吓到了，这姑娘怎么这么诚实呢，现在自己怎么收场啊！她有点恨自己嘴贱，然后又恨自己脑子不够用。"那然后呢？"她绞尽脑汁地拖延时间。

面对这小白花儿一样的学生，她真不忍心出言训斥，不过这个时候她倒是想起赵晴和郑超强的那一幕，有位老师貌似很有办法，而且现在还是当事人！

"嗯，我明白了！谢谢林老师！我准备跟颜老师告白！"瑶凤思索了一会儿然后抬起头，握紧小拳头，眼里满是坚定。

喂喂喂！你明白什么？你到底明白什么了？你哪来的明白啊？为什么谢我啊？我什么都没说啊！你千万别谢我啊！颜夏会杀了我的！一瞬间林可林的心里闪过千万个念头，她觉得自己已经抓狂了，现在很想挠人，现在的学生都想什么啊，这难道就是代沟吗？她心里虽然奔腾着草原上的马儿，但是嘴巴仍有些颤抖地说："老师不是那个意思，你要慎重啊！"

"嗯！老师，我其实之前就考虑到了，就是鼓不起勇气，谢谢老师给我勇气！"

我没给啊！我真的没给啊！林可林欲哭无泪，这可怎么收场。

瑶凤好像没看到林可林抓狂的神色，继续认真地说："其实我知道，喜欢一个人，到最后还是要走到说出来的地步，不如趁自己内心满满是喜欢的时候就说出去吧，免得自己那么难受。而且喜欢一个人，不是件丢人的事，而是一件很美好的事情。"

喜欢他，那就直接告诉他，不管千难万难，至少是这段时间内我的心情，假如这份心情以后会改变，那就以后再说吧，重要的是现在我喜欢你。

林可林听到这些话，思绪万千，就这么简单吗？

"林老师，您知道颜老师在哪吗？"瑶凤唤醒迷糊的林可林。

"啊？不知道啊。"林可林浑浑噩噩地回答。

"那老师您电话能借我吗？我怕过一会儿就不敢说了，其实上次圣诞节平安夜我送苹果的时候就想说，但是人太多，我会不好意思的！"丫头露出一个害羞的神色。

林可林很想大声说这不对啊，这不科学啊！我是老师啊！我还要借道具给学生表白，这不符合社会主义建设的相关规定啊，但是看到瑶凤一脸懵懂却满心欢喜的样子却怎么也硬不下心肠来。

初恋应该是最美好的吧，全部的欢喜、悲伤、难过、幸福全部写在脸上……

林可林有些颤抖地递过手机，心想反正那混蛋也会把关的，清官难断家务事，不过他要是敢应我就把他切了！

不过在瑶凤要接过手机的时候她一激灵，不对啊，这要是用我的手机打过去，先不说颜夏以为是自己在告白，即使是知道瑶凤在表白，用手机都可以想得到是自己助纣为虐，那自己哪有脸去切他啊！

想到这林可林迅速收手，故作镇定地开玩笑："用我手机不合适，那人还以为我在告白呢！"

"哎，没事，一样一样，反正老师也早晚嘛。"瑶凤突然别有深意地看了林可林一眼。

什么意思？林可林被她一瞟别提有多心虚，不过她还是指指办公室的电话说："你用这个打吧，他号码你有吧？"说完她觉得自己是在助纣为虐了。

瑶凤点点头，用白皙的手指在办公电话上慢慢地按着。

等待的时间林可林不知道瑶凤紧不紧张，她反正觉得快窒息了，现在她只要一听到那人的声音，铁定挂掉电话。

瑶凤很淡定地瞄了林可林一眼，林可林觉得自己又心虚了，但是想想自己一个老师在学生无论怎么样都要有良好的师德、师风，就紧紧地盯着瑶凤看了。

"你好。"电话通了，传来熟悉的声音。

"颜老师您好，我是瑶凤。"瑶凤语气依然很淡定，但是脸却红了。

"瑶凤啊，要签名吗？对不起啊，我给忘了！"

林可林觉得这人简直莫名其妙嘛，都什么时候了还这么贴心！

"颜老师，我有话跟你说。"

可林瞬间停住画圈圈的心思，竖起耳朵。

"嗯？说吧。"

"我喜欢你啊！"林可林差点一头撞到电话，丫头不带这么直接啊！姑娘家一定要矜持，要把持住啊！

"我知道啊。"电话里传来一句更加淡定的话，这让林可林彻底撞到电话上了。

这两人在玩什么啊！不过还好这家伙回答的是我知道啊，而不是我也是啊，如果是的话果断切了！林可林揉揉头，看到瑶凤正惊讶地看自己，心想这丫头肯定是被自己刚才的怪异举动吓到了，赶紧露出一个"意外，你继续"的表情。

"你在办公室吧？来天台吧！"瑶凤没说话，电话那头的人说话了。

"好啊。"瑶凤说完挂断电话，转身朝林可林鞠了个躬，"林老师，我要上去了。"就要上去了。

"嗯，加……呃，去吧去吧。"林可林本能想说加油，但是话到嘴边觉得这么说不合理，赶紧改口。

"你不一起吗?"瑶凤又说。

一起?什么是一起?一起是什么意思?是一起上去,还是一起表白?林可林胡思乱想技能狂暴了。

"好吧,我是怕你被欺负!"林可林思绪万千,但嘴上却是有些犹豫地答应下来。说实话她挺想知道那人是怎么收场的,至于一些其他的心思,那外人就不得知了。

林可林牵着瑶凤的手步入天台,冷风吹过来,吹得她的脸蛋一阵冰凉。

那家伙依然躺在躺椅上,闭着眼睛,有些悠闲地听着音乐。

"来了?"听到脚步声也不睁眼睛,像绝世高手一样说了一句。

林可林一看他悠闲的样子就想去踢他,这么紧张的时候他居然跟没事人一样。她心里急得啊,嘴上却很想酷酷地说一句:"你不该来!"

"嗯。"身边的瑶凤回答了。

"你也来了啊!"颜夏又说了一句。

可林很想说:"我不该来。"但是她还是没说,只是点点头,不管他有没有看到。

"坐吧。"颜夏说。

林可林很自觉地对号入座,离开瑶凤坐到自己的躺椅上,模式自动切换到围观党。

"瑶凤,老师也喜欢你……"林可林屁股刚挨到躺椅听到这句话立马蹦起来,差点就要动手了!

"但不是你以为的那种喜欢。"颜夏没看身边跟猴子烫了屁股一样的林可林,继续说。

林可林的心这才放下,心想他还是有些节操的。

"瑶凤,喜欢的感觉怎么样?"颜夏问。

"我也不知道,很紧张、很怕……"瑶凤绞着衣角低着头。

"应该不是吧,喜欢应该是很美好的,想起来就觉得很开心,在一起就觉得很幸福,类似这种的。"颜夏想了想道。

林可林很想再蹦起来,这是讨论喜欢是什么的时候吗?不过她始终有她的觉悟,只看不说。

"是嘛,好像也有!"瑶凤认真想了想,点点头。

"是吧?"

"嗯。"

"记住这种感觉啊，以后你再大一点，再有这种感觉，就大胆说出来啊。"颜夏说。

"嗯。啊？但是我现在就说出来了啊！"她的脑袋转不过来了，只好害羞地实话实说。

"我听到了啊，但是很可惜，老师就像是一场下错时空的雨，你在雨中很欢乐，你笑着、哭着、跑着、蹦着，也许会不曾发现雨停了。"

"不懂！"瑶凤很诚实地点点头。

"瑶凤，这个比喻的意思就是，有时候让你欢乐的是这片大地，这个世界，而不是这场雨，只不过这场雨刚好下在了你欢乐的眼里，被你看到了而已。"颜夏解释。

"好像有一点点懂。"瑶凤点点头。

"丫头，你这个年纪正是感情开始懵懵懂懂的时候，这感情的萌芽就是这片大地、这个世界，这是随着你成长必然出现的东西，而我只是经过了你的生活，就像一场雨一样，只是刚好遇到了感情初生的你，于是你的情感便依托着这场雨开始萌芽、生长。"

"老师的意思是说我其实不喜欢您吗？"瑶凤迷糊了。

"也不是，老师只是想说，我只是带你成长、教你喜欢，但是你还会遇到你最终的归宿，他会是你的世界，会是支撑你站起来的大地，知道吗？"

"我大概明白了，老师的意思是说我刚刚长大，刚开始懂感情，只是刚好遇到了老师，就把感情寄托在了老师身上，是吗？"瑶凤很聪明。

"大概是吧！"

"但是老师为什么不能相信我把感情寄托在您身上会是很久很久，甚至一辈子呢？"

林可林眼睁睁地看着场中两位由喜欢、爱情这种浪漫到死的话题过渡到哲学的高度去了，而且有一去不回的趋势。

"瑶凤，你看天上的星星，美吗？"颜夏不回答她，只是指着天上的星空。

漫天的星光摇曳，有的亮，有的暗，汇成了一道银河，自然美不胜收。

"美！"瑶凤点点头，旁边的林可林也自然地点点头。

"那你知道为什么有的星星很亮，有的星星又很暗吗？"颜夏问瑶凤。

瑶凤摇摇头。林可林在内心强烈地举手回答因为有的星星远有的星星近啊！

"传说一颗星星就对应着地上一个人，星星就是每个人的情灯，有的星星很亮，是因为对应的那个人得到了永恒的爱情，有的星星很暗，是因为地上的那个人还没有得到爱情，或者爱人已经离去。"颜夏一脸浪漫地说。

"情灯？"瑶凤慢慢地回味颜夏的话。

"嗯，情灯，有一首歌怎么唱来着，星星点灯，说的就是点亮每个人心中的情灯……"颜夏旁征博引。

"那老师您是哪一颗？"瑶凤很自觉地引入话题。

"那颗，看到了吗？很亮吧？"颜夏随手往星空一指。

"嗯，很亮啊，那就代表老师你找到了爱人是吗？"丫头马上学会举一反三了。

"是啊。呵呵。"颜夏呵呵一笑。

"是林老师吗？"瑶凤有些犹豫地指着一旁茫然的林可林。

颜夏一愣，心中顿时无限纠结起来，这回答不是吧，感觉说服力不是很强的样子，这丫头说不定就水火不进了，说是吧，感觉自己很委屈的样子，而且是冒着生命危险啊。最后还是选择了点头，他有些毅然决然地看着林可林，纠结万分地点点头。

瑶凤看到他点头，好像舒了一口气，说："嗯，其实我早就看出来了！"

林可林本来看颜夏那一副吃黄连的样子就想去踢他，自己有那么差吗？不过听到瑶凤的回答她和颜夏都面面相觑起来，这有点尴尬啊！

"被你看出来了啊，呵呵……"颜夏挠挠头，装作很不甘心地说。

"其实我觉得你们才是最搭的，要是老师您刚才回答不是林老师的话我还不依呢！"瑶凤又在嘀咕。

颜夏一听暗叹自己决策英明。

"那老师我是哪一颗呢？"瑶凤又有些伤心地抬头望天，想找到属于自己的一颗星星。

"不用找啦。找不到的。"

"为什么，您不是说每个人都对应一颗吗？"

"你的那颗太暗了，看不到啊。"颜夏一摊手。

"真的吗？"瑶凤不信，感觉自己弱爆了的样子。

"嗯，你还没遇到真正属于你的那个人，所以情灯还没点亮啊。"颜夏说。

"啊？这么说老师你真的不是我喜欢的那个人？"瑶凤又联想到。

颜夏一边感叹和聪明人说话就是省时省事，一边继续说："或许老师是你喜欢的人，但老师不是可以陪你的人，懂了吗？"

"懂了。我要去找能把我的情灯点亮的那个人是吧？"

"呃，也不用刻意去找，能点亮情灯的人只有那么一个，你终会遇到，这是不能强求的。"颜夏很怕她瞬间到处找人点灯，那就糟了，赶紧出言制止。

"哦，这样啊。我真的懂了。"瑶凤本来有些暗淡的眼睛此刻再次亮出神采，"老师，这个送给你。"瑶凤突然眨巴着大眼睛，从口袋里掏出一大堆东西。

颜夏一看，居然是一大堆千纸鹤，折得整整齐齐。随手拆开，第一张就是满脸汗——自己和她写过的小纸条，再拆开一张，是他自己的签名。

稍微思索，他便明白了，笑着说："一天一张就是为了这个？"

林可林也凑过头，抓起一把千纸鹤瞅着。

"嗯。嘻嘻。"小丫头扮了个鬼脸。

"那我先收啦。"颜夏一点都不客气。

"好啊。"瑶凤开心地回答。

颜夏抬头，看着瑶凤，她说好啊的口气像极了小寒。

"老师那我先走了。"瑶凤好像打开了心结，很开心地说。

"嗯。"

"对了，老师，能不能问下？"

"嗯？"

"以后还能找你签名吗？"

"好啊。"

瑶凤开心地鞠躬敬礼，转身离开。

林可林直到瑶凤离开天台才回神过来，她不知怎么的心里十分不安，赶紧起身紧张地说了一句："我再去开导开导她。"就追了上去。

颜夏也没阻止，只是重新闭上眼睛。林可林离开了天台才发现，就这么短短一瞬间自己的脸居然又烧起来了。这种情况不对啊！而且那家伙刚才好像还说了他的那盏灯是她点亮的，想想脸更红了。

她按住怦怦乱跳的心，前面的瑶凤突然停下脚步，问："林老师，你怎么也下来了？"

"啊？我？我不能下来吗？"林可林一噎。

"你应该还有事啊！"瑶凤很肯定地说。

"什么事？"

"不知道啊。感觉。"瑶凤皱着眉头，看来真的不知道什么事。

"瑶凤，现在心情怎么样？难过吗？"林可林没话找话。

"不难过啊，我发现颜老师说的都是实话，只是我以前没想到或者想不到，他说的话我想了想还真是有道理，他只是在我情感懵懂的时候恰恰出现在我身边，而我恰恰不排斥他，我的灯还没亮，就说明他说的都是真的啊，我为什么要难过？"瑶凤很理智地说。

"啊？"林可林的思想没有瑶凤那么单纯，她只是觉得如果有一个男的敢这么忽悠自己，绝对是一脚丫子踢过去。

"再说了，我还是刚才的想法，喜欢就说啊，不说颜老师就不知道，而我就会更纠结。现在说出去了多好啊，我觉得很轻松了。"瑶凤继续说。

"喜欢，就说出去吗？"林可林喃喃自语。

"反正我是这么觉得的，老师也说了，喜欢是件美好的事情，美好的事情为什么不能说出去，说不定他也刚好喜欢，这样的话不是皆大欢喜吗？"

"那要是他不喜欢呢？"林可林有些做贼心虚地问。

"不喜欢的话自己也知道了啊，想想下一步怎么走啊。像我，知道了要去找一盏灯。"她开心地说，看来是真的放开了。

真的吗？林可林揪着眉头。

"林老师我要先回家啦。明天见。加油。"瑶凤朝林可林鞠躬，温婉一笑就走了。看着瑶凤离去，林可林有那么一瞬间居然有点羡慕她的敢作敢为。看到平时柔弱的瑶凤今晚像金刚一样坚强，林可林心里暗暗佩服。

喜欢就说出去，与其千方百计明喻暗喻不如面对面地说一句"我喜欢你"。

林可林此刻很茫然。她的手抓起电话，手心都沁出汗了。最恨这种纠结和缠绵了，烦死了，果断一点就好了。想到这林可林抓起电话拨号。

"喂？瑶凤？还没走啊？"

"是我。林可林。"

"哦，是你啊，怎么啦？"

"我，我喜欢你！"说出这句话的时候，林可林心里突然觉得轻松了，原来瑶凤说的是对的啊。

"……"

颜夏心头一阵郁闷，他觉得自己都要抓狂了，刚刚把瑶凤安抚好，心头刚松下来，又接到办公室电话，心头很不自觉地紧张起来，一听是林可林，刚放松，再一听，居然又是我喜欢你。今天是把下半辈子的桃花运都走了吗？颜夏暗自思忖。

"我知道了！"

本来林可林很紧张地期待着电话那一头的回答，结果那边又无比淡定的一句我知道了。她很难不把刚才他跟瑶凤说的那句话联系起来，瑶凤说我喜欢你，他说我知道啊，现在自己说我喜欢你，他依然说我知道了！

林可林强忍着不让自己暴走，黯然伤神地说了一句："你知道了？那你骂吧，你教育吧，我听着！"她不禁又想起赵晴、郑超强、瑶凤，想不到自己居然也会沦落至此，心底一阵抽搐。

"他们是学生，我得教育他们，你是老师，我教育你什么啊？"那边又淡定地说了一句。

"啊！"林可林叫出声，想想也是哦，自己是老师，完全是恋爱自由，哪里能和那几个小屁孩相提并论呢。

"在办公室啊？那上来啊，这么说多累啊！"颜夏又说。

"呃……"林可林有那么一瞬间的犹豫，她觉得好丢人啊，生平第一次告白居然换来一句毫无思想感情的我知道了，现在又要面对他，有点不敢。

"快点啊，我挂了，拜拜。"她还没回神电话那头已经是忙音了。

林可林深吸一口气，早晚要面对，反正说都说了。这么安慰自己果然轻松了很多，她走向天台。

颜夏还是在装死，林可林没来由地有了一股气，感觉就是明月照沟渠啊！自己偏偏碰上一块榆木疙瘩，碰得一点脾气都没有了。踢了他一脚，然后坐到自己的位置上，表示自己来了。

"来了？"颜夏说。

林可林一听更气，这是要往忽悠瑶凤的节奏上去了啊，连开场白都一样！

"我不该来！"林可林憋出这么一句，然后觉得大快人心啊，终于把刚才酱油党没法说的台词说了。

"好啊！"颜夏又接了一句，林可林瞬间急了，她满心期待地等着对面的叶孤城酷酷来一句"你还是来了"，但换来的是一句莫名其妙的"好啊"，这什么情况？林可林有些想挠他，但是想想氛围不对啊，自己是带着少女对爱情的无限憧憬和娇羞上来的，怎么一坐下来感觉自己是带着大招和连招来的，感觉果断不对啊!

她有些气恼地又躺回去,看着满天繁星,突然又想到什么似的转过身问颜夏:"你给我指指我哪颗,亮不亮?"

"忽悠小姑娘的话你也信?"颜夏不以为意地说。

"忽悠?忽悠?你!"林可林一听不对,认真一想暴跳起来,指着颜夏一句话都说不出来。

"怎么了?"颜夏看林可林又躺又跳,可累眼睛了。

"那情灯呢?星星点灯呢!"她有些颤抖地问。

"忽悠小姑娘的啊。你不会真信了吧?"颜夏认真地看着林可林。

"那么好一个姑娘啊,你就这样忽悠她啊。"林可林只觉得满脑浪漫主义情怀在片刻间都被狗吃了。

"喂喂喂,我又不是情圣,什么人我都能应付得来,刚才情况那么突然,我这已经算急中生智了好吗?"颜夏辩解。

"那上次赵晴、郑超强的约定呢?"林可林万念俱灰地说,感觉不会再爱了。

"哦,那是真的啊,因为之前就看出他们有问题了,所以提前去思考了。"

"瑶凤跟你说的时候你不是说你知道吗,说明你也提前知道啊!"林可林抓住把柄了。

"我是知道啊,但是在她说出来之前我没想到法子嘛,而且我是当事人好吗,我比你还着急啊!"颜夏继续说。

"你不会连这话都是忽悠我的吧?"想到自己貌似也是来告白的,然后现在被忽悠得一点矜持都没有了!

"没有啊,我们在很愉快地聊天啊!"颜夏说。

本来之前自己心情好好的,幻想自己也是一颗美丽的小星星,等待着心爱的人点燃自己的情灯,然后在梦幻的夜空中散发爱情的光芒,这多美好啊,但这家伙的存在就是来毁梦想的!

林可林欲哭无泪,看来今晚的告白就是个错,或者说自己告白没错,但搞错告白对象真的是条不归路。

"你刚才说你喜欢我?"颜夏像是突然想到一样,随口说了一句。

"啊!"林可林已经放弃了,想不到他居然又提起,一时之间不知道怎么回答了。

"你说喜欢我,喜欢我什么?"颜夏追问,又小声嘀咕了一句,"和大人聊天就是好啊，不用各种限制！"

"我怎么知道！"林可林不小心听到他的嘀咕，没好气地白了他一眼，敢情这家伙就当这喜欢是个普通的谈资啊！

"不知道你还喜欢？"

"关你什么事！"

"本来不管啊，可是你对我说了啊！"

"说了又怎样？"

"说了我就想知道啊，毕竟跟我有关系嘛。"

"不管你的事！颜夏你给我记住，即使以后我天天在你面前念叨我喜欢你都不管你的事，你就当我是碎碎念好了，听到没有？"林可林说完还扬了扬拳头。

"你非要把一场无比浪漫的告白搞得跟黑社会谈判一样吗？"

是谁先开始的啊！是谁先开始毁梦想的啊！林可林心里无力控诉。反正星星也是假的，情灯也是假的，生活没指望了！现在她有破罐子破摔的感觉。

"喜欢我什么？"

"你神经病是吧？是啊是啊，我喜欢你我喜欢你我喜欢你，行了吧？"

"那喜欢我什么？"

林可林没回答，抬手就是一拳，对这家伙精神攻击无效，必须要用物理攻击。"你先回答我，你喜欢我吗？"她捶完很彪悍地问了一句，心里自暴自弃，反正在他眼里都没有淑女形象了，问出点结果也是极好的。

她不禁想到瑶凤的话，不喜欢的话至少知道以后的路怎么走，至少知道去找一盏灯……

想到灯可林她开始难过了，心里跟自己说，别找了，那是条死胡同啊！

"我？不知道啊，反正不讨厌啊。我喜欢小寒！"颜夏倒是真心地回答了一句。

这个名字现在对林可林对颜夏来说都是个心结。

"你是放不下她还是喜欢她？"林可林目光灼灼。

"嗯？"颜夏被她这么一说，居然真的认真在思考。我是真心喜欢着小寒，还是只是不甘心，或者放不下她……

"说啊。"林可林觉得自己隐隐有点逼宫的感觉。

"我不知道！"颜夏很诚实地回答，因为一年多了，时间能冲淡很多东西，他也不清楚现在残留在心中的那种感觉是叫喜欢，还是叫放不下。

"你们真的好烦啊，喜欢就在一起，不喜欢就分开啊，这么简单。"她的心情突然就变得很不好了！

"你和吴言互相喜欢，那在一起了吗？"颜夏问。

"不一样好吗？在我知道不可能了之后我就放下了，你呢？"

"好啊！"颜夏说完这句话，林可林只觉得这一刻小寒上了他的身，完全不能用正常的逻辑思维来看待他了，沉默了一小会儿，颜夏又淡淡地说："可林，对不起！"

林可林心里一怔，这对不起对得自己好难过啊，不过她嘴上还是强硬地说："有什么好对不起啊？我喜欢你你不喜欢我很正常啊，姐姐夜观天象，你跟小寒妹妹迟早得掰，所以我就守株待兔，缠也缠得你喜欢我！哼！我可是不好惹的！三只小狗都拉不回来！"

颜夏看着林可林强作坚强，心里有些发酸。

小寒，我对你的感情到如今还剩什么？我们总得坐下来明明白白说清楚吧！

林可林看颜夏不说话了，自然也不好意思再说下去，刚才那些话已经把她的勇气值消耗完了，现在她浑身发虚。

我是什么时候开始喜欢你的呢？为什么连我自己都不知道？刚开始遇到你的时候你是多么讨人厌啊，人说邂逅是多么美丽的事情，但你偏把美丽的邂逅搞成一个谎言，真心讨厌呀！再遇到你的时候你还是那么讨厌，我恨不得天天拿尺子抽你，即使你是什么鬼实习老师。即使你在课上能背诵《滕王阁序》，我还是觉得你恃才而骄，而且我真的不信你一个破实习老师能把班级带好，甚至超过一班。你跟我打赌说明你自大、狂妄，而且很无知……

操场的一场误会，让我对你开始有了一些内疚，但仅仅就一些啊。

我第一次在你面前哭是什么时候呢——是食堂的一碗面烫的，你真的把我气惨了，那时候真的想把面泼你身上啊。

期中考我本来就没看好你，但是你为什么要给我送伞？送伞也就算了，为什么不当面送，害我又丢脸了，你以为默默无闻很好玩吗，你又不叫雷锋，但是我还是有被感动到了！

改卷的时候你为什么老是说玉兰好香，你真是不要脸啊，但为什么我会窃喜，你应该是在变相表扬我吧？

跟你第一次喝酒你又给我装大尾巴狼，害我喝得七荤八素，最后居然还要你背回家，感觉好凄惨！不过那也是我第一次看到小寒，那个感觉很清凉的姑娘，你第一次表露你的心事，虽然不是对着我，但我还是感觉到你用情极深，为什么对你刮目相看要依靠别的女孩子呢？

运动会的时候你可是把我从开幕式气到闭幕式啊，什么太平长安、鞋掉了，最过分的是最后居然把我扔了。不过我也记得你为我弹的曲子、唱的歌，光阴在讲故事，歌曲很美，那天阳光明媚，你看起来也不是那么讨厌，反而有那么一点温柔，于是我居然莫名其妙把我最爱的口琴送给了你，但或许这是个契机，让我开始放下……

本来我对你把我扔下来很生气，但后来听了你的解释后我就觉得你貌似是一个有所为有所不为的君子，心里的气也不知道为什么就消了。可能是因为那一场相亲吧，我也不知道是冤家路窄还是缘分，反正就是茫茫人海又撞到一起了，亏我还带好闺蜜过去，你居然给我使老爹遁，真是可恶。不过木木说得不错，当时你的背影、侧脸和白衬衫真的挺勾人眼珠子……

那天晚上是你第三次背我吧？觉得挺和谐的，我也不那么讨厌你了，有时候你挺像个君子的，有时候又像流氓……

教师侠侣的传说我居然没有很排斥，是我被你熏陶得节操全无，还是我开始接受了？

或许是你对郑超强、赵晴他们说的那些话让我对你有丝丝好感吧，因为你在假设你跟我在一起了会承担起一个男人的责任，会考虑和我成亲，然后给我买一大堆有的、没的、大的、小的东西，为了我的后半生负责到底。而且，我居然顺着你的假设开始描绘幸福的生活了。

在我对你稍有好感的时候你居然骗我出去，而且是骗给吴言，虽然你的手法很拙劣，一到餐厅就被我识破了，虽然我知道你对不起是因为内疚，但我就是要让你内疚到底。可是我也不知道你会在外面等那么久，手都冻红了却还记得买苹果。说实话我不怪你啊，反而要谢谢你，要不是你促成的这个契机，我和吴言真的没那么容易放下，谢谢你啊！

虽然对你印象改观甚至略有好感，但我还是要报复你一下，谁让你气我、骗我、调戏我，于是我就帮你报了歌手赛，其实也就是我的比赛综合症发作了，就是不想输给你，看你一副事不关己的样子就来气。颜夏，你知道吗，当时看到小寒我就莫名心酸，那个时候我也理不清是什么情绪。当音乐老师说光盘不行的时候我真的吓坏了，我本能地找你，看你紧张的样子我居然有丝丝安慰，当时甚至想能让你紧张一会儿这比赛也就值了。

可是我完全想不到你会做那样的选择，你不是要唱歌给小寒听吗？这是一场很重要的告白啊，可是你为什么要放弃？当天空传来吉他声的时候，特别是那咚咚咚咚的四声，我觉得我对你的所有的防备和怨恨都被敲碎了，取而代之的是满心的感动和欢喜。

当我听到你在广播室哼歌的时候，我知道你心里很难过，但我不知道怎么安慰你，而且我知道自己心里也很难过，但我不知道怎么去表达，于是我想哭，酣畅淋漓地哭一次，把内心所有的不安、愧疚都发泄出去，甚至希望你骂我、指责我，但是你都这么伤心了为什么还要逗我开心啊？我知道在我把头埋进膝盖的时候我想的是什么，我在想，可林，你是喜欢上这人了吧！

之后的几天我被这个念头纠缠得快疯了，但是我压根没想对你说出来，因为有时候你看起来还是那么讨厌，有事没事调戏我，直到瑶凤出现，她真的比我勇敢，而且我居然被她的一番话打动了，我知道你会把她开导得很好很好，但我就是想知道你怎么开导的，因为我把她当作我了。

下错时空的雨、星星、情灯，多么浪漫的意象啊，你就知道逗小姑娘开心，连大姑娘都被你引得开始憧憬了。其实我很赞同瑶凤的话，我的性格直来直去，不喜欢纠缠，于是我对你说我喜欢你。颜夏，我喜欢你，小寒终是你的过去，而且我也没那么容易放弃，因为我叫林可林！

林可林躺在椅子上，那些过往的片段像流水一样在她脑袋里淌过。

原来，我跟他经历过这么多事情啊！

林可林突然笑了，然后笑着笑着眼泪就下来了，眼泪顺着眼角划过耳朵，一阵温热。她用手轻轻擦掉眼泪，转过头，背向颜夏："颜夏。"

"嗯。"

"我喜欢你。"

"嗯！"

颜夏和林可林并没有因为那天晚上的表白事件而感到尴尬，两人跟平常一样，上课、写教案、讨论教案，甚至聊八卦。

只是偶尔林可林的霸气也会出现在办公室，比如：

"颜夏！"

"干嘛？"

"你又把我毛巾弄哪里去了？"

"啊？那是你的吗？你的不是我上次送你的那条鹅黄色的吗？"

"早就换了好吗！"

"我昨天看桌上乱扔着一条毛巾就又随手扔了！"

"又！"

"不好意思啊，我赔啊，我赔。"

"啊啊啊啊啊！颜夏我告诉你，要不是我喜欢你我早就把你来来回回切几遍了！"

"……"

又比如：

"可林，你教案借我看看呗。"

"好啊！"

"你不怕我窃取你的成果？"

"谁让我喜欢你呢。"

刚开始听到类似对话众老师简直接受无能啊，虽然他们一直盼望能有一些劲爆的料出现在他们身上，但是出现得也太突然了吧，昨天明明还打生打死，今天突然就爱生爱死了。这种感觉太奇怪了，就好像看电视剧，今天小两口还刀来剑往的，明天突然就活蹦乱跳地蹦出一个三岁大的孩子来了，太不科学了。

众人私下问他们，他们也相当默契地不说，颜夏是因为担心丢林可林的脸，林可林是因为不想丢自己的脸，所以那一夜究竟发生了什么，是继教师侠侣怪闯小黑龙事件后的又一神秘事件。

林可林好像把"我喜欢你"这句话当作口香糖了，没事就拿出来嚼一嚼，都不害羞了。颜夏却把这句话当十香软筋散，一听到就浑身无力。

听多了众老师也麻木了，也觉得正常了，林可林是那种会带着三月少女羞、隔着春闺窥郎君的人吗？绝对不可能，如果是她喜欢，她不高头大马虎去抢亲就已经算很害羞了！

于是不多久全校都知道林可林找到爱人了，也知道颜夏被人爱了，但其实真相只有他们俩知道，林可林确实动不动就说那句话，但都是带着真心实意在说的，颜夏好像练了九阳神功一样，她表任她表，他自念小寒，一时倒是相安无事。

第十八章

这个冬天来得彻底。

颜夏其实不讨厌冬天，只是今年很特别，他觉得如果这个冬天一过，他又将迎来自己的冬天。

快到期末考试前一周。

班会课，颜夏还记得之前的约定。

"同学们，下周这个时候就是你们期末考了。还记得我们的约定吗？"

"不知道。"

"这么快就忘了啊？刚来的时候我们打过赌的啊？"

"哦！打赌啊，我知道我知道。"瞬间有好些学生举手发言。

颜夏冷汗啊，这些学生，自己耍文艺说约定他们全部无视，说打赌什么的各个鬼灵精得跟六指琴魔一样。

其实好多学生觉得这段时间他们过得太欢乐了，哪里有多余的心情记这么苦大仇深的小事情啊。

"没错，我们当时约定，到期末考之前由你们来评定，到底是你们颜老师好还是那个林老师好。"颜夏不敢让学生回答问题，生怕他们又引申出什么东西，所以他很有技巧地自己回答了，你看，你们的颜老师，那个林老师，你们和那个，大家知道怎么回答了吧！

"颜老师好！"学生整齐地回答，均是七窍玲珑心。

"很好！那你们按照约定接下来就要好好复习，知道吗？"

"好！"

"我们的目标是？"

"太平长安！"

"我们的目标是超越一班！"颜夏心里有些郁闷，这些孩子的存读档力度太大了吧。

"好！"学生齐答。

颜夏这下子真心为他们的信心而焦虑了，开始暗暗怪自己，都是自己啊，无限拔高了他们的眼界和自信。你看看，如果是在从前，这群孩子敢明目张胆说超越一班吗？以前一班就是一座山，可是现在呢，自从运动会事件后，他们觉得自己班级出了位英雄，他将带领三班战无不胜攻无不克，现在的一班在他们眼里就是一摊泥，想怎么踩就怎么踩，想怎么捏就怎么捏，但实际呢，一班还是一座山，只是三班得了长脖子病，眼珠子在天空，脚却踩在一堆烂泥巴上啊。

转眼期末考就到了，颜夏一方面为他们的成绩紧张，另一方面也为自己的离别伤感。在最后一节课的时候就声明了期末考后自己的任务就结束了，当时几个情感丰富的就泪奔了。

众老师也在惆怅，难道就这么结束了？至少明确地打个"全剧终"吧！当然打个"敬请期待下一部——侠侣归来"，这才是他们最期待的。

想到以后（个别悲观地认为是这辈子）再也看不到这样刺激的打闹了，众老师都觉得最近没了工作的动力，都是这两朵奇葩啊，把他们的胃口给养得太刁了，以后围观不到这样的场面注定是场失落啊。

考试的时候颜夏看着一个个乖乖答题的学生，想到自己刚来的时候他们还一个个跟在草原上蹦跶的小野马似的，心里不禁开始乐啊。

林可林的心却早就飞到之前的赌约上了，此刻她是相当纠结啊，要是赢了吧，自己好像也高兴不起来，那家伙的鞠躬对自己一点吸引力都没有了，而且有点折煞老夫的意思；要是输了，不可能啊，那家伙再闹腾也不能开外挂啊，除非自己放水，但师德师风告诉自己不能这样啊。

想想就烦，不过想到考试之后某人就要消失在茫茫人海了，她的心里就更烦了，自己多大的内存就玩多大的游戏吧！

最后一天终于考完了，颜夏收齐了考卷，简单地祝愿大家过个好年，然后示意同学们可以走了。但是全班却体现了前所未有的集体荣誉感——一个同学都没走，而且连桌上的东西都不收拾。

"怎么？舍不得老师啊？"颜夏打趣地说了一句。

这一说不要紧啊，几个小女生当时就哭出来了，然后像中了瘟疫技能一样，周围一片抽噎声，瞬间一个班级都哭了。

此景颜夏不是没有幻想过，他觉得自己就应该在万人敬仰之中挥一挥衣袖，轻飘飘地腾空而起，消失在一片哭声、挽留声中，但想归想，真正遇到这种情况的时候他顿时手足无措了，暗骂自己嘴贱，没事干嘛提舍不得啊。

林可林经过三班教室，恰巧听见班级有人在哭，就逗留了一下，想不到一分钟不到全班都哭了，而且再看看台上那位主角似乎只会挠头。其实她心里也挺难受，今天过后就不知道怎么样了，但是她还是走进教室，和颜夏站上了讲台。

学生们看到林可林进来，两位都是他们敬爱的老师，顿时哭得更大声了，好像一肚子委屈要跟她说。

"同学们，别哭了，不想听听颜老师对你们最后说几句话吗？不听的话林老师要把他拐走啦？"她开了个玩笑，效果很明显，学生大半止住了哭声，个别哭太猛的一下子收不回来。

学生们真真觉得依林老师敢作敢为的脾气和爱憎分明的个性，绝对有可能当场拉着颜老师私奔的。

颜夏突然觉得自己和林老师还是有差距的。

看学生静得差不多了，颜夏感激地看了一眼林可林，理了理思绪，缓缓说："同学们，今天颜老师要走，而且可能回不来……"

一句话说得林可林都快哭了，自己好不容易才稳住局面，他是要把自己往学生堆里推吗？

"但是，老师这里会一直记得你们……"他指了指自己的心脏，继续说，"离别的话我不想多说，我很感谢这一切，在我最彷徨的年纪遇到最美的你们，而你们恰恰能够接纳我，让我能与你们一起笑、一起哭、一起唱歌，多好啊……可惜往往越美好越短暂，你们将继续花样年华，老师也将继续独自前行，我们都为了心中的东西在努力。我不放弃，希望你们向我学习，永不放弃啊！再多的话其实都说不尽此时的心情，就留一些未完的话吧，没说出来或者说不出来的，才是最美好的，不是吗？最后一句话：不要哭，因为一切分离都是为了能在更长的路上再遇见……为了再遇见，再见！"

颜夏说完就抱着试卷头也不回地离开了教室，剩下一教室的学生咬着嘴唇强忍着不哭出声来，因为颜老师说了，不要哭，再见是为了在长路旅行中偶遇更美的你们，然后彼此开出欣喜的花儿……

林可林安慰了他们几句，看着学生慢慢地收拾东西离开教室，突然觉得自己再也忍不住眼泪了，就赶紧离开教室。

到办公室的时候林可林没看到颜夏，只看到一叠整整齐齐的卷子放在了自己的桌上。她想了想，转身走上天台。

果然，一个熟悉的身影站在天台上，看着操场上熙熙攘攘的学生，一动也不动。林可林走到他身边的时候他依然没有察觉。

她看到颜夏的眼眶也红红的，想想也是，他对学生的感情绝对是满值的。

"舍不得啊！"颜夏突然惆怅地说了一句。

"孩子们、老师们都希望你留下。"林可林也跟了一句。

颜夏笑了笑，学生们和老师们的心思他哪里不懂，但事情往往不是他们说了就算的，如果这世界有这么理想，那小寒为什么要走？

"还记得我们的赌约吗？"颜夏突然说。

"嗯。"

"可能要输了啊，到时候我不在，你想讨账都讨不到，你要不要现在讨？"

"不要！胜负还难料！"

"喂，这话怎么感觉应该是我说的啊？"

林可林突然就哭了，刚才在楼下她憋了一眼眶的泪，现在被颜夏一逗，想到明日此时已是天涯海角，眼泪终于决堤了。

"喂喂喂，你知道我刚才连小孩子都安慰不了的，你还哭，我才是悲剧的主角好不好，别想让我再安慰你了啊。"颜夏有些无奈地看着身边梨花带雨的姑娘。

"以后就见不到了。"林可林有些孩子气地一边抹眼泪一边说，听起来分外委屈。

"你莫不是在咒我死吧？第二次了，姑娘自重啊！"颜夏一脸严肃地说。

林可林怎么会看不出他又在逗自己开心，想到之前运动会自己说伯牙子期的时候他也说自己在咒他，然后刚刚说不安慰，现在又很没节操地逗她开心，本来应该笑的她哭得更厉害了。

颜夏觉得不对啊，自己安慰得很有技巧了，怎么好像技能反噬一样，她哭得更不像样了，幸好此时两个人走了过来，林可林一看立马止住眼泪，使劲抹了抹脸。

颜夏暗呼这俩娃来得太及时了。

"颜老师，你真的要走吗？不能留下来吗？"赵晴哭得眼睛都肿了，这姑娘就是见不到这么悲伤的场面。

"我说赵丫头，你貌似是最不该哭的吧？你晚上一回家就会看见我啊，而且是天天见，你跟着其他孩子瞎凑合什么啊？"颜夏揉揉赵晴的头。

"我也知道啊，但是不知道为什么就是哭出来了啊，眼睛不听使唤嘛。"赵晴很无辜地一边抽噎一边说。

"别哭啦，再哭以后你就见不到我啦。"颜夏唬她。

她果然不哭了。

颜夏又看一句话不说的赵超强，他在自己当老师的时间里表现得异常乖巧，虽然偶尔也流露出一些匪气，但是大部分都是为了维护自己班的同学，可以说成了班级的门神，而且经过上次的谈话后，他变得更加努力了，是一个重情重义的男子汉。

"超强，你这段时间表现得很好，有信心继续下去吗？"颜夏拍拍他的肩膀。

"没有！"超强的回答很诚实，因为他真的不知道除了颜夏和林可林，还有哪个老师能够这么关心他，他也不知道，颜夏走后，自己会不会反弹，变得跟以前一样。

"你这么实在啊？怎么？觉得我走后就没人管你了吗？"颜夏说。

郑超强像是做贼心虚一样，低声说了一句："颜老师，你要是敢走，我就变坏，还要带全班同学变坏！"

颜夏突然笑了，他觉得此时的郑超强才表现得像这个年纪的孩子，得不到，就想一切办法。

"超强，你给我记住，管你的不是颜老师，也不是林老师，是你自己，我说得直白点，是我们的约定。如果你连这点都做不到，你以后拿什么信心来跟赵晴相处？你准备在老师离开的时候带着失望啊？"

"不会的！老师，对不起，刚才是我任性了，其实你说的我都懂，放心吧，老师，班级交给我了！我不会给你对我失望的机会的！"郑超强往前一步，正视颜夏，拳头握得紧紧的。

"这样才对嘛！郑超强！"

"是！"

"下次我们再见之时，儿须成名酒须醉！"颜夏也握拳在自己心口轻轻一捶。

"是！老师！"郑超强也有模有样地学着。

等他们走后，林可林的眼泪差不多干了，刚才她都不敢转头，一直背对着颜夏和郑超强他们。

"你还说自己不会哄人啊，把人家忽悠得恨不得切腹才能表达感情了。"林可林嘀咕。

"是啊，我哄的都是孩子啊——哎，也就单对单我才说得出话来，一群的话我就束手无策了。不哭啦?"颜夏耸耸肩。

"哭什么哭，有什么好哭的? 你速速给姐姐离!"林可林抬手就要捶颜夏。

颜夏没有躲，任林可林捶了一下，有些失落地说:"可林，谢谢你，在你身上我学到了很多很多东西，此去一别，不知相见何日……"

"人家好不容易才不哭了，你不说这么煽情的话会死啊? 你分明是故意的!呜呜……"林可林一听这么情深义重的话，眼泪又出来了，她又狠狠地踢了颜夏的小腿一下。

"哎，可林，你速速给哥哥止!"颜夏莫名其妙说了一句。

"啊?"林可林茫然。

"又有人来了。"颜夏说。

林可林恼怒而又无奈地转身，小声嘀咕:"这一切都是阴谋! 要来就一起来，非要这么一个一个来，让不让姐姐煽情了!"

颜夏有些好笑地听着她的碎碎念，目光所及之处却是一个纤细的身影渐近。

瑶凤依然喜欢穿蓝色系的衣服，手开始套上了毛茸茸的卡通手套，头发长长的，眼睛红红的。

"你来了。"颜夏轻轻地说。

林可林一听身子一僵，这话忒熟悉了，身后那神棍又要开始忽悠小姑娘了。瑶凤丫头，别傻了，这就是块木头啊，没有星星、情灯，更没有情窦初开，一切都现实得会让你好悲伤! 林可林默念着。

"嗯。"瑶凤听不到林可林的呼唤，深深地鞠躬，然后依然按颜夏的节奏说下去。

"舍不得吗?"

"嗯。"

"我也是啊。"

林可林一听不对啊，这是死灰复燃的节奏啊! 她转身瞪大眼睛看颜夏。

颜夏被吓一跳，试想一下一个姑娘突然转身眼珠子瞪得大大的，还红红的，上面还挂着泪珠子，即使她很漂亮，但人心都是肉长的。他知道这姑娘为什么瞪自己，眼神示意她淡定点，就继续说:"可是，我有我的使命，你有你的梦想，我们早晚要天各一方啊。"

"那也不该是现在……"瑶凤很委屈地说。

"哎,趁着你对老师印象还不错,老师可要赶紧走,这样至少在你心里留个好印象不是,要不然你再长大了,说不定老师的形象在你心中就幻灭啦。"颜夏打趣道。

"不会啊。"瑶凤一点都没笑。

"瑶凤,我有个东西要送你。"颜夏说着往口袋里掏东西,先是掏出一大堆纸鹤,然后在里面翻了几下,找出一个东西递给瑶凤。

瑶凤和林可林瞪大眼睛,看着颜夏手中的东西——校卡,上面是瑶凤的照片,蓝衣红底,眉眼弯弯,笑颜纯真。

"您怎么会有我的校卡?"瑶凤有些吃惊。

"呵呵上次在办公室的存档看见你的彩照,想想以后也不能再给你签字了,干脆就自作主张帮你办一个,省得你每次都签名嘛。"颜夏挠挠头。

瑶凤丫头又哭了。

"哎,别哭啊,这么个善举你哭啥啊?"颜夏一看又不对啊,这丫头的性格怎么向林可林靠齐了。

"老师,您对我真好!"瑶凤说出这一句,让林可林汗了小半天。

"对你好那你就拿着吧,以后不能给你签字了,不好意思啊。"

"您看!"瑶凤突然眨眨带泪的眼睛,俏皮地从口袋掏出一堆东西。

居然全是校卡!

颜夏有些无奈地指着瑶凤:"我说丫头,你莫不是存心玩我的吧!这么多校卡了你还天天找我签字?而且你怎么会有这么多校卡啊?你有收集癖吗?"

瑶凤摇摇头:"人家就是想要老师的签名嘛,而且老师您自己不认真,每次我让您签的不一定是校卡遗失证明啊,其中还有校卡补办证明。"

"你这丫头倒是不缺钱啊!"颜夏哭笑不得。

"所以我不要校卡,老师要不您把这些纸鹤送我吧?我后悔送您了!"瑶凤可怜兮兮地盯着颜夏手中的纸鹤。

"好吧,都拿去吧。"颜夏很大方地把手中的纸鹤全部摊到瑶凤面前。

瑶凤很开心地把纸鹤全部小心翼翼地收起,然后留下那个校卡,她想了想,又从刚才自己的一堆校卡中挑出两个放到颜夏手中:"我也送老师两个校卡,这两张照片更好看,您手上那张是我刚入学的时候递交的照片,太幼稚了。"

颜夏看了看手中三个校卡,三张照片都笑得很甜,真看不出哪张幼稚些。

"好吧，那老师就收起来留个纪念啦。瑶凤，你相信我，有机会我们会再见的。"颜夏像是给了小丫头一个保证。

"好啊！"瑶凤听了很开心。

此时颜夏才注意到，才过了几个月，瑶凤的头发更长了，就快及腰了。

"瑶凤，我也相信你，你会过得很开心的。"看着即将离开的瑶凤，颜夏轻轻地说了一句。

瑶凤没有回答他的话，只是轻轻鞠躬，抬头很委屈地一笑，温婉地说："颜老师、林老师，再见！"然后小跑出天台的铁门。

颜夏第一次觉得她不是在扮委屈，而且真真正正的委屈。

"颜老师，你放心吧，天上的情灯很漂亮，地上的瑶凤也会很努力！不会让老师失望的！"楼道里传来瑶凤的声音，隐约带着哭腔，但是话语坚强。

颜夏一听心一放，林可林一听心一提！

丫头，别傻了，求你别傻了，天上没有情灯啊，那漫天的星星都是闪闪的泪光啊！

瑶凤离开了有一段时间，林可林还是一脸警惕地盯着铁门，感觉里面有可能还会冲出什么怪兽。

"你至于这样吗？"颜夏把玩着手中的三个校卡，朝神经质的林可林说道。

"不行，我觉得这样才是妥妥的。"林可林一个箭步冲过去把铁门扣住。

"你就跟孩子一样。"

"反正你一直都说我是孩子！"林可林倔强地说。

"那说吧，你想干嘛？"颜夏有些脊背发凉，他生怕自己被林可林怎样了。

林可林被这么一问，果断愣住，她也不知道自己要干嘛呀。

"没事那我要走了啊。"颜夏好笑地看着目瞪口呆的林可林。

"啊？"

颜夏走了两步，回头看了一眼，突然觉得冷风中林可林瘦小的身子有些瑟瑟发抖，心里叹了一口气，转身又回到她的身边，说："现在还早，还是等学生都走了我再走吧！"

林可林知道这家伙是要再留下来陪自己一会儿，她有些感激地看着颜夏，心里却发酸。

"可林，刚才的话还没说完呢，说真的，我要谢谢你，在学校的这段时间，我从你身上学到了很多很多东西。"颜夏试着找了个话题。

"啊？什么东西？"林可林一听依然一头雾水，但心里有点小欣喜。

"比如说，你身上有我从未有过的激情，你是我见过最努力的姑娘。"

"能不能不要是这个啊。"林可林悲哀地回答，她听到努力这个词，莫名其妙地想到自己害得颜夏和小寒分离的样子。

"那我再想想啊！"颜夏皱眉思索。

"好。"林可林满心期待。

……

"还没想到吗？"她觉得自己委屈得快哭了，这人想了好几分钟愣是想不出她好的地方。

"呃，你很漂亮。"颜夏也无奈地随口找了个优点。

林可林听到这话本该很开心，但心里却非常委屈。对哦，他要向我学习的地方就是我漂亮吗？好忧伤的感觉啊，听上去怪怪的！

林可林刚想踢他，颜夏却又正色，说："反正你让我的生活有很多改变，我是真心谢谢你！好可惜，以后共事的机会就少了，关键是，以后你是老师我还是学生，感觉很怪。"

她本来听着听着又惆怅了，但是听到最后却又飞扬起来，对啊，这家伙一出校门档次果断低了自己一档，天地君亲师，姐姐还真成了他长辈！

"接下来你什么打算？"

"过寒假，回校等毕业啊。"颜夏自然而然地回答。

"颜夏，我感觉有好多话要跟你说，但是现在怎么也说不出来。"

"那就留着以后说呗。"颜夏也有点躲闪，就怕此时林可林又煽情，眼泪口水一大堆。

"以后吗？是不是你刚才跟学生们说的，说不出来或者没说出来的话，才最动听？"林可林低着头。

"嗯，也可以这么说吧！"

"你莫不是在咒我跟你乱告白吧？"林可林有些委屈地说。

"呵呵，其实我倒是很佩服你的勇气，如果我是你，在以前我也不敢清清楚楚说一句喜欢的话，但是现在的话，我也会选择跟你一样。"

"真的吗？那你不怪我吗？"

"一点都不怪啊，其实吧，你跟那些孩子一样，一颗爱恋的心是很柔软的，需要的是不断呵护和鼓励，而不是当头拔起。"

"这么说你还是把我当小孩子忽悠?"林可林眼泪又快下来了。

"没有啦,你相信我。"颜夏其实说出刚才那些话也有些忐忑,这是他第一次和林可林面对面地说感情的事,而且还是关乎他们自身的。

"嗯。"可林点点头。

"那我先下去跟其他老师告别吧,你要不要一起下去,还是你要继续吹吹风?"天已经暗了下来。

林可林点点头,脸红红的,浑身有些颤抖。

"怎么?"颜夏刚想问她是不是受寒着凉了,结果就这姑娘一步窜过来一把抱住自己。

林可林的脸红得更加厉害了,好像要滴出水了,她踮起脚尖,在颜夏的耳边很轻盈地说道:"颜夏,一切分离都是为了能在更长的路上再遇见,我们很快就会再遇见的,很快很快,再见。"说完全身发软的她很快离开颜夏,窜到一边栏杆旁,看着天上星星初现,也不知道哪一颗是被点亮的自己。

颜夏迈动脚步的时候林可林还是忍不住偷偷回头,但只一眼她就流了泪。颜夏背对着她,边走边从口袋掏出一把红黑色的口琴,紧紧地握在手中,然后在冰冷的寒风中轻轻一挥,好像在说,可林,无别,此琴,永携……

一切分离都是为了能在更长的路上再遇见,我们很快就会再遇见的,很快很快……颜夏回味着刚才满脑的玉兰花香,慢慢离开天台,嘴里却念着林可林刚才的话,他不知道很快很快到底有多快……

颜夏,下一次见面,我们都还在青春路上,不过,在青春尾巴上的我可能会放肆啦……林可林仰头看星星,任眼泪肆意滑落……

第十九章

颜夏接到林可林电话的时候已经是下午三点多了。昨天的告别好像耗光了他所有的力气，今天一天他都处于手脚无力中。

"颜夏，起床。"电话那头传来柔柔的声音，没有平时的凶神恶煞，乍一听还真不习惯。

"可林啊，你怎么知道我在睡觉？"

"因为你是猪啊。"

"打电话来什么事啊？"颜夏想开启拌模式。

"语文成绩出来了。"

"原来是讨债来啦，哎，刚才应该装没信号的。"

"你要不要这么不正经啊！"

"好吧，我正经，三班成绩怎样？"

"很厉害，总分 120 分，你们班平均分 103 分。"

"哎！"

"干嘛叹气啊，还不够吗？"

"你下一句就是但是了。"

"哈哈，你真是冰雪聪明啊！但是！但是！姐姐班级平均分 104 分，比三班恰好多了 1 分。哎呀，好多啊！"

"能不能不带这么傲娇啊，我尽力了，但是还是没办法，现在要讨债吗？昨天不讨过期作废了啊。"

"对了，你怎么知道我刚才要说但是的？"

"当然是三班输一班所以你才会无比傲娇地打电话给我，要不然你会乖乖打电话过来叫哥哥吗？"

"姐姐再告诉你，你知道这 1 分是怎么输的吗？"

"肯定不是我方不争气，是敌人太狡猾。"

"你又猜对了，还记得运动会上我班那个被你喊鞋掉了的小弟弟吗？他平时不好好念书一心想着练体育，自从被你言语和精神打击了之后，奋发图强，弃武从文，期中他考了 52 分，期末考了 112 分，刚好帮忙提高了一分平均分。"

"怎么感觉有种淡淡的哀伤。"

"这就叫自作孽不可活，哈哈……"

"哎，那么努力，还是输了啊，不知道孩子们知道了会不会伤心，你以后可要好好安慰他们，好好教他们啊。"

"喂喂喂，怎么感觉你跟阅历丰富的老教师一样！不过说实话，你们班进步的速度让所有老师大吃一惊啊，他们从没想到三班的潜力如此大！想想昨天几个老师瞠目结舌的样子我现在还笑得出来。"

"你还真的笑得出来，嘿嘿……也不看看是谁教的，这就叫偶像和实力的有机结合，智慧与侠义的充分搭配！"

"哎，我们班平均分比期中考高了 2 分，你们班高了 12 分啊！幅度整整是我们班的 6 倍！以后教起来压力真心大啊！"

"哈哈，知道哥哥的厉害了吧！哎，不过我还是输了！"

"你就知足好吗！"

"老大！"

"嗯？啊！干嘛乱喊？"

"我输了啊，按约定喊你老大，哎呀，这么说来你还真成了三班的大姐大啊。"

"什么意思啊？"

"你看看，你是我老大，我是超强老大，超强是三班的老大，那现在你这个大姐头妥妥的！"

"啊啊啊啊啊！颜夏我怎么觉得一开始就被你算计了啊？什么老大啊，姐姐我还是个小清纯啊，我不要当老大！"

"认清事实吧小老师！对了，二班呢，他们班平时成绩也很不错，不会是第一吧？"

"……"

"干嘛不说话啊？"

"他们班考了个最后，众老师一致觉得又被我俩联手给阴了，现在二班班主任蹲那捶墙角呢！"

"可是我们很纯啊。"

"对呀！比小白花还纯。"

……

接下来的十几天，颜夏就一直待在家里，偶尔林可林会打电话过来聊聊天，颜夏也偶尔会打电话给小寒。

今年的春节恰好是 2 月 14 日，东方的最传统遇到西方的最浪漫，谁也不知道这在一起是花火还是火花。

2 月 13 日上午。

颜夏意外地接到死党舍友小星的电话。

"喂，在干嘛？"

颜夏汗了一下，这群人问候从来都是这么直接。"在家啊，没什么事，在上网。"颜夏回答。

"那过来啊！你的琴我帮你弄到了，明天我就要去外婆家，可能会待挺长时间。"

"大哥，你也知道今天除夕啊，还让我出去？"

"赶紧的！到了给我电话，或者直接到我家。挂了啊，拜拜！"小星说完直接挂了电话，一点余地都没有留给颜夏。

颜夏却没有丝毫的不快，这群死党就是这样，不疯魔不成佛。摸摸手中的吉他，这把吉他陪自己度过了四年最美好的青春，上面斑驳的印记好像是一道一道的故事。

可惜终是旧，终要离。

颜夏前阵子忙着帮孩子复习功课，就让小星帮忙去买把新的单板吉他，想不到今天才买好。

颜夏看了看时间，才早上八点多，收拾收拾行头，穿了一件白色的毛衣揣着钱包出门了。小星的家在泉州，颜夏大学里不知道和舍友去过多少次，每年一到宿舍就先去他家，但每次都以被灌趴下而有力地收尾。

坐在车上，颜夏心里却不知道又在想些什么东西。

莆田离泉州最多就两个小时的车程，加上市区转车什么的，他到小星家的时候才十一点多。

出来迎接的是小星妈妈，颜夏跟小星妈妈也挺熟，问了声好就直接上楼找小星。此时那家伙正躺在床上抱着一把原木色的吉他哼哼唧唧，一副自我感觉相当好的样子。

颜夏一屁股坐在他床上，一把夺过吉他："就是这把?"

"来了啊? 也不打电话?"小星起身。

"虚伪! 都到你楼下了你还不下去迎接!"颜夏毫不客气地打击。

"哈哈! 那不是太熟吗?"

"这把琴?"颜夏晃晃手中的琴。

"嗯，试试吧。我刚才都调好了，那手感，那低音，舒服不死你!"小星两眼发光地看着颜夏手中的琴。

颜夏这才认真打量这把琴，小星知道他不喜欢花里胡哨的颜色和装饰，就很醒目地帮颜夏选了把缺角原木色，琴身的弧度看起来非常优美，琴弦幽幽闪光，让人忍不住就想拨两下。

颜夏信手拨了个音，又拨了几个分解和弦，高音空灵，低音厚实，是把性价比相当不错的琴。

"好琴!"颜夏毫不掩饰喜欢之情。

"是吧，只要认真去找，总有新琴胜旧琴，我可是找了好几天呢，怎么感谢?"

总有新琴胜旧琴，颜夏也不知道小星这句话是不是另有所指，笑了笑，他知道自己的性格，即使新琴千好万好，但他就是旧琴难离难弃，除非断弦裂音，一碰带血。

"好说! 回校沙茶管够!"颜夏心里看着琴，略有欣喜。

"你说的啊，我可是要加猪心、火腿、腊肉、两片面的啊，而且是两碗!"小星咽了咽口水，有几个月没有吃校门口的沙茶，这馋劲愈演愈烈啊。

"可以有! 但是你得帮我去排队占座，要不然都得抱着碗蹲门口吃了!"

"我排队你得帮我上课点名啊!"

"成交，哈哈……"颜夏捶了一下小星的肩膀。

"对了中午留下来吃饭吧。你不是喜欢吃我妈做的五香米粉吗?"小星看看时间，这么一会就快十二点了。

"行! 来这不吃你一顿感觉亏大了。对了，琴盒呢，放下琴。"

"没有买琴盒，你不是只让我买琴吗?"小星很自然地说。

"你买琴然后不顺手买个琴盒，然后就让我抱着琴去挤车?"颜夏难以置信地看着小星。

"琴盒你家不是有一个了，再买浪费好吗?"小星理直气壮。

"那个琴盒也要装琴好吗？"

"那把破琴早该扔了！都旧成那样了，琴头都裂了。"小星嫌弃地说。

"干嘛要扔？"颜夏不假思索地说。

"该不会是舍不得吧，我怎么记得那把琴是某姑娘送的啊？"

"废什么话！赶紧下午跟我买去！"颜夏脸一红，想起那把琴确实是当时自己说要学琴的时候小寒送的，他现在还记得当时自己看到那把琴时满心的欢喜和感动。

"哥哥下午要置办除夕大餐，哪有空陪你满世界跑！大除夕的莆田跑到泉州，有病吧你！"小星翻白眼。

"是你威逼利诱我来的好吗？"颜夏内心已然老泪纵横，自己交的都是什么死党！

"反正下午没空啊，吃完这顿饭你就给我滚回去！对了如果实在没脸抱着琴回去，去你经常会老相好的那个广场，最近那里新开了家琴行，里面行头挺多，你把该扔的该换的都换下，然后利索滚回家！"小星有些没心没肺地说。

颜夏一肚子憋屈啊，吃了三大碗五香米粉才解恨……出了小星家门直接打车去了琴行，一通乱看后买了个纯黑的琴盒，然后直接拎着出门了。

当颜夏站在门口，面对着曾经无比熟悉的广场时，不自觉地掏出手机，想了想，又有些失落地把手机扔回口袋。他突然发现，这个承载了自己很多美丽回忆的广场也已经有了一些变化，周围曾经繁华的店都悄然更替了，就跟春夏秋冬四季变换一样。

冬天的中午阳光晒得人昏昏欲睡，颜夏静静地坐在广场的一条长椅上，周围是一大堆喜庆的小孩子，他们笑啊蹦啊，欢乐的春节马上就要来了。一两个胆子比较大的孩子走到颜夏身边，伸手摸摸那黑色的琴盒，然后一脸好奇地看着他。

颜夏微微一笑，把琴盒打开，里面一把原木色的吉他静静地躺着，阳光洒下来，琴身线条柔和……

"哥哥，这是什么？"一个穿着滚圆羽绒服的小姑娘小心翼翼地伸手摸了一把琴。

小姑娘大概三四岁的样子，头上戴着一顶小红帽，手上戴着手织的大红手套。不知道是不是身上的衣服太重还是什么，她走起路来三步一小抖五步一小跳，极尽卖萌之本能。

"是吉他啊，可以用来唱歌的。"颜夏摸摸小姑娘的头，微笑着说。

"那阿水可以唱吗?"小丫头又说，周围已经围了三四个年纪跟她差不多的小孩。

"阿水是谁?"颜夏一愣。

小丫头咧嘴一笑，然后用两只小短手指着自己的鼻子，因为衣服的缘故，手只能伸到鼻子前，她还跟跄了一下才重新站稳。

"阿水是你啊，呵呵，可以啊，那阿水会唱什么歌?"这个小姑娘可爱得让人无法抗拒啊。

阿水，闽南语里应该是家里最小的孩子的意思吧，水，是漂亮的意思……颜夏想着，心里想到一个闽南姑娘，她遇到喜欢的东西总是会语无伦次地翻来覆去地说水啊水啊……

"阿水会唱鲁冰花。"小姑娘很自豪地说。

"真的啊?"颜夏有些不相信，这丫头连说话都傻里傻气的，估计也就会啊几声吧!

"不大会，嘻嘻。"阿水果然坦白从宽了。

"那哥哥教你好不好?"颜夏拿起琴。还没等阿水点头，周围几个孩子就围了上来，一个个喊着好啊好啊。

颜夏心头一乐，自己还真是适合当孩子王啊，但是他突然莫名其妙想到在学校里的另一个孩子王现在怎样了。

重新整理思绪，看了看周围，不少孩子依然闹着，也有很多家长在旁边看着，他清清嗓子，说:"那你们跟着哥哥唱好不好?"

"好!"孩子齐呼。阿水头点得又是一个跟跄。

"天上的星星不说话，地上的娃娃想妈妈。天上的眼睛眨呀眨，妈妈的心呀鲁冰花。家乡的茶园开满花，妈妈的心肝在天涯。夜夜想起妈妈的话，闪闪的泪光鲁冰花……"颜夏随手弹着吉他，嘴上唱一句孩子们就很伶俐地跟一句，但唱出来就跟念《三字经》似的摇头晃脑，别提多可爱了。

其他孩子很快发现这边有更好玩的，全部围了过来。颜夏看着周围十几个孩子，有些哭笑不得，这下收不了场了。

看看时间，反正还早，就再玩一个小时吧。他想着有什么儿歌自己是会唱的，然后在小孩子们的提醒下不断地把自己的价值观摧毁了——这些孩子会唱的儿歌比自己还多，显得自己多没童年的样子啊!

小寒和闺蜜早上就出来逛街了，中午就在广场的三楼随便找了家餐厅吃午饭。

吃完后两人摸摸肚子准备继续压马路，走到广场时小闺蜜发现一大堆孩子在那边又唱又蹦，很是欢乐，于是她也很欢乐地对小寒说："那些孩子好可爱啊，那边在干嘛？分糖果吗？我们也去看看。"

说完完全不顾小寒鄙视的眼光就碾过去了。

"哎，这不是他吗？"小闺蜜眼神那叫凌厉，一眼就瞅到被孩子们围在中间，抱着吉他唱歌的大男孩，然后她有些难以置信地叫了一声，拉了拉身后的小寒。

小闺蜜的声音很尖细，混在孩子们软软的声音中很好辨认，颜夏抬头看向不远处，一眼就看到一个穿着大红色小马甲、内衬白色高领毛衣的女孩，她一头直至腰际的长发在人群中分外惹眼，此时也怔怔地望着他……

小寒绝对想不到，自己念想许多遍的人就这样坐在自己不远处，依然带着她最喜欢的琴、最喜欢的笑和最喜欢的声音……

此时白色毛衣在阳光的照射下发出淡淡的柔光，他抬头看向自己的眼神先是惊讶，然后是惊喜，最后是近乎深沉的哀伤，尽管如此，小寒还是觉得他的目光那么柔和，好像不忍眼里的锐角伤了眼里的人儿。

小寒只觉得胸口很疼，然后就看到颜夏动了。

颜夏拉过身边的阿水，朝她一笑，在她耳边轻轻说："阿水，帮哥哥一个忙好不好？"

阿水点点头。

颜夏轻声跟她说："哥哥想唱歌给前面那个穿红衣服的姐姐听，你帮哥哥去把她牵到我面前好吗？"

阿水很懂事地点点头，然后柔柔地走过去。

小寒看见颜夏对一个可爱的小女孩说了些什么，那小女孩点点头，就很乖巧地朝自己走来。那小女孩先是站在小寒面前，抬头认真地看了小寒几眼，等小寒对她露出了微笑，她才举起小手，要去牵她的手。

小寒不明就里，但还是很配合地把手递给她，她轻轻地抓住小寒的食指，又轻轻地拉了拉，然后在前面走……

小寒担心自己不走的话她会摔倒，乖乖地被她牵着走到颜夏身边。

阿水任务完成，朝颜夏嘻嘻一笑，但还是没放手，静静地牵着小寒的食指，大女孩和小女孩都柔和地看着他。

颜夏微微抬头，看着离自己那么近的小寒，暗叹缘分真是玄而又玄的东西，自己不敢打电话，但是却依然还能看见美丽的姑娘。

下午两点多的阳光从树梢零星地撒在小寒的脸上，颜夏觉得此时的小寒是耀眼的，甚至自己也无法将她看清楚。

小闺蜜直到小寒被牵走才回过神来，她有些难以置信地看着眼前的情形，为什么这两人每一次见面就是童话故事，时而唯美，时而悲哀。

就像那个夜晚，那个男孩勇敢地说出喜欢，那个姑娘边笑边掉泪，还给男孩一个拥抱，两人有那么一刻似是化蝶……

又像现在，一个红衣姑娘俏生生地站在一个白色毛衣、抱着吉他的男孩面前，身边牵着一个可爱的丫头，男孩和女孩眉目相对，男的温和而忧郁，女的文静而凄婉，明晃晃的阳光让人觉得花花世间该是多么祥和而安然……

颜夏的手指轻柔地动了，伴着琴声，他目光坚定地望着无数次他想见到的人，用略带沙哑的声音缓缓唱歌：

> 把青春献给身后那座辉煌的都市，为了这个美梦我们付出着代价。把爱情留给我身边最真心的姑娘，你陪我歌唱你陪我流浪陪我两败俱伤。一直到现在，才突然明白，我梦寐以求，是真爱和自由。想带上你私奔，奔向最遥远城镇。想带上你私奔，去做最幸福的人。不要再悲伤，我看到了希望。你是否还有勇气，随着我离去。想带上你私奔，奔向最遥远城镇。想带上你私奔去做最幸福的人……

小寒，这首歌好像是个路标啊，今后怎么走，走去哪里，和谁走，你认认真真告诉我。

小寒哪里会不懂这首歌就是颜夏的勇气，她安静地牵着小女孩的手，淡然地听着颜夏的歌声。一阵风吹过，吹起她长长的头发，些许头发吹至嘴角，她也浑然不顾，仿佛眼前的干净男孩就是她的三千世界。

歌罢，两人都注视着对方，久久没有说话，而周围的小孩也出乎意料的安静。

小闺蜜完全不想去破坏这么浪漫的气氛，她一心想着，这对好似七世怨侣的人要如何继续执手而走。

"想不到会遇见这么水的你。"颜夏用近乎喃喃自语的声音打破了宁静。

"嘻嘻。我也想不到会遇见这么帅的你——琴好漂亮哦！"小寒滴溜溜地转了转红通通的眼睛，在颜夏面前一点都不掩饰自己的喜欢，不管是对琴还是人。

"嗯。"颜夏听她提到琴，有些不好意思，因为他觉得如果此时他抱着原来那把旧琴，那画面该又动人了几分。

"今天怎么会来？"小寒问，因为她实在不明白，为什么除夕他会出现在自己眼前。

"被小星叫过来拿琴。"颜夏晃晃手中的琴。

"好漂亮，我更喜欢这把。小星虽然人贱贱的，但是眼光还是杠杠的。"

"小星听到你这句话真不知道该开心还是难过。"

"哈哈，本来就是嘛。旧琴也该丢了，估计音也调不准了吧，影响你的音感。"小寒继续笑着说，好像有一点失落，又好像有一点释怀。

"我不会扔的！留个纪念也好，毕竟是我的第一把琴！"颜夏先是很坚决地表达了自己的态度，然后声音渐渐弱下去。

"嗯，颜夏，我问你哦，你把那琴留下来，是因为是你的第一把琴，而不是因为你喜欢那把琴，是吧？"小寒突然笑了。

因为是第一把琴，所以我舍不得放弃，还是因为我喜欢那把琴，所以我放不下？颜夏听到小寒的这个问题心里轩然大波，他不禁想起之前林可林说的那句话，"你是放不下她还是喜欢她"。

他不知道怎么回答，或者他一直想逃避这个问题，他抬头望着小寒，小寒对他笑，那笑颜依然暖暖的，但是让人更难过。

"颜夏，你不能再逃避这个问题，我们总要清清楚楚说一次吧！"小寒好像猜出了他的纠缠，索性牵着小女孩的手坐在他的旁边。

总要清清楚楚说一次吧……颜夏突然觉得小寒比自己优秀多了，自己不是一直期待着有这样的机会吗，但是站在了小寒面前，自己又变成了懦弱的胆小鬼。

也罢，总要面对！想通这一点，颜夏坚定地对小寒说："带我去你家！"

在去往小寒家的路上，小闺蜜一路开车一路震惊，过了十几分钟都不能接受这个事实——这个看起来干干净净的男生就这样带着一把琴单枪匹马地要去闯岳父家！

小闺蜜从后视镜里看颜夏，此时的颜夏目光如炬，虽然看得出他很紧张，但是更看得出他很坚决！一瞬间小闺蜜觉得他倒有了某个银枪白马形象的神韵。

这个在小寒嘴里每次都是爱唱歌、爱拌嘴、很傲气的男生为什么会成长得这么快、这么帅？小闺蜜一路都处于断电中。

小寒也不知道自己为什么要答应颜夏的要求带他回家，或许是他说那句话时眼里的果断，或许是那么一瞬间他身上流露出从未有过的霸道气质，也或许是故事的最后总要画一个句号，而不是省略号。

"颜夏，到了我家好好说话哦，我爸爸妈妈是典型的封建迷信人士，你也知道闽南这地方排外思想比较浓重，到时候如果我爸爸妈妈说不好听的话你不要激动啊。"小寒看着身边的颜夏，有些担心到时场面控制不住。

"嗯，我懂，我是去求亲不是去抢亲啊。"颜夏笑了一笑。

小闺蜜听到这话果断笑了，她觉得这家伙还挺有意思，这个时候还不忘逗小寒开心。

"不过你要做好心理准备啊，我之前说过好多次了，但是他们门第思想比较重，怎么也不肯松口。还有啊，这一次不管什么结果，我们都要接受，好吗？我不想你不开心，也不想家里不愉快。"小寒又叮嘱。

"小寒我刚开始觉得你是送君出征千里叮咛的好媳妇，怎么越听越不对味啊，敢情我是去送死的啊！"颜夏有些郁闷地说，"而且你不想我不开心，不想家里不愉快，你有想过你开心吗？"

"好啊，嘻嘻！"很明显，小寒逃避了这个问题。

颜夏心里叹息一声，小寒的性格他再清楚不过了，所谓忠孝两难全，大概就是她这个时候吧。

"小寒，我答应你，今天不管结果怎样，我会坦然接受，不管怎样，至少我尽力了，我七尺男儿，也不想矫情地去说我要多么痴情守候什么的，但至少我要心胸比你这小姑娘开阔，才不枉你知遇于我！"颜夏刚刚说完，还没等到小寒说话，小闺蜜就用闽南语嘀咕了一句。

颜夏很自觉地看小寒，说来惭愧，他在闽南待了快四年，但是闽南语还是不懂。

小寒解释："她说你太帅了！"

听到小寒毫不犹豫地出卖了自己，小闺蜜要不是开着车就要去捂脸了："哎，小寒你太可恶了！"

颜夏讪讪一笑，故事的结局会是怎样？希望不是 JAY 唱的那样"但故事的最后你好像还是说了，拜拜"。

到小寒家的时候已经三点多了，小闺蜜很自觉地没有留下来看戏，颜夏站在小寒家门口，望着如同小别墅一样的家，突然有些明白了小寒的压力。

"我爸爸在书房处理一些事务，妈妈在准备年夜饭，进去吧。"小寒本来走在前头，看到颜夏有些紧张地拎着琴盒，心里突然一暖，这紧张的男孩就是要去向自己的父母争自己啊！

小寒走近颜夏，很自然地牵起颜夏的手，施施然地迈进门。她心里想着，不能让他一个人面对，他是为了我……

颜夏被小寒软软的手一握，心里的阴霾好像一扫而空，有多久没有这样牵着走呢？过了今天，或许就牵一辈子，或许就放一辈子。

颜夏的到访明显让小寒全家都惊愕不已。他们都知道颜夏是谁，知道他在哪，甚至知道他家里的情况，但是他们却都不知道他长什么样。

当颜夏站在他们面前很冷静地问候他们的时候，他们倒显得有些手足无措。等大家在茶桌边坐下的时候他们才回过神，才明白颜夏来干什么。而颜夏始终不习惯客套，入座后拘谨地喝了两杯茶，然后直接开门见山地说："伯父、伯母，我今天来的意思可能你们也猜得出来，我想让你们同意我和小寒在一起！"

小寒爸爸没想到他会这么直接，但他毕竟是生意人，交际手段老练，他先喝一口茶，然后问："为什么？"

颜夏好像早就考虑过这个问题，他深吸了一口气，坚定地说："也许我可以找千万个理由出来，你们也可以找千万个理由拒绝，但今天我只说一句，我爱她，我养她！"

这话如果是平时听到，小寒肯定会轻轻掐一下颜夏，然后无限委屈地说你把我当小狗啊，但此时听到她却怎么也笑不出，反而觉得自己心里满满是感动。她觉得这话很浪漫，但她爸爸却一点也不为之动容："你爱她我知道，你养她我却不知道，你拿什么养？"

"我相信以我的能力可以找份不错的工作！"颜夏拿出信心。

"我也相信你会找份不错的工作，但是我要求的不是工作，而是事业！颜夏这么说吧，我看你也比较懂事，我也不拿其他什么理由搪塞你。小寒毕业后肯定会留在家里帮我管理公司，以后公司就是她的了，她会缺人养吗？"小寒爸爸开门见山地说。

"她不会缺人养，但她也有选择爱人的权利！"颜夏的情绪有些激动了。

小寒很明显地感受到颜夏的情绪波动，从桌子下暗自握住他的手。被这么一握，他恢复了一丝理智，"你们也知道小寒在家里很乖，不会忤逆你们，但是你们不能拿她的乖巧当武器。"

"我们就是知道她乖巧才决定要让她过得更好，才决定把公司给她！"

"但你们有没有问她她要不要这个公司……"

"要不要公司是一回事，颜夏，你今天过来不是探讨她要不要公司的吧？"小寒爸爸打断了颜夏的话。

"那你们要怎样才能让我和小寒在一起？"颜夏站了起来。

"我们只要你家世与小寒相当，你做得到吗？"

"我做得到，但请给我时间！"颜夏马上回答，他确定自己回答得很理智。

"你要多长时间？五年？十年？十五年？小寒等得了吗？"

其实颜夏在心里说我相信小寒等得了，但是你们等不了，但他嘴里却是另一番说辞："你们为什么不能相信我？"

"颜夏，你也不是小孩子了，这个社会就是这么现实，原谅我们也是这个社会里的人，或许你会觉得门当户对是多么可笑的封建观念，但是当你为人父的时候你会明白我们的用心。最近我的公司面临很大的财务危机，我实在没有其他时间再和你说这些道理了，伯父对不起你们，原谅我的自私。我最后说一句，你们不能在一起！"小寒爸爸的最后一句话充满坚定。

小寒的眼泪也伴着爸爸的最后一句话流了下来，别人不懂，但她懂自己爸爸这些年的辛苦，她不忍看颜夏难过，也不忍心看爸爸这么辛苦，她第一次觉得自己如此没用，很想说几句话，但又觉得每说一句便会伤了其中一人。

颜夏也伴随着最后的那句话颓然坐回椅子，就这么结束了吗？这个世界真的可以现实得这么肆无忌惮，碾压一切爱恨情仇？

他此时满脑都是小寒，他觉得自己对不起小寒！

"你跟小寒再多聊几句吧，今天是除夕，你家里肯定也等着你回家团聚呢，我先去处理一些事。"小寒爸爸说完便带着小寒妈妈去了书房。

家世相当？颜夏觉得自己回到那个封建社会，你情我愿该是如何美好啊，可是为什么有那么多蛮不讲理的阻拦。郎才女貌也要望而却步，门当户对使多少有情人不能终成眷属。他很想哭但就是哭不出来，整个人脑袋一片空白，想说些什么，却又说不出来。

一个细小的哭声唤醒了颜夏，他回神，看见小寒抹着眼泪，嘴唇都快要咬破了。

这是他第一次听见小寒哭出声来，即使当时分手的时候，她也只是带着哭腔。

"对不起。"

"对不起。"

短暂的沉默后,两人几乎同时说话了,而且内容一样。

颜夏觉得自己好没用,没有为小寒争来一点幸福。小寒也觉得自己没用,在家人和颜夏面前一句话都说不出来。

"颜夏,你不用对不起的,其实你也想到这个结果了不是吗?不好的人是我,我不敢违抗家里。"小寒又抹了抹眼泪,"我们有好多的理由在一起,却也有好多好多的身不由己。"

"小寒,今日我踏出这扇门,你我便断了这份情。你说得没错,其实我也预料到是这样的结果,甚至我都不知道我是深爱着你还是放不下你。但不管怎样,伯父给了我们一个决断,让你我今后不纠缠,我们应该谢谢他!"颜夏抬起头,有些黯然地说。

小寒听到出了这扇门断了这份情眼泪就又涌了出来,她突然觉得自己真的是爱煞了这个男生,柔情处情歌婉转,狂野时心比天高。

"颜夏,再唱一首歌给我听好吗?"小寒指指颜夏的吉他,擦干了眼泪,笑着说。

颜夏点点头,想着好多想说的话不能说,却只能用一首歌来表达:

> 我要带你到处去飞翔,走遍世界各地去观赏,没有烦恼没有那悲伤,自由自在身心多开朗。忘掉痛苦忘掉那地方,我们一起启程去流浪,虽然没有华厦美衣裳,但是心里充满着希望。我们要飞到那遥远地方,看一看这世界并非那么凄凉。我们要飞到那遥远地方,望一望这世界还是一片的光亮……

小寒,有好多地方想带你去,有好多好吃的想带你吃,有好多的情歌想唱给你听,有好多的情话想跟你讲……

颜夏感觉自己的眼泪也出来了,赶紧转过身子。

"颜夏,转过来。"小寒看到颜夏转身,心里温暖。

小寒,我不愿意自己的眼泪被你看见。小寒起身,走到颜夏面前,虽然自己也挂着泪,但是嘴角依然倔强地微笑。

"你掉眼泪的样子也好帅呀!"

"好啊!"颜夏学着小寒的语气,逗得小寒扑哧一笑。

"颜夏,好像一切冥冥之中都注定了,你看,我的凤柱没了,换来了白玛德吉,现在我开始相信缘了。"

"白玛德吉,好美的东西啊。"

"还记得我们说过要一起去西藏吗?"

"嗯,你说要看纳木错,看雪莲,看牦牛……"

"好想跟你去。"

"好啊!"

"我最近没空,爸爸公司一个股东好坏,携款逃走了,扔给爸爸两千万的烂账,我要帮爸爸打理公司。你帮我去看,好吗?"

"帮你去看?"

"嗯,你去,我会从你的眼里看见许多美好的东西。"

"我去。"

"谢谢你,颜夏。"

"我要回去了,你和家里好好团聚吧,春节快乐,情人节快乐。"

小寒听着颜夏的祝福,才想起明天是春节,而且还是情人节。好美的两个节日,交织出的矛盾却好残忍,要牵家人的手就抱不到情人的肩,多么像此刻的两人……

"情人节快乐。"小寒轻声地说。

"我爱你,为什么不能在一起?"颜夏喃喃自语,有些失魂落魄地迈出大门。

外面夕阳已下,冷风乍起,不适合情人倾诉、拥吻。一家影像店应景地播放着歌曲,声声入耳,泪已夺眶。

红玫瑰、黄玫瑰,哪一束不会枯萎,也许你还记得,也许你已忘记,爱情是生命的一道痕迹。也许会遇见你,让一切再继续,我的心在原地等待奇迹。我会去那棵榕树下等候你,我会去那唱片店里等候你,我会在今夜梦中等候你,二月十四的夜晚你会在哪里……

西藏是你的迦南是我的天堂,你去,葬一个哭的我;你回,换一个笑的你……

第二十章

"之前说可以找你帮忙是吧?"

"嗯。"

"……这样的事，能帮?"

"可以。"

吴言刚挂断电话，电话又响起。

"有什么补充的吗?"吴言也没看电话。

"嗯?"

"啊，是你啊。怎么啦?"听到电话里疑惑的声音，拿起电话一看，是她……

"没怎么，心情不好，找个人说说话。"

"说吧。"

"我也分手了。"

"你不都分一年多了吗?"

"不，才分一个小时零三分。"

"终于走到这一步了?"

"你很开心?"

"不是，只是想让你知道，一直念念不忘的一旦放开后会呼吸到别样的空气。"

"好啊!"

"别乱接话。颜夏那边呢?"

"他比我坚强。"

"他对你真的很好。"

"你不知道吧!"

"我知道!"

"不知道说什么了。"

234

"过两天有空吗？想去你的公司看看。"

"公司现在乱七八糟的，没什么好看的啊。"

"就是乱七八糟才去看，我们公司刚好有合作到期了，想看看你们有没有合作的实力。"

"真的假的？"

"我什么时候骗过你？"

"上次，上上次。"

"……"

"我错了。我一起床就有空，我全家都有空，死富二代你什么时候过来啊？"

"不叫我死富二代你会折寿是吧？"

"叫了几声我心情好很多了。"

"那再叫叫？"

"……"

吴言看着之前和小寒他们公司签的合同，心里暗自感叹，颜夏，你是个真正的男人，我吴言也是个可以两肋插刀的朋友，不会输你的！

小寒呆呆地坐在床沿，不知道为什么打完电话心情真的好了一些，或许是公司有了转机吧，爸爸不会那么累的原因吧。她的手掠过耳边，却发觉自己的头发真的很长了，不知道多久没有剪短了，只记得自己在一个街角和一个男生哭诉了一通，然后在接下来的一年里自己都未动剪发的心思。

好像一丝一缕的青丝都是她一思一念的情丝，并逐年月不断增长。多舍不得啊，那么多思念和那么多回忆。可是当她看到手上白玛德吉的时候，心情突然开朗了，自从戴上它的那一刻自己就已经不是一只凤凰，而是一朵雪莲了，只是时至今日，凤凰已去，雪莲新颜。

今时青丝不绾而断，明朝长路即远且然。想到这，小寒毅然步出房门。

颜夏在正月初五就独自前往西藏了，前一晚喝了啤酒，直接买了机票。

小寒说她开始信缘分的时候颜夏还后知后觉，直到他在车站遇到那个小天使，他才真正觉得宿命、缘分这种东西玄而又玄，但是确实存在，此去西藏，他想要寻找一个答案。

在贡嘎机场下来，就看见满天蓝、满山黄、满水绿、满屋红、满心白，蓝的是天、黄的是草、绿的是藻、红的是檐、白的是雪。

西藏就在这样的蓝、黄、绿、红、白之中，没有其他过多复杂的颜色。本来他还担心高原反应，但是一股扑面而来的藏香让他心旷神怡，他觉得这就是西藏的味道了，这就是浓郁的民族香味……

颜夏本想下榻在青年旅社，但很多青旅都已客满，包括平措康桑。不过也无所谓，随意找了一家看起来比较干净的旅社住下了。

第二天他就跟着一辆汽车去了纳木错。路上颠簸了近六个小时，不过一路上有开车师傅的歌声和时不时混在歌声里"吁吁吁"类似赶着小毛驴实则汽车在转弯的声音，他倒不觉得辛苦。

车子在一排居民区停下，此时已是傍晚，夕阳正美，湖色绿金。

颜夏看着一大波人就这么挤向湖边，突然有种赶集的感觉，自己要看的就是这个熙熙攘攘的湖吗？

甩甩头，觉得自己身体还行，看了看纳木错旁边的小山丘，转身朝小山丘爬去。等颜夏爬上小山丘才发现这里居然又是另一番风光，山上红色、白色的细碎的格桑花迎着金色的夕阳，闪着柔和的光芒。

颜夏爬小山丘的时候累得气喘吁吁，看到这样的美景后再也不想走了，索性一屁股坐在山丘上。望着山下湖边拍照的人群，眼前浩瀚的湖水和夕阳，身边美丽的格桑花，他只觉得心彻底静了下来，这才是纳木错！

这是一个多么美丽的极乐世界啊，有为雪白头的唐古拉，有因风皱面的情人湖，还有夕阳和情歌……

想到情歌，颜夏不禁睁开眼睛，因为耳朵里真的听见隐约有渺渺然的歌声，时断时续。

歌声听起来很轻柔，一点都不像藏歌那样高亢嘹亮，反而像极了江南的吴侬软语，颜夏听不懂藏语，但是觉得歌声里透着一股神圣，好像唐古拉山的白雪一样让人凉爽。

他站起身，这样的歌声离自己不远，他极力循着歌声的方向，走过一丛又一丛的格桑花。当歌声渐渐清晰，颜夏的心不知为何开始紧张，是湖仙还是雪女呢？

拨开最后一丛格桑花，映入眼前的是穿着白色古秀袍，头发不像藏族姑娘一样编成很多股盘在头上，而是随意披散着，头上还带着用不知道什么草编织的皇冠的一个背影。

应该是年轻的姑娘吧，真的是湖仙吗？颜夏突然有些不敢再往前走，满脑子都是段誉在曼陀山庄初见语嫣姑娘时桃花飘落的惊艳。

颜夏此时心里很纠结，无比渴望见到这个背影的容颜，又怕惊了她，她会翩然而去。

"你来了。"那个背影轻轻说了一声，回头对颜夏一笑。

颜夏一点心理准备都没有，但是那样的容颜，那样的微笑即使是惊鸿一瞥，也觉得万分惊艳。

她的眼睛就像纳木错夜晚的星星一样闪亮，仿佛要看到人的心底。颜夏看她，就觉得自己是在看一捧雪，那样晶莹而又冰凉。

颜夏突然生出一种心思，你来了，然后姑娘回头看到自己却是期待的人，该如何失望啊！他刚想道歉，却发现那姑娘依然用美丽的眼睛看着自己，丝毫没有认错人的紧张和不安。

你来了？颜夏琢磨着这句话，非常肯定自己从未见过这位姑娘，这样的姑娘只能生长在雪山、湖边，越靠近天，越清澈如仙。

他也不知道自己恍惚了多久，等他抬起头的时候却蓦然发现，那湖仙一样的姑娘就好像一场梦一样消失在自己眼前了。他走到刚才姑娘坐着的地方，想确定这姑娘是掉下山了还是飞上天了，总要有点痕迹吧。

姑娘坐过的地方非常干净，好像经过了一番拂拭，一顶皇冠安安静静地躺在那，好像是姑娘飞仙了，把身上的凡物都留在了人间。

捡起草冠，只觉得是恍然一梦，他现在可以确定刚才那姑娘是真的，但是却不知道她去哪儿了。

带着满满的惆怅，颜夏回到了原来的地方，只是手中多了顶皇冠。此时星光乍现，星湖相映。望着满天星光如花似玉，颜夏的心里却想着一位姑娘。

回去睡觉的时候颜夏有个非常强烈的预感，那位姑娘今晚会出现在他的梦里，或者今后会出现在他的生活中，总之，俏生生的一个姑娘，不会无缘无故对他说一句你来了，然后就得道成仙了，弄得好像自己是那姑娘的心上人一样。

为什么她要说你来了？颜夏一晚上都在想这个问题。

第二天很早他就醒了，穿着厚厚的羽绒服爬上了小山丘，刚好看到朝霞满天，初阳带着金光跳出湖面。他也不知道自己为什么又要爬上来，不过依然没有看到那位白衣姑娘，颜夏等到朝阳升起，便下了山，随着车回到拉萨。

到拉萨的时候已经下午三点多了，颜夏看时间还早，就随手招了一辆车去八角街。

坐在车上的时候他的心里不由得一阵温暖，想不到漳州在天南，西藏在地北，却不约而同地拥有人力车这种古老的交通工具。

八角街此时还很繁忙，大小一致的摊子、满眼琳琅的饰品，虽然不精致，但古风古色还是让颜夏心旷神怡。

路过一间店，本能地抬脚进去，却发现不是饰品店，而是一间书屋——古修哪书屋。

颜夏顿时来了兴致，心想买本书回去也是好的，而且看到书店，第一时间就想到了仓央嘉措，那个集活佛、诗人、浪子、情郎等身份于一身的男人。

顺着书架从上往下，认认真真地找他的书，可惜的是，他的书很多，但大多是介绍他的生平，而真正意义上的《情诗》却还未见。

颜夏的手从一本又一本书上拂过，但越到后面，就越是失落，他轻轻地叹了一口气，或许自己机缘未到。

"给你。"身后传来一个软软的声音，颜夏觉得自己肩膀被什么碰了一下，回头，一本古色古香的线装书递到自己眼前——《情诗》。

颜夏有些惊讶地转过身，却又是一阵恍惚——湖仙——那个白色古秀袍、头发随意披散的藏族姑娘就这么出现在自己眼前，他觉得自己都可以闻到她身上淡淡的花香。

她是什么仙？湖仙还是书仙，为什么知道自己要什么？颜夏还在愣神之中，那姑娘却把书递到他怀里，说："这本是我的，借给你看。"她湖水般清凉的声音唤醒了颜夏，这一次，她没有消失。

颜夏有些局促地接过书，轻声问："你也来了。"不过话出口，颜夏马上觉得不对，自己要问的是你，怎么就变成了你也来了。

那姑娘听到颜夏莫名其妙的话，扑哧一笑，如三月融雪："又是你？"

颜夏此时有满心的疑问想问这近乎通灵的姑娘，但是一时之间不知道从何问起，一瞬间脱口而出："你不会又要飞仙了吧？"问完他就觉得自己完了，自己完全掉进仙剑奇侠的坑里爬不出来了。

那姑娘听完笑得更开心："你在说什么呀？"

颜夏只好傻兮兮地解释："你是湖仙，还是书仙，还是雪女，还是别的什么鬼啊？"这话听起来很不礼貌，但姑娘依旧笑着说："我是月亮花。"

"月亮花？这是什么？你是不是人啊？"

"月亮花就是开在月光下的花啊。"

"昨天那个是不是你啊？"

"是啊，你不是看见了吗?"

"那后来你怎么消失了?"

"月亮出来我就要去开花了啊，没空理你。"

"你不会是忽悠我吧?"

"什么是忽悠?"姑娘眨巴着眼睛，一副单纯的模样。

颜夏被她一瞅，觉得自己很俗的感觉，你看人家用的词，"你来了""月亮花"……多么不食人间烟火啊，再看看自己，"什么鬼""忽悠"，感觉太丢人了。

他想了想说:"你不会是骗我吧?"说完又觉得自己好没用，中文系高才生，又是语文老师，可是这个"骗"是他能想到的最清新脱俗的字眼。

"是吧。你昨天怎么去山上啊? 你们凡人不是都喜欢扎堆在湖边吗?"藏族姑娘又问。

听听，听听! 你们凡人! 颜夏心里生出一斤的挫败感和自卑感，赶紧说:"仙女见谅啊，我们凡人让您碍眼了，在下只是觉得那边太吵了。"

姑娘又一乐:"你太不合群了，那边游客那么多，你应该和他们多接触接触，出来和他们打交道也挺不错的。"

"我只是觉得游客满世界都有，但纳木错只此一处，就像我见到姑娘你在山上也只此一次，错过了就没了。"

"你还挺会讨姑娘欢心的嘛。"姑娘通透的眼光看着颜夏，颜夏被看得往后一缩。

"那你怎么会在那?"颜夏问。

"等情郎啊。"姑娘很随意地说，说完又露出清凉的微笑。

"你这样唱着歌是在招色狼吧?"

"你觉得呢?"姑娘没理颜夏的玩笑。

"是不是就是那句你来了? 我的出现让你很失望吧?"

"没有啊，就是你。"姑娘大方地说。

就是我、你来了、等情郎……这几个词串起来串得颜夏热血沸腾。不过他马上打消这种奇怪的想法，人妖殊途，仙人永隔，这种仙凡之恋自古以来多悲剧，瞧瞧牛郎与织女、董永与七仙女、沉香他妈……

颜夏问:"我叫颜夏，来自福建，你呢?"

"缘分未够三次哦，不能说。"姑娘摆摆手。

三次？什么鬼？要偶遇三次才能珠联璧合吗？她是不是也掉仙剑奇侠坑里了，还是她当自己是登徒浪子了？肯定是后面这个，想想看，"你们凡人啊"，这戒备之心是从仙到人的距离啊。

颜夏想着既然她不肯说，就问别的："昨天你唱的什么歌啊？好像非常好听，可是我都听不懂。"

"《格萨尔王传》啊，唱里面珠牡与格萨尔王的爱情故事。"

"《格萨尔王传》？不是已经失传了吗？还是口口相传你学会的？"颜夏非常惊讶，他知道这长篇史诗，但能唱的人非常少，即使是藏族人都很少会，即使会，也是街头老艺人，眼前的姑娘不过二十来岁，居然会这么传统的东西。

她不会真的是代表月亮来消灭我的吧？颜夏有些肝肠寸断地想着。

"我会啊，你既然都听说这部史诗已经失传，还知道口口相传，那你应该知道神授吧？"姑娘用清澈的眼睛看着颜夏。

神授？颜夏有些震惊地看着眼前雪莲般的姑娘，这传说中的人就这样不经铺垫地出现在自己面前了吗？我怎么接受啊！

看到颜夏眼里的震惊，姑娘狡黠地笑了："是啊，神授哦。我七岁那年生了一场大病，醒来后就会唱了。"

真的是仙人啊！颜夏无比惊讶地看着这个姑娘，有些难以置信地说："真的吗？女神？"

"嘿嘿，当然是真的，你去问这一带的人，哪个不认识我。你看我的眼睛，有什么不同吗？"

颜夏被她一说有点相信地说："你的眼睛非常漂亮。"

姑娘听着颜夏愣头愣脑的话有些郁闷地说："我也知道漂亮，还有呢？"

"非常亮，像星星！"颜夏忽然想起昨晚纳木错的星空，每一颗都清亮得像她的眼眸。

"嗯，我病好了之后眼睛就是这样的，那些老喇嘛告诉我，这是星眼，能看人的心事。"

"这么神奇？"颜夏有些不信，这姑娘说的话是要直奔神棍境界去的节奏啊！

"不信吗？那你刚才为什么那么怕看我的眼睛？"姑娘眨着眼睛问。

难道我会告诉你是因为你太漂亮了我害羞了吗？颜夏心里呼喊嘴上说道："那你看看，我为什么要来西藏？"

"好啊！"姑娘认真打量着颜夏。

颜夏心里毛毛的，有一个非常恐怖的答案他一直不敢去想，那就是姑娘朝他一伸手说盛惠五块钱谢谢！

就在颜夏百爪挠心的时候姑娘说了："你来葬一样东西。"

颜夏一听先是松了一口气，暗暗鄙视自己，自己怎么可以把仙女比作神棍呢！再一想想姑娘说的，他突然觉得一身冷汗，怎么感觉被她说得阴森森的。

你来葬一样东西……颜夏回味这话，隐约明白意思了，心里震惊，嘴里却说："什么意思啊？"

"嘿嘿，天机，你自行参悟。"姑娘摆摆手就是不肯往下说。

如果这放在北上广等大城市，姑娘说出这话马上会被赶到天桥下去集中管理，但是在西藏，这个有些仙灵的地方，颜夏满心惊讶。

葬一样东西。

他确实是有这样的想法，不过葬的不是东西，而是一份情。颜夏走的时候想，自己和小寒这份深情，只有葬得离天越近，才会永垂不朽……

当他再抬头想跟姑娘说一句你真准的时候却发现那白衣藏族姑娘居然又消失了，他有些难以置信地跑出门，大街上熙熙攘攘，哪里有那一抹身影。

她到底是谁？真的能看人的心事吗？颜夏带着满心的疑问，翻开手中的书。

这本线装书明显不是新书了，是由藏语和汉语双语印制的，他随意地翻了几页，上面居然有人用藏语写了字。看那娟秀的字，颜夏很自觉地想到那个白衣姑娘，刚才一番话下来，除了奠定姑娘那女神地位外，自己居然不知道她姓啥名啥……

或许真是缘分未够，何必强求呢。

想到这，颜夏突然想到，缘分一词在自己一路上不知道出现了多少次，而且是那么自然而然，他很容易就想到，同学，我们不能在一起，是不是也是缘分未够？想到这，他的嘴角微微一笑，这，或许就是答案的一部分……

颜夏带着书回到旅社，心想如果有缘再见，一定要好好谢谢这个陌生但是落落大方的姑娘，这书看起来也是她的心爱之物，但是她就这么赠给了一个普普通通的游客，这该怎样的豁达之心。

想着这，颜夏走到旅社大厅，看到大厅一位负责登记的小妹在朝自己招手。莫不是自己的桃花运在西藏又再次盛开了吧？他走到那姑娘面前，发现自己的包包也在她那里。

一通解释后颜夏才无比懊恼地捶墙角，自己住下来的时候只交了两天的住宿费，但是这已经是第三天了，人家没有把自己的行李扔了就算是仁至义尽了。

他掏出钱想继续住下去，但小妹很无奈地摊手："先生不好意思啊，今天我们旅社已经住满了，没有多余的房间了！"

"那这附近还有其他的旅社吗？"颜夏问。

"没有了哦，就是北京东路有一家也已经住满啦，我跟那边很熟，一小时前才通的电话。"小妹也觉得挺对不住颜夏的，尽心地解释，不想让他白跑一趟。

"那我要睡街头吗？"颜夏欲哭无泪。

"街头会有警察巡逻，你不怕被当成不法分子就去吧，而且现在是冬天，会冻成冰棍儿的！"

"哎，那我只能去远一点的地方再去找找，再见吧！"颜夏朝小妹摆摆手，有些黯然地拎着行李转身。

"哎，是你呀？"颜夏还没看清什么人，就听到熟悉的声音如同雪花一样冰凉地传来。

是她！

白色藏袍的姑娘就站在他的身后，有些吃惊地看着他。

"三次了。"颜夏莫名其妙地说了一句，但说完想想自己貌似是要去露宿街头，但是为什么看到这个姑娘自己心情突然飞扬了起来。

"嗯。颜夏是吗？我名字其实跟你说过啦，我叫达瓦梅朵，中文意思就是月亮花，你叫不习惯的话也可以叫我阿月。"这姑娘好像很相信三次偶遇，倒是大大方方报出自己的名字。

月亮花，真漂亮的名字，好适合她。颜夏念着名字，突然想到什么似的从包包里翻出一样东西，递给阿月："你的，还给你。"

那顶草编的皇冠在他的手中依然很青翠。

阿月有些惊讶地看着颜夏，没有说话。

"这本书怎么办？我还没看，阿月，你看这样行吗，既然我们这么有缘，那么你再信我一次，第四次遇见你的时候我就把书还给你这样行吗？"颜夏又摆摆手中的书，说这话的时候身上不自觉流露出一股风轻云淡的气质。

阿月一会儿看看书一会儿看看草编的皇冠，还是没有说话。

颜夏猜不出她什么心思，只好说："不说话那我就当你同意了啊，我要走了，第四次再见！"

"你要去哪？"阿月回过神问颜夏。

颜夏说:"我忘了交住宿费,现在没地方住了,我还要到处找地方住呢!"

小妹也在一旁连连点头,看得出她也觉得颜夏很悲惨。

"哦,不是去下一站啊?"阿月说这话的时候很自然,因为她看到太多这样短暂的聚散离合。

"不是啊,我这次来西藏就想看一眼纳木错,然后在这座城市住几天,没想去看其他地方!"颜夏回答。

是的,这一趟只是为了另一双闪亮的眼睛能看到纳木错。

"你跟其他旅客不一样。"阿月皱着眉头说。

"有什么不一样?差不多吧!"颜夏示意自己要走了,因为天快黑了,而且变冷了。

"哎,你再回答我一个问题,我把书送给你。"阿月叫住颜夏。

"好啊。"颜夏转身朝阿月笑了笑。

阿月有些开玩笑地说:"颜夏,你老实告诉我,你是不是故意来追我的呀?"

颜夏满头汗啊,这姑娘看着清纯,说话却这么彪悍,跟某老师有得一拼:"你怎么会这么说?"

"你看,我最经常出现的几个地方你都出现了,现在还出现在这里了。"阿月解释。

原来这姑娘也不怎么信缘分啊!想想也是,茫茫人海,谁能在两天之内邂逅三次。颜夏有些好笑地看着阿月:"去那山上我跟你说过纯粹是因为不想跟那些人挤一起,在书店你就更清楚啦,你把书递给我的时候怎么不先怀疑我是在故意靠近你呢,还有你说出现在这是什么意思?我可是前两天就住这的啊。"

颜夏的话让阿月有些释然,她想了想也是,自己实在太喜欢那一湖星光了,每周都要去看一次,而且每次都去山上,几乎连自己周围的人都不知道自己会去那,更别提第一次来西藏的他了。自己喜欢古修哪书屋,经常会去淘书。在书店的时候看着那个认真找书的背影便觉得他有些不同寻常,他的指尖在每一本有关仓央嘉措的书上画过,但是却没有停留,猜他应该是在找仓央嘉措的书,但是很明显没有找到,唯一一本纯正的诗集是自己一个月前买到的《情诗》,在他一声叹息之后,自己不假思索地把手中的书合起,递给他。喜欢仓央嘉措的男孩,应该会带点浪漫诗人的情怀吧,而且这男孩还真是前两天就住这了。

其实阿月问颜夏这个问题,有个更重要的理由,因为如果真是他,万水千山他会寻到她。

在听到颜夏的解释后阿月隐隐松了一口气，心情也好了起来，他不是那种凡人呢，而且，真的是他！

"信了吧，那我走啦，谢谢，以后有机会再报答赠书之义！"颜夏扬扬手中的书，转身欲离。

"你就住这里吧！"阿月想了想，叫住颜夏。

"我也想啊，没房啊，姑娘！"颜夏停住脚步。

"和我住啊！"阿月随意地说，颜夏却差点一头栽地，这太快了吧！"我爸爸常年在外，房间空着，你可以去他房间住几个晚上。"阿月迎着颜夏有些尴尬的眼神解释，心里却有些好笑，这男生看起来云淡风轻，心里还住着个害羞的小男孩啊。

颜夏听到她的解释更尴尬，有些掩饰地咳嗽了两声，不好意思地说："好吧，谢谢你啊，姑娘。"

"你怎么那么喜欢叫人家姑娘呢？不过也挺好听的。"阿月说着就朝楼上走。

"不是要去你家吗？"颜夏没动。

"这就是我家，整个旅社都是我家，满意了吧小扎西，走吧。"阿月朝颜夏调皮地笑。

原来是她家开的！难怪觉得这姑娘有些不食人间烟火，原来也是个小富二代啊，是不食廉价烟火。所以她刚才问为什么出现在这里，她还以为自己追她都追她家里来了。那小扎西是什么意思？

颜夏带着满头疑问跟着她上楼了。

阿月的家在最顶楼，设计成平常的家居，五室一厅，摆设很简单，却让人感觉很温馨。

她把颜夏带到一间房间去，里面也是干干净净的，颜夏相当满意地说："姑娘大恩不言谢，我请你吃饭吧，你放心，绝对不是追你，单纯感谢而已。"他也不知道自己为什么会多此一举加上后面那半句，只是觉得说出来好像自己更心虚了。

阿月又笑着打量他，颜夏顿时又觉得自己没穿衣服了，有些难为情地想蹲下来，阿月笑着说："好啊。"

等他们出现在一间小餐厅的时候天色已黑。

"姑娘，你说我刚才要是骗你的，我的确是要追你，你不是引狼入室了吗？"颜夏开玩笑道。

"不会。你忘了我会看你的眼睛。你的眼睛很干净，不会骗我。"阿月摆弄着桌上的插花随口说。

"那你为什么还要问我，是不是对自己看人不自信？"

"不是。只是听你亲口说一句我更安心。"说完又盯着颜夏看，颜夏觉得她才像灰太狼，而自己是美羊羊。

"对了，我有好多问题要问你，你好歹多少给我解释点吧，要不我晚上睡不着觉会在房里到处梦游，到时候窜到你房间里就不好了。"颜夏一口气说了一通。

"好啊。"

"第一，你前两次都是怎么消失的啊，我怎么一抬头就发现你不见了？"

"嘿嘿，在山上的时候我接到邻居电话说有人找我，就先走了，旁边有条小道直通山下，你没发现吗？"

阿月随性的话让颜夏有种淡淡的女神破灭感，姑娘你是湖仙，是书仙，是雪女啊，怎么可以出现手机这种俗物，你的千里传音和束音成线什么的都哪去了，而且怎么可以走下山，还抄近路走小道，说好的羽化登仙呢？

颜夏在一旁泪流满面的时候阿月又说了："在书店我发现你又在发呆，就自己在内屋里找其他书看了，一出来发现你不见了，我还以为我的书变成肉包子打狗了呢。"

肉包子打狗……打得好啊！颜夏又被现实醍醐灌顶了一遍，自己怎么就没发现书屋有内屋啊，而且发现姑娘不见了第一件事就是冲出去看茫茫人海，自己还真以为是活在小说和电视剧里了。

"还有问题吗？"阿月看颜夏深受伤的样子又得意地笑了。

"昨天你编的那个皇冠很漂亮啊，看不出你心灵手巧，但是为什么不是花冠啊，周围那么多花，编起来一定更漂亮啊！"颜夏只好挑了一个答案猜起来不是那么充满幻灭感的问题。

阿月眨眨眼，说："你说呢！"

"我不想说！"颜夏欲哭无泪。

"因为舍不得呀，那么漂亮的格桑花。"阿月终于给出了一个看起来有点唯美和浪漫的答案。

"那一句'你来了'是什么意思？"颜夏终于问出正题。

"不说。"

"缘分未够吗?"

"怕你笑话。"

"姑娘,你还能再俗一点吗?求你不要再毁你在我心中的女神形象了!"

"是你自己要问的呀,你还以为我是仙女吗?"

"难得有个姑娘美得这么空灵,而且给我的第一印象是飞天遁地无所不能的,你就不要再说了!"

"嘿嘿,谢谢啊!那我实话实说你别笑我。"阿月眉毛都笑弯了。

"说了保证不笑,不说难保会哭!"颜夏哀怨地看着开心的阿月。

"哈哈。在西藏有个关于月亮花的传说你知不知道。传说月亮花是悲情花,长于冬季,开在月下,月亮花寒夜等情郎,玄月时分情郎来,当时满月情郎离,月亮花开送情郎。悲惨吧?"阿月带着轻松的口吻诉说月亮花的故事。

"你的意思是说月亮花平日苦苦守候自己的情郎,情郎出现月亮花就会绽放,但是月亮花一绽放情郎就要离开了?"

"嗯。"

"月亮花愿把最美的容颜开给情郎看,可为什么情郎看了就要走?"

"我也不知道。我不知道是月亮花开了意味情郎离开,还是知道情郎要走,所以她才含泪开着花。"

"这个传说感觉很凄凉的样子。可是这和'你来了'有什么关系?"

"我也不知道我会说这句话,我爸爸告诉我,我是神授命格,情也由天定,天说来了,那就是来了,天说要走,那就是要走,我就是月亮花不是吗?那天在山上,天告诉我,你来了。"阿月笑盈盈地说,但是颜夏却一点都笑不出来,他丝毫也不敢去嘲笑她的幼稚和迷信。

月亮花,在最美的时刻要分离,情郎留也留不住,容颜恰好却老,年华既美且殇。这让颜夏又想到了春节和情人节的矛盾。

月亮花,对不起。

"阿月,你是最美丽的月亮花,我来了!"颜夏目光灼灼地看着阿月,心里对这朵月亮花充满了怜惜。

"你相信缘分吗?"阿月问。

"这几天发生的事情让我坚信。"颜夏实话实说。

"嗯,这样就好,也是,你来西藏,就要信一切缘,否则何必来呢?"

"可是我终究会走。"颜夏有些闷闷不乐,月亮花开情郎离……

"你不是刚说信缘吗？你走，这也是你我的缘。"阿月又笑着说，似乎月亮花要越夜越美，笑送情人。

你走，这也是你我的缘……听到这话颜夏脑袋轰的一声，顿时觉得有种佛家顿悟、福至心灵的感觉！

是啊！你来，我们在一起，你走，我送你……这一切都是缘！

小寒，你听得到吗？

颜夏突然握住阿月的手，很开心地笑道："阿月，谢谢你！我找到我要的答案了！"

阿月的脸上浮现出一抹娇羞，但也没反抗，依然笑着说："月亮花开起来也很美的，你有机会看到的。"

颜夏激动了一会儿又恢复了平时比较柔和的状态，他松开阿月的手，看着她星星般的眼眸，说："我已经看到了。"

"还会更美的。"

"对哦，姑娘，我一直很奇怪，现在的藏族年轻人不是很少穿藏服吗？你为什么会穿？而且好像很不彻底的样子，头发又没盘起来？"颜夏怕说着说着自己和她都会难过，就换了个话题。

阿月轻轻抚摸着衣服上的银饰，笑着反问："你不觉得我穿得很好看吗？像雪莲一样。"

"好看。"颜夏毫不迟疑地说。

"我从小就喜欢我的故乡，故乡的一切我都喜欢，包括服饰。至于头发嘛，我懒得去编，但是编起来也很好看哦。"阿月狡黠地一笑。

"女神，别说自己懒好吗，我心中的女神是如同田螺姑娘一样勤劳贤惠的，别再毁了！"

"嘿嘿。让你失望了。"阿月说的时候一点惭愧的感觉都没有。

"对了，在书店的时候你怎么知道我在找《情诗》，还有你在书上写的藏语是什么意思？"颜夏想把满心的疑惑都问出来。

"哦，我看你的眼睛，知道你在找什么。"说完又解释，"至于书上的藏语，机缘未到，不能说！"

"什么时候机缘会到？"

"你离开后，下一次来西藏，来找月亮花。"

"好玄妙，如果我跟你说我一出门就找个人帮我翻译下，你会怎么样？"

"好啊，你试试，看上面的字会不会无缘无故消失掉。"阿月一点都不怕颜夏的威胁，但是颜夏真心怕阿月，阿月带给了他太多的神奇，他很怕上面的字消失了，而且，他很期待下一次见到阿月时她翻着书一字一句地解释给自己听的模样……

"颜夏，你说我们这么有缘，是不是按电视里的那样要发生些轰轰烈烈的爱情故事呀？"阿月突然很孩子气地问。

"姑娘，你看点清新的电视好吗？我们是凡人，不对，我是凡人！"颜夏上一个话题刚觉得这姑娘身上灵气乱窜，下一刻又觉得这姑娘掉地上了。

"我们这是偏远地区，山沟沟，没地方看电视。哎，你好无趣。"阿月装作很委屈的样子咕哝着。

"喂喂喂，别这样说我，我真怕你这样说一下，我一眨眼睛你又飞仙了，你已经把我丢了两次了，不会再丢一次吧？"颜夏心有余悸地想象这姑娘嘴上念叨着没劲，然后一团烟雾出来她就不见了。

"嘿嘿，不会啦，再说我把你丢了你不会自己回家找我啊？"

回家，颜夏突然觉得一阵温馨啊。"对了阿月，我也要送你本书，就当我们交换吧。"颜夏突然想到什么一样翻自己的包包，然后把一本看上去挺新的书递给阿月——《雨季不再来》。

"哎呀，是三毛的呀。我好喜欢。"阿月看清书名，一把夺过书。

"我在机场买的，想说在飞机上看，现在送给你，你喜欢就好。"颜夏心情很好，他本来单纯是赠书还情，但是看到这个白衣姑娘真心喜欢三毛，也发自内心的开心。

"我家里有一本一模一样的，哎呀不对，我家里有她的全部作品！"

"啊，这样啊，那我不是多此一举。"颜夏听了觉得稍有遗憾，感觉自己是拿钱去砸富二代了。

"不会不会，我就是想要嘛！看到一本就想收一本！谢谢颜夏！"姑娘很欢乐地说。

颜夏不禁咧嘴一笑，这姑娘只有在这时候才最接地气。

"你怎么会喜欢她？"

"不知道，可能因为我是神授命格吧，只能被局限在这里，所以就特别羡慕三毛姐姐万水千山走一遍的自由吧。"阿月一边翻开书，一边回答颜夏。

"神授命格？为什么要被局限在这？"颜夏不解。

"不知道啊，那些老喇嘛说的，说我是天选之命，不能入世，必须留在西藏福泽同袍。我本身也喜欢故乡，也不想出去，所以就心甘情愿留在这了，但不影响我对外面世界的憧憬啊。"阿月依然开心地说，丝毫看不出她有些许遗憾。

阿月，也只有在这里，你才能开最美的花，留最美的笑。

颜夏看她开心的样子，心里一股暖流淌过。

"不过也有不好的啦，因为是神授，加上这破星眼，很多人不敢离我太近，我也不知道为什么，不过孤单习惯啦，无聊的时候就随阿伯去纳木错看格桑花和星空。"姑娘不以为然的话说得颜夏心头一酸。

对啊，不管神授、星眼真假，凡人善妒，这个纯真的姑娘真的好像只能生活在仙境一样，落入凡间，生人勿近……

这个有些孤单的姑娘身上丝毫看不出悲伤的气质，反而是一种包容、空灵，就像这片天空一样纯粹，就像白雪一样晶莹。

"阿月，你真漂亮。"颜夏忍不住说了一句，内心带着神圣。

"嘿嘿，谢谢情郎。看，就是这一句，'流去的种种，化为一群一群蝴蝶，虽然早已明白了，世上的生命，大半朝生暮死，而蝴蝶也是朝生暮死的东西，可是依然为它的色彩目眩神迷，觉着生命所有的神秘与极美已在蜕变中彰显了全部的答案。而许多彩色的蝶，正在纱帽山的谷底飞去又飞来。就这样，我一年又一年地活了下来，只为了再生时蝴蝶的颜色'。"

蝴蝶的颜色啊，颜夏看着阿月专心地指着书上的那句话，心里充满了温暖和心疼，阿月，你一年一年地等待着，是为了再生时蝴蝶的颜色，还是为了分离时情人的眼泪……

第二十一章

"喂，颜夏，你在哪？"

"西藏。"

"呀，你怎么跑那去啦？"

"来找一样东西，已经找到啦。"

"真的吗？什么东西？"

"灵魂。"

"你又把我当小孩哄啊！找打啊你！"

"没有啦，真的，不枉此行，可林，下次有缘再见，你会看到一个全新的我。"

"你的意思是，你放开啦？"

"嗯，呵呵。可林，也要谢谢你。"

"不谢，有缘再见。"

"不是吧，你这么主动挂电话？"

"嗯，我开心嘛！有缘再见！"

"好吧，回去再说，拜拜。"

颜夏，缘之一字，我不求天解，不随命迁，很快很快，嗯，很快！此时莆田的夜晚星空浩然，一个有些瘦小的身影呆呆地站在阳台上，听着歌，看着天，心里想着，这片美丽的星空他也看得到吧！

要为你改变，盛开在夏天，别忘了我就是水仙，白雪映出了我的春天。盛开在冬天的水仙，你是否闻得到我的娇艳，如果你给我一双舞鞋，我就会为你长袖翩翩。如果你看穿我的思念，我就不会为你哭红双眼，如果我能戒掉了思念，就不会开在你的窗前……

骄傲的水仙啊，你能否看一眼窗外，我爱你，怎么会不能在一起。

在阿月家睡的第一个晚上颜夏翻来覆去地睡不着，脑袋一会儿浮现一袭蓝裙，一会儿出现一只蝴蝶，一会儿出现一朵月亮花，倒不是他胡思乱想，想到这三位女生时，他的心里只充满了满满的感动。

小寒，谢谢你，为你我曾奋不顾身，现在我愿宜室宜家；

小寒，祝福你，为我你曾风雨兼程，现在愿你凤栖良木。

第二天一大早颜夏就在一阵敲门声中醒来，出门一看阿月已经准备好了早餐，他看颜夏开门，便把一堆衣服塞到他手里，说："换了再出来。"

颜夏莫名其妙地进屋换衣服，乱七八糟地套上之后出门。阿月看他一脸无知的样子有些好笑地捶了他一下："看你冰雪聪明的怎么连个衣服都不会穿呀？"

"姑娘我第一次穿这种衣服好吗？这要你神授命格才有天赋直接装备成功的好吗？"颜夏一点都不觉得羞耻。

"好吧好吧！我来！"姑娘看颜夏还不至于把衣服当裤子，把裤子当衣服穿，就帮着颜夏一阵调整，颜夏再一看镜子，哎呀，真有点小气质。

阿月给颜夏穿的也是一袭白色镶金的藏袍，做工很精致，而且很合身。她穿的是大红色的藏袍，头发依然散着，看着像朵浴火的凤凰花。

"姑娘你哪来的这身衣服啊？"颜夏在镜子前左看右看，觉得很满意，自己这身板居然把豪放不羁的藏袍穿出点书生的感觉。

"我做的呀。"

"昨晚做的？"

"三年前。"

"那怎么这么合身？"

"天告诉我你要来。"

"……"

颜夏麻利地吃饭，不想理这小神棍。吃完饭很自然地问："你让我穿这样是要干嘛？"

"你之前不是说想在这住几天吗，既然要体验当然要原汁原味啊，这几天你就跟着我生活好了。"阿月一边收拾碗筷一边说，贤良淑德却又纤尘不染。

"好啊。"颜夏很高兴地应下来。

"走吧，先去八角街买点东西。"阿月说着很自然地牵颜夏的手。

颜夏先是一颤，看着阿月微微娇羞却坦然的脸，也不多说什么，反手握住阿月的手，并肩走在大街上。

接下来的几天颜夏真的跟阿月一起生活，每天和她逛逛街、看看书，去小村庄看看，在屋里串手链，摆弄一大堆绿松石、天珠等石头，算是过上了藏民的生活。他偶尔也会下厨，给阿月做一些南方的小炒。

直到有一天早上，颜夏吃早饭的时候对阿月说："阿月，我明天早上要走了，十点钟的飞机。"

阿月的肩膀一颤，又似乎什么都没有听见，继续扒拉着早饭。

颜夏叹了一口气，也不再说什么，继续慢慢地吃饭。

这几天下来，颜夏发现阿月真的像一个不食人间烟火的姑娘，没有人会不喜欢她。而阿月似乎真的相信缘分，这几天对颜夏的态度颜夏也感觉得出来，这姑娘开始有点依赖他了。

颜夏心中对这个姑娘充满了感动和感恩，她在颜夏心里像个妹妹，让人怜惜和心疼。有时候他很想留下来陪这样一个清澈的姑娘，但是他也清楚地知道，自己的家在南方，那里才是自己安身立命之处。

颜夏不想给美丽的月亮花带来相思成灾的苦痛，只能在月亮花含苞待放之时看一眼她，然后悄然离去。想到这，他才明白月亮花的传说有多美，情郎的离去就有多痛。

美丽的月亮花啊，你的情郎不是真的想离开，而是你盛开得越娇艳，你枯萎得就越残忍，你可知道，情郎的那一次转身，带起了他身上几蓬血。

"那你今天就自己去逛逛吧，晚上回来吃饭，我带你去个地方。"阿月吃完饭，安静地说道。

颜夏点点头，他知道要给阿月时间。

今晚是满月。

颜夏其实也没心思再逛街了，他坐在八角街的"玛吉阿米"酒馆里，喝着甜酥油奶茶，听着周围的人激动地讲着玛吉阿米和仓央嘉措的故事，心里微微起了波澜。

在那东方高高的山尖，每当升起那轮明月，玛吉阿米醉人的笑脸，会冉冉浮现在我心田……

颜夏不由得想起这几天和阿月相处的点点滴滴。

逛街的时候阿月牵着他的手，很大方地在各个摊位上砍价；串石头的时候阿月一点都不怜惜地骂他笨手笨脚，然后她一把拿过来专心致志地串；炒菜的时候她就在身后蹦跶，还没吃到嘴呢就喊着好吃；和她去乡间的时候她动不动就望着一朵野花发呆……

一幕幕的往事在颜夏的脑海里盘旋，美丽的月亮花，你盛开得越轰轰烈烈，我的脚步就迈得越来越快。

颜夏从酒馆回去的时候天已经黑了，心想阿月此时应该做好了一桌好菜思君归，但还没回到阿月家，就接到阿月的电话，让他直接去几天前去过的一个老院子。

那院子也是阿月家的，只是常年没有人住，荒在那边。阿月在院子里种了很多的花花草草。

颜夏还记得自己请教阿月什么花什么草的时候阿月有些神秘地笑了笑却什么都不说。

十五的月亮在西藏的天空显得越发皎洁，细碎的星星点缀在月亮周围，万物都蒙上了柔光，即使镜花水月也显得儿女情长……

颜夏推开老院子的大门，一眼就看到在院子中间站立的身影。

那白色的衣裳迎着月儿的清辉在暗淡的院子里显得特别圣洁，颜夏仿佛又回到十天前，在纳木错的山丘上，自己看到她的第一眼，好像是看到了仙女……

颜夏慢慢地走近阿月，阿月听到脚步声，转过身来，对着颜夏一笑："你来了！"

颜夏的脑海好像被真言击中，只觉得这话里的玄机自己一辈子都悟不明白。看着今晚的阿月，她穿着第一次遇见自己的白色古秀袍，带着一样的微笑，但不一样的是，她的头发没有披散，而是精心地编成了一股一股，现在站在他面前的，像是一位倾国倾城的雪山公主。

看到她认真编的头发，想到她笑着说自己头发编起来会更美，颜夏的脑海里只有一个念头：月亮花儿今夜开了！

月亮花寒夜等情郎，玄月时分情郎来，当时满月情郎离，月亮花开送情郎……

自己来的时候恰好是玄月，阿月说你来了，她等到了。自己要走的时候也恰恰是满月，她把美丽的头发编得更美丽，像一朵月亮花开在黑夜里，含泪微笑着转身……

她真的是神授，我真的是天选吗？为什么美丽的传说落在了自己和阿月的身上没有半分违和？

颜夏有些痴痴地看着阿月，心如刀绞。

美丽的月亮花啊，你终于开了，我终于要走了。请你记住我的背影啊，我回来的那天，请你为我再次盛开，好吗？

颜夏突然觉得自己眼泪要出来了，为了这样的姑娘，自己真的愿意回来，甚至留下。

"颜夏，是时候了，过来。"阿月好像没有察觉到他的失落，只是看着天上的月光，突然拉住他的手。

颜夏还没回过神，就被阿月拉着蹲了下去。

地上种满了那些不知名的花花草草，此时在月亮的照射下显得越发美丽。

颜夏刚想问阿月是什么意思，就有些震惊地看着地上的那些花草以肉眼可见的速度慢慢地开出白色的花苞，然后安静地绽放。

在他惊讶的那几秒钟，周围便开满了细碎的小白花，小白花拥挤着在黑色的院子里分外醒目，好像天上的星星落入凡间，整个院子弥漫着淡淡的花香，如同春来了。

月亮花！

颜夏不用阿月解释，看着阿月泫然欲泣却又带着微笑的脸庞，不知哪来的勇气，只想跟阿月说一句话。

"阿月。"

"颜夏，这就是月亮花啊，好看吗？"阿月不知道是有意还是无意打断了他的话，"月亮花的宿命就是这样，满心等着情人，但花开之时情人就要离开，这是花与月的命，也是你和我的缘。"

"我看到你的第一眼，就知道你来了，我很高兴，你说你要走，我想再看你一眼，然后送你走，我也很高兴。谢谢你颜夏，我终于看到了属于自己的花，你不要停下脚步，因为你要去更远，我也会惦记你的背影，因为不知道下一季花开是什么时候。你虔诚地来，也要放心地去，你看见最美的月亮花，也会看见更美的格桑花。"

"月亮花毕竟只是路边花呀，她只在你生命的路上盛开几天，但是你要记得花有多么美，如果可以，想一想也好！"

"颜夏，你知道我最喜欢的花是什么吗？格桑啊，因为格桑花的花语是怜取眼前人，我知道在遥远的南方也有思念你的人，你要记得啊，怜取眼前人。可惜月亮花看不见格桑花，月亮花想要怜取眼前人却不被上天祝福。"

"颜夏，你要来，就要信一切缘，否则何必来。你要离，就要留一封信，否则放不下的。"

颜夏本来想说留下，但是听到阿月喃喃自语，他的眼泪突然就流下来，那句话自然也留了下来。

我打江南走过，那等在季节里的容颜如莲花的开落。

阿月，也许我真的不是你的归人，而是过客，但如你所说，这本身也是一种缘，你不强求，我不挽留……

我愿意变成守在月亮花旁的一捧土，看你静静开放，也好过你满心等待情郎，你越强颜欢笑我越鲜血淋漓……

月亮花啊，你慢慢开，开过了月亮落下来，你会不会就一直如花似玉；阿月，你教我放下一段情，为何让我又牵挂一颗心。我不想这样离开！

"颜夏，你要相信缘，去啊！"阿月又呢喃了一句。

颜夏突然很想说我这一次不想去信，但是突然有一样东西横在他的眼前，在皎洁的月光下开起了白色的格桑花——一串小小的手链出现在他的眼前，八朵精心雕刻的格桑花静静地开放着，偶尔清风过处，格桑花下的铃铛响起叮咚声，阿月满脸虔诚。

"颜夏，送给你，这是我最心爱的手链，叫格桑平措，汉语名字叫天吉格桑。阿月以神授命格祈天赐福于你，愿你天命吉祥，怜取眼前人。"阿月说着，拉起颜夏的手，帮他戴在左手上。

颜夏呆呆地看着这串手链，阿月轻柔的手在他的晚上绕着，如纳木错的一泓水，那股凉意沁人心脾。

"好了，阿月的使命完成了。颜夏，扎西德勒。"阿月把右手搭在自己的胸口，轻轻地鞠躬。

颜夏突然醒过来，下意识地扯下脖子上的龙柱，此时的龙柱在月光下越发清冷。"阿月，这是我最喜欢的项链，给你。"

阿月接过龙柱，认真地打量着，轻轻地咦了一声，然后就听见颜夏喃喃自语："当归当归，明是当归日。"

阿月好像被颜夏的话提醒了一下，有些难以置信地看着他，然后轻声说："寄奴寄奴，无处寄奴身……"

颜夏本无意说出那句话，但是听到另一句，好像跨越了千山万水，看到一袭蓝色的衣裙。他还记得那年自己送小寒这对龙凤柱的时候，自己有些开玩笑地说了一句"当归当归，何是当归日"，取意自己漂泊，但是想不到小寒思索了一下便接着说道："寄奴寄奴，无处寄奴身。"意境与颜夏不谋而合。

从此这两句话成为颜夏和小寒特有的情话，但是想不到今天居然从阿月的口中听到！

当归当归，明日却真是自己的当归之日，寄奴寄奴，天选离去，阿月也真可说无处寄奴身，此刻这番话竟是比那一年那一刻还要适合！

缘分！颜夏突然想到这个词！但是他还没有来得及激动，就看到阿月从口袋里掏出另一样东西——凤柱！

那紫色的光芒好像照进了颜夏的世界，颜夏几乎窒息了，有些不敢相信地接过那对龙凤柱，借着月光，看到柱子下清清楚楚地刻着"夏""寒"。

颜夏！度小寒！

颜夏的脑海闪过一道光芒，瞬间所有的一切都想明白了，自己之前问小寒凤柱呢，她说赠有缘人了，然后就看见她的手腕上多了一串银饰，八朵雪莲栩栩如生，小寒说她叫白玛德吉！

这对本在江南的情侣项链，竟是跨千山渡万水，在西藏完成了最美的遇见！

或许，这才是它们最美的结局啊！

颜夏像是顿悟了一番，满心的阴郁一扫而空，原来一切冥冥之中自有注定，自己走该走的路，爱该爱的人，放下，可能是另一番成全——就像自己放下龙柱，想不到却成就了龙凤柱的再次相遇！

颜夏一把抱住阿月，边笑边掉泪说："阿月，谢谢你，我明白了，我彻底明白了！我信缘！你在我心中是最美的月亮花，永远！"

阿月的脸上再次浮现娇羞，她有些难为情地伸出双手抱住颜夏，说："颜夏，你是我心中最美的过客。"

"想听听这对龙凤柱的故事吗？"

"嗯！"

"那你要告诉我格桑平措和白玛德吉的故事！"

"你怎么知道白玛德吉？"

"你听。"

颜夏和阿月挨着坐在地上，颜夏缓缓说着龙凤柱的故事，阿月静静地听，天上的繁星如花，地上花如繁星。

第二天。

"阿月，我走了，有机会我会回来看你的，我们不会缘尽于此，但你也要答应我，像以前那样去纳木错、去看格桑花、去书店淘书、去爱别人……"颜夏看着阿月，昨晚回去后，阿月居然把龙凤柱串在了同一串链子上，戴在脖子上，现在他们安安静静，永世相爱……

"嗯，颜夏，我答应你，你也记住，怜取眼前人。格桑平措代表我的祝福，你要送给需要他的人……"阿月看着眼前的颜夏，只觉得七月来得这么快。

"扎西德勒！"

"颜夏，我喜欢你最后一天，扎西德勒！"阿月紧紧地抱了颜夏一下，微笑着跑开，一边跑一边挥舞着小手，好像不曾失去平日的欢乐。

颜夏，我知你要来，我守星湖沐晨光，只为转身时你在我身后的惊喜；我知你要走，我惜君缘盼花开，只为离别时你见最美的我时展颜一笑……

这是你我的缘，珍重，再见……

在拉萨的贡嘎机场前往厦门高崎机场时，颜夏在座位上闭着双眼，戴着耳麦，手中捧着一本《情诗》，心里想着一朵月亮花，既释怀又难过。

从阿月口中得知，阿月的爸爸在福建泉州开了家藏饰店，前阵子回来便给阿月这么一串凤柱，说是有一位姑娘用自己最爱的项链换了阿月的白玛德吉，但她绝对想不到，那位姑娘名字叫度小寒，正是颜夏此来西藏的缘。

缘分真的天注定。直到昨晚颜夏摘下龙柱，看见龙凤柱万水千山却相会，那一紫一白的光芒，彻底照亮了他心底的灰暗。

同学，我终于懂得你解开凤柱时的心情了，既不回头，何必不忘，我终于全身而退，你也放心转身，目光及处，山明水秀。

阿月，真的谢谢你，你是我生命中的明灯，我愿在你的指引下去爱、去珍惜。

美丽的月亮花，愿你就在西藏的土壤里越开越美，越开越盛，越开越娇艳……

你要来，就要信一切缘，否则何必来；你要离，就要留一封信，否则放不下。颜夏在阿月的桌上留下了两封信，他要带着小寒和阿月的祝福清楚地离开。

　　小寒：
　　或许你永生永世也看不见这东西，但也不可惜。
　　明天就要回家了，想想几天前在纳木错的心情，总觉得临行前替你或我留点什么在西藏，也不枉我一颗不求同行但求同安的心。

到纳木错的时候夕阳刚好下山，一天之中最美的风光大抵从此时开始，我坐在小山丘上，看着山下忙着找角度摄影、摆姿势拍照的人们，突然就很想笑，但我始终笑不出来，因为我猛然想起，之前的我不也这样吗？为了字词句段斟酌推敲，浑然忘了你才是文字也形容不出的美景。

或许他们觉得自己从拉萨坐车六七个小时才到了纳木错，不留点什么实在愧对自己，但他们始终忘了，若是情深，记忆是最长的摄像机；若是性凉，再美的照片也不免灰尘蒙蔽。但我尊重他们，就像尊重你的决定，并不是精神战胜一切不是吗？

眨眼间便是满天星光，这样的美景像极了你——言语无法形容，只得亲眼看着才行。我也不免想象，如果是一两年前，你会裹着厚厚的羽绒服和我肩并肩地坐着，看星湖，说着一些天上地下的胡话。

但现实是你没来，或者说我足够幸运才能够牵紧你的手，看这个倒映三生的圣湖。

你没来，我觉得好可惜，就跟你说好可惜我们不能在一起的心思是一样的。

小寒，你要相信，我有些时候比你还纠结，但我比你多的是一点点疯念，你是安安静静的桂花一瓣，飘落都带着秋意的美感，我却是越冷越开的水仙一朵——

也许是一点点啤酒，也许是你说你喜欢这样的圣地，于是我来了，我借你的喜欢看一眼星空，愿你的星空也干净通透。

此时我会觉得人之所以会停住脚步，肯定不是客观因素，如果有执念，相信这东西会让人穿越千山万水只为站在你面前说一句晚安。

当然这只是我的碎碎念，你也看不到、看不懂、看不透。

前天在八角街看见一位唱歌的大叔，他唱的是《外面的世界》，他说他是海南人，为了一个念头大千世界走了三年。没有什么能够阻挡每个人的那一点执念。

我终于知道你喜欢这里的缘由，周边的人一提西藏就一脸艳羡，这种决计不是你喜欢的，鹤立白雪，凡人看鹤，聪者观雪，智者见白，看鹤虽也是雅意，但千人一鹤不是你想要的。

在我看来，这连民居都蓝墙红瓦的圣地，应该是庄严的，是要发乎心动乎情的，如果你能看见格桑花、布达拉、星湖，想必我们会相爱如昨。

只是好可惜。不过没事，横者万里江山，哪里都有让人发乎深情的人、事、物，亘者百年岁月，哪段时光不曾温柔了你的眼、心、笑……

没关系，纵然不是我，纵然非此时，你终究也会走出方正去向山高水长，你也终会寻到非我的爱，就像圣湖，你不来，她等你；你来，她属于你。

在拉萨，我见到离乡背井的流浪人，见到三天定情的小夫妻，见到带着老伴灵位圆梦的老头子，还有什么遗憾呢，只因为这个地方山是山水是水，天归天云归云，在生死玄机里掺进了千般柔情。

你也知道仓央嘉措，知道我会参一堆的如来和卿，但你明白我上面长而又长的碎碎念吗？

世间本没什么双全法，既满足尘世千人万人的口舌，又不负自己青天明月的心灵。

写到这，我大概知道，也理解你了。

云在青天，偶尔白里也带点恼人的灰或黑；水在瓶里，不时也会向往大海的深蓝。

何取何舍，予求予得，不是你说清风便得清风那么随意。何必要在一起，云在天，花在枝，就够了。

还有一位姑娘我要说与你听，此番来西藏，最大的机缘是认识了阿月，是她教会我放手，你万万也想不到，你的凤柱会千山万水到她的掌心。既然尘世不容许龙凤呈祥，那就让他们在西藏自由地相爱吧，他们会在这里订三生盟约。

你我最爱，却未必最合适，未必被祝福，我懂，我都懂。

你我的缘，如开在月光下的月亮花，虽然时日不长，但也美得倾国倾城，颜夏此生无憾，愿你如是……

明天将离，也替你说一句扎西德勒，愿此信十年五年，在纳木、在格桑而不忘。

颜　夏

2010. 2. 28

颜夏耳麦之中传出一阵歌声，他在歌声中安静入睡。

"你是不是不愿意留下来陪我，你是不是春天一过就要走开。真心的花才开，你却要随候鸟飞走，留下来留下来……"阿月，你说四千米有格桑，五千米有雪莲，叫我去寻，可我终不愿意，你可知非我不愿，是我不要，我不要四千米的格桑，五千米的雪莲，我只愿待我下次踏入西藏时，第一眼就能看见一朵朴素的月亮花儿开在平凡的大地上，与世无争、清清然然……

颜夏此行，乃放……

我回来了，不管是地点还是精神！

第二十二章

吴言在春节后十天，大小公司都正常上班的时候去了泉州。

在这十天之中他做了非常认真的调研，等到调研报告出来后，他又做了生平最重要的一笔投资。

"喂，我是吴言，今天有空吗？去你公司看看。"

"死富二代啊，有啊有啊。"

"那我直接去你公司吧！"

"你知道路？"

"司机知道。"

"……"

吴言到小寒公司的时候小寒爸爸和小寒都已经在楼下大厅候着。等小寒给吴言和爸爸互相介绍后，小寒爸爸才知道眼前这年轻人居然是老总级的人物，而且远比自己风光。

"他就是个死富二代。"小寒如是说，却被自己的老爸敲了一下脑袋。

小寒爸爸在前面带路介绍，吴言和小寒走在后面嘀嘀咕咕。

"嗯，这样才适合你。"

"是吗，更干练了是吧？"

"嗯。"

等小寒爸爸介绍完公司的情况和当前的困难时，吴言好像没有经过大脑似的拍板："三千万缺口由我公司出资。"

小寒目瞪口呆，这富二代真的是以败家为荣吗？小寒爸爸也一时反应不过来。

"喂喂喂，你这是什么意思啊？你不会是想搞兼并玩重组吧？"小寒撅着嘴，觉得事情好像没这么简单。

兼并？小寒爸爸一下子反应过来，但还来不及反对，就听吴言说道："兼并是不可能，但重组是势在必行。"看小寒和爸爸都不约而同握拳的样子吴言赶紧说道："你们听我说完嘛！三千万资金算我公司借给你们的发展资金，我们不会要你们一分股份，而且我们还会与你们签一份战略协议，把你们列入我公司的原材料供应方，但是你们要记住，三千资金治标不治本，你们公司的管理很混乱，根本不能适应现代化企业的要求，所以重组是必经之路，当然要不要重组由你们决定，要怎么重组也是你们说了算，如果需要顾问的话我可以帮忙安排。"

听完一大堆话俩人明显消化不良，有些吃惊地瞪了两分钟，小寒才说："这么做看起来对我公司百利无一害，对你公司却得不偿失，你说得头头是道，跟换了个人似的，但本质上还是要来败家的啊！"

小寒爸爸又敲了一下小寒，说："好！我同意！"

"爸爸，等等啦。"小寒说着就拉吴言去一旁拷问了。她不相信天上掉馅饼，而且这么大。

"死富二代你给我说清楚啊，不许骗我。"小寒一点都不客气。她很奇怪，与吴言接触的次数不多，但是却有种交浅言深的感觉，他身上那种淡然稳重的气质让她很放心，当然败家也败得很淡然，这种淡然让她很无语。

"我刚才说得那么辛苦，你没听清楚？"

"我听得清楚，但总觉得你是大灰狼在套小白羊。"小寒实话实说。

"不是吧你，我都这么仁至义尽了你还这样说我，我也是会难过的啊！"吴言说。

"你这么做对你公司有什么好处？"小寒问。

"有啊，不过你都看不见，因为你目光短浅。"

"不可能。"

"你以为我又是来败家的，而且即使我败家你那么揪心干什么？对你们公司有利就好了！"无言反问。

"哎呀，不管，反正我们要合作有两个原则你必须给我遵守，要不我宁死不屈！"

"喂，说得好像我多没节操一样，说说什么原则？"

"一是互利共赢，二是你情我愿！"小寒认真地说，她虽然极力不想欠他人情，但能少欠尽量少欠。

"那三还要不要来个郎才女貌啊？"吴言打趣。

"说认真呢，再不老实我把你轰出去！"

"你爸爸肯吗?"

"好啊。"小寒有些小郁闷,她心地本来就善良,实在不忍心这家伙为了帮自己而顶着家族的压力,她清楚这次可不同以前的小打小闹。

"好啦,我说,你听。"吴言看玩笑开得差不多了,就认真地说,"我说几个数据你听对不对。"接着信口说了几个小寒公司近年来的利税、产值,甚至连员工多少都说了出来。

"我爸爸刚才没介绍这么详细吧?"小寒难以置信地看着富二代。

"你以为我是一头热啊,我是富二代没错,但我绝对不是死富二代。在我们中国做事不外乎情理二字,我认真做过市场调研了,你公司和周围公司相比虽然大同小异,不存在产品优势,但是公司信誉比较好,员工对公司也比较信任,前景不错,这次只是一个意外。而我刚才说重组,也是基于你们员工信任感上面,这样的公司一经整顿,将更有凝聚力和发展前景。这是我投资你公司,甚至和你们继续合作的'理'字。至于'情'字嘛,我也跟你实话实说,一是因为你是小学妹,哪有学长不帮学妹的道理;二是因为我们还是朋友,朋友可以两肋插刀,当然也可以互相声援;三是因为颜夏;四是你。"吴言掰着手指一条一条说给小寒听。

"你比我想象的要精明成熟啊,最后两点是什么意思,什么颜夏,什么我?"小寒心里认真思考了下,确实自己公司有着其他公司不可匹敌的优势,那是因为自己爸爸同一些奸商不同,他心地善良,见不得员工吃苦,所以经常身先士卒跟员工打成一片。

"颜夏,小寒你要感谢他,是他跟我说了你们公司的情况,让我看看能不能帮忙,刚好我之前欠他一份情,刚好又是你公司,所以我责无旁贷。至于你,或许是你长得像九阴真经吧。"吴言淡淡地说。

小寒的脸突然红了一红,或许是想到之前吴言跟自己说过九阳神功与九阴真经的话题,但她马上有些黯然地说:"他真好!"

"嗯,他很善良。很可惜啊你们!"吴言也同意。

小寒心里难以抑制地又想到颜夏,那个单枪匹马来泉州,狂野地对自己说带我去你家的男生。

颜夏,人世无情,无怪你我。

小寒很快平复心情,伸出右手:"谢谢你,合作愉快!"

吴言看小寒这么快恢复神采,心里也为她高兴,伸出手说:"合作愉快。"

"还有，你答应说借几个顾问来帮忙重组公司，不会反悔吧？"

"永远不会！"

颜夏站在校门口，看着有些破旧的漳州师院大门，心里突生感慨，好像一个弥留之际的老人眷恋人世间的鸟语花香……

这时候已经开学好几天了，颜夏请了假。此时凤凰树依然郁郁苍苍，不因为冬天而萧瑟半分，奈何桥也依然用苍老的眼神看众生，多少人从它身上走过，四年后，那些人有的牵手离开，有的带泪走过，然后再也没有回来。这样一条走了近四年的校道却让颜夏意犹未尽。

这个城市虽然没有饮居，没有上官哀，但也美得让人目眩迷离。

"报告！"颜夏的出现让所有人吃惊，他没有直接回宿舍，而是拎着行李就出现在教室门外。此时的他黑了许多，看起来有些清瘦，但是很精神，他征得老师同意后就自顾自坐在最后一排。

大学的最后一年对男生来说就是逃学的一年，颜夏也不知道为什么自己会突然出现在教室里，他觉得今天自己应该来，所以便来了。

教室里没有舍友的身影，却有小寒的身影。

颜夏看到小寒回头，茫然地看着自己，也对小寒微微一笑，小寒看到颜夏的笑，也露出可爱的微笑，然后便回过头安心听课了。

"你回来啦？"下课后，小寒很自然地坐在颜夏的旁边，笑着问。

"短发很好看。"颜夏看着小寒，过去那齐腰的长发不见了，取而代之是干净利落的短发，看起来分外精神。

"是吗？可能以前没发现，现在剪短了感觉也还不错，西藏不错吧？"

"嗯。很美。"颜夏盯着她手中的白玛德吉，突然又想到那朵月光下美极而死的月亮花。

"龙柱不见啦？"小寒指指颜夏的脖子。

"赠有缘人啦。"颜夏随口说着，突然想到之前自己问小寒的时候她也是这么说的，不禁笑了出来。

原来冥冥之中自有注定，情缘尽不尽，不能留一留的。

小寒听到颜夏的话，还以为是在学自己，也笑着说："真好。"

"嗯，真好，但你不知道为什么真好。送你！"颜夏从口袋里掏出一样东西，递给小寒。一串银色的手链安安静静地躺在颜夏的掌心，八朵盛开的格桑花也似乎在静静地等着……

"这是？"小寒有些疑惑地看颜夏。

"你猜。"颜夏不回答。

"嗯，我女儿可是我们藏族才女，这串手链本来有一对，还有一串是男生的，比较大一点，上面雕刻的八朵格桑花，我女儿给那串手链取名格桑平措，汉语名字叫天吉格桑……"泉州藏饰店老板的话突然出现在小寒的脑中，自己手中的雪莲仿佛爱极了颜夏手中的格桑，略带空灵的叮咚声让小寒回神。

"格桑平措？"小寒有些惊喜地望向颜夏。

"嗯，巧吧。"颜夏缓缓说道，"我在西藏遇到了你的凤柱，我用龙柱换了这串格桑平措，龙凤柱在西藏隐居啦。"

"真的吗？我总觉得好玄妙。"小寒有些不敢相信，大千世界万千众生，要在茫茫人海之中偶遇天定的那个人、那串项链，真是三生修来的福分。

"嗯，刚开始我也觉得难以置信，但那里是西藏，一切情缘都可能发生的地方，我信了。"

"这样也好，我们不能在一起，倒是意外成全了龙凤柱在一起。真好。"

"嗯，这个也一并送给你。"颜夏把格桑平措放到小寒的手中。

"为什么？你不要吗？这个看起来对你很珍贵。"小寒不解。

"对我是很重要，但重要的情分我都放在心里了，四千米生格桑，五千米开雪莲，我们生长的温度不一样呢，所以格桑平措给你，你找一个双手安置他。"颜夏笑了笑，推过小寒要递过来的手。

小寒看着颜夏淡然的微笑心里也突然融雪回暖："那个地方真的很神奇啊。"

"所以你也要去一次。"

"颜夏，谢谢你。"

"不谢，该是你的就会是你的。"

"我是说我爸公司的事。"

"不谢啊，该是你的会是你的。"

小寒不知道颜夏后面一句该是你的会是你的是什么意思，只是她难以抑制地想到一抹春风，该是我的终会来吗？

"我过几天就要回去了，吴言答应帮我重组公司，我跟学校请好假了。"

"什么时候回来？"

"六月吧，最后的大学。"

"回来我接你。"

"好啊！"

一切都是这么自然，就好像天空的云彩，淡淡地飘来荡去，不去想为什么要这样漂泊，不去问为什么不能爱大地，它只是这样轻轻地在天空流过，留给湛蓝一抹无言却明媚的微笑……

小寒回公司帮忙了。

"喂，死富二代，你不是答应说要借几个顾问来吗？人呢？"小寒有些无语地看着一脸春风的吴言。

"我就是啊！"吴言人畜无害地回答。

"……"

"不信啊？"

"好啊。"

"那我们试试看？"

"我爸爸这是公司不是玩具，万一试坏了你赔啊？"

"嗯，我赔啊。"

"……"

吴言依然淡定的语气让小寒听了很想抽他，尽管他说的都是事实，这死富二代只剩下吐钱这个功能了。

"别老是把我看扁好吗？你想想，我爸为什么能把一个大公司交给我，难道不是因为对我能力的信任吗？"

"是对自己家底实力的信任吧？"

"我还是回家继续败别的吧！"

"哎别啊，我错了。你耍吧，你得劲地耍吧。"小寒觉得好无力啊，这种在有钱人面前连拿出最大面值的一百块钱都会感到受挫的感觉真不好啊。

"要是公司重组成功，你怎么谢我？"

"谢谢。"

"不带这么敷衍的啊！"

"那你说怎么办？你那么有钱，一个签名能卖好多钱呢。"小寒觉得自己有点破罐子破摔了，为什么每次遇到他，自己都会有种自我嫌弃的感觉。

"那你送我一样东西吧。"

"我签名不值钱啊，再说我也不给。"

"谁要你签名，把那条手链送我吧……"吴言指了指小寒右手。

小寒现在是右手白玛德吉左手格桑平措，有点左青龙右白虎的小风范。

吴言说完小寒的脸红了一红，紧了紧左手，说："你还是要我签名吧。"

返校后颜夏的生活又恢复了食堂、课堂、宿舍三点一线，闲的时候就去刚建好的图书馆，查一些资料，写有关三毛的毕业论文，倒也自得其乐。林可林偶尔也会打电话给他，说一些乱七八糟的事情，这时颜夏就会站在走廊上静静地听她倾诉，好像成了一种习惯。

小寒这段时间天天泡在公司，跟吴言共同把公司重新弄起来。随着时间的推移，小寒发现这富二代真不是死富二代，至少他的能力还是让自己刮目相看的——他败家败得没有那么明显。

吴言天天盯着小寒的手链，"送我吧"成了他的口头禅，不明真相的还以为他生于天桥长于街头，动不动就伸出双手。

小寒刚开始遇到这种耍赖的乞讨还会脸红，后来干脆就不理他，任他自得其乐——不见得在大街上每遇到一个伸手的都要给吧。

于是，六月来了，在六月之前，颜夏完成了毕业论文，小寒实现了公司重组。

六月，等待他们的是一场又一场的告别，此去一别，相见无时，凤凰花开始妖艳地盛开着，木棉树开始飘落柔和的花絮，它们用一季花开为学生的青春画最后一个句号。

颜夏走出图书馆，发现不知不觉夏天来了。

"颜夏，夏天来了。"林可林在电话里说。

"嗯，我们马上要毕业了，要各奔东西了！"颜夏也不例外地开始惆怅了。

"一切分离都是为了能在更长的路上再遇见啊。"

"你现在是在哄小孩吗？"颜夏有些无奈地说。

"不是啊，真的，再遇见的时候会很美。"电话那头的林可林很认真地说。

"有多美？"

"美得那个时候会哭出来。"

"什么乱七八糟的，我要睡午觉啦，再见。"

"嗯，再遇见！"

颜夏挂完电话，觉得今天的林可林有些不一样，好像没有以往那么飞扬了。不过他也不多想，她想说自然会一五一十地说，她不想说自己绝不越半步雷池。

接下来不到一个月的时间还有哪些事呢？毕业晚会、毕业照、毕业宴会，然后散……

不管多喜庆的活动在大学的尾巴上都会挂上毕业二字，然后就生出满心的惆怅。

2010年6月14日，中文系"凤凰离枝"送老晚会。

这是一场学弟学妹们精心排练的，为了献给即将远去的学长学姐们的晚会，这是传统，也是情怀。

颜夏坐在中间的位置，欣赏着学弟学妹们的表演，不自觉地想到从前，然后设想很多的今后。

凤凰离枝，是去向湛蓝的天空，还是落往笔直的梧桐，凤凰也不自知……

颜夏正出神地想一些事情，主持人却在上面说道："每一年的毕业季，按照传统我们都会邀请神秘嘉宾给即将离去的学长学姐们带来祝福，今天，我们邀请到的是04级中文系师本一班的一位学姐，大家掌声欢迎！"

随着一阵阵的惊呼，颜夏回过神来，抬头一看，发现一个熟悉的身影就这么俏生生地站在台上，而且她也正笑着看自己。

"她叫林可林，可林学姐是中文系自律会的老会长，连续四年拿到一等奖学金，今天，由她带来一首歌，大家欢迎！"

颜夏绝对想不到会在漳州师院再次遇见林可林，他一瞬间有种时光倒流的感觉，好像回到两年前，自己和小寒走在漳州的街上，看到她和吴言时的惊艳，然后时光一转，他又看到在自己的母校，她正拿着一把尺子，横眉竖目地瞪着自己……

想到这些画面颜夏不禁笑了起来，原来有些事情自己可以记得这么清楚，这家伙前几天说的再遇见，原来就是这啊！

小寒就坐在颜夏的旁边，看到林可林出现也有短暂的失神，不过她马上恢复神采，有些调皮地扯扯颜夏的衣服，眼里说不出的狡黠。

周围的同学看到一个清纯动人的学姐就这么不施粉黛地站在台上，显得那么楚楚动人，欢呼声更大了。

"各位学弟学妹们大家好，说出这句话感觉大煞风景，本来是多么惆怅、伤感的一场学长学妹告别会，我一句话都把你们给叫小了，你们不会怪我吧？"林可林接过话筒，张口第一句话后还吐了吐舌头，逗得下面的学弟学妹们齐齐欢呼"不怪不怪"。

这家伙又开始卖萌！颜夏心里暗自吐槽。

"那我就先谢谢各位学弟学妹啦，对了各位，我能不能选一位同学上来跟我合唱呢？"说完她又抛出一个互动。

这家伙还真是个合格的人民教师啊！颜夏看着有些激动的同学们无奈地想到。不过他马上想到自己可能会被这家伙又先斩后奏一回，有些紧张地看着她。

林可林看下面的同学轰然叫好，朝颜夏偷偷眨巴眼睛。颜夏的心顿时凉了。

"好的，那我就随便选啦。"林可林突然把手指向颜夏这个方向，"那位同学，穿蓝色裙子的同学，愿意上来吗？"

颜夏本以为她指着自己，正准备站起来，不过想想不对头啊，蓝色裙子，他转过头的时候身边的蓝色裙子姑娘已经微笑起身了。

望着小寒的背影，再看看台上林可林的微笑，颜夏一头雾水。

场上看到另一位水灵灵的姑娘上台，发出一阵惊呼，一方面赞叹两位姑娘养眼啊，另一方面感叹世风日下的姑娘手拉手。

"今天过来得比较急，歌曲也是临时决定的，大家也不想看两位姑娘在干巴巴清唱是吧，干脆再拉一个伴奏好了。"林可林又朝颜夏眨眼睛。

颜夏一听，她果然从一开始就没打算放过自己，而且脏活累活都是压给自己。

"就那位看起来有点小帅的学弟好了，这位学弟看你骨骼精奇，会不会吉他呀？"林可林又指向颜夏。

有点小帅、学弟，这姑娘摆明了是来调戏自己的，不上去，今天不会吉他！颜夏心里还想着的时候周围的舍友已经开始起哄了："他会他会！他还真会！学姐威武！"

他们说着就把颜夏给拱出去了，小星还不忘往他手里塞吉他。

颜夏老泪纵横地站在台上，宛如一根古木，左边是一朵幽幽的玉兰花，右边是一朵淡淡的桂花，在两朵小白花的交映下，他显得更斯巴达了。

"同学，我点歌喽，不会的话就直接说，学姐很好说话的！"林可林拍拍颜夏的肩膀，看他吞了苍蝇似的样子心情突然飞扬起来。

"那啥《雨夜花》会不？"林可林想了想。

颜夏点点头，然后小寒也点点头。

颜夏坐在她们后面的椅子上，试了下吉他的音，很自然地弹起前奏。

"咚咚咚咚"四声后，林可林会意地轻声吟唱："雨夜花，雨夜花，受风雨吹落地。无人看见，每日怨嗟，花谢落土不再回。花落土，花落土，有谁人尚看顾。无情风雨，误阮前途，花蕊凋落要如何。雨无情，雨无情，无想阮的前程。并无看顾，软弱心性，乎阮前途失光明。雨水滴，雨水滴，引阮入受难池。怎样呼阮，离叶离枝，永远无人可看见……"

这家伙肯定是有准备伴奏但是抓不住节奏，所以故意来坑自己敲"咚咚咚咚"吧！颜夏在后面望着娇艳的林可林有些无奈地想着。

颜夏，我终于不用隔着天空听你的琴声啦，我们终于站在了同一个舞台，我终于又听到了"咚咚咚咚"，花未谢，雨不停，我陪你一起离枝啊。

颜夏木想完了直接滚下舞台，但是被林可林一把拎了回来。

她又要要什么啊，颜夏始终摸不透这姑娘的心性。

"非常感谢这两位学弟学妹，毕业快乐！"林可林突然左手抱住小寒，右手抱住颜夏，把两人一起搂住！

颜夏脑袋一空，两只手张在空中有些不知所措，这姑娘莫不是再占我便宜吧，而且嘴巴上占完便宜现在来占身体上的便宜了。

小寒也有些惊讶林可林的举动，不过当她感觉到林可林的手在自己的肩上用了用力，突然想起了一个画面，自己曾经站在熙来人往的广场上，双手抱住颜夏，甚至连他背上的林可林一并抱住了……

现在何其相似啊，这其中的心思颜夏想破头也想不明白，但是小寒却好像知道了什么，伸出手紧紧地抱了抱林可林，在她耳边轻声说："可林姐姐，谢谢。"

"小寒妹妹，谢谢。"林可林也低声呢喃了一句。

什么啊！颜夏莫名其妙却又无比无辜！

颜夏刚想问什么，就感觉自己的肩膀被林可林用头重重顶了一下，然后林可林分开手，和小寒很优雅地离开了舞台，留下了一脸茫然的颜夏。

台下的同学只看到颜夏被两位姑娘抱着，现在的样子完全就是犯花痴了，于是发出一阵哄笑，其中以他宿舍的大雄、小星、阿杰最为大声，早知道就自己上去好了！

颜夏走下台的时候才发现自己的肩膀有一点点湿润，这一瞬间，他好像明白了什么。

"不是啊，真的，再遇见的时候会很美。"

"有多美？"

"美得那个时候会哭出来。"

可林，你还是那么爱哭啊。不过如你所说，再遇见的时候真的很美，美得让人除了想笑，还想哭出来。

林可林就这么跟着小寒不知道去了哪里，颜夏去外面给她打电话也不接。算了，她总不会特意过来唱一首歌就回家吧。颜夏想着，就跟舍友回去了，一路上还承受他们的各种羡慕嫉妒恨。

"喂，颜夏，有妹子找你！"颜夏还在宿舍刷牙，就有人大声喊道。

颜夏还来不及出门，身边呼啦窜出三位奇才，他跟在三个舍友后面去看是谁，心想这三朵奇葩太靓丽了。

"哇，这不是学姐吗？学姐今天过来有何贵干啊？学姐我也会吉他的，下次找我啊！"小星无比热情地迎了上去。他还在为昨天颜夏被学姐轻薄了一下而耿耿于怀。

"哇，另一位小美女是谁啊？我叫大雄，也是这个宿舍的，对了，你什么星座的？"大雄一看美女学姐被小星捷足先登了，本着先下手为强的原则很主动地迎上了学姐旁边的另一朵小白花……

剩下的阿杰不是不想上去，奈何自己名草有主，那主还挺威武，所以有些纠结地站在原地……

颜夏看清两人，顿时觉得头晕目眩，这俩家伙勾搭在一起就没好事！除了林可林外，还有她的中国好闺蜜，像百合花似的姑娘——林木木同学！

颜夏一看到她就想起她那句"孩子她爹"。

"哎呀，小夏，小哥哥，我终于看到你了！"林可林还没说什么，身边的好闺蜜又很没骨气地像牛皮糖一样粘了上去，扔下目瞪口呆的大雄同学！

同学，不带这样的啊！先来后到啊！大雄内心那个呐喊啊！

"颜夏，你们认识啊。"阿杰没事找事地问。

颜夏生怕她说出孩子她爹的话，刚说了一句"她"就被姑娘无情地打断了。

"哎呀，是啊，认识啊，他是孩子她爹！"闺蜜同志始终以语不惊人死不休为己任，颜夏只觉得自己头都绿了，真是怕什么来什么！他刚要解释，又被阿杰打断了："你是孩子她妈？"

"嗯，我是孩子她大妈。"小百合装作有些羞涩地绞着衣角。

大妈！不是还有二妈吧？

颜夏一看形势不对头赶紧出言："小百合同学，你就不要再瞎搅和啦！等下大家都误会了，那你有理都说不清，她刚才都是开玩笑的你们别当真啊！"最后一句是朝着周围三个石化的人说的。

我就说不是真的不是真的！小星觉得自己混乱的逻辑又有了一点生机，他一方面暗叹这小百合的快人快语，另一方面又没皮没脸地向学姐笑："学姐，你叫林可林是吧，我昨天听一遍就记住了，我叫陈小星，喜欢弹琴、唱歌什么的，对了学姐，你喜欢什么？"

"我喜欢他！"林可林刚才被小百合同志逗得直乐呵，现在又装作很认真地思考，然后脆生生地指着颜夏。

小星只觉得一下子眼泪就出来了，人间好残酷，姑娘好勇敢啊！原来真正快人快语的在这呢！真是同流合污啊！他拿着看禽兽的眼神看颜夏："说，你都对两位姑娘干了什么？"

颜夏有些受不了了，一手拉住一位姑娘远离宿舍。

小星和大雄直到两位姑娘的身影消失在转角才回神，他们有些义愤填膺地喊道："颜夏，你个禽兽！你有种晚上就不要回来了！"

"颜夏，你给留一个啊！"

只有阿杰以过来人的身份叮嘱了一句："注意安全啊！"

第二十三章

"说吧你们俩人是来干什么的！"颜夏把他们揪到食堂，随便找了个位置坐下来，本来刚见她们还满心欢喜，被她们一搅和，剩下的只有一肚子气了。

"哎呀，小夏你别生气嘛，我们也只是玩玩，再说了有小学弟跟学姐这么说话的吗？"小百合俏生生地说。

"她也是我学姐？"颜夏指着小百合问林可林。林可林很清高地点头，表示自己不屑于该同志为伍，太丢人！

"哎呀，人家也是你直系学姐嘛！叫声学姐来听听。"小百合依然调戏颜夏。

"别想。说，你们入侵学校的目的是什么？"颜夏很直接地拒绝了这没有学姐范儿的说法。

在他的想法里学姐应该是温柔的、端庄的，像一抹凉风不胜娇羞，绝对不是拿尺子的和孩子的二大妈！

"哎呀，人家想你了嘛！就拉着可林过来看你了呗。"

林可林看不下去了，自己心水的男人当着自己的面被另一个姑娘调戏，而且这姑娘还是自己找来的，她有种作茧自缚的感觉。她扯了扯还在捂脸卖萌的林木木同学，有些不好意思地说："颜夏，你别听她乱说，其实吧我来学校还真的是有事。你忘了我跟你说过我要考研究生吗？"

颜夏想了想，好像有说过，女研究生啊！

"我不是报了漳州师院吗，今年是最后一年，这几天过来准备准备，答辩快到了。"

"什么时候答辩啊？"

"好像6月23日吧！"

"那你家里的孩子怎么办？"

"我家？"

"你们都有孩子啦！"旁边的小百合同志一惊一乍，食堂本来人就嘈杂，被小百合同志一说，顿时纷纷侧目，颜夏感觉自己又回到那个美国老头的店里，这家伙指着自己叫孩子："她爸你也不管管……"

颜夏有些厚脸皮地说："我是说学校里的孩子。"

林可林也有些不好意思地说："你来之前不是有个老师请产假吗，现在回来了，她就代我十天左右。"

两个人边说话边用眼神交流，都想双双执手离去，彻底抛弃孩子她大妈……

"那你们住哪里啊？"颜夏觉得现在抛弃她还不是时候，会被千夫所指，想想便作罢。

"哎呀，这个我知道我知道，我回答。"小百合能不安分就尽量不安分地插话。

林可林快翻白眼了，我容易吗？我千里迢迢跑过来见见情郎，满心想着他看到自己的时候也是眉目含情，然后俩人牵着小手儿互诉衷肠，都怪自己嘴贱，把这人也给磨过来了！不仅情郎对自己没好气了，甚至还把情郎给调戏了！她用怨妇的眼神想让林木木明白这样闪闪发亮是不人道的！

但小百合同志的注意力全部在小哥哥身上，她哎呀一声说道："我们俩住一间研究生宿舍，之前有申请过了。"

"对哦，小百合，不对，林木木同志，人家可林是过来研究生考试，你过来干什么？你不用上班吗？"颜夏不自觉地把话题移到了小百合身上。

林可林虎目含泪，内心朝着颜夏咆哮道，颜夏你快回来啊你快回来啊！别被小百合同志牵走了啊！

小百合激动了："哎呀小百合挺好听的，你多叫几声听听。"

林可林觉得形势不对，这样下去他们该执子之手双双离去了，按照小百合这花痴的性格和颜夏的木头性格完全是有可能的啊！于是趁着小百合神志不清林可林赶紧说："颜夏你就别为她担心了，她工作自由度高着呢，她是自由撰稿人，出来就当是采风。"

"自由撰稿人，感觉好厉害的样子啊！"颜夏听到这个词就莫名其妙想到三毛，背着一行囊，走过万水千山，然后写出山多高，水多长，情多浓……

看到他这个样子林可林有些绝望了。

"人家没那么厉害呢，人家只是贪玩嘛。"小百合神智恢复了。

"贪玩？我宿舍那三只牲口也贪玩，要不你牵一只去？"颜夏开玩笑。

"好啊好啊！"这次回答得非常没节操的居然是林可林同志，他恨不得颜夏祭出的三只牲口把小百合同志牵走。

"哎呀，不好不好，人家除了小夏对其他男人不感兴趣啦！"

"可林，你说你念研究生，你报的是哪位导师啊？"颜夏觉得再搭理小百合自己就要疯了，这人完全是个人来疯啊！

"报沈教授啊。怎么啦？你难道没被教过？他挺出名的！"

"沈教授，哪个沈教授？那个'一挂千军'沈秋白？传说中一个班挂掉三分之二的导师？"颜夏想到师院的一个传说，传说有一年中文系千军万马杀过独木桥但是独木桥断了的情形，事后教授说了不是桥断，是你们心乱，于是中文系震惊了……

"是啊，怎么样？他厉害吧？"林可林反以此为荣。

"你不知道他的那个传说吗？"

"知道啊。姐姐就是那千军里未挂的。"

我早该知道啊！我替她担心什么啊！这家伙跟旁边还在捂脸的那位奇葩有什么本质上的区别啊，她一出生就自动获得抢第一的光环啊！她是考试仙子第一狂魔啊！颜夏正在内心自省，林可林又说："虽然导师铁面无私，但是我相信好好学习，那我肯定会过！"

颜夏看着可林那样子，就差比个"V"了。

"你打算研究什么啊？"颜夏实在不想跟这家伙继续探讨与考试有关的字眼了，本能地不理她，但是看看旁边的小百合，觉得还是要理她的。

"研究《红楼梦》啊，干嘛？"林可林很自然地回答。

颜夏很无力地问："你确定？"

"那不废话，你干嘛一副吃了大便的表情？"林可林看颜夏的脸都青了。

"你确定你修的是《红楼梦》而不是《水浒传》？"

"干嘛？不信啊！"

"其实你应该去修《水浒传》，现在转还来得及吗？"

"干嘛要转？"

"人家《红楼梦》里面都是'公子何事'，《水浒传》里才是'干嘛'，你的匪气跟《水浒传》比较搭，而且是水泄不通的搭。"

"我尺子呢！哎，我尺子呢！林木木你先招呼他！"

"……"

接下来的几天，颜夏很无奈地在舍友的注视下被两位姑娘拉出去逛街、吃饭，有时候是三位姑娘，小寒也加入她们中间了。

"颜夏，起床啦！"手机里又传来咋呼的声音，旁边隐约有姑娘在说："哎呀别那么凶啊，会吵醒小夏的。"

"小老师，现在才几点啊，早上八点半啊，要逛街什么的也晚点啊，让不让人睡觉啦！"颜夏窝在床上不想起床。

"你猪啊！今天拍毕业照！你赶紧给我爬过来！"电话里林可林还在凶着。

毕业照？今天？颜夏起床看周围，三位同志依然在睡觉。

"起床啦！拍毕业照啦！"颜夏在宿舍里大吼一声，然后对着电话郁闷地说，"我说小老师，是我们拍毕业照你那么上心干嘛？"

"我要看你呀，肯定很好玩。"电话里林可林嘻嘻地笑着。

毕业照的拍摄地点在新建成的图书馆前，颜夏一直以为新建的图书馆像一只趴着的乌龟，真不知道选在那拍是比较洋气还是比较喜气。

颜夏到的时候林可林跟小寒已经到了，而且似乎跟自己班上的男女生都打成一片了，他的亲和力跟爆发力一样高。

颜夏套完学士服和学士帽的时候那边已经在喊集合了，颜夏站在最后一排的最边上，愣愣地看着林可林在摄影师边上逗大家，让大家开心点。

完全是按照程序来的，班级先是一本正经咔嚓一张，然后学士帽满天飞一张，然后就自找点继续拍或者回宿舍了。

颜夏本想在第一时间撤回宿舍，但很显然林可林等他很久了。

"去哪？"

"宿舍！"

"没拍完！"

"完了！"

"还有我呢！"

"怎样？"

"一起！"

"宿舍！"

正当颜夏和林可林瞎扯的时候小寒走了过来。小寒把一件肃穆的学士服穿出了小清新的味道，看得颜夏目眩。

"好看吗？"小寒甩甩衣袖笑嘻嘻地问。

"好看。"颜夏对小寒从来都是实话实说。

"咱合照一张呗。"

"好啊。"颜夏骨气全无。

林可林有些目瞪口呆了，这相好还是老的好啊！

"傻啦？开玩笑呢，一起来吧。"颜夏点了点林可林的眉心。

这是他第一次碰我啊！林可林有些手足无措地跟在颜夏后面，别提多乖巧了。

颜夏从来就不喜欢拍照，在镜头前呆呆地站着，倒是小寒落落大方地挽着他的手，把头挨在他肩上笑得很甜。

"我们的最后应该留个最美的纪念吧？"小寒在颜夏的耳边轻轻说。

最美的纪念，嗯，是这样的。颜夏也会心一笑。

当颜夏找林可林合影的时候这姑娘倒是有些惊慌失措，很难想象之前她无比彪悍地要驾着自己拍照。

这家伙就是嘴硬心软，大灰狼的外表小白兔的心思。颜夏心想，他瞪了林可林一眼。林可林仿佛被激发了士气一般，拿出考试的天赋心一横，道："来就来，谁怕谁！……"

"小老师，我们是合影留念，不是决战紫禁之巅。"颜夏善意的提醒换来她一个小腿踢。

林可林心想反正都这样没皮没脸了，干脆破罐子破摔好了，就一把拎过颜夏，很霸气地把左手搭在颜夏的肩上，然后微笑。

颜夏一阵暴汗，自己跟兄弟照相的时候不也是这个姿势吗。同样拍个照，小寒多么温婉可人，这人怎么会这么威武霸气啊！

"颜夏，我们的开始应该留个最美的纪念吧？"林可林也在颜夏的耳边轻声说。

开始？什么开始？颜夏还没想明白林可林就又踢了他一脚然后分开了。

颜夏站在原地，看着周围喜笑颜开的同学，心里莫名的失落，这是大学最后的章节吧，或许以后再见，只能是相片了。

颜夏突然喊了小寒一声，然后把林可林也拉过来，说："我们仨来一张？"

小寒笑着点点头，站在颜夏的身边，倒是林可林有些难为情，扭扭捏捏地挨近他。颜夏心里一乐，恶作剧地一手揽住一个，对着镜头开心地笑了。

小寒，最后的遗憾或许是最美的；

可林，最初的懵懂或许是最纯的。

"再来再来，刚才没摆好呢！"颜夏刚要撒手，林可林不依了，刚才他太紧张了，肯定难看，于是她朝摄影师吼了一句，然后一手揪着颜夏的脸，"就这样就这样，哈哈。"

小寒一看也淘气了，一手揪着颜夏的另一边脸，说："好啊好啊……"

拍完颜夏很想喊一声不算，这算什么啊！不过看两位姑娘玩得很欢乐也就不说什么了，大不了一拿到照片就毁尸灭迹。

"哎呀，还有我呢！"颜夏身后传来一个姑娘软软的声音。

颜夏不用回头就知道小百合来了，这家伙从哪冒出来的？

小百合站在颜夏面前盯着小寒和林可林犹豫了好久，纠结地说："孩子二妈、孩子三妈我们和孩子她爹来一张全家福吧。"

孩子二妈？孩子三妈？什么时候又多个三妈啊？姑娘你别到处乱认二妈三妈啊！哥哥知道你博爱，但是也不要见着一个姑娘就从二开始排起啊！颜夏心里那个郁闷啊！

没有人征求颜夏的意见，三位姑娘嘻嘻哈哈地在他周边站好，各自摆出甜蜜的微笑，别提多开心了。

周围的小星等人看到三位如花似玉的姑娘倒贴似的挨着颜夏挤成一团也崩溃了，大喊着："姑娘们，别挤啊，别都挤那木头身上去啊，这边还有才貌双全的我们空着呢，放着我们来啊！我们保证姿势比那木头好，笑容比那木头甜，不好用全额退货啊亲！"

"尊敬的两位学姐，明天我们系有个送老足球赛，我们不才，都是系队的，现在诚挚邀请你们去观看，不知能否赏脸？"小星一看颜夏这边完了赶紧挤过去，能拉一个是一个。

"好啊！"小寒漫不经心地回答，但是鉴于小寒之前和颜夏勾搭过，小星知道这句好啊就跟省略号的效果是一样的。

"不去啊！"林可林又快人快语地让小星泪流满面。

小星最后的期待落在小百合身上，颜夏一看估摸着小星听到这朵奇葩的回答会崩溃。

"孩子二妈不去三妈要去，让我这个孩子大妈好纠结啊！"小百合果然没理小星。

小星泪奔了。

"哎，小星你回来，我再问问。"颜夏实在不忍心看小星如此悲催，本着助人为乐的心想帮帮他。

"我说你们三个，明天真的是我们系送老足球赛，我也参加，你们三个要去吗？"颜夏问。

"好啊。"小寒说。

"好啊。"可林说。

"哎呀，当然好呀。"小百合说。

小星果断头也不回地泪奔了！这做人的差距也忒大了吧！这世界好残酷啊！

6月22日下午，足球场。

"小夏，你穿上球服跟变了个人一样啊。"小百合同学一向心直口快。

"是吧，哈哈。"颜夏一边热身一边跟小百合插科打诨。

颜夏所在的队是06级中文系师本和非师本四个班的男生组成的。中文系的男生本就不多，四个班加起来也就三十多人，会踢球的不多，就是这十一人中还有三四个是打酱油的呢。

"小夏，等下我们一起给你加油哦！"小百合显得很激动。

"好啊。"

"口号我都想好了！"

"别喊孩子她爸加油就成！"

"哎呀，真害羞！"

"……"

和老生踢的自然是新生队，其实也算中文系的系队，到了大四自然退出了系队。

比赛还没开始呢，小百合就在一旁激动得嗷嗷叫了，颜夏着实替她捏了一把汗，他把林可林拉到一边，说："你等下别光看比赛，注意看着她点啊，我怕她瞎激动什么话都往外蹦，而且还脱缰奔腾进来。"

林可林很严肃地点点头，脸憋得红红地说："加油！"

"你不会等下也那样吧？"颜夏看林可林也很激动，再想想这俩姑娘都不是正常的主，顿时有些担心，又把小寒拉过来："小寒，你等下别光看比赛，注意拉着她们俩点啊！"

小寒很靠谱地点点头。颜夏顿时放心地上战场了，果然是这样啊，小寒是那种将军杀敌于外妻子安家于内的类型，林可林是那种在将军后面激动蹦跶的姑娘，拉都拉不住。

比赛踢得比较融洽，就跟打全明星赛一样，各位光在场上耍本事了，只攻不防，就是防也是眼神防守，颜夏跟舍友毕竟磨合了四年，之间的默契是新生所不能企及的，很快他们就打出全场配合，由颜夏直塞助攻，小星一个漂亮的外脚背直抽球门左下角！

进球！

小星顿时激动了，今天这么多姑娘在场外看着呢，尤其以颜夏的孩子她大妈、二妈、三妈最为引人注目，小星看到三位姑娘也在那欢喜地喊着，为进球而欢呼，就一路飘到三位姑娘面前，但是马上又泪奔而去。

"哎呀，颜夏好厉害啊！"小百合说。

"想不到他还有这一脚法！"林可林说。

"是吧！"小寒说。

没有一句落在小星身上，小星只觉得自己中了五百万的彩票，但是电视直播全部都是在夸那卖彩票的厉害！

颜夏一把抓住小星，狠狠地撞了一下胸，示意别理那三人。

大哥你是一下子有仨当然无所谓了，可怜哥哥我还顾影自怜呢。小星满肚子苦水。

第二球也来得很快，小星前场断球，按住加速一路狂奔，在禁区前跟颜夏打了个二过一，得球后又在门将前投桃报李地将球传给空位的颜夏，颜夏面对空门直接将球带进球门了。

进球！

虽然这球的功臣还是小星，但他这回一丁点骄傲感都没有，他被三位姑娘磨得没脾气了，只是很淡定地向场边的观众挥挥手。

走过她们仨的时候他还觉得自己更灰溜溜了，好像自己不是助攻，而是被人家灌了几球一样。

"哎呀，这球好看、好玩，对了，你叫什么名字呀？"小百合揪住小星问。

小星觉得自己的小心肝再也承受不住了，太打击人了吧，至少见了好几次面了，你在我们宿舍里还是我给你倒的水啊！你叫什么名字，这话听得真是只能用一首诗来表达：断肠崖上叹绝情，绝情谷底哭断肠……

不过这勉强算好事吧，这位看起来很难搞的姑娘居然问自己的名字了。正当小星要回答的时候，小寒说："他叫小星，不用理他啦！"

让我说啊！让我回答啊！让我和她对个话会死啊，还有不用理他是什么思路啊？小星在心里画圈圈诅咒小寒了。

"小星，哎呀！这名字好玩！小星加油！"小百合很人道地给小星一个爱心加油。

小星顿时跟打了鸡血一样回到场上。接下来他大发神威连进两球结束比赛，整场欢乐地实现了帽子戏法，这前锋当得是无比风光。

"晚上我请客！管吃饱、管喝足！"小星和舍友还有仨姑娘迎着金色的夕阳走在小道上。

"颜夏你必须去！"小星又强调了一句，今天进的球可都是颜夏喂的呢。

"可以啊，难得在毕业前吃你一顿。先回去洗个澡吧。"颜夏答应。

然后小星一本正经地掉头问姑娘们："颜夏答应了，你们去吗？"这真的是吃一堑长一智的生动写照啊！

三位姑娘先是点头，然后小寒先说："晚上我姐妹也聚会呢，可能来不了你们这边。"小百合也一脸纠结地说："哎呀！晚上答应主编要赶一篇稿子，去不了啊。"只有林可林有些莫名其妙地看着小百合。

看看，三位姑娘的第一反应是点头啊！

"颜夏我恨你！"小星虽然争取到一位，但是这位很明显就是死赖颜夏了，小星觉得满心委屈，只能朝颜夏幽怨地喊了一句就跑开了。

"哈哈……"众位笑得花枝乱颤。

他们随便在博西的桥上那家炒田螺店点了些烧烤，上了啤酒就开始干了。

林可林刚开始还是很含蓄地喝着烧开的凉茶，颜夏几杯酒下肚，看林可林在那装淑女，顿时拉拉她："小老师，你装什么装啊，跟我拼酒那会儿你怎么不矜持点啊！"

"颜夏！来，跟姐姐走一个！"林可林一听顿时怒了，撕下所有跟温柔有关的伪装，举杯喝起来了。

众人皆惊。颜夏朝他们点点头，示意这才是她的庐山真面目。

"可林学姐豪放啊！来，小弟我先干为敬！"小星闽南出生，身上除了酒量就没什么量了。

林可林马上跟四位学弟走了一遭。

大雄倒是满心感慨："学姐真的厉害啊，而且忒真诚，我说颜夏，这天上掉下个林妹妹啊，你真的可以收了。"

颜夏还没说话呢，林可林倒是很委屈地点点头："是啊是啊！"

颜夏没好气地看着她："你别瞎凑合！"

"我没有我！我是当事人好吗？"林可林虽然说的是实话，但颜夏听来还是怪怪的。

"对啊，这个可以有。可林学姐靠谱。"小星说话了。

"那小寒就不靠谱了是不？"

"不一样好吗，你不要老是显得你妹子很多的样子！走一个！"小星一听老大不欢喜了。

喝完小星接着说："小寒和可林学姐都是真诚的，但小寒比较内敛，管不住你，可林学姐比较真实，既管得住你，也会被你管，这才靠谱！"

"不说这个了，在可林面前咱谈论这个好像也不是很靠谱的样子。"颜夏看着目光灼灼的林可林有些不好意思了。

"也对，卧谈会的时候讲，卧谈卧谈！"大雄说。

"卧谈那我不是听不到了？"林可林很无辜地说。

"你都在想些什么啊？我们就是故意要避开你才选择卧谈会的时候讲！来，喝啦。"颜夏跟林可林又碰了一个。

"哎，满打满算，还有几个卧谈会呢？"阿杰突然蹦出一句话，然后气氛顿时有些压抑了。大学就要在这几天内画下句点了，整个大学还没来得及疯狂一次呢……

"你们三个以后准备干嘛？"颜夏闷声灌了一杯酒，问他们。

"我还能干嘛？百无一用是书生，只能去考公务员啦！"小星先说了，自己倒满一口闷了。曾经年少轻狂地放豪言，一不经商，二不从政，可是现在我的理想哪去了？

"我啊，继续考研究生。厦大那边刚好有我兴趣的专业和课题，准备去试试。"大雄也说。

"我准备去考老师。我家那位也是这样。"阿杰说。阿杰和他的女朋友是青梅竹马，感情好得一塌糊涂。

"你呢？当作家？音乐家？足球运动员？"小星举杯问颜夏。

"感觉你说的几个都蛮好的，但是一个都落不到现实里，我也准备当老师！"颜夏苦笑，教师也只是避世一时。

"真的啊？"一直默默听他们说话的林可林这回又激动了。

"嗯，有机会的话，回去继续跟你当同事啦。"颜夏看着激动的林可林，突然心生温暖，自己不知不觉中习惯了每天和这位姑娘拌拌嘴，而且这种习惯自己也不排斥。

"好啊，老师们肯定都乐意，我过两天回去帮你问问学校有没有岗位招聘。来，颜夏我们吹瓶啦。"这次她真的激动了，直接拎起一瓶酒往肚子里灌。

"喂喂喂，你悠着点，别像上次那样又是我背你回去。"颜夏看着满心欢喜的林可林，心里突然轻松了起来，教师，或许能保住自己一两分。

舍友看身娇体柔的林可林像个盖世英雄霸王举鼎一样豪迈，觉得别有一番美，均是会心一笑，起身开酒："四个大老爷们不能被一个小姑娘比下去，来！"

刚才沉闷的气氛一扫而空，颜夏喝完看着林可林，情不自禁地一手夺过她手中的瓶子，一手揉揉她的头发，说："接下来你喝凉茶就好了，不准喝酒！"

"嘿嘿，人家高兴嘛！凉茶就凉茶，咱再吹一个？"林可林傻兮兮地笑着，伸手就要去开凉茶吹瓶了。

颜夏一阵汗颜，这样下去真搞不定这姑娘，只好暂时无视她，随便找了个话题："我说，咱四人也算同居四年了，但是这四年感觉好平淡，你们不会是想就这样相敬如宾地过完最后的大学吧？"

其他三人想想，还真是，平时除了上课、睡觉、联机打拳皇、拎着手柄挑实况、懒得下去打饭就集体叫动力杯、踢球、打球、学吉他玩乐器等，好像就没有什么有记忆点的东西了。

"我总觉得有遗憾！"小星先说了。

"我被你们说得蠢蠢欲动，非得把我们师院的天给捅个窟窿不可！"大雄也有些激动。

"你说，我们大学足球系赛、篮球院赛都玩过了，但总感觉有一样东西我们一起喜欢、一起玩，但从来没有在舞台上展现过。"阿杰把手中的酒杯握得很紧。

其余三人对视一眼，异口同声地说："音乐！"

对！音乐！

大二的时候阿杰带了一把学长送他的吉他回了宿舍，然后宿舍的几个人疯狂地爱上这种乐器，在接下来的日子里一起学习、切磋，每天每夜宿舍都会传出五月天的弹唱。

特别是阿杰和小星更为博爱，阿杰又自学了贝斯，小星学了架子鼓，大雄精修吉他，不过电吉他也练了一年，就只剩下颜夏认真地在木吉他的路上一直走远。

大二的时候几人还在宿舍一起学，后来他们转战其他乐器后有些只能在外面学习，就渐渐少了一起练习的时间，现在想想，他们居然勉强可以凑齐一支乐队！

"在世人面前来一场 3A618 宿舍的音乐会吧！"颜夏拎起一瓶酒。

"第一次，最后一次！"小星也激动地拎起酒站起来。

"大声唱、尽情耍，一丁点遗憾都不留给大学！"大雄起身。

"乱世饮居乐队！"阿杰站起来说了句莫名其妙的话。

"什么东西？"颜夏他们不解。

"我们的乐队名字啊！其实很早就想过我们宿舍四人组个乐队玩玩，但你们都忙着睡觉、谈恋爱，所以我就没说出来。我们大学四年，共同的性格、共同的爱好，乱世饮居，乱世隐居！我们都不求闻达，只愿和爱人安静地待在一起，找个像饮居一样的小地方生活，其他纷纷扰扰和我们半毛钱关系都没有！乱世饮居！乱世隐居！"阿杰有些面红耳赤地喊道。

颜夏和舍友四年了，第一次看到如此疯狂的阿杰，以前的他总是那么冷静、沉稳。

乱世饮居！颜夏和其他舍友交换目光，目光里均是欣喜："为乱世饮居干杯！"

"为乱世饮居干杯！"

"为乱世饮居干杯！"

"乱世饮居！"

四个有些醉意的男生仰头大口灌着啤酒，身上流露出草莽与书生相互交织的气势。

这是怎样的四个男生啊，气质竟然如此相近。林可林看着站得笔直的四位男生，虽然平时他们性格各不相同，颜夏外冷内热，小星热情奔放，阿杰冷静沉稳，大雄不修边幅，但是在某个点上，他们竟然有如此一致的狂野气质。

林可林一时也觉得热血沸腾了，她一下子蹦跶起来，举起手中的凉茶："好！我虽然什么都不会，但给你做做后勤还是可以的！干了！"

所有的青春、理想、爱情，好像都在这样毕业的碰杯中，碎了一地。

颜夏也不知道自己喝了多少，只知道自己满腔的压抑，酒多喝一杯，心口的烦闷就融化一点。

大雄已经倒在桌子上了，阿杰也一杯一杯地灌着啤酒。小星电话响了。

"哎呀，是小星吗？"电话里头传来一个女声。

小星喝得脑憨耳热，一时听不出谁的声音："谁啊？"

"我啊，林木木啊。"

"林木木？不认识，谁啊？"

"……"

"谁啊，不说我挂了。"

"小百合！"小百合同学说这话的时候心里把颜夏血洗了一百遍，这家伙天天小百合长小百合短的，现在自我介绍叫林木木的时候自己都不习惯了，更别提别人了。

果然，小星一拍脑袋，刚才身上的狂野尽去，一股谄媚："是你啊，我知道我知道，我是小星，找我什么事啊？"

"哎呀，你对文学有没有研究呀？想和你探讨下呢！"娇滴滴的声音听得小星酒劲去一半。

"有啊有啊，必须有啊！我不止前知五百年后算五百年，还左推欧亚三千里右探陆海百千万啊！"

"那你现在来学生街的这家动力杯，对了，你声音小一点，别让可林知道！"

小星压低声音，问："你不是说今晚要赶稿，还要和我探讨文学吗？怎么到那里去了？"

"那你是要来我宿舍吗？"

"我错了，我现在马上过去。"

"对了，估计你们也喝得差不多了吧，赶紧把另两位舍友忽悠回家。"

小星一时了悟："你是要给他们创造机会吧，哎，你不是也喜欢颜夏吗？"

"哎呀，你少废话，颜夏那家伙姐姐突然不喜欢了。挂了，拜拜。"这句有些傲娇的话小星却非常能体会，小百合，要说你伟大，还是说你傻？

小星挂完电话，朝林可林说："外面一位同学找我，我可能要先撤啦。"林可林点点头，小星又朝阿杰说道，"阿杰你先送大雄回去吧，可林，你陪颜夏再醒醒酒。"

阿杰他们仨人很快就消失在眼前，可林呆呆地望着颜夏，知道此时自己说什么都不合适。

颜夏有些惆怅地说了一句："都走啦？"

都走了……

好像过几天的预演，他们有着自己的梦想和事业，要继续前进，去的方向和自己不一样。

颜夏又给自己倒上酒，这就是大学，来的时候满心好奇，因为一切都是未知的，一切都想要，离的时候满心失落，因为要告别兄弟朋友，告别爱的人，告别这个城市所有的古朴柔情。

阿杰，谢谢你，饮居以茗茶之名湮灭，你让它以音乐之名重生了。

颜夏一杯一杯地喝着，不知道过了多久，只知道旁边一位姑娘静静地坐着，呆呆地看着，一句话都不说。

"颜夏，你醒醒，该回去了！"颜夏睁开蒙眬的眼睛，依稀看见林可林在摇自己。

"几点了？"颜夏含糊地问。

"午夜一点了。"林可林看了看表。

"这么晚了，辛苦你了可林。"颜夏摇晃着要站起来，但是刚走两步就要倒下去。林可林连忙一把扶住他，去摊前找老板结账。

"这个时候宿舍大门应该关了吧？"店老板好心提醒。

"啊？"林可林被一提醒，才想到自己现在是在学校，可是有门禁的，对男生来说倒是可以翻墙，可是看颜夏这状态，别说翻墙，就是扶墙都有问题。

"后面有些日租房，你们过去看看，跟男友将就一晚上吧。"店老板指指自己身后那一条街。

林可林被说得脸一红，转头看着有些不省人事但仍然哼哼唧唧的颜夏，好像多走一步他就会倒下去，她心一软，点点头，扶着颜夏慢慢地走了。

混蛋，上次让你背，这次我扶你，算扯平了。林可林有些不由自主地去想别的话题。

林可林很快地找了个地落脚，房间倒是蛮清爽的，可惜她无心打量，因为颜夏喉头发抖，马上要吐了。

"哎你等等啊……"林可林把颜夏放在床上，从厕所拎出垃圾桶，放在床边，让颜夏伸出头对着垃圾桶吐。

等颜夏吐得无可吐的时候，已经两点多了。

颜夏吐完倒是恢复了一点神智，在那哼哼，林可林没好气地捶了他一拳，让你这混蛋乱喝酒，还要本姑娘陪着你在外面住！想到这她的脸又有点发烧，这家日租房全部都是单人间，只有一个床位，让人家怎么睡嘛。

她本想再开一间，但是想想半夜这家伙说不准又闹出什么乱子，就无奈地只开了一间。

我都是为了照顾你啊！林可林心里的小人抽打着颜夏，手上却温柔地帮他把被子盖好。

"别走！"林可林转身要去倒水的时候颜夏呢喃了一句，听到这话她的心一颤，这话，不知道是说给小寒听，还是说给自己听。

她觉得有些难过，但是马上就听到颜夏接着呢喃："别走，可林，谢谢你！"

满心疲惫的林可林听到这句话好似恢复了生机，她泪光灼灼而又温柔地回答："嗯，我不会走。"

颜夏仿佛听到了这句话，沉沉入睡。

林可林自己喝了一杯水，看着睡着的颜夏，此刻她好想就这样一直看着他。不过明天还有事，她想了想，有些羞涩地躺在颜夏身旁，和衣而睡。

颜夏，我第一次离你这么近，可是你却离我那么远，你知道我在你身边吗？

颜夏也不知道过了多久才醒来，他先是望着陌生的房间一片亮堂，有些喃喃自语地问现在几点了。

"十一点。"一个细微而又温柔的声音在颜夏耳边回答，他这才意识到自己躺在床上，而且旁边还躺了一个人，自己居然抱着她！

"啊！"颜夏有些清醒了！

"喊什么呀！感觉你被我非礼了一样！我还委屈呢！"林可林也起身，脸红红的，但语气还是一如既往的飞扬。

清晨的林可林睡眼蒙眬，别有一番美人初醒的娇憨美，再细闻满床都是玉兰花香。

林可林看颜夏目不转睛地望着自己，这才看向自己，衣裳凌乱，倒好像是被非礼了一样，脸就跟烧起来似的，她迅速转过身，说："看什么看？不准看！"

颜夏等林可林整理好衣服才小心翼翼地问："昨晚发生什么了？"他生怕林可林想到什么就把自己切了。

林可林没好气地瞪了他一眼，说："发生什么你还不清楚？你昨晚喝得乱七八糟，宿舍大门又关了，我就扛着你来这睡了一晚。"她的声音越说越低，最后细如蚊鸣。

"然后呢？"颜夏一听不对头，她的脸怎么红成这样。

"你还想什么然后？问我有没非礼你吗？没有！"林可林一听气炸了，这然后呢问得无比热切，感觉不然后点什么就太不厚道了。

"哎，那就好！"颜夏听出她的意思，俩人其实没发生酒后乱七八糟的事情，顿时松了一口气。

林可林却怎么听都不是个味儿，感觉他像逃过一劫的姑娘似的，他这是在感慨自己劫后余生呢，还是在嘲笑自己无力非礼？

"可林，对不起啊，不过谢谢你。"颜夏真诚地道歉和感谢，要不是林可林，说不定昨晚自己就横陈街头了。

"哼，你对不起我的事情多着呢！"林可林撇撇嘴，好像想到什么，有些无奈而又害羞地说。

"啊？还有什么，不是没发生什么吗？"颜夏有些傻兮兮地问。

"十一点了，虽然之前觉得没什么的，但是现在时间过了还是感觉好痛啊！"她委屈地望着颜夏。

"啊？你哪里受伤了？我看看？"颜夏看林可林那泪又出来了，一下子急了，莫不是昨晚自己真伤了她？

"别动手动脚啊你，想乘机非礼姐姐啊？我说的痛是心痛啊！"林可林一把拍掉颜夏伸过来的手，指指自己的心。

"颜夏，我有没有告诉你我此行是过来干吗的？"林可林继续委屈。

"有啊，过来看我，顺便研究生答辩。"

"……"

"不是吗？干嘛用这种非人的眼神看我？"

"是过来研究生答辩，顺便看你！"

"有区别吗？哎呀，你上次说几号来着？"颜夏隐隐抓住了什么。

"23 日上午啊！"林可林心那个痛啊。

"今天几号？哎，今天就是 23 号早上啊！你居然错过了自己的答辩！"颜夏顿时明白了，有些怒其不争地看着这姑娘，不该啊！这姑娘考试狂魔的个性，她就是忘了世界末日也不会忘了自己考试是哪一天、考什么、答案是什么，而且这次她还是特地过来答辩的！看她上面纠正的顺序！

"你才错过！你一起床就错过！"林可林本能地骂颜夏，但是骂完又看着他，自己好像就是一起床就错过了。

"你怎么会忘了呢？"颜夏真替她着急，看她好像不是开玩笑的样子。

"没有忘！"林可林瞪着他。

"那怎么没去？早上你完全可以先走啊。"颜夏说的是事实，早上其实他已经不需要照顾了。

"谁叫你抱人家抱得那么紧！"林可林的脸又红了，声音低得自己都听不清。颜夏听完心里却五味杂陈，想到之前自己确实是抱着她睡觉的，他也微微尴尬。

是抱得紧推不开吗，还是自己根本就为了享受一时的拥抱而继续期待天不亮，他不醒？

林可林有些愣神地想着，她发现自己喜欢上颜夏后性格真的发生了很大的变化，以前那么在意的东西，现在居然一个拥抱就战胜了，而且还这么离谱！自己的研究生考试啊，不是平时什么比赛，放弃的理由更可笑，是因为自己喜欢被他抱着，不想离开！

颜夏一时也无语了，他以为自己足够了解眼前这个外刚内柔的姑娘，但是此刻他发现自己完全猜不出来她在想什么。

"你知道我的，我这人很要强的，我很看重成绩的。在我觉得，不管是奥运会第一，还是考研第一，还是小学班级剪纸第一，都是第一，都是神圣的，都是值得自己努力去追求，没有什么能够阻挡我追求第一的脚步，绝对不能！"颜夏还清清楚楚地记得她说这话时咬牙切齿的模样，可是为什么，她的变化会这么大？

颜夏不禁又想起自己和她开过的玩笑，她说除非自己有人要了或者她喜欢上什么人了才会改变。

颜夏望着林可林，此时她脸上的娇羞未褪，不敢和颜夏直视，好像一个做错事的小孩子。

他突然觉得内心充实了，为了一个拥抱放弃那么重要的考试，这姑娘的做法虽然看起来很笨很傻，但真真切切地打到了颜夏的心里。

这是一个为爱不顾一切的姑娘……

"谢谢你，可林。"颜夏小声地说。

"别跟我说话，你以为我想啊！我现在后悔了，我悔得肠子都青了！我就是控制不住自己嘛！我多想推开你，但就是没力气——借下肩膀。"林可林倔强地把一切都归到自己推不开他的怀抱，但倔强不能阻止眼泪，她说完也不顾颜夏的反应，直接趴在他的肩上，颜夏只觉得肩头一阵暖流，这姑娘连哭都这么雷厉风行，为什么会在一个拥抱和一场考试之间做出这么傻的选择呢？

颜夏不再说话，静静地坐着，林可林不停地抽噎，泪水打湿了颜夏的半个肩膀。

等她哭够了，就迅速离开颜夏的肩膀，像是被烫了一样，然后就若无其事地说："我们回去吧，不准把昨晚的事情说出去！就说我们在网吧通宵了！衣服回去拿来给我洗！"一如既往的霸道口气，颜夏却听出一个小姑娘的脆弱和掩饰。

"没有办法补救吗？"颜夏问。

"你不都说沈老师是什么'一挂千军'，铁面无私吗？他会为了我网开一面重新组织一次答辩吗？"林可林又揪了颜夏一下才解气。

"不去试怎么知道！"颜夏突然把林可林扳正，目光坚定地看着她。

颜夏也不知道自己为什么会这么坚定，之前自己对小寒说带我去你家的时候也是这样的坚定！

林可林看着颜夏一脸认真的模样，脸顿时有些红了，她慌慌张张地起身，说："赶紧回去吧！"

"沈教授的家就在学校附近，我们找个时间去他家！"颜夏一把拉住林可林的手，林可林想去挣脱，却感觉没有力气，只好细声地"嗯"了一声。

颜夏，有你这份心，千难万难我可以含泪度过……

第二十四章

到了学校，林可林很害羞地和颜夏分道扬镳，她手机刚开机，上面显示一大堆林木木的唠叨，现在不赶快回去的话她该报警了。

颜夏哐当一声踢开大门，宿舍居然是空的。

"喂，你们在哪呢？"颜夏掏出手机。

"在外面呢，话说你昨晚怎么没回来？找学姐谈文学去啦？"小星显然是在街上，声音很嘈杂，而且他是含泪说这话的，昨晚小百合同学真的是找她谈了大半夜的文学啊，纯洁得他泪流满面。

"昨晚喝多了，在外面趴着呢。你们在外面干嘛？什么时候回来？"颜夏稍微掩饰了一下。

"在外面看哪里有出租舞台音响设备啊，昨晚的话你不会忘了吧？"

乱世饮居！颜夏的心里充满了感动，这群家伙！

"在哪？我去找你们。"他很干脆地说。

"中闽。"

"等着。"

颜夏看见他们仨的时候他们已经在吭哧吭哧地吃东西了，他们仨吃得一点形象都没有，他们身边的一位妹纸倒是慢条斯理地喝着饮料，姑娘正是阿杰的青梅竹马，魏青宁。

"放着我来，留个鸡腿！"颜夏先抢了个炸鸡腿再说，"什么情况啊现在？"

"没什么情况，问了几家，要价都太高，我们承受不起，而且试了试，声音质量不好。"小星边喝可乐边说。

"颜夏，你们怎么在这？"颜夏还没说话肩膀就被拍了一下，回头一看，原来是小寒。

小寒和舍友出来逛街，中午到饭点了就随便找家店，结果就遇上了。

"我说你的眼里就只有颜夏是不？满当当还有四个人呢！"小星很不满意。

"哎，青宁也在啊！"小寒把目光从颜夏身上移开，第一眼就看到青宁朝她笑。

小星果断不问了。

"你们出来干嘛呀？"小寒招呼自己的舍友也在一起坐下后问。

"他们想后天在学生活动中心搞个3A5618的乱世饮居即兴音乐会，怎么样，很厉害、很有创意吧？"青宁本来不怎么喜欢说话，但是她和小寒关系比较好。

"明天？学生活动中心？乱世饮居？好喜欢这个名字啊！"小寒想了一会儿眼睛就闪闪发亮了。

"他们今天出来租舞台音响什么的，但是整个大漳州的不是太贵就是质量太差，他们正难过着！"青宁接着说。

"找不到吗？时间有点急啊，对哦，找死富二代啊！他肯定有办法！"小寒的眼睛又一亮，现在她什么事都会不自觉地往吴言身上套一套，因为他身上都是奇迹、匪夷所思和钱。

"你说吴言？不大好吧！"颜夏倒是反应很快。

"有什么不好啊，颜夏，你为了我爸公司的几千万都向他开口求帮忙了，现在一个小舞台什么的倒是不敢了啊，没事，我来！"小寒笑着朝颜夏眨眨眼睛，掏出手机，很快地拨了个电话。

"喂，死富二代，在干嘛？"

"在莆田总公司准备一些东西，怎么啦？今天这么主动找我？"

"一些事情找你帮忙啦！"小寒很快地把情况跟吴言说了。

"怎么样，能帮上吗？"小寒最后小心地问了一句，说实话她也不确定吴言是叮当猫，什么都有，什么都会。

"可以啊，而且刚好。我刚才不是说在准备一些东西吗，就是在准备策划一个大型展销活动，后天晚上在泉州的，这活动里舞台音响设备管好、管够，而且还有专人给你调试呢。"电话里吴言的声音让小寒觉得一下子春天就来了。

小寒朝颜夏得意地比了个二，然后继续问："不是办展销活动吗？这和我们音乐会有什么关系？"

"我们后天大概中午十二点会准备好，莆田过来漳州大概三个小时，也就是三点到学校，一边搭个简易的小舞台一边调试音响的话两个小时左右，但是我们晚上必须九点前把东西都运到泉州公司去，去泉州的话大概一个小时多，加上拆装设备，也就是说，中间还有五点到七点这个时间段，时间够吗？"电话里吴言很精准地计算着时间。

"你等下哈。"小寒拿开电话跟颜夏他们说："后天下午五点到七点，这个时间够吗？够的话其他的你们都不用管，只管上舞台耍！"

颜夏几人互看一看，齐齐点头，时间差不多。

小寒一看他们点头，就对着电话说："好啊！不过音响质量怎么样？不会是忽悠我们的吧？"

"那可是我们拿去大庭广众下办展销的设备啊，能差吗？"

"行，那我们后天就在学校等你？"

"嗯，我也好久没回去了，见见你们也好。还有啊，我话先说在前头，后天公司的展销活动也十分重要，所以我必须准点把设备提前弄到泉州去调试，我就怕你们那时候激动起来拽着音响不放手。"

"不会啦，放心，谢谢你啊。"

"真心想谢？"

"不是那么真心。"小寒低声咕哝了一句。

"反正要谢的话把链子送我呗。"

"好啊！"小寒敷衍着挂断电话，对颜夏他们说："怎么样，我是你们的幸运星吧？"

小星他们的感觉就是从人间到了天堂，现在这情况太如梦似幻了，几分钟前他们还惆怅着活动是不是流产了，即使租到设备，自己弄舞台音响什么的也是两眼一抹黑，几人到现在纯粹是凭着昨晚的豪迈在办事呢，他们生怕时间再过一点点就要齐齐放弃了。

后天真的可以办个最后的即兴音乐会吗？感觉太疯狂了！小星他们三人眼里都流露出一种激动。

"颜夏，你还有什么事吗？不是应该高兴吗？"小寒推推颜夏的肩膀。颜夏回神过来，他发现自己居然满脑都在想林可林的事，但是面对着小寒和他们，他却说不出口，难道要自己在众目睽睽之下说昨晚和抱林可林抱得太紧了，以至于她错过了自己的研究生答辩？

"没事，我只是觉得这一切太不可思议了！这样的结尾才是我们最想要的！"颜夏微微一笑，举起可乐，"为了最后的疯狂！干杯！"

如果是林可林在的话肯定会踢他一脚，毫不留情地骂说干棉被的杯！昨晚干个杯就把姐姐的答辩给干没了……

设备的事情搞定了，接下来众位算是轻松了，只有颜夏强忍着一股内疚喝着可乐。

第二天一大早，颜夏就打电话给林可林："起床啦！"

"几点了？"林可林含糊地问。

"七点！"

"这么早干嘛呀？我不想起床！"

"这次我没抱你啊，是你自己不起床的啊！"

"流氓！"林可林被他调戏得脸一红，然后转个话题，"今天要干嘛？"

"带你去找沈教授！"电话里头颜夏带着不可抗拒的声音说。

"不去好不好？我好怕沈教授啊，平时上课我都战战兢兢的，现在我答辩又放了他的鸽子，我怕去了会被他一招一挂千军给挂掉！"林可林蒙着头撒娇。

"不好，我现在去你楼下，十分钟后你不出来我就冲上去找你，到时候衣冠不整什么的别怪我火眼金睛。"颜夏说完就挂了电话。

"大流氓！"林可林又恨恨地骂了一句，想到昨天自己衣衫不整的样子，一咕噜就起床了。

"今天干嘛去？不会又要去网吧吧？"小百合早早就醒了，看见林可林脸红成这样，打趣道。

昨天林可林可是花了四菜一汤之力让小百合相信了她一夜未归是和颜夏通宵踢实况去了，然后到凌晨太困了直接睡迟了。

小百合知道这小娘皮芳心暗许已久，也不拆穿。

"我错了，我再也不敢了，好木木，我发誓以后再也不去网吧了！刚才颜夏打电话要跟我过去找沈老师。"

"这家伙还算有良心，不枉你对他痴情一片。"小百合想了想很认真地说。

"你乱说什么呀，不跟你吵了，我赶紧洗漱去。"可林的脸微微一红，躲进卫生间。

林可林在里面认真洗漱，小百合就在外面站在孩子她大妈的角度上絮絮叨叨。女生洗漱都比较慢，林可林只觉得满耳朵都是小百合同志的咒语，终于一个忍不住探头出来："好木木，你衣服穿了吗？"

"哎呀，你要干嘛？"

"十分钟了，颜夏估摸冲上来了，现在的话还来得及套件小可爱……"

"哎呀，你坏！"

最终是林可林及时地下楼了，在楼下遇到跟生管大妈大眼瞪小眼的颜夏。

"这么慢？你是乌龟啊。"颜夏咕哝了一句。

林可林没理她，想想刚才小百合脸都绿的场面，不禁有些得意。这颜夏还是把双刃剑呢，亏小百合平时还孩子大妈自居，真到这会儿脸皮可薄着呢。

"我说颜夏你这么一大早的过去人家教授睡醒了吗？"林可林跟在颜夏身后问。

"老人家的生活习惯都很规律的好吗？哪像你动不动就网吧通宵。"颜夏又开始调戏她。

林可林无比郁闷地踢了颜夏一脚。

"对了，话说咱就这样空着手过去，怎么感觉有些空手套白狼的架势，你知道沈教授有没有什么爱好，比如说喝茶或者练书法什么的？"林可林正经地问颜夏。

"哎，我也想过这问题啊，可是据说沈教授这人现在快退休了，要说爱好还真有两个，一个是研究《红楼梦》，你准备把自己当林妹妹送过去吗？对哦，你还真是林妹妹啊，林可林同学。"颜夏想了想认真回答。

可是林可林听来又不是个味，她强忍着出脚的心问："还有一个爱好是什么？"

"带孙女。咱策划策划去绑了人家孙女，还是去街上买些棒棒糖？"颜夏又说。

林可林暗叹一声天要绝我，说道："那还是空手套白狼吧，指不定人家就喜欢小白狼。"

到了沈教授家，却发现沈教授不在家。邻居说他和老伴带着孙女瞎转悠去了，什么时候回来还真说不准。

颜夏只好带着林可林满怀虔诚地蹲在他们家门口。

"你说，这有没有点程门立雪的感觉？"颜夏问。

"没有，倒是感觉像作业没做完被老师罚站了。"林可林没好气地回答。

颜夏和林可林一蹲就是一上午，但是教授还是没回来。他们商量着傍晚再过去，一边感叹着这孙女是何方神圣，能闹腾一上午也不回家。

傍晚去的时候颜夏和林可林倒是发现教授在家。

沈教授看是自己的学生，还有一个是自己的研究生，就客气地让他们进门了。

沈教授鹤发童颜，很有仙风道骨的感觉，颜夏一点都不敢放肆，开门见山地说明了来意，林可林在旁以极其委屈的神情和楚楚动人的目光配合着。

当然两人都不敢说是因为一起睡觉给睡迟了，这样说的话按照教授"不是桥断了，是你们心乱了"的思路，估计会说"不是睡觉迟了，是爱情来了"。

教授听完，倒是客气地一笑，嘴上却不留情："你们都是我的学生，本来有什么需要我这老头帮助的我责无旁贷，但是凡事都要有个规矩，不能因为你们有个意外就坏了规矩。"

然后任颜夏和林可林十八般武艺使出来沈教授就是一招迎敌——程咬金三板斧——抡来抡去就是"不是我不肯，而是我不能"……

不过颜夏他们没有丝毫的灰心，按他的理解，教授说的话里有一个对他们很有利的隐藏任务——他没说是学校不让，而是说是自己道德准则要求自己不能破例！既然是这样的话还是有商量的余地了。不过这任务虽说不是 Bug 级不能完成的任务，但也算 SSS 级了。

颜夏本以为自己的三寸不烂之舌加上林可林那一眨就掉的泪会把沈教授的道德值刷为零，但是越到后面越心寒，教授真的是铁血无情啊，半天刷下来，血都没掉一滴，完全没破防嘛。

其实有时候三观不正点也挺好的！颜夏在心里默默吐槽。他渐渐有些灰心了，林可林早就死心了。就在颜夏刚要带着林可林辞行的时候，他听到楼上传来一声孩子的啼哭。教授一听立马掉血，他有些无奈地对颜夏说："要是没什么事你们就先走吧，我这孙女估计又不肯吃饭了！"

得！本想体面地说句青山不改绿水长流咱后会有期，话还没出口就被先轰出去了，颜夏顿时觉得颜面无光，拉着林可林就要出门，这时候一个小孩子光着脚丫从楼上跑了下来。

颜夏漫不经心地回头想看看这个把自己爷爷克得死死的孙女是不是有三头六臂，却一眼看呆了——小天使——之前和颜夏有两面之缘的那个小女孩！

她穿着淡蓝色的褶子裙，委屈的脸上还带着泪，长长的头发随着她一蹦一蹦不断飞扬。

"哎我的凌宝宝呀，你怎么又不吃饭啦？"沈教授就跟换了个人似的迎上去，但小孙女一点都不理他，在他怀里使劲挣扎了几下又跑开了，边哭边满屋子乱蹦。

颜夏突然觉得今天一天积郁的坏心情都一扫而空了。

缘分一词真的很难解释清楚，小天使，我们是否也有缘，你是否还记得一个需要你安慰的大哥哥？

这时凌宝宝也注意到自己家里来了客人，她在颜夏不远处停下脚步，有些好奇地打量着陌生的两个人。

她看完林可林后就把目光转移到颜夏身上，然后她似乎注意到什么，再也没把目光投向别人。颜夏还在怀疑她是否记得自己的时候，她突然破涕而笑，朝颜夏扮了个鬼脸。

这一个鬼脸好似春暖花开，颜夏所有的疑虑瞬间消除，小天使，谢谢你记得我。

颜夏往前一步，在沈教授和林可林惊讶的目光下朝凌宝宝微笑招手："过来！"话语中透着说不出的温柔。凌宝宝就在他们不可思议的眼神中一步步走到颜夏面前。

"大哥哥。"凌宝宝带着稚嫩的声音开口了。

"嗯，小天使。"颜夏很开心地笑了，蹲下身去。

"抱抱。"凌宝宝突然张开双手，搂住颜夏的脖子。颜夏会心，一用力，把凌宝宝抱起："小天使，你真乖。"说着还揪了揪她的鼻子。

小天使又朝他扮了个鬼脸。

"你们认识？"沈教授看颜夏跟凌宝宝相处得这么好，不禁发问。

"认识，她有恩于我，我有愧于她。"颜夏说这话的时候不自觉地拿出手机，翻出一张小天使朝自己招手告别的照片。

那个冬天的车站里，她稚嫩的手抚在自己冰冷的脸上，自己的温度就上升了。

"爷爷，大哥哥。"凌宝宝朝沈教授招招手，示意抱着她的这个人是自己的大哥哥。

"好好好，爷爷知道啦，那凌宝宝现在跟爷爷去吃饭好吗？你中午在外面也没吃。"沈教授讨好地跟孙女说着。

凌宝宝听了使劲摇头，颜夏逗趣道："凌宝宝不吃饭可不好哦，会跟那位姐姐一样长不高的。"说完他指指林可林。

林可林暴汗，这一枪中得多憋屈！要不是看在他是在带孩子，自己还有求于沈教授，她早就一脚过去了。

凌宝宝看看林可林，又看看颜夏，有些怀疑地问："真的吗？"

"当然是真的，不信你问她？"颜夏一本正经地说，还朝林可林眨眨眼。

林可林欲哭无泪，用饱含人世沧桑的口吻说："是真的。"说得一把泪都要出来了，说完还小心翼翼地瞪了颜夏一眼，示意回去你看着办！

"听到了吧，凌宝宝是最乖的，来，跟大哥哥吃饭，大哥哥喂你好吗？"颜夏继续哄着。

"好！"凌宝宝的回答让沈教授眼珠子都快掉下来了。颜夏朝沈教授无奈地笑了笑，示意他现在可以喂饭了。

沈教授也很不好意思地笑着，想到之前自己可是把他们里外里拒绝了三个小时，顿时觉得有些不好意思。

颜夏一边喂饭一边和凌宝宝斗嘴，倒是显得其乐融融。

沈教授却坐不住了，他觉得自己的凌宝宝每吃一口，自己的内疚就多了一分。此刻沈教授倒是希望他们俩主动提提答辩的事情，他好歹随便推几下就逆来顺受了。但颜夏好像根本忘了有这茬，专心喂着凌宝宝，而林可林也一脸好玩地看着他们。

"林可林同学，明天下午我们几个老头会在我家讨论答辩的事情，你大概五点多过来等，看我们什么时候讨论完了就叫你进去答辩一遍。"沈教授终于按捺不住了，主动朝林可林说道。

"啊！"林可林一时还没反应过来。

"明天下午五点过来等，不行吗？"沈教授眉头一皱。

"可以可以！"这下子是颜夏抢了先。

"你也一起过来！"沈教授朝颜夏说了一句。

"啊？我过来干什么？我不是研究生啊！"颜夏有些莫名其妙。

"过来帮忙照顾凌宝宝啊，不肯帮忙吗？"沈教授瞪了一眼颜夏，说实话看他跟自己心爱的孙女相处得更像爷俩，他不禁有些嫉妒。

"好啊，当然可以啊！"颜夏一口应承下来。这回倒是林可林扯扯颜夏的衣服，在他耳边轻声说道："明天下午你不是要参加你们宿舍的音乐会吗！你疯了！"

颜夏现在已被幽幽的玉兰花香包围了，不过他眉目清醒地说："没帮到你才会疯！放心吧，到时候应该还会剩一点时间的。"

林可林没有理会他，朝沈教授问："教授我们不能提前开始吗？"

沈教授吹鼻子瞪眼："你还想提前？就那点时间还是我思前想后挤出来的，明天我们讨论完答辩的结果就公示出来了，让你搭最后一班车还要我去向几个老头子讨人情呢！我这辈子还没这么低过头！"

谁说的，在凌宝宝面前你趴得妥妥的！颜夏看着可爱的凌宝宝暗想。

林可林其实心里也觉得要提前没戏，就又问道："那五点多能准时开始吗？"

"不一定，看我们的意见了，如果意见一直保持一致，那就会准时开始，如果意见不一致，那可就会拖后一些，所以让你过来等！"

林可林还想说什么，颜夏抓着凌宝宝的手拍了拍她的手说道："沈教授你放心吧，我保证提前过来把凌宝宝照顾得好好的！"

颜夏喂完凌宝宝，就主动跟她告别："宝宝乖，大哥哥明天过来看你好吗？"

凌宝宝乖巧地点点头，在颜夏脸上亲了一下，就朝沈教授说道："爷爷抱抱。"

沈教授听了心花怒放，对颜夏也多了几分热情："那你们慢走啊，明天我就在家等你们了。"

"喂，你是怎么认识那可爱的宝宝的？"林可林终于把心里的疑问问出来了。

颜夏想想自己和小天使的相遇，打从心里笑出来："我说给你听。"

他一五一十地把小天使的事情说给林可林听，心里却在感叹，小天使，第一次相遇，你给我欢乐；第二次相遇，你给我安慰；第三次相遇，你给我幸运，我该怎么感谢你？

林可林听完也大为感叹，想不到这人还有这段孽缘啊。不过她心里却在想，有时候一物降一物，之前水火不侵的沈教授居然在小孙女身上沦陷了。

"颜夏，敢情咱不是空手套白狼，是空手套小孩啊。"

"我真的无比幸运啊。"颜夏却看着天上的星光，感叹了一句。

听到他的语气才想到明天他那个疯狂的音乐会，林可林顿时也有些闷闷不乐："颜夏，你这样帮我，明天万一你参加不了音乐会，你会遗憾终身，我会内疚终身的。"

"不能这样想，我不是帮你，我是赎罪，我调戏了你，自然也要让你占占便宜不是吗？"颜夏轻松地说。

林可林白了他一眼，这家伙就不能好好说话吗！瞬间连安慰他的心思都没了。

颜夏，此心此情，此生永记！

6月25日上午，颜夏他们领到了自己的毕业证，代表着他们毕业啦！

"我可能会晚点才能到，你们先撑着点啊。"颜夏有些依依不舍地告别了舍友，带着林可林去沈教授家做专职奶爸了。

"冲冠一怒为红颜，三千越甲可吞吴！我们支持你！快点回来，等着你！"

"没有你乱世饮居就不存在，不管怎样，我们会等你到最后一刻。"

"我拖时间抱音箱也要把你等过来。"这是小寒说的。

三点多的时候吴言果然出现了，后面跟着一辆大车。小寒他们已经在达理学生活动中心等着呢，吴言一下车他们就示意在哪搭台。

小寒先把吴言介绍给了大家，然后吴言问小寒："怎样，来得及时吧？"

"话说你不是挺稳重的吗，怎么会陪我们做出这么疯的事情，一不小心我们玩大了你那个展销活动不就砸了？"

"你们不都嫌弃我太闷了吗，我想试试疯起来的感觉，至少到目前为止感觉还不错，怎样，夸一句？"吴言说这话的时候微微一笑，他想到之前林可林跟他说过自己无波无澜，缺少一团火、一块冰……

这种胸中有一团火燃烧的感觉真的不错。

"好啊。"

"好啊的话把那给我。"

"看情况，哎呀赶紧去帮忙啦，不要以为自己是死富二代的就不用动手啦。"小寒说着就跟赶猪一样把吴言赶走了。

搭台一会儿就吸引了一堆围观的学生，他们纷纷问这是要干吗，小星自豪地回答："乱世饮居即兴音乐会！"

当别人问乱世饮居音乐会具体是什么的时候，小星很低调地保持着神秘——要他说他还真不知道怎么说，还不如卖点神秘感。

吴言把时间掐得很准，在五点之前把舞台搭好，设备都调试好了。

"大学最后的疯狂，现在开始！"小星拿着麦克风在舞台上疯狂地吼了一句，然后阿杰、大雄、吴言四人站在台上。

小寒和小百合就站在他们对面的台下，看着台上一时间气势飙升的四个男生，心里也为他们高兴，大学，就该这样重重画上句号，只有这样以后才不会遗憾觉得当初离开得轻飘飘！小寒不知道吴言那家伙为什么要跟着站在上面凑热闹，他不是事到如今只剩下吐钱功能了吗？

四个人把手搭在一起，互相喊了一声加油，就各自归位。

小星主架子鼓，大雄主电吉他，阿杰贝斯手，木吉他手——吴言，没有主唱，或者都是主唱！

当吴言把一把插电木吉他套在自己身上的时候小寒有些惊讶地看着他，这家伙有钢琴功能但绝对没有吉他功能啊！

吴言看到小寒惊讶的目光，有些得意地朝她笑了笑，身后的小星开始敲起了起手声。

如果说了后悔，是不是一切就能倒退，回忆多么美，活着多么狼狈。为什么这个世界，总要叫人尝伤悲。我不能了解，也不想了解。想了你一整夜，再也想不起你的脸，你是一种感觉，写在夏夜晚风里面。青春是挽不回的水，转眼消失在指间，用力地浪费，再用力的后悔。我好想好想飞，逃离这个疯狂世界，那么多苦，那么多累，那么多莫名的泪水。我好想好想飞，逃离这个疯狂的世界，如果是你发现了我，也别将我挽回……

"明天我们就要走啦！躁动不安的心我们就发泄出来吧！"小星在间奏的时候发狂地吼了一声，然后下面的人也热闹了起来，因为明天离开的不止台上的四位男生！

每个面临毕业的他们都对未来充满了未知的困惑和新奇，青春的迷茫在步入社会的一刹那无限放大，这是一个疯狂的世界，我要走，谁也挽留不住，我们的青春要走，我们送她！

每个人都有一肚子的话还没跟朋友讲完，每个人都想再看一眼学校的荷花池、奈何桥，他们也需要这样喊出来！

这是一场没有宣传、没有明确乐曲、没有明确配合、想怎么唱就怎么唱、你爱听不听的音乐会，并且很多人不知道乱世饮居这个主题。

学生活动中心的人多了起来，会唱的也跟着一起吼了起来，不会唱的看到这样也热血澎湃了！

到中间的时候有人就抱着哭了，有人尖叫了，但没人在意，这一场音乐来得刚刚好，哭和笑还有尖叫都是我们的声音……

"这个时候音乐会应该已经开始了吧？"林可林有些无聊地在沈教授家看着颜夏逗孩子，一边说。

颜夏好像满心思都投入凌宝宝身上了，有些没听清地问："什么？"

林可林看颜夏这样故作不经意，觉得更加心酸，他的遗憾将由我来创造吗？

"也不知道要等到什么时候？"她说了一句。

"喂，我说，我陪你在这等，你必须给我过啊，要是过不了的话我就跟你彻底绝交!"颜夏这会儿才有些郁闷地说。

她没有理颜夏，只是怔怔地盯着楼上那个房门。他们在里面讨论呢。

五点半。

六点。

这个时间连颜夏都有些坐不住了，凌宝宝看到颜夏的脸色有些苍白，不禁摸摸颜夏的脸："大哥哥怎么啦?"

颜夏抓住凌宝宝的手，微笑着说："没事，大哥哥只是有些热。"是的，他心中一团火燃烧至极致!

"凌宝宝，大哥哥想唱歌啦。"林可林柔声对凌宝宝说。

"啊? 那大哥哥唱吧，凌宝宝要听!"小丫头很乖巧。

"大哥哥在这里唱不了哦，大哥哥要去一个很漂亮的舞台上去唱，周围会有很多人看着。"林可林有些苦涩地说，时间已经到六点十分了。

"那凌宝宝也要去! 大哥哥带凌宝宝去好吗?"小丫头一听眼睛发亮，晃着颜夏的手说。

颜夏郑重地点点头："只要来得及，大哥哥一定带你去!"

小天使，我找不到感谢的最好办法了，那就唱歌给你听吧。

"那什么时候去呀?"小丫头又问。

颜夏指着楼上那扇门，说："当你爷爷从门里出来把大姐姐叫进去，大姐姐再出来的时候我们就走。"

小丫头不依了："爷爷好久没出来啦，爷爷，爷爷——"她居然开始喊爷爷了，但更令颜夏目瞪口呆的是沈教授好像是听见了般，那许久未见动静的门终于打开了!

她还真是我的小天使啊! 颜夏觉得这丫头身上有一股魔力，一直在帮着自己。

沈教授出来，看见小丫头朝他笑了笑，顿时也眉开眼笑，对林可林招招手，说："进来吧。"

林可林看看时间，六点十五分! 按照常规答辩，至少要半个小时，然后离这里到学校，最少也要十几分钟才能到! 也就是说，七点之前，颜夏没有机会去那个舞台了。或者说，他错过了，便真的是一辈子错过了!

林可林起身，带着哭腔对颜夏说："颜夏，我对不起你!"

颜夏自己心里也估摸着时间，这个时候内心一片惨淡，但他还是要给林可林信心，他摸了摸凌宝宝的头，说："你抱下姐姐，跟姐姐说加油！"

小丫头很听话地过去抱着姐姐的小腿，稚嫩地说："姐姐加油！"

颜夏微微一笑："加油！没过就别出来！"

林可林含泪点点头，头也不回地上去了。

就这样吧。林可林关上门的一刹那颜夏瘫软在沙发上，带着苦笑对小丫头说："凌宝宝，大哥哥今天可能唱不了歌给你听，对不起啊！"

凌宝宝不知其中曲折，很乖地说："那以后呢？"

以后？颜夏被问得一愣，从明天起自己将离漳州，归来何日未知，如何给单纯的丫头一个承诺？

对不起，小丫头；对不起，宿舍的兄弟们，乱世饮居，永记在心……

林可林在几位老教授面前坐下，擦干了眼泪，平复了下心情，面带微笑望着几位德高望重的教授。

"林可林，你的研究生论文我们几个都已经看过了，现在你有什么要补充的吗？"沈教授开始教学马上威严了。

林可林依然保持着微笑，突然想到自己在参加歌唱比赛的时候天空传来吉他声带给她的震撼。那时候虽然看不见他的脸，但一定是最帅的吧，就跟现在一样，即使心里苦，但是脸上笑却不减一分。

"你们相信爱情吗？"林可林微笑地说出第一句话。

……

六点二十五分，楼上的门哐当一声打开，林可林飞快地奔跑出来，说："颜夏，我们现在走还来得及！"

颜夏根本想不到她会这么快答辩结束，一时有些手足无措："你干嘛？不会又放弃了吧？"

"我过了我过了我过了！"林可林一边跑一边连续喊了三遍我过了，直接蹦在颜夏面前，脸上又哭又笑。

"怎么回事啊？"颜夏一时糊涂了。

"你别管怎么回事，快走啊！"她一把拉住颜夏的手。颜夏用了几秒钟回神，本来已经万念俱灰的他这会儿有了死灰复燃的机会，他的脸都憋红了，有些难以置信地问："这是真的吗？"

林可林重重地点点头。

这时候沈教授出现在楼上，他望向楼下这一对青年男女，和蔼地说道："你们快去吧。"颜夏这才相信刚刚发生的一切是多么神奇而又真实!

颜夏没有直接走,他望向教授:"沈教授,我刚才答应了凌宝宝,如果可以要带她去听我唱歌,我能带她一起去吗?一会儿完了我把她再送回来。"

颜夏几乎是带着哀求的口吻在说,沈教授一下子被问住了,说实话他有点不放心,毕竟年轻人胡闹没关系,但是再加上个小孩,就怕出什么岔子。

"爷爷,我的好爷爷,你让我跟大哥哥去吧,我保证回来乖乖吃饭。"凌宝宝大概也听出什么了,在一旁煽风点火。

沈教授一听,面容顿时柔和起来,他像是下了很大决心似的对颜夏说:"那你要保证注意安全!"

颜夏重重点头,对沈教授深深地鞠躬:"我会把她安全送回来的!"沈教授挥挥手,示意他们可以走了。

颜夏和林可林对视一眼,眼中皆是狂喜,那种劫后余生失而复得的狂喜。

颜夏一把背起凌宝宝,拉住林可林的手:"走吧,大哥哥唱歌给你听!"

凌宝宝欢呼一声,就感觉自己是骑在了一匹马上,飞快地蹿了出去。

林可林被牵着手在校园内狂奔,此时她的脑海一片空白,剩下的只有害羞和欣喜。

在奔跑的路上颜夏倒是没想那么多,只有两个念头,一个是我来了,乱世饮居;另一个是,学校太大有时候也挺惆怅的!

当颜夏上气不接下气地跑到达理的时候已经听见来自活动中心的音乐声,是五月天的《一颗苹果》。

颜夏在靠近活动中心的时候放缓脚步,并把凌宝宝从背上放下来,他需要喘口气。凌宝宝被他牵着,慢慢地走向那个小小的舞台。

此时舞台周边已经聚集了很多的学生,他们或者唱,或者跳,都在疯狂地发泄心中对毕业的不舍。

小星的鼓声戛然而止,然后是阿杰、大雄、吴言。台下的人唱得好好的,突然听见音乐停了,顿时有些诧异地望向台上。台上的四人却望向他们的身后。

颜夏!

颜夏牵着凌宝宝的手,慢慢地走着,身后跟着上气不接下气却一脸微笑的林可林。众人自觉地给他们让出一条道。

颜夏有些歉意地向周围的同学点点头,牵着凌包包走上台。

"哎呀,你们小宝宝都有啦!好可爱啊!孩子二妈你比我这孩子大妈厉害多了！"林可林刚在前面站定，就被人旁边拍了一下，不用看就知道是小百合。周围的同学立即用怪异的眼神看着她们！

林可林的脸一红，但她没有去辩解，她的心思全部跟在台上那个跟舍友拥抱的男生身上。

颜夏跟他们一一拥抱，然后站在吴言面前，也给了他一个拥抱，轻轻说："谢谢你！"

"我也要谢谢你！我发现这样还真爽！"吴言满头是汗，但是声音却说不出的快乐。

吴言知道他才是今天的主角，自己之前只是暂替他的位置担任吉他手，看见颜夏回来了，很自然地要把吉他从自己身上卸下来，但出乎意料的，颜夏制止了他，对他微微一笑，说："一起玩吧！"

颜夏看表，六点四十分，还有二十分钟的时间！

他深吸一口气，拿着麦克风直接进入主题："对不起，谢谢，接下来的一首歌唱给我的小天使，凌宝宝听。"

他单手抱起凌宝宝，问："凌宝宝会唱《小燕子》吗？"

"会！"小丫头很牛气地点点头，逗得下面一阵欢笑。

"那跟大哥哥和大姐姐们一起唱好不好？"颜夏问完把话筒放在小丫头嘴边。

"好！"稚嫩的声音听不出一点怯场。

颜夏朝身后的队友点点头，率先清唱："小燕子，穿花衣，年年春天来这里，我问燕子你为啥来，燕子说，这里的春天最美丽……"

身后传来了有一搭没一搭的伴奏，颜夏把麦克风拿给小丫头，她双手握住，跟在颜夏后面很欢乐地唱。

颜夏唱了一段，从口袋里掏出一把口琴，放在嘴边，呜呜咽咽地吹着，一声声悠扬的口琴声压过伴奏，飘扬在金色的天空……

吴言看到颜夏掏出口琴的瞬间有些惊讶，他很自然地望向林可林。

林可林在颜夏掏出口琴的时候脸不知道为什么更红了，感受到吴言的目光，她倒是突然勇敢了，朝吴言羞涩地笑了笑。

吴言会意，笑得眉毛弯弯。

可林，祝福你啊。

一首儿歌居然引发了大合唱，下面本来有哭有笑的学生此时齐齐欢快了起来，小天使给大家带来了明媚。

那一年的大雪中，你轻敲我的窗，告诉我你堆的雪人，很像很像我的模样，你等我说，说我真的感动啊。哦，真的，我真的很想……那一年的大雨中，我倚在你的肩上，让雨水渐渐洗去，两情很真的脸庞。我等你说，说你爱的好疯狂。哦，真的，我真的很想……七月的无奈，我们尽量不去想。你说你的山，我说我的水乡。七月的无奈，我们尽量不去讲。哦，真的，七月真的很长……

我坐在床前，望着窗外回忆满天，生命是华丽错觉，时间是贼，偷走一切。十七岁那一年，抓住那只蝉，以为能抓住夏天。十七岁的那年，吻过他的脸，就以为和他能永远。有没有那么一种永远，永远不改变，拥抱过的美丽都再也不破碎，让险峻岁月不能在脸上撒野，让生离和死别都遥远有谁能听见……曾经是爱我的和我深爱的，都围绕在我身边，带不走的那些遗憾和眷恋，就化成最后一滴眼泪……有没有那么一滴眼泪，能洗掉后悔，化成大雨降落在回不去的街，再给我一次机会将故事改写，还欠了他一生的一句抱歉……有没有那么一朵玫瑰永远不凋谢，永远骄傲和完美，永远不妥协，为何人生最后会像一张纸屑，还不如一片花瓣曾经鲜艳……有没有那么一首诗篇，找不到句点，青春永远定居在我们的岁月，男孩和女孩都有吉他和舞鞋，笑忘人间的苦痛只有甜美……

颜夏看看时间，六点五十分。

"ending 曲了，大学、青春、离开一切的 ending 曲！"

颜夏依然先清唱了一句，然后他的队友自然知道是哪一首歌。"在这个世界，有一点希望，有一点失望，我时常这么想。在这个世界，有一点欢乐，有一点悲伤，谁也无法逃开。我们的世界，并不像你说的真有那么坏，你又何必感慨，用你的关怀，和所有的爱，为这个世界，添一些美丽色彩……"

小寒在下面红了眼眶，这群家伙，永远活力四射啊，开场一曲《疯狂世界》死命发泄对外界的不满，ending 却又是《这个世界》，真的是充满了无尽的战意和爱啊。

神教导我们降世要爱，我们便爱，纵然我们碰壁，受尽折磨，也生不出对花花世界的怨恨之心，花花世界多可爱呀，我爱你……

"可林，上来！"

"小百合，上来!"

"小寒，上来!"

"魏青宁，上来!"

亲爱的，都过来吧!

几位姑娘出现在台上，和台上的五位男生站成一排。

小星先说话了："明天我们真的要走了，去那个未知的世界，我们知道往前是地狱，退后是天堂，但我们不怕啊! 来吧!"

小百合抢过话筒："小星、小星、小星，啊啊啊啊——!"

这姑娘居然在台上尖叫了，可见有多么激动，但乱叫的是小星的名字，又可见她的激动多么盲目!

"再见吧，校门口的沙茶!"

"再见啦，好吃的烧肉粽!"

"再见啊，博西炒田螺!"

"再见，动力杯!"

"再见，小学妹们!"

"再见，可爱的青春!"

"我会想你的，凌宝宝!"

"我走了，亲爱的漳州师院!"

"我来了，万恶的现实主义!"

乱世饮居，闭幕。

第二十五章

小寒是最早离开的，她在音乐会结束后便回宿舍收拾好了行囊，跟吴言去了泉州。吴言建议她和他一起参加那个展销活动，着对今后人脉积累和办会经验有帮助。

其他人各自散了，他们要做最后的告别。

颜夏和林可林把凌宝宝安全地送回家，然后颜夏说不想吃饭，想出去吹吹风，让林可林先回去。

"死富二代，你怎么会吉他的，吓我一大跳！"

"你们不都喜欢吉他吗？我就试试好不好玩，发现还不错。"

"其实我觉得钢琴也不错。"

"……"

"吴言，谢谢你！"

"都说了，不用谢，要谢的话送我一样东西。"

"好啊！"

"哎，又莫名其妙了！"

"我说，好，啊！"

颜夏一个人静静地站在战备大桥的桥上，晚风徐徐，这座大桥带给他太多的回忆，他要来跟它说再见……

他也不知道在桥上待了多久，只知道江面小舟去复来，紫色的烟花开又谢……

"在梦里，有个地方，我时常梦见它，你说过的每句话，我都疯狂……"颜夏的手机响了起来。

"喂。"

"颜夏，是我。"

"嗯。"

"现在是北京时间 6 月 25 日晚上 11 点 59 分。颜夏，生日快乐，还有，我喜欢你!"

"……"

"……"

"现在是北京时间6月26日0点0分整,可林,生日快乐,还有,我可能也喜欢你……"

天上的情灯亮了,拉萨的月亮花开了。

……

后　记

我始终抱着一种敬畏的心情进行文字创作，数年陆续完成了《后后青白》《一步莲华》和《颠鸾倒凤》三部小说。

每一部小说我都赋予其主题，《后后青白》讲"守候"，《一步莲华》书"轮回"，《颠鸾倒凤》刻"等待"，而《花开不尽此生缘》，则述"缘分"，有缘无分的缘分。

此文起落三年，起笔时我等毕业，在一所中学实习，于是结合自己在学校实习的一些经历开了个头。奈何实习结束后回校准备毕业和其他事情，此文便搁置一旁；毕业后的两年半时间一直处于社会新人的迷茫和慌乱期，直到后来，我调离了岗位，才得空重拾旧梦，给这部荒烟蔓草的小说一个淋漓的结局。

关于人物的刻画，小说着重刻画的人物有四个——智者千眼千言——我不作解读。

文中出现了很多意象，比如春、夏、秋、冬四季，桂花、水仙、玉兰、百合、月亮花，吉他、钢琴、口琴、彩虹伞、龙凤柱、白玛德吉和格桑平措，甚至还有文中四人各自说的四句话：颜夏说，我爱你，为什么不能在一起；小寒说，我爱你，好可惜不能在一起；吴言说，我爱你，只是不能在一起；可林说，我爱你，怎么就不能在一起。这四句话分别代表了人物的性格，颜夏的迷茫失措，小寒的怅惜无力，吴言的平淡沉稳，可林的倔强炽烈。

我想将此书与我的《后后青白》做一个对比。《花开不尽此生缘》和《后后青白》最大的区别就在于对缘的解读，青白年少轻狂，不随缘迁，是一种热烈的美好；夏寒入世磨折，屈于现世，是一种疼痛的成全。这或许与我的经历有关，大学时候风华正茂，工作了思前顾后，很多事情身不由己，就像夏寒所谓的门不当户不对，在童话里灰姑娘最终会和王子在一起，但是在现实中有多少这么圆满的缘分呢？于是，我信缘。我把这种有些悲观的心态融入文中，或许显得有些浪漫而又消极，但是自我解读，还是觉得现实就是如此，不换个角度解读身边的聚散离合，自己或许会陷入无助和彷徨之中，只能在分开的时候告诉她和自己：分开也是你我的缘，你别哭。

　　写完《花开不尽此生缘》，当年《后后青白》完结的心情又重回来——一种淡淡的失落，觉得想一直写下去，但终要在最美的时候画一个句号，这或是另一种成全。

　　谨以此文，敬我一世情长的妻，献我素未谋面的子，致我兵荒马乱的青春。

尤少敏

2016 年 9 月 23 日

天上的情灯亮了，拉萨的月亮花开了。

还有，我可能也喜欢你。

现在是北京时间6月26日早上0点0分整。可林，生日快乐，

还有，我喜欢你。

现在是北京时间6月25日晚上11点59分。颜夏，生日快乐，

上架建议：青春文学

ISBN 978-7-201-12802-3

更多好书请关注
官方微信

天津人民出版社
官方微信

9 787201 128023 >

定价：62.80元